U0139785

"湖北省哲学社科后期资助项目（项目编号2020098）成果"

| 光明社科文库 |

《战国纵横家书》译注

沈　月◎著

光明日报出版社

图书在版编目（CIP）数据

《战国纵横家书》译注 / 沈月著. -- 北京：光明
日报出版社，2023.10
ISBN 978 - 7 - 5194 - 7555 - 0

Ⅰ.①战… Ⅱ.①沈… Ⅲ.①中国历史—战国时代
Ⅳ.①K231

中国国家版本馆 CIP 数据核字（2023）第 194860 号

《战国纵横家书》译注
《ZHANGUO ZONGHENG JIASHU》YIZHU

著　　者：沈　月

责任编辑：郭玫君　　　　　　　　责任校对：房　蓉　董小花
封面设计：中联华文　　　　　　　责任印制：曹　净

出版发行：光明日报出版社
地　　址：北京市西城区永安路 106 号，100050
电　　话：010-63169890（咨询），010-63131930（邮购）
传　　真：010-63131930
网　　址：http：// book. gmw. cn
E - mail：gmrbcbs@ gmw. cn
法律顾问：北京市兰台律师事务所龚柳方律师

印　　刷：三河市华东印刷有限公司
装　　订：三河市华东印刷有限公司
本书如有破损、缺页、装订错误，请与本社联系调换，电话：010-63131930

开　　本：170mm×240mm
字　　数：234 千字　　　　　　　印　　张：13
版　　次：2024 年 5 月第 1 版　　印　　次：2024 年 5 月第 1 次印刷
书　　号：ISBN 978 - 7 - 5194 - 7555 - 0
定　　价：85.00 元

前　言

　　1973 年 12 月在长沙马王堆三号汉墓出土了大批具有重要价值的古代文字资料，引起学术界广泛关注。"据该墓出土的记事木椟所写'十二年二月乙巳朔戊辰'诸字，该墓下葬于汉文帝初元十二年（公元前 168 年）。"① 马王堆帛书的内容，据帛书整理小组的考释研究，共有二十多种书籍，总字数达十二万多字，另外还有几幅图籍。② 这些古籍涉及古代历史、哲学、天文、地理、军事、医学等方面的内容。其中有一部帛书可与传世今本《战国策》作对比，最初被学术界命名为《帛书本〈战国策〉》。该帛书"绢高约 23 公分，长约 192 公分，共三百二十五行，每行三、四十字不等"③，共有二十七章，除了十一章内容见于《战国策》《史记》《韩非子》外，其余十六章均为逸篇。帛书整理小组经过进一步整理、注释后，最终将其定名为《战国纵横家书》。

　　《战国纵横家书》（以下简称帛书）二十七章可以分为三个部分：第一部分是第一章至第十四章。这部分大多是苏秦的书信和说辞，章节内容相互关联，集中记载苏秦为燕反间于齐、助力联合五国共同伐秦的事迹；各篇章节体例基本相同，均是"献书燕王"（齐王）或"谓燕王"（齐王）形式；章节编排有次序，第一章至第七章均是苏秦献给燕王的书信或说辞，第八章至第十四章则是苏秦写给齐王的书信。由此，这部分"应该是从一部有系统的原始的苏秦资料辑录出来的"④ 第二部分是第十五章至第十九章。虽然这五章的内容相互无关联，但是每章后的结尾处均有字数统计。如第十五章后载"五百七十"、第十六

---

① 中国科学院考古研究所，湖南省博物馆写作小组．马王堆二、三号汉墓发掘的主要收获 [J]．考古，1975（1）．

② 中国科学院考古研究，所湖南省博物馆写作小组．马王堆二、三汉墓发掘的主要收获 [J]．考古，1975（1）．

③ 唐兰．司马迁所没有见过的珍贵史料：战国纵横家书 [M]．北京：文物出版社，1976：123.

④ 杨宽．马王堆帛书《战国纵横家书》的史料价值：战国纵横家书 [M]．北京：文物出版社，1976：172.

章后载"八百五十八"、第十七章后载"五百六十三"、第十八章后载"五百六十九"，第十九章后载"三百"，并在此章后总计这五章的字数，"大凡二千八百七十"。可知这部分也是从另外一种记载战国游说之事的册子中辑录出来的。第三部分是第二十章至第二十七章。这部分各章节编排杂乱，内容无关联，章后也无字数统计，且用字不同于第一部分，在第一部分中"赵"多省作"勺"、"韩"多作"乾"，而这部分均作"赵""韩"，可能是因为出自其他不同的辑录战国游说故事的册子。

帛书具有极其重大的出土价值，具体表现在以下八个方面。

一、为战国史研究提供新史料

帛书十六篇逸文的出土，为研究战国时期纵横家的活动提供新材料，也为厘清战国时期各国合纵连横的史实提供新依据。这些逸文丰富和添补了现有的战国纵横家文献。"《汉书·艺文志》纵横家类有《苏子》31篇、《张子》10篇、《庞煖》2篇、《阙子》1篇、《国筮子》17篇、《秦零陵令信》1篇、《蒯子》5篇、《邹阳》7篇、《主父偃》28篇、《徐乐》1篇、《庄安》1篇、《待诏金马聊苍》3篇①"。可惜这些著作多已亡逸，众多纵横家文献我们如今已经无法接触到，帛书的出土为我们多多少少弥补了这一缺憾。帛书十六篇逸文中有十一篇之多是苏秦书信，记载苏秦事迹，为复原战国史上真实的苏秦面貌提供重要佐证，其展示的战国时期书信文献之原貌，也为相关研究提供第一手资料。同时，"李园谓辛梧章""见田僕于梁南章""麛皮对邯郸君章"等篇所记载史事均不见于旧有文献，为传统的先秦战国史资料补充了新的内容，也为了解战国纵横家文献提供了重要的参照。

此外，帛书二十七章年代除"苏秦谓燕王章""苏秦谓陈轸章""公仲倗谓韩王章""麛皮对邯郸君章"四篇外，均在公元前299年以后。马雍先生指出："我们对战国史实的编年主要依靠《史记》和《竹书纪年》。《史记》中战国年代排比错误很多，相沿甚久，难于校正。至于《竹书纪年》，今日所见到的只是辑本，而且史事终于魏哀王（襄王）二十年（公元前299），下距秦始皇的统一还有七十八年。因此，我们使用《纪年》以订《史记》编年之失，既有不少困难，亦不可能臻于完备。"②而帛书提供的大量丰富的记载公元前299年以后事

---

① 张兵.《战国纵横家书》文献史料价值探析 [J]. 理论学刊, 2017（5）.
② 马雍. 帛书《战国纵横家书》各篇的年代和历史背景：战国纵横家书 [M]. 北京：文物出版社，1976：173.

迹的史料，则为我们补缺、校正战国后期的史实作出巨大贡献。

二、纠正传世文献之误

帛书是西汉轪侯利仓的陪葬品，其"书法在篆隶之间，避邦字讳，可能是汉高祖后期或惠帝时（前195年前后）写本"[1]，成书年代早于司马迁《史记》以及刘向《战国策》。其大多章节结构形式较为简单，属于片段式、资料性的史料，且深埋地下两千多年，未经后人改动。而《史记》《战国策》则加工痕迹明显，在数千年的辗转传抄中不可避免地被后人修饰。因此，帛书较之《史记》《战国策》更接近于原作，所载史实具有较强的真实可信性，据此可以考辨传世文献错讹之处。比如对真实的苏秦、奉阳君形象的还原，有利于解决战国史上悬而未解的难题。

同时，帛书还纠正了传世文献中多处文义不通的地方。如《战国策·赵策一·赵收天下且以伐齐》通篇以言"韩"为主，然而根据策文内容可知这是苏秦为齐国上书赵王，而与此策文相近的帛书"苏秦献书赵王章"均作"齐"。因此，可以据此将《战国策》"韩"字改为"齐"字。《史记·田敬仲完世家》索隐引《纪年》曰："（齐）宣王八年杀王后。"[2] 此事仅见此一处，学者对此皆存疑。而帛书"苏秦自齐献书于燕王章"载："齐王之多不忠也，杀妻逐子"[3]，证实了《纪年》所载齐王"杀王后"，确有其事。

三、恢复《战国策》《史记》可信性

在帛书未出土之前，由于《战国策》《史记》记载苏秦资料年代错乱、人物混淆，致使一些学者对此二书所载苏秦事迹的真实性产生怀疑，进而质疑它们在苏秦史实记载上的史料价值。而帛书的出土使《战国策》《史记》史料可信性得以恢复。

虽然《战国纵横家书》记载苏秦事迹有异于《战国策》《史记》，但是它们还是有很多相同之处的。《战国策》有多篇记载燕昭王时五国伐秦的史实，如《赵策四》"齐欲攻宋""齐将攻宋而秦楚禁之""五国伐秦无功"和《魏策二》"五国伐秦无功而还"等章。这些策文内容相互关联，均是苏秦劝说国君联合五

① 唐兰．司马迁所没有见过的珍贵史料——长沙马王堆帛书《战国纵横家书》：战国纵横家书［M］．北京：文物出版社，1976：123.
② （汉）司马迁．史记［M］．北京：中华书局，1959：1893.
③ 马王堆汉墓帛书整理小组．战国纵横家书［M］．北京：文物出版社，1976：10.

国伐秦。根据《史记·苏秦列传》所载,苏秦在燕文公时合纵六国攻秦,在燕王哙初立之年,苏秦已死。因此,一些学者就此否定《战国策》这些策文的真实性。然而,根据《战国纵横家书》的内容,苏秦确曾在燕昭王时劝说齐王联合五国攻秦,其在"苏秦谓齐王章(三)""苏秦自赵献书于齐王章""苏秦谓齐王章(四)"等篇中均有记载。可证《战国策》这些策文所载五国伐秦的内容是真实可信的。由此,《战国策》史料的可信性得到一定程度的证实。

廖群先生指出:"尽管在年代的认定上帛书与《苏秦列传》有较大出入,但在基本内容方面,二者并没有根本差异。特别是在苏秦至齐为燕王行反间这一点上,帛书恰恰是对《列传》的佐证和印证。"①《史记·苏秦列传》记载苏秦因与燕易王母亲私通而主动要求去齐国反间,而《战国纵横家书》"苏秦谓燕王章""苏秦自梁献书于燕王章(一)""苏秦自梁献书于燕王章(二)"等篇也记叙了苏秦为燕昭王至齐反间的史实。虽然二书所指燕王不一致,去齐国反间的原因亦不同,但它们均认定苏秦反间这一基本事实。这也使《苏秦列传》的部分可信性得以证实。我们可以通过将帛书和《战国策》、《史记》综合比较研究来考辨苏秦事迹及相关战国史实。

四、校勘、订正文字

传世古籍经历千余年来的辗转传抄和翻印,其中字句难免会出现错误。《战国纵横家书》作为出土帛书,则较为真实可靠地反映了当时社会的语言文字面貌。根据帛书我们可以校勘、订正传世文献的文字错讹。

如《战国策·赵策四·赵太后新用事》载:"左师触詟愿见太后。"② 其"触詟"在《史记·赵世家》中作"触龙",学者对此争议不断。帛书"触龙见赵太后章"此句作"左师触龙言愿见"③,据此可以认定应以"触龙"为是。《赵策四》"赵太后新用事"章又载:"太后盛气而揖之。"王念孙《读书杂志·战国策杂志》考辨其中"揖"字应为"胥"字。④ 与此策文内容相近的帛书"触龙见赵太后章"亦作"大(太)后盛气而胥之"⑤,这就进一步论证了王念孙考校之准确。《韩非子·十过》载:"楚王因发车骑陈之下路"⑥,"下路"之

---

① 廖群.先秦两汉文学考古研究 [M].北京:学习出版社,2007:413.
② (汉)刘向集录.战国策 [M].上海:上海古籍出版社,1985:768.
③ 马王堆汉墓帛书整理小组.战国纵横家书 [M].北京:文物出版社,1976:74.
④ 王念孙.读书杂志 [M].南京:江苏古籍出版社,1985:58.
⑤ 马王堆汉墓帛书整理小组.战国纵横家书 [M].北京:文物出版社,1976:74.
⑥ 《韩非子》校注组.韩非子校注 [M].南京:江苏人民出版社,1982:98.

义不明。《战国策·韩策一》《史记·韩世家》此句只说"令战车满道路"①。
而帛书"公仲倗谓韩王章"则载："名（命）战车盈夏路。"帛书整理小组指
出："夏路是楚国向北方的大道。"② 因此，《韩非子·十过》"下路"应读为
"夏路"。

可见，帛书的出土，为校勘传世文献文字的正误，增加了一个参照的坐标。

五、了解字体演变过程

秦汉之际，是我国文字从篆体演变为隶体的大变革时期，可惜留下的如实
记载这个时期文字的作品极少，我们无法较为全面地了解字体演变的进程。而
马王堆汉墓帛书的出土，弥补了这一汉字发展阶段的空白。曾宪通先生指出：
"帛书文字基本上是隶书，但与东汉的八分隶书不同。笔画上已改篆的圆笔为隶
的方折，结构上仍保留若干篆意。是处于由篆向隶演化的过渡阶段。"③ 顾铁符
先生亦曰："这批帛书的制作年代，虽然在汉王朝建立之后的二三十年里，但也
是有先有后。尤其它的抄写出于很多人之手，各人习惯不一样，因此其中既有
一笔不苟的小篆和生动流利的隶书，也有从篆演变到隶过程中的各种形态。所
以这一批帛书，从字体来说，基本上代表了从篆书演变到隶书过渡时期的各种
面貌。"④

依据《马王堆帛书艺术》一书对帛书字体的分类，马王堆帛书字体大体可
以分为三类：篆隶、古隶、汉隶。⑤ 帛书属于古隶的一种，介于篆隶与汉隶之
间。刘熙载《艺概·书概》曰："书之有隶，生于篆，如音之有征，生于宫，故
篆取力气长，隶取势险节短，盖运笔与奋笔之辨也。隶形与篆相反，隶意却要
与篆相用，以峭激蕴纤余，以倔强寓款婉，斯征品量。"⑥ 帛书字体兼有二者之
妙，据此可以了解汉字字体由篆书到隶书演变的轨迹。

六、有助于音韵学研究

朱德熙先生指出："帛书对于历史音韵学的研究来说，也是极其重要的。帛
书很多地方是押韵的，又有大量的假借字，还有许多和现存古书不同的异文。

---

① （汉）刘向集录.战国策［M］.上海：上海古籍出版社，1985：950.
② 马王堆汉墓帛书整理小组.战国纵横家书［M］.北京：文物出版社，1976：108.
③ 座谈长沙马王堆汉墓帛书［J］.文物，1974（9）.
④ 座谈长沙马王堆汉墓帛书［J］.文物，1974（9）.
⑤ 陈松长.马王堆帛书艺术［M］.上海：上海书店出版社，1996：2-3.
⑥ （清）刘熙载著，王气中笺注.艺概笺注［M］.上海：上海古籍出版社，1986：389.

这些都是研究古音韵的重要资料。"① 帛书作为马王堆汉墓帛书中的一部分，其中也有较多通假字，如"须贾说穰侯章"载："初时者，惠王伐赵，战胜三梁，拔郉战。"②《战国策·魏策三》作"初时惠王伐赵，战胜乎三梁，十万之军拔邯郸"。③ "战"与"郸"古音均在元部，字音相近，二字通假。帛书"朱己谓魏王章"载："从林军以至于今，秦七攻魏，五入围中。"④《战国策·魏策三》作"从林军以至于今，秦十攻魏，五入国中"⑤。"围"与"国"古音均在职部，二字音近通假。

帛书也有个别古今字，如"苏秦使盛庆献书于燕王章"载："燕王请毌任苏秦以事"⑥，其中"毌"帛书图版作"**毋**"。"母""毌"古时为一字，都写作"母"。后来"毌"从"母"字分化出来，单独表示"毌"的意义。此外，帛书还有一些对仗句式，如"朱己谓魏王章"载："支台随（堕），垂都然（燃），林木伐，麋鹿尽。"⑦ 此为三字短句连用，音律顿挫。"秦客卿造谓穰侯章"引《诗》曰："树德者莫如滋，除怨者莫如尽。"⑧ 对偶工整，韵律和谐。这些都有助于推进对汉语古音韵学的研究。

七、了解汉初书籍情况

朱德熙先生指出："帛比竹木轻便很多，但是也贵重得多，作为书写材料大大不如竹木用得广泛，而且帛又比较容易损坏，所以古代的帛书一直很少发现。七十年代马王堆汉墓出土的一批帛书，几乎是我们了解古代帛书形制的唯一依据。"⑨ 可见，根据马王堆帛书我们可以了解古代帛书的特点。

马王堆帛书作为汉初帛书，它具有不同于其他时代的特殊之处。史树青先生说："马王堆出土的帛书，每行都有极细的朱丝栏，从形式看，很像编联的简册，可见帛书出现的时期，要晚于竹书，帛书的行格是模仿竹书的形式。"⑩ 冯

---

① 座谈长沙马王堆汉墓帛书 [J]. 文物，1974（9）.
② 马王堆汉墓帛书整理小组. 战国纵横家书 [M]. 北京：文物出版社，1976：51.
③ （汉）刘向集录. 战国策 [M]. 上海：上海古籍出版社，1985：854.
④ 马王堆汉墓帛书整理小组. 战国纵横家书 [M]. 北京：文物出版社，1976：60.
⑤ （汉）刘向集录. 战国策 [M]. 上海：上海古籍出版社，1985：874.
⑥ 马王堆汉墓帛书整理小组. 战国纵横家书 [M]. 北京：文物出版社，1976：5.
⑦ 马王堆汉墓帛书整理小组. 战国纵横家书 [M]. 北京：文物出版社，1976：60.
⑧ 座谈长沙马王堆汉墓帛书 [J]. 文物，1974（9）.
⑨ 朱德熙，裘锡圭. 七十年代出土的秦汉简册和帛书 [J]. 语文研究，1982（1）.
⑩ 座谈长沙马王堆汉墓帛书 [J]. 文物，1974（9）.

胜君先生亦曰：“帛书的‘天地头’横线应该是仿自竹书的编纶。”① 可知马王堆汉墓帛书揭示了古代书籍形态的发展演变过程。

此外，帛书是古代书籍中的一种，对马王堆帛书形制的掌握有助于我们加深对汉代初期书籍具体形态的了解。帛书作为马王堆帛书的一种，自然也可以据此研究汉初书籍形式。藤田胜久先生即指出：“从《战国纵横家书》的分析中，我们还可以了解汉代初期书籍的具体形态。马王堆帛书的出土告诉我们，在将简牍上书写的书籍再编纂的过程中，有时候会写在缯帛上。因此，今后在研究秦汉时代书籍的书写、编纂、普及问题时，出土书籍的分析必不可缺少。”②

八、具有较高的文学价值

秦丙坤先生指出：“《战国纵横家书》有关苏秦的说辞和书信，可称为苏秦散文，作为先秦纵横家散文研究的一部分。”③ 张兵先生进一步指出：“其实，何止苏秦散文，《战国纵横家书》中的其他文献应归入先秦散文的范畴，整部《战国纵横家书》就是散文集。”④ 可见，帛书本身是一部文学色彩较高的先秦散文集，有着重要的文学价值。

从先秦历史散文“以记事为主”，如《左传》，发展到两汉史传文学“以写人为主”，如《史记》，其间缺少对中间发展环节的研究。而帛书、《战国策》正是先秦散文中间发展环节中的重要一环。“马王堆的三座汉墓，就是现已发掘的西汉初期墓葬中，唯一具体年代清楚、死者见于史书记载的墓地，从而为汉初这个重要历史时期考古资料的研究，提供了可靠的断代标尺。”⑤ 可知帛书是年代较为明确的先秦文学作品，可以为古代散文发展演变的进程提供时代坐标。

刘师培先生《论文杂记》云：“中国文学，至周末而臻极盛。庄、列之深远，苏、张之纵横，韩非之排奡，荀、吕之平易，皆为后世文章之祖。”⑥ 帛书作为先秦散文的一部分，无论在内容形式、语言风格，还是在艺术手法上，都体现了鲜明的文学色彩，文学诸法已初见端倪。对其文学价值的研究，有利于

---

① 冯胜君. 从出土文献谈先秦两汉古书的体例（文本书写篇）[J]. 文史，2004（4）.
② 藤田胜久. 《史记》战国史料研究 [M]. 上海：上海古籍出版社，2008：177.
③ 秦丙坤. 《战国纵横家书》所见苏秦散文时事考辨 [J]. 西北师大学报，2002（4）.
④ 张兵. 《战国纵横家书》文献史料价值探析 [J]. 理论学刊，2017（5）.
⑤ 中国科学院考古研究所，湖南省博物馆写作小组. 马王堆二、三号汉墓发掘的主要收获 [J]. 考古，1975（1）.
⑥ 刘师培著，李妙根编：刘师培辛亥前文选 [M]. 上海：中西书局，2012：274.

进一步拓展先秦文学研究的视野，厘清古代文学文体的发展脉络和内在规律，促进后世众多文学形式的繁荣发展。

可见，帛书具有补史之阙、正史之误的重大作用，在文献学、历史学、文字学、音韵学、文学等方面均有不可忽视的重要价值，是一部极为珍贵的出土文献资料。对其进行研究不仅有利于梳理战国史实，还有助于推动战国学术史、文学史的蓬勃发展，在传统文化研究上推陈出新。

然而，需要指出的是，虽然帛书自出土四十多年来，备受学界的广泛关注和研究，但是对于帛书文字、章节辞主、章节系年仍存在较大分歧，没有形成定论。帛书文本考释，是开展其他研究工作的基础，如果有存疑之处，或未能作出深入浅出的注释，会影响这一出土帛书重要文献价值、史料价值、文学价值的发挥。因此，在吸取前人研究成果的基础上，对帛书注释和译文加以全面整理，出版一部科学性和通俗性相结合的校注本，无论对于专业工作者还是一般读者都是十分有必要的。

《〈战国纵横家书〉译注》在这方面做了尝试和努力，力求达到这个要求。但是由于本人研究水平及学识有限，书中还有不够完善之处，敬请专家、学者和广大读者予以批评指正。

凡　　例

一、本书所收帛书，原无书名，为了称引方便，原整理小组（1976）将它定名为《战国纵横家书》，今沿用。

二、帛书凡二十七章，其中十一章内容见于《史记》《战国策》《韩非子》，十六章为逸文。附录节引与帛书可相互对照的古书内容，以供参考。

三、帛书二十七章分为三个部分：第一部分是第一章至第十四章，第二部分是第十五章至第十九章，第三部分是第二十章至第二十七章。

四、帛书二十七章原无章名，为了阅读方便，原整理小组（1976）添加章名。但是由于第一部分十四章编次混乱，先后倒置，对其史事系年存在争议；同时第二、第三部分个别章节由于与传世文献记载相悖，对其辞主或年代记载亦存在分歧。为此，本书撰有《〈战国纵横家书〉第一部分年代丛考》作为《引论》上篇而冠于卷首，用以考辨第一部分十四章正确系年，以时间顺序重新排列（下文译注皆按此顺序）；撰有《〈战国纵横家书〉第二部分年代丛考》作为《引论》中篇，考辨第二部分五章正确系年，以时间顺序重新排列（下文译注皆按此顺序）；撰有《〈战国纵横家书〉第三部分年代、辞主丛考》作为《引论》下篇，考辨第三部分八章正确系年及辞主有分歧章节，修正和补充战国史料，并以时间顺序重新排列（下文译注按此考订后章名及顺序）。

五、本书以《长沙马王堆汉墓简帛集成［叁］》（2014）为底本，同时吸收参考原整理小组（1976）、郑良树（1982）、裘锡圭（1992）、孟庆祥（1999）、范祥雍（2006）、［日］藤田胜久（2008）等学者的研究成果。对于各家注解有异者，在注释中以"案"形式加以说明，或择善从之，或补充修正，或疏通文义，或另立新说。

六、帛书中的异体字、通假字等，释文中随文注出其通行字形，外加（　）。错字随文注出正字，外加〈　〉。衍文仍保留，外加｛　｝。帛书中涂去及未写全的废字，释文用○代替。文字已完全残失者，凡能根据上下文例、参照他本或其他古书确切补出的，一般在释文中补入，外加【　】。不可辨识或无法补出的残缺文字，用□代替。所缺字数不能确定者，用☑表示。帛书原有错简二处，已予以订正，原文不删，外加▢▢▢▢，移正处以 [ ] 标出，并在注释中说明。

七、本书在每章注释后附以译文，以直译为主，参以意译，以便读者据此通读原文。

八、传世文献记载苏秦事迹相互矛盾抵牾，《战国纵横家书》集中丰富且真实可靠地收录相关苏秦史料，据此可以纠正有关苏秦及其相关人物事迹的错误记载，解决长久以来悬而未决的历史疑案。本书撰有《苏秦事迹考》作为《附论》上篇而附于文末，考辨苏秦史实；撰有《奉阳君事迹考》作为《附论》下篇，考辨奉阳君史实。

九、引书简称：

《马 [叁]》——裘锡圭主编，湖南省博物馆、复旦大学出土文献与古文字研究中心编纂《长沙马王堆汉墓简帛集成 [叁]》（中华书局 2014 年版）

《单行本》——马王堆汉墓帛书整理小组《战国纵横家书》（文物出版社1976 年版）

《郑注》——郑良树《帛书本〈战国策〉校释》（收录在《竹简帛书论文集》，中华书局 1982 年版）

《裘注》——裘锡圭《读〈战国纵横家书释文注释〉札记》（收录在《古代文史研究新探》，江苏古籍出版社 1992 年版）

《孟注》——孟庆祥《战国纵横家书论考》（黑龙江人民出版社 1999 年版）

《范注》——范祥雍《战国策笺证》（利用《战国纵横家书》考释《战国策》疑难问题，为研究《战国纵横家书》提供参考和补充，上海古籍出版社2006 年版）

为简省计，所引《史记》《战国策》略去书名，仅注篇名或章次。所引《史记》，仅称某本纪、某世家、某列传（《史记》主要使用中华书局 1959 年点校本）；所引《战国策》，仅注明某国策及其章次（《战国策》主要使用上海古籍出版社 1985 年标点本）。

除上举诸书外，凡称引其他各家之说，皆随文注明。

目　录
CONTENTS

引论上篇 《战国纵横家书》
第一部分年代丛考

　　《战国纵横家书》（以下简称帛书）第一部分第一章至第十四章主要是有
关苏秦书信的原始资料，集中记载苏秦的言辞和行事。对这部分各章年代的考
订，不仅有利于梳理战国时期苏秦史实，了解苏秦活动轨迹，复原真实的苏秦
形象，还有助于补充传世文献对战国纪年记载的缺失之处。首先界定"年代"。
郑杰文先生《战国策文新论》在考察《战国策》各篇年代时，将《战国策》文
分为"记事""记言"两类。并进一步解释说："《战国策》策文中的'记事'
类策文，一般说来是由诸侯史官、权臣侍史或策士随游弟子记录的，由策文所
载、或由策文考出的策文时间的发生年代，就是这策文的作年；'记言'类策文
中的书奏说辞，是策士撰写、修改后呈奏君王或权臣的，其可考出的呈奏年代，
一般应是此策文的产生年代；'记言'类策文中的面陈说辞，多是由史官、侍
史、随游弟子记录并保存的，由其前交代的背景、起因或说辞中涉及的人、事、
地、物等所考出的进言的年代，一般就是此策文的产生年代。"① 本书对帛书各
章的年代考辨亦采郑杰文之说。将帛书"记言"类书信章节年代定为书信呈奏
君王或权臣的呈奏年代，将"记言"类面陈说辞章节年代定为由说辞中涉及的
人、事、地、物等所考出的进言年代，将"记事"类章节年代定为记录该事件
时间的发生年代。

　　帛书第一部分除"韩龚献书于齐章"外，均是苏秦的书信和游说辞。而韩
龚书信也是因为与苏秦事迹相关而被附录于此。由这些书信和游说辞所载史实
可考出的呈奏年代和进言年代，即帛书第一部分各章的系年。这十四章内容大
多相互关联，呈奏年代和进言年代亦多相近。车新亭先生亦曰："第一部分除第
十三章显系作为附录外，全出于苏秦之手。涉及的年代从公元前 284 年往前推，

---

　　① 郑杰文. 战国策文新论［M］. 济南：山东人民出版社，1998.

至多不过十几年。"①

　　然而，由于后人在辑录这十四篇苏秦书信和游说辞时，主要是按国别进行编排的，如前七章均是苏秦献给燕王的书信或游说辞；后七章都是苏秦或韩貤献给齐王的书信或游说辞（如表1所示），因而忽略了各篇书信和游说辞呈奏年代或进言年代的先后顺序。这就导致了此段时期内苏秦事迹的记载相当混乱，为我们正确梳理战国中后期苏秦史实、理清与此相涉的各诸侯国真实情况带来了极大困扰。因此，考订这十四篇书信和游说辞的系年，并将它们按年代先后顺序进行排列，是亟待解决的问题。

表1　《战国纵横家书》第一部分原章节排列情况

原次序	章名	原次序	章名
第一章	苏秦自赵献书燕王章	第八章	苏秦谓齐王章（一）
第二章	苏秦使韩山献书燕王章	第九章	苏秦谓齐王章（二）
第三章	苏秦使盛庆献书于燕王章	第十章	苏秦谓齐王章（三）
第四章	苏秦自齐献书于燕王章	第十一章	苏秦自赵献书于齐王章（一）
第五章	苏秦谓燕王章	第十二章	苏秦自赵献书于齐王章（二）
第六章	苏秦自梁献书于燕王章（一）	第十三章	韩貤献书于齐章
第七章	苏秦自梁献书于燕王章（二）	第十四章	苏秦谓齐王章（四）

　　帛书第一部分十四章中，其中"苏秦谓燕王章"是苏秦游说辞，将其单独列出并考辨其系年。而其他十三章为书信，内容密切相关，呈奏年代亦相近，因此将它们作为一个整体放在一节中集中探讨。

一、"苏秦谓燕王章"年代考辨

　　对于帛书"苏秦谓燕王章"（原第五章）的系年，学者意见不一。唐兰先生认为此章年代在公元前307年前后②，缪文远先生同意此说③；马雍先生将此

---

①　车新亭.《战国纵横家书》与苏秦史料辨正 [J]. 北京师范大学学报，1990（3）.

②　唐兰. 司马迁所没有见过的珍贵史料——长沙马王堆帛书《战国纵横家书》：战国纵横家书 [M]. 北京：文物出版社，1976：131.

③　缪文远. 战国策新校注 [M] 成都：巴蜀书社，1987：1034.

章年代定为公元前300年①，孟庆祥先生亦从此说②；青城先生同意杨宽先生的见解，把此章时间定在公元前287年上半年的早些时候。③ 可见，学者对"苏秦谓燕王章"系年众说纷纭，莫衷一是。本文在全面吸收、分析已有各种研究成果的基础上，搜集更多战国史实，运用新的视角和方法，结合传世文献，对此章的进言年代进行了进一步考订，以期能够得出较为合理的结论。

帛书"苏秦谓燕王章"又见于《燕策一·人有恶苏秦于燕王者》《燕策一·苏代谓燕昭王》《苏秦列传》，这四篇中有一段文字大同小异，因此马雍先生说："这四篇文献是出于同源的。"④ 而帛书"苏秦谓燕王章"相较于其他三篇而言，"谈话内容较为空泛，缺少断代的根据，章末语意未完，其下显然有脱文"。且该章"并未表明同燕王对话者为谁，也未表明这位燕王为燕国哪一代国王"。⑤ 单单依凭此章内容，无法对其系年进行认定。而《战国策》及《史记》其他三篇则内容较为详细完整，可与帛书"苏秦谓燕王章"相互对勘，因此可以根据对这三篇系年的分析来考订"苏秦谓燕王章"的年代。

（一）《燕策一·人有恶苏秦于燕王者》系年

《燕策一·人有恶苏秦于燕王者》曰："今臣为足下使，利得十城，功存危燕"⑥，此时苏秦为燕王出使齐国，劝说齐王归还燕国十城，有保存危燕的功劳。范祥雍曰："利得十城，与上章相应，时间当相接，《史记》亦同。"⑦ 范先生所说的"上章"，即《燕策一·燕文公时》。该章载："武安君苏秦为燕说齐王，……王利其十城，而深与强秦为仇。……王能听臣，莫如归燕之十城，卑辞以谢秦。……齐王大说，乃归燕城。"⑧ 即苏秦为燕国游说齐王，使得齐国把十城还给燕国。可证《战国策》此二章时间正相接。由此，要想明确"人有恶苏秦于燕王者"章的系年，关键是要确定"燕文公时"章中苏秦劝说齐王归还

① 马雍. 帛书《战国纵横家书》各篇的年代和历史背景：战国纵横家书［M］. 北京：文物出版社，1976：178.
② 孟庆祥. 战国纵横家书论考［M］. 哈尔滨：黑龙江人民出版社，1999：31.
③ 青城. 帛书《战国纵横家书》前十四章结构时序考辨［J］. 管子学刊，1995（2）.
④ 马雍. 帛书《战国纵横家书》各篇的年代和历史背景：战国纵横家书［M］. 北京：文物出版社，1976：177.
⑤ 马雍. 帛书《战国纵横家书》各篇的年代和历史背景：战国纵横家书［M］. 北京：文物出版社，1976：176.
⑥ （汉）刘向集录. 战国策［M］. 上海：上海古籍出版社，1985：1047.
⑦ （汉）刘向集录，范祥雍笺证. 战国策笺证［M］. 上海：上海古籍出版社，2006：1658.
⑧ （汉）刘向集录. 战国策［M］. 上海：上海古籍出版社，1985：1045-1046.

燕国十城的年代。而要想解决这个问题，首先就要明确"齐取燕十城"的时间。

《燕召公世家》曰："二十九年，文公卒，太子立，是为易王。易王初立，齐宣王因燕丧伐我，取十城。"①《燕策一·燕文公时》亦曰："燕文公时，秦惠王以其女为燕太子妇。文公卒，易王立，齐宣王因燕丧攻之，取十城。"② 可见，齐宣王确曾伐燕，并占领燕国十城。此二篇都认为"齐取燕十城"发生在燕易王时期。然而，"《史记·燕召公世家》所载燕世系和年次，极为紊乱"。③《燕策一·燕文公时》因参照《史记》，其对此事的系年亦不可信。

范祥雍先生在考证《燕策一·燕文公时》中"齐取燕十城"的年代时说："燕文公卒年当秦惠王五年（前333）。惠王立三年，始冠，即位时年十九，冠年二十二。国君冠而后始成婚。惠王于三年始冠，何能越二年即有女为燕太子妇哉？若云订婚而未娶，则秦女是时年不越晬，易王如在冲龄，固可相配，但考易王在位十二年卒而子哙即位，是易王立时决非童稚，又岂能与襁褓之幼女订婚约哉？况下苏秦云'强秦之少婿也'，则秦女非惠王之长女，与易王为妇更不偶矣。"④ 范先生从秦惠王少婿的角度出发，论证燕易王即位时秦惠王刚刚成婚二年，他此前不可能有适婚年龄的女儿嫁给还是太子的燕易王，使燕易王成为秦国的少婿，此处所载燕国世系混乱，从而得出"齐取燕十城"事不应发生在燕易王初立之年的结论。唐兰先生则进一步指出："齐宣王伐燕，事实上并不是燕易王时的公元前332年，而是前314年的燕王哙和燕相子之时。秦惠王的少婿，也决不是燕文侯的太子燕易王而应是燕公子职，即燕昭王。"⑤

唐先生所说甚是。公元前314年，齐国趁燕相子之之乱大举攻燕，占领燕国十城。这在其他史书中也均有记载。《孟子·梁惠王下》中记载："齐人伐燕，胜之。"⑥ 帛书"须贾说穰侯章"亦曰："齐人攻燕，拔故国，杀子之。"可见，"齐取燕十城"确实发生在公元前314年。燕国公子职在此战乱之际，于公元前311年立为王，是为燕昭王。马雍先生说："至公元前311年，燕昭王即位"⑦，

① （汉）司马迁. 史记［M］. 北京：中华书局，1959：1554.
② （汉）刘向集录. 战国策［M］. 上海：上海古籍出版社，1985：1044.
③ 徐中舒. 论《战国策》的编写及有关苏秦诸问题［J］. 历史研究，1964（1）.
④ （汉）刘向集录，范祥雍笺证. 战国策笺证［M］. 上海：上海古籍出版社，2006：1653.
⑤ 唐兰. 司马迁所没有见过的珍贵史料——长沙马王堆帛书《战国纵横家书》：战国纵横家书［M］. 北京：文物出版社，1976：131.
⑥ 杨伯峻. 孟子译注［M］. 北京：中华书局，1960：40.
⑦ 马雍. 帛书《战国纵横家书》各篇的年代和历史背景：战国纵横家书［M］. 北京：文物出版社，1976：176.

杨宽先生亦曰:"周赧王四年(公元前311年),即燕昭王元年"①,均可证。

燕昭王即位后,以报仇雪恨为志,即《燕策一·燕昭王收破燕后即位》所载:"燕昭王收破燕后即位,卑身厚币,以招贤者,欲将以报雠。"② 苏秦正是此时赴燕。公元前309年,苏秦来到燕国,为燕昭王出谋划策。《燕策二·苏秦死其弟苏代欲继之》燕昭王谓苏秦曰:"我有深怨积怒于齐,而欲报之二年矣。齐者,我雠国也,故寡人之所欲伐也。"③ "二年",鲍彪云:"自即位至是。"范祥雍先生亦曰:"报齐之事,昭王策之长久,可以理喻。……以之推论,则此'二年'谓是昭王即位之初,自无不可。"④ 燕昭王于公元前311年即位,至公元前309年苏秦至燕游说燕昭王正好两年。这就证明了苏秦的确是在公元前309年来到燕国的。裴登峰先生《战国七十年文学编年》一文亦曰:"燕昭王前311年即位后,力图报齐之仇。……燕既有如此的举动、士有这样的反映,苏秦正欲图有为,于是至燕。……故苏秦至燕在前309年。"⑤ 可证。

燕昭王被苏秦的谋齐策略打动,因此重用于他,任他以官职,并封他为"武安君"。苏秦在接受燕昭王的任命后,于公元前308年,为燕昭王出使齐国游说齐宣王归还燕国十城。即《燕策一·燕文公时》所载:"武安君苏秦为燕说齐王。"⑥ 而苏秦通过自己口若悬河的辩才最终说服了齐宣王归还燕国十城。可见,"燕文公时"章当发生在公元前308年。

而《燕策一》"人有恶苏秦于燕王者"章与"燕文公时"章时间相接。"人有恶苏秦于燕王者"章曰:"今臣为足下使,利得十城,功存危燕"⑦,指的就是苏秦游说齐宣王归还燕国十城的事迹。在齐国归还了燕国十城后,苏秦为燕国立了大功,锋芒毕露,招来了燕臣的嫉妒,因此他们诬陷诽谤苏秦,即"人有恶苏秦于燕王者"章所载:"人有恶苏秦于燕王者,曰:'武安君,天下不信人也。王以万乘下之,尊之于廷,示天下与小人群也。'"⑧《苏秦列传》亦曰:"人有毁苏秦者曰:'左右卖国反覆之臣也,将作乱。'"⑨ 而燕王听信了燕臣的

① 杨宽. 战国史料编年辑证 [M]. 上海:上海人民出版社,2001:552.
② (汉)刘向集录. 战国策 [M]. 上海:上海古籍出版社,1985:1064.
③ (汉)刘向集录. 战国策 [M]. 上海:上海古籍出版社,1985:1055.
④ (汉)刘向集录,范祥雍笺证. 战国策笺证 [M]. 上海:上海古籍出版社,2006:1672.
⑤ 裴登峰. 战国七十年文学编年 [D]. 兰州:西北师范大学,2000:85.
⑥ (汉)刘向集录. 战国策 [M]. 上海:上海古籍出版社,1985:1044.
⑦ (汉)刘向集录. 战国策 [M]. 上海:上海古籍出版社,1985:1047.
⑧ (汉)刘向集录. 战国策 [M]. 上海:上海古籍出版社,1985:1046.
⑨ (汉)司马迁. 史记 [M]. 北京:中华书局,1959:2264.

谗言，冷落苏秦，等他归燕之后，也不再重用他。为此，苏秦于公元前307年，上书进谏燕昭王，诉说自己的委屈之情，即"人有恶苏秦于燕王者"章所载苏秦之语："今臣为足下使，利得十城，功存危燕，足下不听臣者，人必有言臣不信，伤臣于王者。"① 并且他在此策文中还举了忠心而遭受笞打的侍妾的例子，来进一步表明自己的忠心，希望燕王不要听信谗言。此外，苏秦还为燕昭王策划了谋齐大计，以使燕王重新重用他。"人有恶苏秦于燕王者"章载："皆自覆之术，非进取之道也。且夫三王代兴，五霸迭盛，皆不自覆也。"② 即苏秦劝说燕昭王不要安于现状，要积极进取，不断扩张领土，以洗刷齐国带来的耻辱。而燕王最终听从了苏秦的建议，重新重用于他。即《苏秦列传》所载："燕王曰：'先生复就故官。'益厚遇之。"③

可见，《燕策一·人有恶苏秦于燕王者》苏秦谓燕昭王之语发生在公元前307年。唐兰先生也指出："（苏秦）随后去说齐宣王，回燕后向昭王说这些话，就可能是昭王五年（前307）前后了。"④《苏秦列传》"人有毁苏秦者曰"与《战国策》此章内容相近，因此其年代亦在公元前307年。

（二）《燕策一·苏代谓燕昭王》系年

本文认为《燕策一·苏代谓燕昭王》的系年也在公元前307年。此策文章首载"苏代谓燕昭王曰"⑤，马雍先生云："此策内容为谋齐，……这位进言者应为苏秦而非苏代。"⑥ 杨宽先生曰："《燕策一》'苏代谓燕昭王'章，是记燕昭王和苏秦定策的谈话。"⑦ 缪文远先生亦曰："苏秦自解于燕昭王。"⑧ 张兵先生也指出："游说者当为'苏秦'而非'苏代'。"⑨ 由此，可以明确此章应为"苏秦谓燕昭王"。

此章载："仁义者，自完之道也，非进取之术也"，"三王代位，五伯改政，

① （汉）刘向集录. 战国策 [M]. 上海：上海古籍出版社，1985：1047.
② （汉）刘向集录. 战国策 [M]. 上海：上海古籍出版社，1985：1047.
③ （汉）司马迁. 史记 [M]. 北京：中华书局，1959：2265.
④ 唐兰. 司马迁所没有见过的珍贵史料——长沙马王堆帛书《战国纵横家书》：战国纵横家书 [M]. 北京：文物出版社，1976：131.
⑤ （汉）刘向集录. 战国策 [M]. 上海：上海古籍出版社，1985：1071.
⑥ 马雍. 帛书《战国纵横家书》各篇的年代和历史背景：战国纵横家书 [M]. 北京：文物出版社，1976：177.
⑦ 杨宽. 战国史 [M]. 上海：上海人民出版社，2003：246.
⑧ 缪文远. 战国策考辨 [M]. 北京：中华书局，1984：301.
⑨ 张兵. 《战国纵横家书》文献史料价值探析 [J]. 理论学刊，2017（5）.

皆以不自忧故也"。① 此与《燕策一·人有恶苏秦于燕王者》一样,都是苏秦劝说燕昭王采取"进取之术"。而且苏秦在文中还指明了如何采取"进取之术",即此章载:"今王有东向伐齐之心,而愚臣知之","故齐虽强国也,西劳于宋,南罢于楚,则齐军可败,而河间可取"。② 即鼓动齐国常年发动征伐战争,民劳兵弊,国力耗损,燕国则可以趁机一举击败齐国。苏秦这一伐齐计谋,正合燕昭王心意。因此,燕王封苏秦为上卿,让他再一次出使齐国,为燕反间于齐。即此章所载:"燕王曰:'善。吾请拜子为上卿,奉子车百乘,子以此为寡人东游于齐,何如?'"③ 此外,此策文中也记载了与《燕策一·人有恶苏秦于燕王者》内容相似的忠心却遭受笞打的侍妾的故事。可见,此章应与"人有恶苏秦于燕王者"章发生在同一时期,即公元前307年。

而且,策文所记载的史实也与公元前307年苏秦赴齐反间的形势相合。根据《燕策一·苏代谓燕昭王》记载,苏秦破齐的主要手段就是使齐国"西劳于宋,南罢于楚"。带着这个任务,苏秦于公元前307年第二次出使齐国,并开始自己的反间行动。

首先,苏秦鼓动齐王伐楚。《楚世家》曰:"(楚怀王)二十六年,齐、韩、魏为楚负其从亲而合于秦,三国共伐楚。"④ 帛书整理小组说:"怀王二十六年即齐宣王十七年(公元前303年),是伐楚的开始。"⑤ 齐国伐楚五年。《燕策一·苏秦死其弟苏代欲继之》曰:"南攻楚五年,稸积散。"⑥ 杨宽先生考证说:"楚怀王二十六年即齐宣王十七年,三国共攻楚;楚怀王二十八年即齐湣王立年,大败楚而杀楚将唐昧;至楚怀王三十年即齐湣王二年,孟尝君入秦为相,首尾共五年。"⑦ 帛书整理小组亦曰:"总计从前303年开始伐楚到前299年薛公相秦,首尾只有五年。"⑧ 在这五年的伐楚战争中,齐国兵力疲敝,损失惨重。此与《燕策一·苏代谓燕昭王》所载"(齐国)南罢于楚"正相合。

此外,苏秦还积极鼓动齐湣王攻宋。《燕策二·客谓燕王曰》载:"(苏秦)谓齐王曰:'且夫宋,中国膏腴之地,邻民之所处也,与其得百里于燕,不如得

① (汉)刘向集录.战国策 [M].上海:上海古籍出版社,1985:1072.
② (汉)刘向集录.战国策 [M].上海:上海古籍出版社,1985:1073.
③ (汉)刘向集录.战国策 [M].上海:上海古籍出版社,1985:1073.
④ (汉)司马迁.史记 [M].北京:中华书局,1959:1727.
⑤ 马王堆汉墓帛书整理小组.战国纵横家书 [M].北京:文物出版社,1976:29.
⑥ (汉)刘向集录.战国策 [M].上海:上海古籍出版社,1985:1056.
⑦ 杨宽.战国史料编年辑证 [M].上海:上海人民出版社,2001:631.
⑧ 马王堆汉墓帛书整理小组.战国纵横家书 [M].北京:文物出版社,1976:29.

十里于宋。伐之，名则义，实则利，王何为弗为？'"①《齐策四·客谓燕王曰》苏秦亦谓齐王曰："伐赵不如伐宋之利"，"而王以其间举宋"。②《赵策四·齐将攻宋而秦楚禁之》苏秦谓齐王曰："臣之所以坚三晋以攻秦者，非以为齐得利秦之毁也，欲以使攻宋也。"③ 均可证苏秦一直积极劝说齐王伐宋。

而齐国也确曾兴兵攻宋。《燕策二·客谓燕王曰》载："（齐）遂与兵伐宋，三覆宋，宋遂举。"④ 是说齐国曾三次攻宋，最后占领宋国。然而，结合出土文献及传世文献的记载，其实齐国在公元前 307 年以后至宋国被齐国灭亡之时，共有四次伐宋战争。

1. 公元前 295 年，齐相薛公第一次兴兵攻宋

帛书"苏秦谓齐王章（一）"载："薛公相齐〈齐〉也，伐楚九岁，功（攻）秦三年，欲以残宋，取进〈淮〉北，宋不残，进〈淮〉北不得。……王弃薛公，身断事。"可知在薛公相齐之时，发动了一次伐宋战争。但是成果并不理想，宋国没有被攻破，淮北之地也没有得到。因此，齐湣王罢免薛公而亲自执政，此年即是薛公出奔之年。《史记·六国表》曰："（齐湣王）三十年，田甲劫王，相薛文走。"⑤《孟尝君列传》亦曰："及田甲劫湣王，湣王意疑孟尝君，孟尝君乃奔。"⑥ 孟尝君即薛公。《史记》记齐国年代有误，杨宽先生指出："齐湣王三十年当作齐湣王七年"，⑦ 帛书整理小组亦曰："（齐湣王三十年）实是齐湣王七年，即公元前 294 年。"⑧ 可知薛公在公元前 294 年离开齐国，则齐国第一次伐宋在公元前 294 年之前。

杨宽先生说："孟尝君为齐相而未出奔以前，在攻秦三年之后，即攻宋取淮北。"⑨ 而帛书整理小组指出："公元前 298 年，赵国派楼缓相秦，孟尝君免相，逃回齐国作相，就联合魏、韩击秦。到前 296 年，齐、魏、韩三国击秦，入函谷关。秦国给魏国西河外及封陵，给韩国河外及武遂，与两国讲和。前后共三年。"⑩ 可知齐攻秦三年在公元前 298 年至公元前 296 年。那么，按照杨宽先生

① （汉）刘向集录. 战国策 ［M］. 上海：上海古籍出版社，1985：1114.
② （汉）刘向集录. 战国策 ［M］. 上海：上海古籍出版社，1985：424.
③ （汉）刘向集录. 战国策 ［M］. 上海：上海古籍出版社，1985：735.
④ （汉）刘向集录. 战国策 ［M］. 上海：上海古籍出版社，1985：1114.
⑤ （汉）司马迁. 史记 ［M］. 北京：中华书局，1959：738.
⑥ （汉）司马迁. 史记 ［M］. 北京：中华书局，1959：2357.
⑦ 杨宽. 战国史料编年辑证 ［M］. 上海：上海人民出版社，2001：709.
⑧ 马王堆汉墓帛书整理小组. 战国纵横家书 ［M］. 北京：文物出版社，1976：29.
⑨ 杨宽. 战国史料编年辑证 ［M］. 上海：上海人民出版社，2001：699.
⑩ 马王堆汉墓帛书整理小组. 战国纵横家书 ［M］. 北京：文物出版社，1976：29.

所说齐国在攻秦三年后，随即进攻宋国，则齐国第一次攻宋当在公元前295年。

2. 公元前293年，齐国第二次兴兵攻宋，即齐湣王第一次伐宋

帛书"苏秦谓齐王章（一）"载："王弃薛公，身断事。"即公元前294年齐湣王罢免薛公，亲自执政。唐兰先生说："在他（即齐湣王）亲政的下一年（前293年）就兴兵伐宋，这是他的第一次伐宋。"① 即齐湣王于公元前293年举兵伐宋。而此时燕国大力支持齐国攻宋。《吕氏春秋·行论》曰："齐攻宋，燕王使张魁将燕兵以从焉。"② 帛书"苏秦自赵献书于齐王章（一）"亦载："以燕之事齐也为尽矣，先为王绝秦，挚（质）子，宦二万甲自食以功（攻）宋。"即燕国派出燕兵并自备粮草助齐攻宋。这些记载都证明了齐国于公元前293年伐宋确有其事。后来，宋国以献出淮北之地为条件与齐国讲和，齐国停止伐宋，即帛书"苏秦谓齐王章（四）"所载："宋以淮北与齐讲。"

3. 公元前287年，齐国第三次兴兵攻宋，即齐湣王第二次伐宋

公元前288年、287年五国合谋伐秦，在此期间，齐国一直谋划攻宋。如《赵策四·齐欲攻宋》曰："齐欲攻宋，秦令起贾禁之。齐乃拣赵以伐宋"③，《赵策四·齐将攻宋而秦楚禁之》载："齐将攻宋，而秦、楚禁之。齐因欲与赵"④。帛书"苏秦自梁献书于燕王章（二）"亦曰："齐先鬻勺（赵）以取秦，后卖秦以取勺（赵）而功（攻）宋。"即齐国想要攻伐宋国，秦国阻止。于是齐国联合以赵国为首的其他诸侯国共同攻秦，其真实目的其实还是为了伐宋。公元前287年齐国将攻宋战争付诸行动。帛书"苏秦谓齐王章（四）"载苏秦之语："今功（攻）秦之兵方始合，王有（又）欲得兵以功（攻）平陵"。平陵属于宋地。帛书"苏秦自赵献书于齐王章（二）"齐王亦曰："寡人之仍功（攻）宋也，请于梁（梁）闭关于宋而不许。"均证明齐国确实于公元前287年五国合谋攻秦之时发动了伐宋战争。

然而，此时正值五国联合攻秦之际，齐国伐宋，则天卜诸国也想抢夺宋地。如帛书"苏秦谓齐王章（四）"载："天下之兵皆去秦而与齐净（争）宋地，此亓（其）为祸不难矣。"《赵策四·五国伐秦无功》亦曰："齐必攻宋，齐攻宋，则楚必攻宋，魏必攻宋，燕、赵助之。"⑤ 可证。而直接迫使齐湣王停止此

① 唐兰. 司马迁所没有见过的珍贵史料——长沙马王堆帛书《战国纵横家书》: 战国纵横家书 [M]. 北京: 文物出版社, 1976: 132.
② （战国）吕不韦撰, 许维遹集释. 吕氏春秋集释 [M]. 北京: 中华书局, 2009: 569.
③ （汉）刘向集录. 战国策 [M]. 上海: 上海古籍出版社, 1985: 727.
④ （汉）刘向集录. 战国策 [M]. 上海: 上海古籍出版社, 1985: 735.
⑤ （汉）刘向集录. 战国策 [M]. 上海: 上海古籍出版社, 1985: 739-740.

次攻宋战争的原因，则是他听闻燕国打算趁齐国兵力疲敝之时趁机伐齐的消息，即帛书"苏秦自梁献书于燕王章（一）"所载："今燕王与群臣谋破齐于宋而功（攻）齐，甚急，兵率有子循而不知寡人得地于宋，亦以八月归兵，不得地，亦以八月归兵。"① 可知齐国为了应对燕国意欲攻齐的企图，不得不于公元前287年8月停止攻宋。

4. 公元前286年，齐国第四次兴兵攻宋，即齐湣王第三次伐宋

五国攻秦战争结束后，齐国于公元前286年与秦国讲和并再次攻宋，最终成功灭亡宋国。如《魏策二·五国伐秦无功而还》载："齐令宋郭之秦，请合而以伐宋。"②《韩策三·韩人攻宋》亦曰："韩人攻宋，秦王大怒……苏秦为韩说秦王曰：'王不折一兵，不杀一人，无事而割安邑。'"此处"韩人""韩"均指韩珉，"韩珉"在《战国策》中亦作"韩呡"或"呡"，在帛书中作"韩赀"。韩珉此时任齐相，"韩人攻宋"即齐国攻宋。这两段是说齐国以魏国安邑为条件向秦国求和，以使秦国同意齐国伐宋。在秦国的支持下，齐国大举攻宋。《田敬仲完世家》曰："（齐湣王）三十八年（当作十五年）伐宋。……于是齐遂伐宋，宋王出亡，死于温。"③《宋微子世家》载："王偃立四十七年，齐湣王与魏、楚伐宋，杀王偃，遂灭宋而三分其地。"④《魏世家》亦曰："（魏昭王）十年齐灭宋，宋王死于温。"⑤ 齐湣王十五年、魏昭王十年，即公元前286年。可证齐国于公元前286年兴兵伐宋，并成功灭掉宋国。

齐国四次伐宋，虽然最终获得了胜利，但在伐宋过程中损耗巨大，兵力疲敝，国力空虚。此正与《燕策一·苏代谓燕昭王》所载"西劳于宋"史实相合。王牧先生亦曰："苏秦在齐，始终贯彻使齐国'西劳于宋，南疲于楚'的策略，以便造成齐国多方树敌的境况。齐湣王果然中了圈套，前后三次攻宋，最终尽管灭了宋国，但却同时导致了五国伐齐局面的形成。"⑥

可见，《燕策一·苏代谓燕昭王》所载："西劳于宋，南罢于楚"是合乎苏秦公元前307年至齐反间史实的。而苏秦的这一谋略也正是其"进取之道"的生动展现。由此，亦可证"苏代谓燕昭王"章的进言年代当在公元前307年。

---

① 马王堆汉墓帛书整理小组 . 战国纵横家书［M］. 北京：文物出版社，1976：23.

② （汉）刘向集录 . 战国策［M］. 上海：上海古籍出版社，1985：826.

③ （汉）司马迁 . 史记［M］. 北京：中华书局，1959：1899-1900.

④ （汉）司马迁 . 史记［M］. 北京：中华书局，1959：1632.

⑤ （汉）司马迁 . 史记［M］. 北京：中华书局，1959：1853.

⑥ 王牧 . 重评苏秦［J］. 史学月刊，1992（1）.

（三）帛书"苏秦谓燕王章"系年

《燕策一·苏代谓燕昭王》《燕策一·人有恶苏秦于燕王者》《苏秦列传》"人有毁苏秦者曰"均发生在公元前307年。此三章内容本来就大同小异，为一事两三传。因此，它们同时发生在公元前307年，是合乎情理的。

帛书"苏秦谓燕王章"相较于其他三章而言，虽然内容较为空泛，脱文现象严重，但是从帛书内容来看，其与此三章记载确为同一事。如帛书"苏秦谓燕王章"载："叚（假）臣孝如增（曾）参，信如犀（尾）星（生），廉如相〈伯〉夷"，分别举了曾参、尾生、伯夷的例子，而这在其他三章中均有涉及。而且"苏秦谓燕王章"也提及了进取之道："自复之术，非进取之道也。三王代立，五相〈伯〉蛇正（政），皆以不复其掌（常）。"此外，"苏秦谓燕王章"结尾曰："自复而足，楚将不出睢（沮）、章（漳），秦将不出商阉（奄），齐〔将〕不出吕籘（隧），燕将不出屋、注，晋将不蔺（逾）泰（太）行，此皆以不复其常为进者。"即苏秦举出楚、秦、齐、燕、魏等国不断开疆拓土、壮大国力的例子，来劝谏燕昭王不要保守复旧，而是走进取之路。这预示着燕国要扩张领土。而燕昭王此时正急于报齐国灭国之仇，因此谋齐、伐齐便首当其冲。于是苏秦便去齐国反间，为燕昭王执行谋齐的任务。此正与《燕策一·苏代谓燕昭王》所载燕昭王拜苏秦为上卿，让其赴齐反间的史实相合。

由此，我们可知帛书"苏秦谓燕王章"与其他三章内容相近，其系年亦在公元前307年。

二、其他各章年代考辨

帛书第一部分除"苏秦谓燕王章"之外的十三章，都是苏秦或韩覛的书信，它们是从专门的苏秦书信辑本中辑录而来的，是真实可信的原始苏秦资料。不过，需要指出的是，在这十三章中，"苏秦谓齐王章（一）""苏秦谓齐王章（二）""苏秦谓齐王章（三）""苏秦谓齐王章（四）"的篇首提示语均使用"谓齐王曰"的格式。它们看似是当面对君主陈述的说辞，不同于书信文体。但是，实际上它们也是书信。如"苏秦谓齐王章（二）"记载苏秦之语："王□□□□□【请】以百五十乘，王以诸侯迎臣。"苏秦希望齐王以诸侯之礼迎接他，作为回报，他会带一百五十乘车去齐国。由此可知，苏秦此时并未在齐国，他又如何面陈齐王呢？所以它们应为书信。早期的书面语具有明显的口语特征，"把文书处理成辞令，是古代史书的普遍现象"。① 如严可均《全上古三代秦汉三国六朝文·凡例》载："史家语例，颇未划一。如《魏志》张既、王基千里陈事，不云书启；《汉书》莽诏，半作'莽曰'；《史记》文、景、武诏作'上曰'。"② 可见，史书常常将诏、令、奏等文书记载成辞令对话。因此，帛书中提示语为"谓齐王曰"的辞令其实应该是书信文体。

这十三篇书信集中记载与苏秦相关的事迹，内容关联紧密，呈奏年代亦相近。通过对各章系年进行考辨，并将其按时间先后顺序排列，不仅可以帮助我们正确掌握这一阶段苏秦的行动轨迹，还有助于校正与此相涉的战国史实。

为了便于理清此时苏秦事迹并方便论述，本篇在对这十三章书信系年进行考订时，打乱了原有的章节顺序，并按照各章书信呈奏年代的时间先后来排序。

（一）"苏秦谓齐王章（二）"系年于公元前290年

帛书"苏秦谓齐王章（二）"（原第九章）是苏秦去齐国之前写给齐湣王的书信。苏秦为燕昭王去齐国行反间之计，其间多次往返于齐国。此章苏秦曰："南方之事齐者，欲得燕与天下之师，而入之秦与宋以谋齐。"是说南边那些顺从齐国的诸侯国，想要联合燕国攻齐。此与帛书"苏秦自齐献书于燕王章"所载"（燕）王信田代〈伐〉、缲去【疾】之言功（攻）齐"相合。《吕氏春秋·行论》亦载："燕王闻之，泣数行下，召有司而告之曰：'余兴事而齐杀我使，请今举兵以攻齐也。'使受命矣。"③ 可见，此时燕国确实想攻伐齐国。

然而，当时燕国实力相对弱小，没有足够的力量攻打齐国，因此经过燕臣凡繇的劝阻，燕昭王最终放弃攻齐，而是选择"缟素辟舍于郊"，向齐王请罪，并"遣使于齐，客而谢焉"。（《吕氏春秋·行论》）④ 专门派使者去齐国向齐王赔罪。杨宽先生指出："《吕氏春秋·行论篇》述及燕王所遣向齐请罪之使者，即是苏秦。"⑤ 帛书"苏秦自齐献书于燕王章"苏秦亦曰："齐杀张庫，……王使庆谓臣：'不之齐危国。'臣以死之围，治齐燕之交。"可证燕昭王此时确实派苏秦去齐国调和齐、燕两国关系。

而帛书"苏秦谓齐王章（二）"正是写于此次苏秦赴齐之前。在他出使齐国前，为了得到齐湣王的信任，他给齐王送去了此封书信，并在信中一再向齐王表明自己的忠心："臣净之于燕王，燕王必弗听矣。臣有（又）来，则大夫之

---

① 董芬芬. 论对春秋辞令进行文体研究的依据和价值 [J]. 甘肃社会科学, 2009 (6).

② 严可均. 全上古三代秦汉三国六朝文 [M]. 北京: 中华书局, 1958: 3.

③ （战国）吕不韦撰, 许维遹集释. 吕氏春秋集释 [M]. 北京: 中华书局, 2009: 569.

④ （战国）吕不韦撰, 许维遹集释. 吕氏春秋集释 [M]. 北京: 中华书局, 2009: 570.

⑤ 杨宽. 战国史料编年辑证 [M]. 上海: 上海人民出版社, 2001: 734.

谋齐者大解矣。"即苏秦说他不惜得罪燕王，也要亲自去齐国向齐王请罪。

帛书"苏秦自齐献书于燕王章"苏秦曰："臣受教任齐交五年"，即苏秦负责协调燕、齐两国邦交已经有五年时间，此次其赴齐即是任齐交的开始。此章下文载："臣止于勺（赵），王谓乾（韩）徐为：'止某不道，犹免寡人之冠也。'以振臣之死。"公元前286年，苏秦至赵挑拨齐、赵关系，被奉阳君、韩徐为拘禁在赵国。燕昭王经多方斡旋，帮助苏秦离开赵国。《燕策一·奉阳君李兑甚不取于苏秦》载："奉阳君李兑甚不取于苏秦。"① 即奉阳君对苏秦破坏齐、赵邦交的行为极度不满。《燕策二·苏代为奉阳君说燕于赵以伐齐》亦曰："韩为谓臣曰：'……吾必守子以甲'"②，"苏代"应为"苏秦"，韩为即韩徐为，杨宽先生指出："韩徐为乃赵之大将，与魏相孟尝君主张合纵攻齐"。③ 这句话是说韩徐为要用武力监视苏秦，即把苏秦拘禁在赵国。《燕策二》此章下文又载苏秦之语："令齐、赵绝，可大纷已。"④ 即苏秦已经让齐、赵关系恶化。可知这件事在历史上确曾发生。此事是帛书"苏秦自齐献书于燕王章"所记载的最晚的史实，发生在苏秦任齐交五年中的最后一年。已知此事发生在公元前286年，由此上推五年，则苏秦赴齐时间当在公元前290年。由此可证帛书"苏秦谓齐王章（二）"呈奏年代应在公元前290年。

此外，帛书整理小组在注释"苏秦谓齐王章（二）"时说："（帛书第九章）是使人谓齐湣王，与上章（即第八章）中追溯的与韩夤订密约一事同时"⑤。即苏秦在此次去齐国之前，除了给齐湣王写信外，还与韩夤取得了联系。帛书"苏秦谓齐王章（一）"韩夤谓苏秦曰： "伤齐者，必勺（赵）也。……楚、越远，宋、鲁弱，燕人承，乾（韩）、梁（梁）有秦患，伤齐者必勺（赵）。"苏秦谓韩夤曰："秦将以燕事齐。齐燕为一，乾（韩）、梁（梁）必从。勺（赵）悍则伐之，愿则挚而功（攻）宋。"即苏秦与韩夤订下密约，齐、燕两国联合共同对抗赵国。韩夤，在《战国策》中又作"韩珉"或"韩呡"，在《田世家》中作"韩聂"，杨宽先生指出："韩夤，原为韩人，与秦昭王友善，主齐、秦相合而谋拓展者。"⑥ 根据帛书"苏秦谓齐王章（一）"所载，苏秦与韩夤订立密约时，韩夤正任齐相。

① （汉）刘向集录.战国策［M］.上海：上海古籍出版社，1985：1041.
② （汉）刘向集录.战国策［M］.上海：上海古籍出版社，1985：1085.
③ 杨宽.战国史料编年辑证［M］.上海：上海人民出版社，2001：787.
④ （汉）刘向集录.战国策［M］.上海：上海古籍出版社，1985：1085.
⑤ 马王堆汉墓帛书整理小组.战国纵横家书［M］.北京：文物出版社，1976：32.
⑥ 杨宽.战国史料编年辑证［M］.上海：上海人民出版社，2001：732.

《韩策三·韩珉相齐》载:"韩珉相齐",下文亦曰:"天下之不善公者,与欲有求于齐者,且收之以临齐而市公。"① 此句是说诸侯中与韩珉关系不好的和有求于齐国的人,会以二人(即公畴竖、成阳君)来逼迫齐国,从而夺取韩珉的相位。可见,韩珉此时正为齐相。顾观光《国策编年》附此策文为周赧王二十五年②,即公元前290年。杨宽先生同意顾观光的说法,指出:"顾氏所说可从。韩珉相齐当在此年,即公元前290年。"③ 由此可知,苏秦与齐相韩聂订立密约是在公元前290年。而苏、韩订密约与帛书"苏秦谓齐王章(二)"中苏秦献书于齐湣王为同时事,则此亦可证"苏秦谓齐王章(二)"呈奏年代在公元前290年。

综上,《战国纵横家书》"苏秦谓齐王章(二)"应系年于公元前290年。

(二)"苏秦自梁献书于燕王章(一)""苏秦自梁献书于燕王章(二)""苏秦谓齐王章(一)""苏秦谓齐王章(三)""苏秦谓齐王章(四)"系年于公元前287年8月之前

帛书"苏秦自梁献书于燕王章(一)"(原第六章)"苏秦自梁献书于燕王章(二)"(原第七章)"苏秦谓齐王章(一)"(原第八章)"苏秦谓齐王章(三)"(原第十章)"苏秦谓齐王章(四)"(原第十四章)内容紧密相连,时间相接。

公元前288年五国联合攻秦。《赵策四·齐欲攻宋》载:"李兑约五国以伐秦。"④ 帛书"苏秦谓齐王章(一)"亦载齐王"伐秦,秦伐"。然而,五国攻秦各有所图,它们的盟约并不牢固。齐国于公元前287年开始攻宋,即帛书"苏秦谓齐王章(四)"所载苏秦之语:"今功(攻)秦之兵方始合,王有(又)欲得兵以功(攻)平陵。"平陵当时属于宋国。并且为了达到顺利攻取宋国的目的,齐湣王还意欲与秦国讲和。如《魏策三·五国伐秦无功而还》载:"齐令宋郭之秦,请合而以伐宋。"⑤ 帛书"苏秦自梁献书于燕王章(二)"亦曰:"(齐王)虑从楚取秦,虑反(返)乾(韩)聂,有(又)虑从勺(赵)取秦。"韩聂是亲秦派,齐王召回韩聂就是想与秦国讲和。可知齐王打算通过多种手段与秦国取得联系。其他四国也各有打算。帛书"苏秦谓齐王章(四)"

① (汉)刘向集录.战国策 [M].上海:上海古籍出版社,1985:1026.
② (清)顾观光.国策编年:续修四库全书 [M].上海:上海古籍出版社,2002.
③ 杨宽.战国史料编年辑证 [M].上海:上海人民出版社,2001:731.
④ (汉)刘向集录.战国策 [M].上海:上海古籍出版社,1985:727.
⑤ (汉)刘向集录.战国策 [M].上海:上海古籍出版社,1985:826.

载："天下之兵皆去秦而与齐诤（争）宋地，此亓（其）为祸不难矣。"即魏、赵等国也意图争夺宋国土地。而燕国则图谋趁齐国疲敝之时攻伐齐国，如帛书"苏秦自梁献书于燕王章（一）"载："今燕王与群臣谋破齐于宋而功（攻）齐。""苏秦自梁献书于燕王章（二）"亦曰："齐王以燕为必侍（待）其弊而功（攻）齐。"齐湣王为应对燕国谋划攻齐的企图，不得不计划八月收兵停止伐宋，即"苏秦自梁献书于燕王章（一）"所载："兵率有子循而不知寡人得地于宋，亦以八月归兵；不得地，亦以八月归兵。"齐国如果停止伐宋，就有足够精力对付燕国，燕国没有战胜齐国的把握。当苏秦在魏国得到这个重要情报后，他给燕昭王写信向其汇报这一情况，并劝说燕王放弃此次意图攻齐的打算："足下虽怒于齐，请养之以便事。"这就是帛书"苏秦自梁献书于燕王章（一）"的主要内容。而此时齐国还没有停止攻伐宋国，因此"苏秦自梁献书于燕王章（一）"呈奏年代应在公元前287年8月之前。

　　帛书"苏秦自梁献书于燕王章（二）"内容与"苏秦自梁献书于燕王章（一）"相连，也是苏秦写给燕昭王的书信。在信中他继续劝说燕王不要急于攻齐，而是积蓄力量等待有利时机："事必□□南方强，燕毋首。有（又）慎毋非令群臣众义（议）功（攻）齐。"燕国实力弱小，无法独自与齐国抗衡，因此苏秦建议燕王不要首先发难攻齐，也不要向齐国暴露燕国意欲攻齐的企图，而是应该依靠并等待其他诸侯国争强。而此时齐国为了攻宋，打算背叛盟约，与秦国和解，这引起三晋的不满："薛公未得所欲于晋国，欲齐之先变以谋晋国也"，"薛公、徐为有辞，言劝晋国变矣"。此二句大意是说薛公想让齐国先背叛盟国与秦国讲和，而他可以以此为借口图谋攻齐。韩、赵等国对齐国背叛盟国的行为也颇有微词，他们也鼓动魏国攻齐。可知此时魏国确实也有伐齐的打算，这就为其他诸侯国先于燕国攻伐齐国提供了可能性。由此可知，帛书"苏秦自梁献书十燕王章（二）"呈奏年代与"苏秦自梁献书于燕王章（一）"相接，均在公元前287年8月之前。

　　然而，齐国此时实力依旧强大，再者，三晋之间对伐齐与否还没有达成共识，此时伐齐并不是有利时机。为打消齐国顾虑，使其放松对燕国的警惕。苏秦给齐湣王写信游说其恢复与燕国的邦交，并继续联合五国共同伐秦。这就是帛书"苏秦谓齐王章（四）"的主要内容。在该章中，苏秦反复承诺燕国会顺从齐国，以弥补之前齐国对燕国失去的信任："臣保燕而循事王"，"王以不谋燕为臣赐，臣有以德燕王矣"。同时，苏秦也一再强调坚持五国结盟共同攻秦的好处："功（攻）秦之事成，三晋之交完于齐，齐事从（纵）横尽利。"这些都是苏秦为避免日后齐国停止伐宋转而攻燕所采取的手段和策略。此章又载："讲而归，亦利；围而勿舍，亦利。"大意是说五国一旦攻秦成功，那么齐国不论是想与宋国讲和、或是想坚持攻宋都对齐国大有好处。可知齐国此时还没有停止伐宋。因此，帛书"苏秦谓齐王章（四）"呈奏年代与"苏秦自梁献书于燕王章（一）""苏秦自梁献书于燕王章（二）"同时，亦在公元前287年8月之前。

帛书"苏秦谓齐王章（一）"呈奏年代与"苏秦谓齐王章（四）"相接，也是苏秦写给齐湣王的书信，继续游说齐王恢复对燕国的信任："齐燕为一"，"是故当今之时，臣之为王守燕，百它日之节"。此外，此章载："今三晋之敢据薛公与不敢据，臣未之识。虽使据之，臣保燕而事王，三晋必不敢变。"大意是说不管三晋是否支持薛公，苏秦都会保证燕国顺从齐王，迫使三晋不敢改变攻秦的策略，从而坚定五国攻秦盟约。此句正承接"苏秦谓齐王章（四）"所载"非薛公之信，莫能合三晋以功（攻）秦"。可知"苏秦谓齐王章（一）"呈奏年代亦在公元前287年8月之前。

帛书"苏秦谓齐王章（三）"与"苏秦谓齐王章（一）"呈奏于齐王的时间相同。"苏秦谓齐王章（三）"载苏秦之语："必毋听天下之恶燕交者"，"臣以燕重事齐"，也都是苏秦为恢复齐、燕两国邦交而做出的努力，以使燕国重新获得齐国的信任。此与"苏秦谓齐王章（一）""苏秦谓齐王章（四）"所载内容正相合。"苏秦谓齐王章（三）"载："□臣大□□息士氏〈民〉，毋庸发怒于宋鲁也。"此句有三处缺字，大意是说苏秦希望齐湣王能撤回进攻宋国的军队，以使士民休养生息。可知此时齐国仍在进攻宋国，其呈奏年代亦在公元前287年8月之前。同时，苏秦劝谏齐王重新稳固五国伐秦盟约，以方便日后再次攻宋："兄（况）臣能以天下功（攻）秦，疾与秦相萃也而不解，王欲复功（攻）宋而复之"。可见，此内容与"苏秦谓齐王章（一）""苏秦谓齐王章（四）"所载苏秦劝说齐王坚持五国攻秦的史实相合。由此，亦可证帛书"苏秦谓齐王章（三）"应系年于公元前287年8月之前。

综上可知，以上五章均写于同一时期，即公元前287年8月之前苏秦在魏国之时。"苏秦自梁献书于燕王章（一）""苏秦自梁献书于燕王章（二）"是苏秦写给燕昭王的书信，目的是让燕国暂缓攻齐，积蓄力量等待时机；"苏秦谓齐王章（一）""苏秦谓齐王章（三）""苏秦谓齐王章（四）"是苏秦写给齐湣王的书信，目的是恢复齐、燕两国邦交，以使齐国停止攻宋后不要攻伐燕国而是继续联合五国攻打秦国。此五章呈奏年代的顺序为"苏秦自梁献书于燕王章（一）"（原第六章）"苏秦自梁献书于燕王章（二）"（原第七章）"苏秦谓齐王章（四）"（原第十四章）"苏秦谓齐王章（一）"（原第八章）"苏秦谓齐王章（三）"（原第十章）。

（三）"苏秦自赵献书于齐王章（一）""苏秦自赵献书于齐王章
（二）""韩𩵋献书于齐章"系年于公元前287年8月以后

帛书"苏秦自赵献书于齐王章（一）"（原第十一章）载："臣暨（既）从
燕之梁（梁）矣，臣之勹（赵）"，是说苏秦从魏国又去到赵国。此时赵相奉
阳君仍旧主张联合五国攻秦："乾（韩）、梁（梁）合，勹（赵）氏将悉上党以
功（攻）秦。"为避免齐湣王与秦国讲和，稳固五国伐秦的盟约，奉阳君希望齐
王能够宽恕魏国："欲（齐）王之赦梁（梁）王而复见之"，因为"苏秦自梁献
书于燕王章（一）"曾记载过魏相薛公图谋伐齐的史实。苏秦在赵国写此信给
齐湣王向其汇报这一情况，并继续劝说齐王不要与秦国讲和，以使奉阳君安心：
"愿王之以毋遇喜奉阳君也。"同时，他又再次向齐湣王表明燕国会顺从齐国，
继续为恢复齐、燕两国邦交而努力："燕王甚兑（悦），亓（其）于齐循善，事
卬曲尽从王"，"以燕之事齐也为尽矣"，"燕齐循善，为王何患无天下"。此封
书信与上五章内容相连，文中又载："以雨，未得遨（速）也。"是说此时正值
雨季，攻秦联军的行动有所迟缓。可知帛书"苏秦自赵献书于齐王章（一）"
呈奏年代当在公元前287年雨季。

帛书"苏秦自赵献书于齐王章（二）"（原第十二章）也是苏秦自赵国写
给齐湣王的书信。此章开篇记载了齐湣王对奉阳君质疑的回复："臣已令告奉阳
君曰：'寡人之所以有讲虑者有：……一。……二。……三。……四。'"即齐
湣王向奉阳君详细解释了他之所以考虑与秦国讲和的原因，其实并非出自真心，
而是迫于无奈，他也不会将其付诸行动，以使奉阳君宽心。同时，齐湣王还指
出那些指责齐国通过楚国与秦国讲和的流言都是魏国的诬陷："梁（梁）氏不恃
寡人，树寡人曰：'齐道楚取秦，苏脩在齐矣。'使天下汹汹然。"这就打消了
"苏秦自赵献书于齐王章（一）"所记载的奉阳君对齐国的怀疑："齐楚果遇，
是王收秦巳（已）。"即奉阳君曾猜疑齐国通过楚国与秦国讲和，而在这里齐湣
王对此进行否认。由此可知，"苏秦自赵献书于齐王章（二）"呈奏年代紧随
"苏秦自赵献书于齐王章（一）"之后。此章载齐湣王之语曰："寡人已毕
（与）宋讲矣。"由上文已知齐国于宋地收兵在公元前287年8月，而此章说齐
国已经与宋国讲和，可知帛书"苏秦自赵献书于齐王章（二）"呈奏年代应在
公元前287年8月之后。则"苏秦自赵献书于齐王章（一）"所载雨季也应在
公元前287年8月前后。

帛书"韩𩵋献书于齐章"（原第十三章）是韩𩵋献给齐湣王的书信。在此
章中，韩𩵋希望齐王能让他返回齐国，使齐、秦重新联合："齐秦复合，使𩵋反
（返），且复故事，秦卬曲尽听王"。帛书"苏秦自梁献书于燕王章（二）"载：

"【齐王】甚惧而欲先天下，虑从楚取秦，虑反（返）乾（韩）臂。"齐湣王担心攻秦联军背叛自己转而拉拢秦国，于是打算通过楚国或以召回韩臂的方式抢先向秦国求和。上文已经提到韩臂是亲秦派，召回他意味着齐、秦两国讲和。而韩臂在秦国听闻齐王有召回他的意图，于是给齐王写去此信想进一步动摇齐湣王之心，促成齐、秦两国的联合："齐、秦虽立百帝，天下孰能禁之。"然而，由"苏秦自赵献书于齐王章（二）"齐王转告奉阳君的话可知，齐王此时并非真心想与秦国讲和，他还向奉阳君保证不会召回韩臂："寡人将反（返）臂也。寡人（无）无之。"苏秦也劝说齐湣王不要因为召回韩臂而与奉阳君交恶，即"苏秦自赵献书于齐王章（二）"所载"不弃策（㯱—兑）而反（返）臂也"。策即"㯱"字，与"兑"字音近，是李兑自称其名。李兑即是奉阳君。由此可知，韩臂呈奏齐王此信的年代在前，"苏秦自赵献书于齐王章（二）"齐湣王承诺不会召回韩臂发生在后。因此，"韩臂献书于齐章"系年应在"苏秦自赵献书于齐王章（二）"之前。青城先生在《帛书〈战国纵横家书〉前十四章结构时序考辨》一文中指出："帛书一三（"韩臂献书于齐章"）是帛书一二（"苏秦自赵献书于齐王章（二）"）的补充材料。"① 其说合理。

由此，帛书"苏秦自赵献书于齐王章（一）""苏秦自赵献书于齐王章（二）""韩臂献书于齐章"呈奏年代均在公元前287年8月以后苏秦在赵国之时，此三章的顺序为"苏秦自赵献书于齐王章（一）"（原第十一章）"韩臂献书于齐章"（原第十三章）"苏秦自赵献书于齐王章（二）"（原第十二章）。

（四）"苏秦自赵献书燕王章""苏秦使韩山献书燕王章""苏秦使盛庆献书于燕王章"系年于公元前286年

帛书"苏秦自赵献书燕王章"（原第一章）"苏秦使韩山献书燕王章"（原第二章）"苏秦使盛庆献书于燕王章"（原第三章）的书信呈奏年代相接，因此将此三章放在一起进行探讨。

帛书"苏秦使盛庆献书于燕王章"是苏秦写给燕昭王的书信。该信中载："勹（赵）以（已）用薛公、徐为之谋谨齐，故齐【赵】相倍（背）也。"韩徐为是赵国大将，他一直意图联合魏相薛公合谋攻齐。如帛书"苏秦自梁献书于燕王章（二）"载："薛公、徐为有辞，言劝晋国变矣。"即薛公、韩徐为想鼓动魏国背叛齐国。《赵策四·齐欲攻宋》载："今王又挟故薛公以为相，善韩徐为以为上交，尊虞商以为大客，王固可以反疑齐乎？"② 是说魏相薛公与韩徐为

---

① 青城. 帛书《战国纵横家书》前十四章结构时序考辨 [J]. 管子学刊，1995（2）.

② （汉）刘向集录. 战国策 [M]. 上海：上海古籍出版社，1985：730.

交好的目的就是与齐国作对。帛书"苏秦自齐献书于燕王章"亦曰："后，薛公、乾（韩）徐为与王约功（攻）齐"，明言薛公与韩徐为谋划伐齐。可证赵将韩徐为与齐国交恶甚深。

而在帛书"苏秦使盛庆献书于燕王章"中，韩徐为攻齐的策略占了上风。赵国采用薛公和韩徐为的计谋以防范齐国。而且他们进攻齐国的谋划日益加速，即此章所载："所见于薛公、徐为，其功（攻）齐益疾。"《赵世家》曰："（赵惠文王）十三年韩徐为将，攻齐。"[①] 赵惠文王十三年，即公元前 286 年。杨宽先生也指出："（公元前 286 年）韩徐为乃赵之大将，与魏相孟尝君主张合纵攻齐，可知赵对齐之攻势加强。"[②] 可知韩徐为攻齐，事在公元前 286 年。

然而此次攻齐行动却被赵相奉阳君阻止。在赵国，奉阳君政见与韩徐为相左，他主张与齐国交好，以谋取封地。如帛书"苏秦使盛庆献书于燕王章"载："奉阳君之所欲，循【善】齐、秦以定其封，此其上计也。次循善齐以安其国。"齐国为了讨好奉阳君，多次许诺将陶邑送给他作为封地，即帛书"苏秦自赵献书于齐王章（二）"所载："臣以（齐王）令告奉阳君曰：'……以陶封君'。"《赵策四·齐将攻宋而秦楚禁之》亦曰："以观奉阳君之应足下，悬陶以甘之。"[③] 齐国此时还打算把蒙地送给奉阳君，如帛书"苏秦自齐献书于燕王章"载："公玉丹之勹（赵）致蒙，奉阳君受之。"

眼看齐、赵两国要和好。在此关键时刻，苏秦于公元前 286 年前后分别来到齐、赵两国暗中执行"恶齐、赵之交"的任务。首先苏秦至齐劝说齐湣王不要把蒙地送给奉阳君，即帛书"苏秦自齐献书于燕王章"所载："使毋予蒙而通宋使。"紧接着他又到赵国继续离间齐、赵关系，然而苏秦在赵国时，其挑拨齐、赵两国邦交的企图被奉阳君看穿，再加上之前苏秦坏了他取得蒙地的好事。因此，此时的奉阳君对苏秦相当不满，即帛书"苏秦使盛庆献书于燕王章"所载："奉阳君怨臣。"《燕策一》亦载："奉阳君李兑甚不取于苏秦。"[④] 同时韩徐为也不待见苏秦，《燕策二·苏代为奉阳君说燕于赵以伐齐》载："韩为谓苏秦曰：'……吾必守子以甲。'其言恶矣。"[⑤] 即韩徐为威胁苏秦要以武力监视他。并且他们还把苏秦拘禁在赵国："臣止于勹（赵）而侍（待）其鱼肉。"（帛书"苏秦使盛庆献书于燕王章"）苏秦此时犹如砧板上的鱼肉，任人欺凌。

---

① （汉）司马迁. 史记 [M]. 北京：中华书局，1959：1816.
② 杨宽. 战国史料编年辑证 [M]. 上海：上海人民出版社，2001：787.
③ （汉）刘向集录. 战国策 [M]. 上海：上海古籍出版社，1985：736.
④ （汉）刘向集录. 战国策 [M]. 上海：上海古籍出版社，1985：1041.
⑤ （汉）刘向集录. 战国策 [M]. 上海：上海古籍出版社，1985：1085.

在此危急关头，苏秦派盛庆给燕昭王送去一封信，即帛书"苏秦使盛庆献书于燕王章"，向燕昭王详细叙述了他此刻的处境，希望燕王能够帮助他脱离险境。

由此可见，帛书"苏秦使盛庆献书于燕王章"正写于公元前 286 年苏秦"恶齐、赵之交"、被拘禁在赵国之时。此章又载："以不功（攻）宋，欲从韩、梁（梁）取秦以谨勺（赵）"，即齐国由于不能攻破宋国，所以就想着联合韩、魏、秦等国以对抗赵国。可知齐国此时还没有攻灭宋国。因此，此章呈奏年代应在公元前 286 年齐灭宋之前。

帛书"苏秦使韩山献书燕王章"载："臣使庆报之后，徐为之与臣言甚恶"，即此章讲述的是苏秦派盛庆赴燕汇报情况以后的事情。可知"苏秦使韩山献书燕王章"应在"苏秦使盛庆献书于燕王章"之后。在"苏秦使韩山献书燕王章"中苏秦向燕王说明，自从燕王派使者至赵替他说情，他的处境好多了，即此章所载"王之赐使使孙与弘来，甚善巳（已），言臣之后，奉阳君、徐为之视臣益善"。缪文远先生亦曰："燕王乃遣使孙及弘为之说项，于是奉阳君与之关系遂有所改善。"① 然而，由于齐、赵两国关系日益恶化，苏秦在赵国处境仍很危险，如此章载："臣之所患，齐勺（赵）之恶日益，奉阳君尽以为臣罪，恐久而后不可□救也。"因此，苏秦依旧迫切地希望燕王能再多派使者为其说好话，使他在赵国的日子能更轻松些，即此章载"愿王之使人反复言臣"。可见，帛书"苏秦使韩山献书燕王章"内容与"苏秦使盛庆献书于燕王章"相合，书信呈奏年代相接。"苏秦使韩山献书燕王章"又载："相桥于宋，与宋通关"，是说齐王派桥到宋国作相国，与宋国达成通关条约。亦可证此时齐国还没有灭亡宋国。则帛书"苏秦使韩山献书燕王章"年代也在公元前 286 年齐灭宋之前。

帛书"苏秦自赵献书燕王章"载："臣甚患赵之不出臣也"，即苏秦担心赵国不放他出境。可知苏秦此时仍被拘止在赵国，与帛书"苏秦使韩山献书燕王章""苏秦使盛庆献书于燕王章"发生的时代背景相同。在"苏秦使韩山献书燕王章"中，由于苏秦"恶齐、赵之交"的任务还没有完成，他此时离开赵国的话，将对燕国不利："（燕）王使庆谓臣：'不利于国，且我夏〈忧〉之'。"因此，燕昭王只是派使者去帮苏秦说好话，以使苏秦在赵国的境况能有所改善。然而，此后苏秦掌握了赵国意图进一步谋齐的情报，即帛书"苏秦自赵献书燕王章"所载"赵之禾（和）也，阴外齐，谋齐"。了解到赵国的意图后，苏秦要去齐国告知齐湣王，以使齐、赵关系彻底破裂。但是如帛书"苏秦自赵献书燕王章"载："奉阳君、徐为不信臣，甚不欲臣之之齐也"，可知奉阳君和韩徐

---

① 缪文远. 战国策考辨［M］. 北京：中华书局，1984：294.

为不想让苏秦到齐国去。为此，苏秦给燕昭王写信希望他派使者召自己回燕国，即此章所载"使田伐若使使孙疾召臣，因辞于臣也"。这样他就可以离开赵国，然后再去齐国，进一步恶化齐、赵两国关系，以达到间齐的目的。而燕昭王收到此信后，帮助苏秦逃离了赵国，《燕策二·苏代为奉阳君说燕于赵以伐齐》载："齐已绝于赵，因之燕，谓昭王曰"①，缪文远曰："为燕昭王绝齐、赵之交者乃苏秦而非苏代。"② 可知苏秦离开了赵国，并最终完成"恶齐、赵之交"的任务。由此可见，帛书"苏秦自赵献书燕王章"的呈奏年代当在"苏秦使韩山献书燕王章"之后，亦在公元前286年。

综上，帛书"苏秦自赵献书燕王章""苏秦使韩山献书燕王章""苏秦使盛庆献书于燕王章"均写于公元前286年苏秦被拘于赵国之时，此三章年代的先后顺序为"苏秦使盛庆献书于燕王章"（原第三章）"苏秦使韩山献书燕王章"（原第二章）"苏秦自赵献书燕王章"（原第一章）。

（五）"苏秦自齐献书于燕王章"系年于公元前286年

帛书"苏秦自齐献书于燕王章"（原第四章）是苏秦在齐国写给燕昭王的书信。此章篇幅较长，涉及众多史实。这些史实大都与以上各章所载内容相合，是对苏秦反间事迹的梳理和总结。但是由于它们并不是按照时间顺序——进行叙述的，内容也繁杂错乱，扰乱了对此章系年的认定。因此，本文认为解决此问题的关键是把此章中所述史实的年代厘清，区分这些史实发生年代的先后，从而进一步考订帛书"苏秦自齐献书于燕王章"的系年。

下文将按照时间先后顺序将此章中的史实罗列出来，并进一步进行分析论证：

1. 公元前290年苏秦去齐国

"王信田代〈伐〉、缲去【疾】之言功（攻）齐，使齐大戒而不信燕。"（帛书"苏秦自齐献书于燕王章"）

"齐杀张庠，臣请属事（吏）辞为臣于齐。王使庆谓臣：'不之齐危国。'臣以死之围，治齐燕之交。"（帛书"苏秦自齐献书于燕王章"）

此二事都发生在公元前290年苏秦去齐国之前。公元前293年齐湣王兴兵伐宋，在此期间，燕国派兵支援齐国攻宋。《吕氏春秋·行论》曰："齐攻宋，

---

① （汉）刘向集录.战国策［M］.上海：上海古籍出版社，1985：1085.

② 缪文远.战国策考辨［M］.北京：中华书局，1984：304.

燕王使张魁将燕兵以从焉。"① 但是，齐国却不顾道义杀了张魁。于是燕昭王心有不满而欲攻齐，即帛书此处载："王信田代（伐）、缲去【疾】之言功（攻）齐。"然而，由于此时燕国国力弱小，攻齐之谋被迫中止。燕昭王为避免齐国报复，于公元前 290 年派苏秦出使齐国向齐王请罪。帛书此处"齐杀张庳，……王使庆谓臣：'不之齐危国'，臣以死之围，治齐燕之交"亦记载此事。帛书整理小组说："张庳，人名，燕将。《吕氏春秋·行论》作张魁，发音上略有差异。"② 杨宽先生亦曰："'魁''庳'声近通用。"③ 齐国杀死燕将张魁，燕昭王派苏秦去齐国调和齐、燕两国关系。可证帛书此处所载与《吕氏春秋·行论》记载的史实正相合。

可见，以上所述二事发生在同一时期，即公元前 290 年苏秦去齐国之时。它们都指明了苏秦去齐国的原因。

苏秦此次冒死去齐国，他担心有人诋毁他。因此在赴齐之前，他与燕昭王定下约定："臣之行也，固知必将有口，故献御书而行。"燕昭王向苏秦保证："鱼（吾）必不听众口与造言，鱼（吾）信若犹龂也。大，可以得用于齐；次，可以得信。下，笱（苟）毋死，若无不为也。以奴（孥）自信，可；与言去燕之齐，可；甚者，与谋燕，可。期于成事而巳（已）。"即燕王说他一定不会听信众人的谗言，会始终相信苏秦。他允许苏秦采取各种手段取得齐湣王信任，只要最后能间齐成功就可以。

苏秦有了燕昭王的保证后，开始实施间齐行动。公元前 290 年，苏秦正式出使齐国，并受到齐湣王的重用。

2. 公元前 288 年齐、秦称帝之时

"齐勺（赵）遇于阿，王忧之。臣与于遇，约功（攻）秦去帝。"（帛书"苏秦自齐献书于燕王章"）

公元前 288 年，秦国派魏冉到齐国致帝号，相约齐、秦共称帝，以利于伐赵。《齐策四·苏秦自燕之齐》曰："秦使魏冉致帝"④，《韩非子·内储说下》亦曰："穰侯相秦而齐强，穰侯欲立秦为帝，而齐不听，因请立齐为东帝。"⑤ 苏秦则劝说齐湣王放弃帝号，联合赵国对抗秦国，并趁机攻伐宋国，得到宋国

① （战国）吕不韦撰，许维遹集释. 吕氏春秋集释 [M]. 北京：中华书局，2009：569.
② 马王堆汉墓帛书整理小组. 战国纵横家书 [M]. 北京：文物出版社，1976：13.
③ 杨宽. 战国史料编年辑证 [M]. 上海：上海人民出版社，2001：733.
④ （汉）刘向集录. 战国策 [M]. 上海：上海古籍出版社，1985：422.
⑤ 《韩非子》校注组. 韩非子校注 [M]. 南京：江苏人民出版社，1982：354.

土地。如《齐策四·苏秦自燕之齐》苏秦谓齐王曰："故臣愿王明释帝以就天下，倍约傧秦，勿使争重，而王以其间举宋。"① 而齐湣王一直致力于伐宋、灭宋，苏秦此说正合他的心意。

然而，此时其他诸侯国也都想要得到宋地。《赵世家》曰："（赵惠文王）十一年董叔与魏氏伐宋。"② 即赵国与魏国正联合伐宋。《魏策三·叶阳君约魏》载："王尝身济漳，朝邯郸，抱葛、薛、阴、成以为赵养邑"，③ 吴师道云："'叶'即'奉'之讹。"④ 叶阳君，即奉阳君。《赵策四·齐欲攻宋》亦曰："（李兑）以便取阴。"⑤ 奉阳君即是李兑，为赵相，他一直想以"阴"作为自己的封地。吴师道谓"阴"即为"陶"，范祥雍亦云："阴、陶二字隶书相似，多淆误。"⑥ 陶，即定陶，是宋地。《赵策四·五国伐秦无功》载："（苏秦）谓奉阳君曰：'魏冉必妒君之有陶也。'"⑦ 可知秦相魏冉也想得到宋之陶邑。齐湣王为了达到独占宋国的目的，放弃帝号，即《史记·六国表》所载："齐湣王三十六年（当作十三年，即公元前288年）为东帝，二月复为王。"⑧ 转而与赵国交好，共谋伐秦之事，以便在各国忙于伐秦之时，趁机攻宋。即帛书此处所载："齐勺（赵）遇于阿，王忧之。臣与于遇，约功（攻）秦去帝。"

由此，齐国的策略就由齐、秦联合攻赵，转变为齐、赵联合五国攻秦。帛书"苏秦自梁献书于燕王章"载："齐先鬻勺（赵）以取秦，后卖秦以取勺（赵）而功（攻）宋"，"苏秦献书赵王章"亦曰："且五国之主尝合衡（横）谋伐赵，……齐乃西师以唵（禁）强秦。"均可证齐国策略的转变。因此，杨宽先生也指出："是时齐、赵、魏、秦正争夺攻取宋国之地。……齐湣王欲避免秦、赵等国之干预而灭宋，亦不断调换其执政之相国，从而变更其合纵连横之策略。"⑨

公元前288年，五国伐秦战争开始。秦国在五国联军的围攻下，不得不废

---

① （汉）刘向集录. 战国策［M］. 上海：上海古籍出版社，1985：424.
② （汉）司马迁. 史记［M］. 北京：中华书局，1959：1816.
③ （汉）刘向集录. 战国策［M］. 上海：上海古籍出版社，1985：879.
④ （汉）刘向集录，范祥雍笺证. 战国策笺证［M］. 上海：上海古籍出版社，2006：1406.
⑤ （汉）刘向集录. 战国策［M］. 上海：上海古籍出版社，1985：729.
⑥ （汉）刘向集录，范祥雍笺证. 战国策笺证［M］. 上海：上海古籍出版社，2006：1176–1177.
⑦ （汉）刘向集录. 战国策［M］. 上海：上海古籍出版社，1985：739.
⑧ （汉）司马迁. 史记［M］. 北京：中华书局，1959：739.
⑨ 杨宽. 战国史料编年辑证［M］. 上海：上海人民出版社，2001：47.

除帝号，如《史记·六国表》载："秦昭王十九年十月为帝，十二月复为王。"①
而且秦国把其所攻占的魏、赵两国土地也还给了他们，即帛书"苏秦献书赵王
章"载："史（使）秦废令，疏服而听，反（返）温、轵、高平于魏，反（返）
王公、符逾于赵。"可见，五国伐秦得到了初步战果。而齐国也于公元前287年
发动伐宋战争。

综上可知，帛书"苏秦自齐献书于燕王章"此句所载史实发生在公元前
288年齐、秦称帝，五国合谋伐秦之时。

3. 公元前286年赵国攻齐之时

"后，薛公、乾（韩）徐为与王约功（攻）齐，奉阳君鬻臣，归罪于
燕，以定其封于齐。公玉丹之勺（赵）致蒙，奉阳君受之。"（帛书"苏秦
自齐献书于燕王章"）

"王忧之，故强臣之齐。臣之齐，恶齐勺（赵）之交，使毋予蒙而通宋
使。"（帛书"苏秦自齐献书于燕王章"）

此二段记载与帛书"苏秦使盛庆献书于燕王章"所载韩徐为伐齐的史实、
苏秦至赵破坏齐赵关系的史实相合。公元前286年，薛公、韩徐为联合燕国合
谋伐齐。然而，赵相奉阳君为了自己的利益决定与齐国交好，阻止了此次伐齐
行动，并把攻齐的罪过推到燕国身上，即此处所载"奉阳君鬻臣，归罪于燕，
以定其封于齐"。

燕昭王很担心，因为此时燕国势力弱小，尚无法单独与齐国抗衡。因此燕
昭王于公元前286年派苏秦去齐国破坏齐、赵两国邦交，即此处所载："王忧
之，故强臣之齐。臣之齐，恶齐勺（赵）之交。"苏秦没有辜负燕王的期望，经
过他的游说，齐湣王没有把蒙邑赐给奉阳君："使毋予蒙而通宋使。"帛书"苏
秦自赵献书燕王章"亦曰："故冒赵而欲说丹与得，事非□□臣也。"此句有脱
文，孟庆祥先生将其解释为："苏秦违背了赵国的禁令，劝说公玉丹和强得，制
止他们把蒙邑献给奉阳君。"②可证奉阳君确实没有得到齐国的蒙邑。这就使
齐、赵两国的邦交出现了裂痕。

由以上分析可知，帛书"苏秦自齐献书于燕王章"所记载的这两段史实发
生在公元前286年。

---

① （汉）司马迁. 史记 [M]. 北京：中华书局，1959：739.
② 孟庆祥. 战国纵横家书论考 [M]. 哈尔滨：黑龙江人民出版社，1999：17.

4. 公元前286年苏秦被拘止于赵国

　　"臣止于勺（赵），王谓乾（韩）徐为：'止某不道，犹免寡人之冠也。'以振臣之死。"（帛书"苏秦自齐献书于燕王章"）

　　这一史实与帛书"苏秦自赵献书燕王章""苏秦使韩山献书燕王章""苏秦使盛庆献书于燕王章"记载相合。公元前286年，苏秦至赵破坏齐、赵两国邦交。奉阳君、韩徐为等人将苏秦拘禁在赵国，甚至用武力看管他。如《燕策二·苏代为奉阳君说燕于赵以伐齐》载："韩为谓苏秦曰：'……请告子以请：齐果以守赵之质子以甲，吾必守子以甲。'其言恶矣。"① 此策文中"苏代"应为"苏秦"。金正炜云："齐果守赵质以甲，如人所告于奉阳君者，则吾亦守子以甲。"② 此句即谓韩徐为要用武力监视苏秦。范祥雍先生说："《纵横家书》二章'徐为之与臣言甚恶'，即上述之词，语含恫吓，故云甚恶。"③ 可证苏秦此时在赵国的处境相当危险。

　　因此，苏秦三次写信给燕昭王，希望其能帮助自己离开赵国，即帛书"苏秦自赵献书燕王章"、"苏秦使韩山献书燕王章""苏秦使盛庆献书于燕王章"。而燕昭王每次也都做出了积极回应，多次派人为苏秦求情，甚至威吓韩徐为、奉阳君等人，以使苏秦能脱离险境。其正与帛书此处所载"王谓乾（韩）徐为：'止某不道，犹免寡人之冠也'"相合。后来在燕昭王的帮助下，苏秦终于得以逃离赵国，即帛书此处载苏秦之语："以振臣之死"，可证燕昭王救苏秦出死地。

　　由此可知，帛书"苏秦自齐献书于燕王章"记载的苏秦"止于赵"这一史实当发生在公元前286年。

5. 公元前286年燕昭王要撤换苏秦

　　"今王以众口与造言罪臣，臣甚惧。"（帛书"苏秦自齐献书于燕王章"）

　　"今王使庆令（命）臣曰：'鱼（吾）欲用所善。'"（帛书"苏秦自齐献书于燕王章"）

　　公元前286年，苏秦离开赵国后，继续至齐实行反间行动。但是此时燕昭王却听信谗言要治罪于苏秦，即帛书此处所载："今王以众口与造言罪臣，臣甚

① （汉）刘向集录. 战国策［M］. 上海：上海古籍出版社，1985：1085.
② 金正炜. 战国策补释：续修四库全书［M］. 上海：上海古籍出版社，1995.
③ （汉）刘向集录，范祥雍笺证. 战国策笺证［M］. 上海：上海古籍出版社，2006：1723.

惧。"甚至还打算撤换苏秦："今王使庆令（命）臣曰：'鱼（吾）欲用所善。'"为此，苏秦给燕昭王写去此封长信为自己辩白。裴登峰先生亦曰："苏秦为燕'反间'而仕于齐，时齐王对燕有过辞；同时，燕王又突然派盛庆传令苏秦，告知将以他人代之。苏秦便写信给燕王自明，即为帛书第四章（"苏秦自齐献书于燕王章"）。……此书信应作于前286年。"① 可证。

在此信中，苏秦向燕昭王表明自己的委屈之情。苏秦一直以来尽心尽力地为燕国行事。在燕国处于危难之时，他挺身而出，冒着生命危险去齐国调和齐、燕关系。但是燕王却因为听信谗言而怀疑他，他感到很委屈。然而，即使苏秦此时心有不甘，但他依旧一再向燕王表明自己的忠心："臣之德王，深于骨隋（髓）。""臣甘死、蓐（辱），可以报王，愿为之。""王笱（苟）有所善而欲用之，臣请为王事之。"燕昭王看过此信后，被苏秦的忠诚所感动，选择相信他，依旧让他在齐国任事。而在苏秦的不断努力下，他最终没有辜负燕昭王的期望，间齐成功。

由此可知，帛书"苏秦自齐献书于燕王章"所载燕昭王要撤换苏秦的史实应发生在公元前286年。

综上，将帛书"苏秦自齐献书于燕王章"所述主要事迹的时间弄清后，此章的结构脉络就清晰了，这就为进一步确定此章系年奠定了基础。由上文分析可知，帛书"苏秦自齐献书于燕王章"记载了从公元前290年至公元前286年之间的史实，主要是苏秦回忆他为燕国至齐反间，劝说齐王攻秦去帝，离间齐、赵关系等事迹。其与此章所载"臣受教任齐交五年"正相合。此章最后记载的史实是燕昭王因怀疑苏秦而要罢免他，此事发生在公元前286年。而苏秦写此信的目的就是为了向燕昭王申明辩白，可知帛书此章的呈奏年代应在公元前286年。则帛书"苏秦自齐献书于燕王章"应系年于公元前286年。

以上是对帛书第一部分十四篇书信和游说辞呈奏年代及进言年代的考订，现将此十四章按照时间先后顺序重新列表排列如表2所示，从而更为系统、准确地梳理这一阶段的苏秦史实：

表2　《战国纵横家书》第一部分第一章至第十四章年代列表

新次序	原次序	章名	年代（公元前）
一	第五章	苏秦谓燕王章	307
二	第九章	苏秦谓齐王章（二）	290

---

① 裴登峰. 战国七十年文学编年 [D]. 兰州：西北师范大学，2000：103.

续表

新次序	原次序	章名	年代（公元前）
三	第六章	苏秦自梁献书于燕王章（一）	287 年 8 月之前
四	第七章	苏秦自梁献书于燕王章（二）	287 年 8 月之前
五	第十四章	苏秦谓齐王章（四）	287 年 8 月之前
六	第八章	苏秦谓齐王章（一）	287 年 8 月之前
七	第十章	苏秦谓齐王章（三）	287 年 8 月之前
八	第十一章	苏秦自赵献书于齐王章（一）	287 年 8 月
九	第十三章	韩冣献书于齐章	287 年 8 月
十	第十二章	苏秦自赵献书于齐王章（二）	287 年 8 月
十一	第三章	苏秦使盛庆献书于燕王章	286
十二	第二章	苏秦使韩山献书燕王章	286
十三	第一章	苏秦自赵献书燕王章	286
十四	第四章	苏秦自齐献书于燕王章	286

引论中篇　《战国纵横家书》
第二部分年代丛考

　　帛书第二、第三部分与第一部分属于不同性质的两类文献史料。帛书第一部分是记载苏秦事迹的原始资料，它们大多如实还原了苏秦书信，未作改动。而帛书第二、第三部分则是纵横策士有意加工整理而成的游说故事集，它们大多在原作的基础上进行了一定程度的改动。不过，虽然帛书第二、第三部分有后人的加工整理，但是相较于《史记》《战国策》而言，它的加工痕迹还是较少的，更接近于原作。原作指"策士说辞、行事最早见著于文字的原始资料"。① 因为帛书第二、第三部分章节结构形式更为简单，属于片段式史料，而且成书年代也要早于司马迁《史记》以及刘向《战国策》。张兵先生指出："秦汉学术的层累现象告诉我们，越是往前的文献越具有原始性，从而也就越接近于真相。帛书较之《史记》《战国策》为更早，其记载的史实应比《史记》《战国策》更接近于原貌，也更具权威性。"② 再加上，《战国纵横家书》作为出土文献，深埋于地下两千余年，自汉初以后就没有再被作任何改动。因此，帛书第二、第三部分虽然也经过后人加工，但其绝大部分内容还是真实可信的，也更接近于原作。我们可以根据该帛书来纠正传世文献之误、补充传世文献之阙。

　　帛书第二部分为第十五章至第十九章，虽然内容相互无关联，但是每章后的结尾处都有字数统计，可知它是从另外一种记载战国游说故事的册子中辑录出来的。这部分章节内容大多为纵横策士的游说辞，由其说辞中所载史实可考出的进言年代，即是各章的系年。这些章节多见于《史记》《战国策》，由于有传世文献的佐证，大部分章节的年代已经确定。然而，对于个别篇章，对其进言年代还是有意见分歧，没有达成共识，这将不利于厘清当时各国的真实情况，有碍于校正战国时代瞬息万变的形势。因此，本篇重点考辨有分歧的章节年代，搜集大量史料、提供更多证据，以明确各章系年，更为准确地梳理战国史实。

---

　　① 郑杰文. 评价纵横家文学的基本文献 ［J］. 传统文化与现代化, 1999 (1).

　　② 张兵.《战国纵横家书》文献史料价值探析 ［J］. 理论学刊, 2017 (5).

一、"朱己谓魏王章"年代考辨

对于帛书"朱己谓魏王章"（原第十六章）的系年，学者意见不一。帛书整理小组认为此章事在公元前263年①，马雍②、孟庆祥③等学者则认为此章当系年于公元前262年。

帛书此章，复见于《魏策三·魏将与秦攻韩》及《魏世家》。《魏策三》作"朱己谓魏王曰"④，《魏世家》作"无忌谓魏王曰"⑤。王念孙云："杨倞注《荀子·强国篇》引此（《史记》）'无忌'作'朱忌'。案作'朱忌'者是也，作'无忌'者后人以意改之耳。"⑥ "己"、"忌"音近相通，由此帛书整理小组认为当以"朱己"为是⑦，并定标题为"朱己谓魏王章"。

本文认为帛书"朱己谓魏王章"年代应在公元前263年。因为帛书此章所记载史实与公元前263年形势相合，下文将一一进行分析论证：

（一）"今韩受兵三年"

帛书"朱己谓魏王章"载："今韩受兵三年"，可知在朱己游说魏王之时韩国受秦军攻击已有三年。因此，确定此"三年"的具体时间是考辨此章系年的关键。

秦国自公元前265年范雎担任相国后，连年对外发动征伐战争。

首先，范雎初为秦相，即向秦昭王建议攻伐韩国。《秦策三·范雎至秦》载："雎复说昭王曰：'为秦害者莫大于韩，王不如收韩。……举兵而攻荥阳，则成皋之路不通；北斩太行之道，则上党之兵不下。'"⑧ 即范雎采取远交近攻的策略，认为韩国是秦国的心腹大患，应重点攻伐韩国，以达到"北斩太行之道"、攻占韩国上党之地的目的。于是，秦国于公元前265年开始攻打韩国。《睡虎地秦墓竹简编年记》载："（秦昭王）四十二年攻少曲。"⑨《范雎列传》亦曰："秦昭王之四十二年，东伐韩少曲、高平，拔之。"⑩ 秦昭王四十二年，

---

① 马王堆汉墓帛书整理小组. 战国纵横家书 [M]. 北京：文物出版社，1976：61.

② 马雍. 帛书《战国纵横家书》各篇的年代和历史背景：战国纵横家书 [M]. 北京：文物出版社，1976：199.

③ 孟庆祥. 战国纵横家书论考 [M]. 哈尔滨：黑龙江人民出版社，1999：74.

④ （汉）刘向集录. 战国策 [M]. 上海：上海古籍出版社，1985：869.

⑤ （汉）司马迁. 史记 [M]. 北京：中华书局，1959：1857.

⑥ （汉）刘向集录，范祥雍笺证. 战国策笺证 [M]. 上海：上海古籍出版社，2006：1390.

⑦ 马王堆汉墓帛书整理小组. 战国纵横家书 [M]. 北京：文物出版社，1976：61.

⑧ （汉）刘向集录. 战国策 [M]. 上海：上海古籍出版社，1985：192.

⑨ 睡虎地秦墓竹简整理小组. 睡虎地秦墓竹简 [M]. 北京：文物出版社，1978：5.

⑩ （汉）司马迁. 史记 [M]. 北京：中华书局，1959：2415.

即公元前265年，可证。

次年，秦国攻打韩国的陉、汾二城。如《范雎列传》载："秦昭王四十三年，秦攻韩汾、陉，拔之，因城河上广武。"①《韩世家》亦曰："（韩桓惠王）九年，秦拔我陉，城汾旁。"② 秦昭王四十三年、韩桓惠王九年，即公元前264年。

后年，秦国攻打韩国的南阳。《秦本纪》载："（秦昭襄王）四十四年攻韩南阳，取之。"③《白起王翦列传》亦曰："（秦昭王）四十四年白起攻南阳、太行道，绝之。"《史记正义》说："南阳属韩，秦攻之，则韩太行羊肠道绝矣。"④ 杨宽先生进一步解释："盖韩、魏有两处名南阳，一处即秦、汉之南阳郡，与楚上庸相近。另一处乃太行山之南阳，因地处太行山之南而得名。"⑤ 此处即指太行山之南阳，其时属于韩国。秦昭王四十四年，是公元前263年。

四年，秦国攻打韩国的野王。《白起王翦列传》载："（秦昭王）四十五年，伐韩之野王，野王降秦，上党道绝。其守冯亭与民谋曰：'郑道已绝，韩必不可得为民。秦兵日进，韩不能应，不如以上党归赵。'"《史记索隐》曰："郑国即韩之都，在河南。秦伐野王，是上党归韩之道绝也。"⑥ 秦国攻取韩国野王，切断韩国上党与韩都的通道，上党孤立无援，只得归附赵国。《秦本纪》亦曰："（秦昭襄王）四十五年，五大夫贲攻韩，取十城。"⑦ 秦昭王四十五年，即公元前262年。

五年，秦国攻打韩国的侯氏、蔺。《白起王翦列传》载："（秦昭王）四十六年秦攻韩侯氏、蔺，拔之。"⑧ 秦昭王四十六年，即公元前261年。

六年，秦国想要攻占韩国的上党，韩国已经将上党献给赵国，因此秦国攻打赵国。即《秦本纪》载："（秦昭王）四十七年秦攻韩上党，上党降赵，秦因攻赵。"⑨ 秦昭王四十七年，即公元前260年。

七年，韩国将垣雍之地献给秦国。如《秦本纪》曰："（秦昭襄王）四十八年十月韩献垣雍。"⑩ 秦昭王四十八年，即公元前259年。

---

① （汉）司马迁. 史记 [M]. 北京：中华书局，1959：2417.
② （汉）司马迁. 史记 [M]. 北京：中华书局，《1959：1877.
③ （汉）司马迁. 史记 [M]. 北京：中华书局，1959：213.
④ （汉）司马迁. 史记 [M]. 北京：中华书局，1959：2332.
⑤ 杨宽. 战国史料编年辑证 [M]. 上海：上海人民出版社，2001：957.
⑥ （汉）司马迁. 史记 [M]. 北京：中华书局，1959：2332-2333.
⑦ （汉）司马迁. 史记 [M]. 北京：中华书局，1959：213.
⑧ （汉）司马迁. 史记 [M]. 北京：中华书局，1959：2333.
⑨ （汉）司马迁. 史记 [M]. 北京：中华书局，1959：213.
⑩ （汉）司马迁. 史记 [M]. 北京：中华书局，1959：213.

可见，秦国攻伐韩国从公元前265年至公元前259年，共七年。《韩非子·定法》云："应侯攻韩八年，成其汝南之封。"① 应侯即范雎，此句说范雎攻韩八年。这是因为《韩非子》把范雎游说秦昭王伐韩的那一年（即公元前266年）也算了进去。即范雎游说秦王为一年，真正开展攻韩行动有七年，总共八年。此与《史记》所记载史实正相合。

而帛书"朱己谓魏王章"载："今韩受兵三年"，即自秦国攻韩开始至此时朱己游说魏王止，韩国遭受秦军攻伐已有三年之久。而秦国是从公元前265年开始伐韩的，因此伐韩第三年当在公元前263年。则帛书此章朱己游说魏王的时间应在公元前263年。

（二）"夫越山逾河，绝韩上党而攻强赵，氏（是）复阏舆之事也，秦必弗为也。"

帛书"朱己谓魏王章"载："夫【越山逾河，绝】韩上党而攻强赵，氏（是）复阏舆之事也，秦必弗为也。"此句与下文"若道河内，倍（背）邺、朝歌，绝漳、铺（滏）【水，与赵兵决于】邯郸之鄗（郊），氏（是）知伯之过也，秦有（又）不敢。伐楚，道涉谷，行三千里而攻冥阨之塞，所行甚远，所攻甚难，秦有（又）弗为也。若道河外，倍（背）大粱（梁），右蔡、召，兵〈与〉楚兵夬（决）于陈鄗（郊），秦有（又）不敢"等句为排比句，均是朱己提出的假设。这些话是说如果秦国切断韩国上党与韩都的通道，上党必将依附赵国，赵国如虎添翼，此时进攻强大的赵国，这是重蹈胡阳在阏舆惨败的覆辙，秦国肯定不会这么做；如果秦国取道黄河北岸，背对邺城和朝歌，横渡漳水与滏水，与赵军在邯郸郊外决战，这是重蹈知伯失败的覆辙，秦国肯定不会这么做；如果秦国取道涉谷，攻打楚国，行走路程太远，攻击目标太难，秦国肯定不会这么做；如果秦国取道黄河南岸，背对大梁与楚军决战于陈地，秦军将会遭受魏国的威胁，秦国肯定不会这么做。通过以上四句假设作排比，从而得出秦国不会攻打赵国、楚国的结论。朱己以此来说明秦国攻破韩国后，必将进攻魏国。因此，他希望魏国不要联合秦国攻伐韩国。

朱己提出的以上这些话均是假设，还没有发生。所以帛书此句"绝韩之上党而攻强赵"，也是没有发生的事情。由上文已知，秦国于公元前262年"伐韩之野王，野王降秦，上党道绝。"② 杨宽先生亦指出："是时秦攻取韩之南阳、

---

① 《韩非子》校注组．韩非子校注［M］．南京：江苏人民出版社，1982：591．

② （汉）司马迁．史记［M］．北京：中华书局，1959：2332．

野王，占有太行山东南一带，以绝断韩上党郡与韩国都之通道。"① 可证"绝韩之上党"发生在公元前262年。如果帛书"朱己谓魏王章"系年在公元前262年的话，那么"绝韩之上党"就不是假设，而是实际发生的事情，这就与帛书文义不合。因此，帛书"朱己谓魏王章"所记载的应是上一年的事，即公元前263年。

此外，帛书此章下文又载："通韩上党于共、宁，使道安成之□，出入赋之。是魏重质韩以亓（其）上党也。合有亓（其）赋，足以富国。"共、宁均指魏地。此段意谓开通韩国上党到魏国共、宁两地的道路，使这条路得以贯通并设置关卡，进出的商贾都要交税。魏、韩两国共同占有这些税收，可以使国家富足。可证此时韩国上党与韩国都的通道还没有断绝，韩国还在控制着上党。朱己想让魏、韩联合，开通两国通道并设置关卡，以便收取赋税。韩国则想以此为条件来保护上党之地，说服魏国不要助秦伐韩。由此可知，在朱己游说魏王之时，韩国上党与韩都之间还没有"道绝"。这也证明了帛书"朱己谓魏王章"不应在公元前262年，而应在公元前263年。

（三）"秦挠以讲，识亡不听，投质于赵，请为天下颜行顿刃，楚、赵必疾兵。"

帛书"朱己谓魏王章"载："秦挠以讲，识亡不听，投质于赵，请为天【下】颜行顿【刃，楚、赵】必疾兵。"是说韩国向赵国送去人质，想联合楚、赵两国合纵伐秦，为天下诸侯冲锋在前。下文又载："是故臣愿以从（纵）事王，王【□楚、赵之约】"，也是朱己希望魏王能接受楚、赵的合纵之约。这两句都是说韩国想要联合赵、楚、魏等国合纵共同讨伐秦国。这与公元前263年所载史实相合。《韩世家》载："（韩恒惠王）十年，秦击我于太行，我上党郡守以上党郡降赵。"② 韩恒惠王十年，即公元前263年，此时秦国攻打韩国太行一带，韩国为了联合赵国共同对抗秦国，许诺将上党郡献给赵国。公元前262年，秦国攻取韩国野王，切断韩国上党与韩都的通道，上党孤立无助，最终归附于赵国。如《白起王翦列传》载："其（上党郡）守冯亭与民谋曰：'郑道已绝，韩必不可得为民。秦兵日进，韩不能应，不如以上党归赵。……'赵受之，因封冯亭为华阳君。"③ 可见，在公元前263年韩国已经开始联络赵国。《秦策三·天下之士合从相聚于赵》曰："天下之士合从相聚于赵，而欲攻秦。"④ 杨宽先生将此

---

① 杨宽. 战国史料编年辑证 [M]. 上海：上海人民出版社，2001：957.

② （汉）司马迁. 史记 [M]. 北京：中华书局，1959：1877.

③ （汉）司马迁. 史记 [M]. 北京：中华书局，1959：2332-2333.

④ （汉）刘向集录. 战国策 [M]. 上海：上海古籍出版社，1985：202.

策文定在公元前263年，并解释说："是时东方六国中以赵最强，因而天下之士有相聚于赵谋合纵攻秦之举。"① 可知在公元前263年，韩、赵、楚、魏等国确实打算合纵攻秦。"朱己即是谋合纵攻秦之士而游说于魏安釐王者。"② 此与帛书"朱己谓魏王章"所载内容正相合。因此，帛书此章当系年在公元前263年。

综上，我们可以确定《战国纵横家书》"朱己谓魏王章"进言年代在公元前263年。

二、其他各章年代考辨

（一）"须贾说穰侯章"系年

帛书"须贾说穰侯章"（原第十五章）又见于《魏策三·秦败魏于华走芒卯而围大梁》以及《穰侯列传》，此三篇内容大体相近。帛书"须贾说穰侯章"载："华军，秦战胜魏，走孟卯，攻大梁（梁）。"《魏策三》曰："秦败魏于华，走芒卯而围大梁。"③《穰侯列传》云："昭王三十二年，穰侯为相国，将兵攻魏，走芒卯，入北宅，遂围大梁。"④ 芒卯，即孟卯。《史记索隐》曰："芒卯，魏将。谯周云孟卯也。"⑤《韩非子·显学》载："是以魏任孟卯之辩，而有华下之患"⑥，《淮南子·氾论训》亦曰："孟卯妻其嫂，有五子焉，然而相魏，宁其危，解其患。"⑦ 它们均作"孟卯"，为魏相。"孟"、"芒"音转通用，杨宽先生指出："作'芒'者疑后起。"⑧

可见，帛书"须贾说穰侯章"《魏策三·秦败魏于华走芒卯而围大梁》《穰侯列传》记载的都是秦国出兵帮助韩国在华阳战胜魏军，魏相芒卯逃走，秦军继续围攻魏国大梁的史实。《穰侯列传》将此事列在秦昭王三十二年（公元前275年），这显然是错误的。《穰侯列传》曰："昭王三十二年，穰侯为相国，将兵攻魏，走芒卯，……梁大夫须贾说穰侯曰：'秦、贪戾之国也，而毋亲。蚕食魏氏，又尽晋国，战胜暴子，割八县，地未毕入，兵复出矣。'"⑨ 暴子，即暴

① 杨宽. 战国史料编年辑证 [M]. 上海：上海人民出版社，2001：958.
② 杨宽. 战国史料编年辑证 [M]. 上海：上海人民出版社，2001：961.
③ （汉）刘向集录. 战国策 [M]. 上海：上海古籍出版社，1985：854.
④ （汉）司马迁. 史记 [M]. 北京：中华书局，1959：2325.
⑤ （汉）司马迁. 史记 [M]. 北京：中华书局，1959：216.
⑥ 《韩非子》校注组. 韩非子校注 [M]. 南京：江苏人民出版社，1982：689.
⑦ 何宁. 淮南子集释 [M]. 北京：中华书局，1998：964.
⑧ 杨宽. 战国史料编年辑证 [M]. 上海：上海人民出版社，2001：885.
⑨ （汉）司马迁. 史记 [M]. 北京：中华书局，1959：2325-2326.

鸢。根据《穰侯列传》记载，秦昭王三十二年秦相穰侯出兵攻打魏国，魏相芒卯逃走，须贾游说穰侯时提到秦国战胜暴鸢之事。《穰侯列传》又载："明年（昭王三十三年），秦使穰侯伐魏，斩首四万，走魏将暴鸢，得魏三县。"① 提到秦昭王三十三年秦国战胜暴鸢之事。对于发生在后一年的事情，须贾怎么可能提前知晓并以此游说穰侯？因此，《穰侯列传》记载此事本身就有矛盾，不能以此为依据判断华阳之战走芒卯的系年。

而实际上，华阳之战发生在秦昭王三十四年（公元前 273 年）。吕祖谦《大事记》载："（周赧王）四十二年，赵、魏伐韩华阳。秦魏冉、白起、客卿胡伤救韩，败魏将芒卯华阳，斩首十三万，取卷、蔡阳、长社。"②《史记·六国表》秦昭王三十四年："白起击魏华阳军，芒卯走，得三晋将，斩首十五万。"③ 周赧王四十二年、秦昭王三十四年，即公元前 273 年。范祥雍先生以出土文献为依据，得出更为确切的结论："《睡虎地秦墓竹简编年记》载昭王'卅四年攻华阳'，即华阳之战事。卅四年当周赧四十二年（前二七三）。华阳之战走芒卯在周赧四十二年。此材料出秦人当时所记，最为可信。"④ 因此，秦军在华阳战胜魏军、魏相芒卯败逃，确实发生在公元前 273 年。帛书"须贾说穰侯章"《魏策三·秦败魏于华走芒卯而围大梁》《穰侯列传》中魏大夫须贾之所以去秦国游说穰侯，就是因为此次战争的失利，所以此三篇均应列在公元前 273 年。帛书整理小组⑤、马雍⑥、孟庆祥⑦等学者也都将帛书此章系年于公元前 273 年。

由此，帛书"须贾说穰侯章"进言年代在公元前 273 年。

（二）"谓起贾章"系年

帛书"谓起贾章"（原第十七章）是出土的逸文，不见于传世文献，不过根据此章的上下文义，我们可以确定这一章的进言年代在公元前 284 年。

帛书"谓起贾章"曰："天下○且功（攻）齐，且属从（纵）"，"燕赵共相，二国为一，兵全以临齐"。"共相"指的是共推乐毅为相。此章记载的是乐毅率领赵、燕、韩、魏、秦五国之师共同攻打齐国的史实。《赵世家》载：

① （汉）司马迁. 史记 [M]. 北京：中华书局，1959：2328.
② （汉）刘向集录，范祥雍笺证. 战国策笺证 [M]. 上海：上海古籍出版社，2006：1367.
③ （汉）司马迁. 史记 [M]. 北京：中华书局，1959：743-744.
④ （汉）刘向集录，范祥雍笺证. 战国策笺证 [M]. 上海：上海古籍出版社，2006：1368.
⑤ 马王堆汉墓帛书整理小组. 战国纵横家书 [M]. 北京：文物出版社，1976：53.
⑥ 马雍. 帛书《战国纵横家书》各篇的年代和历史背景：战国纵横家书 [M]. 北京：文物出版社，1976：191.
⑦ 孟庆祥. 战国纵横家书论考 [M]. 哈尔滨：黑龙江人民出版社，1999：66.

"（赵惠文王）十四年，相国乐毅将赵、秦、韩、魏、燕攻齐，取灵丘。"①《乐毅列传》亦曰："燕昭王悉起兵，使乐毅为上将军，赵惠文王以相国印授乐毅。乐毅于是并护赵、楚、韩、魏、燕之兵以伐齐。"② 赵惠文王十四年，即公元前285年。可知五国攻齐战争在公元前285年就已经开始了。这场战争持续了两年，在公元前284年结束，如《赵世家》载："（赵惠文王）十五年燕昭王来见。赵与韩、魏、秦共击齐，齐王败走。"③《吕氏春秋·权勋》曰："与燕人战，大败，达子死。齐王走莒。燕人逐北入国。"④《乐毅列传》亦曰："乐毅攻入临菑，尽取齐宝财物祭器输之燕。"⑤ 可证在公元前284年五国联合攻破齐国，燕国攻占齐都临淄，齐湣王出逃至莒。

而根据帛书"谓起贾章"内容可知，此章进言时间发生在五国攻齐战争即将结束的时候。如此章载："卢（虑）齐（剂）齐而生事于【秦】"，是说天下诸侯在打败齐国后必定会攻伐秦国；"天下休，秦兵适敝，秦有虑矣"，是说天下诸侯会趁秦国疲敝之时攻打秦国。这是齐国的谋士对起贾说的话。起贾，为秦国大夫，《吕氏春秋·应言》曰："（秦）王喜，令起贾为孟卯求司徒于魏王。"⑥"起贾此时正被派在魏国主持伐齐事"，⑦ 齐国此时被五国联军攻伐，腹背受敌，情况十分危急，于是派谋臣游说起贾向秦国求和。这说明齐国此时已经民劳兵弊，国力损耗严重，几乎到了山穷水尽的地步，所以这件事不可能发生在战争初期，而是应该在战争后半段，即在公元前284年。此章所载"天下齐（剂）齐不侍（待）夏"更加明确地证明了这一点，这一句是说天下诸侯攻打齐国的战争不用等到夏天即可结束。因此，谋士游说起贾的时间应该在公元前284年五国联军即将攻破齐国之时。帛书整理小组亦曰："此章事在公元前二八四年春乐毅将五国兵攻破齐国之前。"⑧ 马雍先生进一步明确："这篇说词的时间可能在公元前284年春季。"⑨

由此，帛书"谓起贾章"应当系年于公元前284年。

① （汉）司马迁. 史记［M］. 北京：中华书局，1959：1816.
② （汉）司马迁. 史记［M］. 北京：中华书局，1959：2428.
③ （汉）司马迁. 史记［M］. 北京：中华书局，1959：1816.
④ （战国）吕不韦撰，许维遹集释. 吕氏春秋集释［M］. 北京：中华书局，2009：368.
⑤ （汉）司马迁. 史记［M］. 北京：中华书局，1959：2428.
⑥ （战国）吕不韦撰，许维遹集释. 吕氏春秋集释［M］. 北京：中华书局，2009：502.
⑦ 马王堆汉墓帛书整理小组. 战国纵横家书［M］. 北京：文物出版社，1976：71.
⑧ 马王堆汉墓帛书整理小组. 战国纵横家书［M］. 北京：文物出版社，1976：71.
⑨ 马雍. 帛书《战国纵横家书》各篇的年代和历史背景：战国纵横家书［M］. 北京：文物出版社，1976：192.

(三)"秦客卿造谓穰侯章"系年

帛书"秦客卿造谓穰侯章"(原第十九章)又见于《秦策三·秦客卿造谓穰侯曰》。帛书此章载:"秦封君以陶,假君天下数年矣。攻齐之事成,陶为万乘,长小国,衔〈率〉以朝,天下必听,五伯之事也。"即秦客卿造劝说穰侯攻伐齐国以扩大其封地陶邑的势力范围。"造"是人名,和"灶"音近通用。《穰侯列传》载:"昭王三十六年,相国穰侯言客卿灶,欲伐齐取刚、寿,以广其陶邑。"①《秦本纪》亦曰:"三十六年,客卿灶攻齐,取刚、寿,予穰侯。"②范祥雍先生指出:"是陶与刚、寿邻近,故伐齐以广其地。"③可知灶游说秦相穰侯攻取齐国的刚、寿等地以扩充其封地陶邑,确有其事。这与帛书"秦客卿造谓穰侯章"所载内容正相合。秦昭王三十六年,即公元前271年。因此,帛书此章应系年于公元前271年。

帛书此章载:"君欲成之,侯不使人胃(谓)燕相国曰:'……因天下之力,伐雠国之齐,报惠王之瑰(耻),成昭襄王之功,除万世之害,此燕之利也,而君之大名也。'"即客卿造劝说穰侯派人游说燕相国,以使燕、秦两国联合攻伐齐国。此处的"燕相国"指公孙操。《赵世家》载:"(赵惠文王二十八年)燕将成安君公孙操弑其王。"④《燕召公世家·索隐》引《赵世家》作"燕相成安君公孙操弑其王",应以"燕相"为是。赵惠文王二十八年,即公元前271年。杨宽先生指出:"盖是年公孙操以封君兼相而专权,杀燕惠王而拥立武成王。"⑤帛书此章中所载"报惠王之瑰(耻)",指的是燕惠王时齐将田单大败燕军之事。《燕召公世家》载:"昭王三十三年卒,子惠王立。惠王为太子时,与乐毅有隙。及即位,疑毅,使骑劫代将。乐毅亡走赵。齐田单以即墨击败燕军,骑劫死,燕兵引归,齐悉复得其故城。"⑥公元前279年,燕昭王去世,燕惠王即位。燕惠王因为与将军乐毅有过节,所以任用骑劫代替他的职务,乐毅被迫逃亡赵国。齐国趁此派将军田单以火牛阵大败燕军,收复全部失地。此事对燕国来说是一大耻辱。帛书此章中所载"成昭襄王之功",指的是燕昭王时燕将乐毅率领五国联军大破齐军之事。《乐毅列传》载:"燕昭王悉起兵,使乐毅为上将军,赵惠文王以相国印授乐毅。乐毅于是并护赵、楚、韩、魏、燕之兵

① (汉)司马迁.史记[M].北京:中华书局,1959:2329.
② (汉)司马迁.史记[M].北京:中华书局,1959:213.
③ (汉)刘向集录,范祥雍笺证.战国策笺证[M].上海:上海古籍出版社,2006:286.
④ (汉)司马迁.史记[M].北京:中华书局,1959:1821.
⑤ 杨宽.战国史料编年辑证[M].上海:上海人民出版社,2001:906.
⑥ (汉)司马迁.史记[M].北京:中华书局,1959:1558.

以伐齐。……乐毅攻入临菑，尽取齐宝财物祭器输之燕。"① 公元前 284 年，乐毅指挥五国联军大败齐国，燕军直入齐都临淄，烧毁齐都的宫庙宗室，掠夺所有珍宝巨财，尽归燕国。此事对燕国来说是一次辉煌的战绩。游说者以"报惠王之瑰（耻），成昭襄王之功"的名义，即为燕惠王时燕国被齐将田单攻破之事报仇雪耻，再创燕昭王时燕将乐毅大败齐军、攻陷齐都临淄的辉煌战绩，以此来劝说燕相公孙操与秦相穰侯联手攻打齐国，此与当时史实记载相合。

由此，帛书"秦客卿造谓穰侯章"应系年于公元前 271 年。

（四）"触龙见赵太后章"系年

帛书"触龙见赵太后章"（原第十八章）又见于《赵策四·赵太后新用事》以及《赵世家》，此三篇内容相近。《赵世家》载："孝成王元年，秦伐我，拔三城。赵王新立，太后用事，秦急攻之。赵氏求救于齐，齐曰：'必以长安君为质，兵乃出。'太后不肯，大臣强谏。……左师触龙言愿见太后。"② 《赵策四》及帛书此章均有一段相似的记载。赵孝成王元年，即公元前 265 年。《史记·六国表》亦曰："（赵孝成王元年），秦拔我三城"③，可知此年秦国确曾攻打赵国。赵太后向齐国求援，齐王说必须让长安君到齐国作人质才会出兵，赵太后心疼长安君不肯答应，触龙为此游说赵太后。因此，帛书"触龙见赵太后章"应该系年于公元前 265 年。帛书整理小组④、马雍⑤、孟庆祥⑥等学者均将此章列在公元前 265 年。对于此章进言年代的断定是没有分歧的。同时，此篇还校正了传世文献的错讹之处，《赵策四·赵太后新用事》载："左师触詟愿见太后"⑦，《赵世家》作"左师触龙言愿见太后"⑧，游说者姓名不一致，二者孰正孰误无法确定。如吴师道云："触詟，史亦作（触）龙。按《说苑》，鲁哀公问孔子：'夏桀之臣有左师触龙者，谄谀不正。'人名或有同者，此当从詟以别之。"黄丕烈云："吴说非也，当作'龙'。《古今人表》中下云'左师触龙'，即此。'言'

① （汉）司马迁. 史记［M］. 北京：中华书局，1959：2428.
② （汉）司马迁. 史记［M］. 北京：中华书局，1959：1822.
③ （汉）司马迁. 史记［M］. 北京：中华书局，1959：745.
④ 马王堆汉墓帛书整理小组. 战国纵横家书［M］. 北京：文物出版社，1976：76.
⑤ 马雍. 帛书《战国纵横家书》各篇的年代和历史背景：战国纵横家书［M］. 北京：文物出版社，1976：193.
⑥ 孟庆祥. 战国纵横家书论考［M］. 哈尔滨：黑龙江人民出版社，1999：91.
⑦ （汉）刘向集录. 战国策［M］. 上海：上海古籍出版社，1985：768.
⑧ （汉）司马迁. 史记［M］. 北京：中华书局，1959：1822.

字本下属'愿见'读，误合二字为一。"① 二人说法正好相反，吴师道以"触聋"为是，黄丕烈则以"触龙"为是。而帛书的出土为解决这一矛盾提供了新证据。帛书此章作"左师触龙言愿见"，与《史记》相同，可证游说者应该是"触龙"，《战国策》"聋"字是"龙言"连写之误。可见，帛书具有补史之阙、正史之误的重大作用。

此外，"触龙见赵太后章"不同于帛书其他以记言为主的游说辞。虽然该篇仍以对话为主，但它已经完整地记述了一个故事。有事情的起因："秦急攻之，求救于齐。齐曰：'必【以】大（太）后少子长安君来质，兵乃出。'大（太）后不肯"，即赵太后一开始不肯让长安君去齐国作人质。也有事件发展的经过，即触龙游说赵太后的过程。通过对人物神态的细节刻画，细致描绘赵太后情感的变化。先是"盛气而胥之"，即赵太后刚开始怒气冲冲地等着触龙。后来听了触龙的自谢之言后，"色少解"，即赵太后脸上的怒色稍微有所缓解。接着她又与触龙进行了一问一答的对话，说明此时赵太后已经心平气和。通过对赵太后表情及情感的细节描写，不仅强化了文章的真实性，还推动了故事情节的发展。最后还有事件的结果："大（太）后曰：'若（诺）。次（恣）君之所使之。'于氏（是）为长安君约车百乘，质于齐，兵乃出。"赵太后最终被说服，派长安君去齐国作人质。该事件的前因后果，起承转合都交代得清清楚楚，人物形象的塑造也栩栩如生，因此该文是一篇优秀完整的叙事文。

触龙游说赵太后的目的是让长安君去齐国作人质，因为只有长安君去作人质齐国才会派出援兵帮助赵国对抗秦国，而秦伐赵、赵向齐求援一事发生在公元前265年，因此帛书"触龙见赵太后章"应该系年于公元前265年。

以上是对帛书第二部分五篇游说辞进言年代的考订，现将此五章按时间顺序重新列表排列如下（如表3所示），从而较为准确地梳理这一阶段的战国史实：

表3 《战国纵横家书》第二部分第十五章至第十九章年代列表

新次序	原次序	章名	年代（公元前）
十五	第十七章	谓起贾章	284
十六	第十五章	须贾说穰侯章	273
十七	第十九章	秦客卿造谓穰侯章	271
十八	第十八章	触龙见赵太后章	265
十九	第十六章	朱己谓魏王章	263

---

① （汉）刘向集录，范祥雍笺证. 战国策笺证［M］. 上海：上海古籍出版社，2006：1233-1234.

引论下篇 《战国纵横家书》第三部分年代、辞主丛考

帛书第三部分是第二十章至第二十七章。相较于帛书第一部分系统集中且有规律的苏秦书信而言，这部分各章节内容分散、芜杂，各篇之间没有任何关联，章后也没有像第二部分那样的字数统计。而且用字也不同于第一部分，如这部分写作"赵""韩"的字在第一部分中多写作"勺""乾"。由此，杨宽先生指出："这应该是出于另一个来源的缘故。"① 即帛书第三部分出自于其他不同的辑录战国游说故事的册子。

帛书第三部分八章多见于《史记》《战国策》，虽然有传世文献的佐证，但是仍有部分章节的系年存在意见分歧，没有达成共识。本篇结合出土史料和传世文献进一步明确各章进言年代，并重点考辨有分歧章节的系年，以期更为准确、系统地梳理此阶段的战国史实。

此外，帛书在出土之时，除"韩贵献书于齐章"明确标明主名是"韩贵"之外，其他章节均没有辞主。帛书整理小组在对《战国纵横家书》作整理、注释、校对时，为了使读者方便阅读，将每章首句加上作者或游说者名字定为章名。然而，对于其中个别章节，由于它们与传世文献记载有出入，因此对其辞主为何人有疑义。本文在全面分析已有的各种文献资料及研究成果的基础上，搜集了更多史料，并与传世文献相互参照，在对比分析中详细考辨辞主有分歧的章节，希冀进一步补充和纠正相关战国史实，做到去伪存真。

一、"谓燕王章"年代、辞主考辨

对于帛书"谓燕王章"（原第二十章）辞主为何人，学者意见不一。

帛书此章又见于《燕策一·齐伐宋宋急》以及《苏秦列传》。在《燕策一》

---

① 杨宽. 马王堆帛书《战国纵横家书》的史料价值：战国纵横家书［M］. 北京：文物出版社，1976：172.

中作"苏代乃遗燕昭王书曰"①，在《史记》中作"苏代乃遗燕昭王书曰"②。赵生群先生据此指出帛书此章辞主应为苏代。③ 周鹏飞先生亦曰："帛书第二十章应是苏代遗燕昭王书。"④

　　杨宽、孟庆祥、姚福申等学者认为此章辞主是苏秦。杨宽先生在《马王堆帛书〈战国纵横家书〉的史料价值》一文中指出："第二十章又和《燕策一》《苏秦列传》的苏代遗燕昭王书相同。从这部帛书的内容来看，这些游说资料应该主要属于苏秦。"⑤ 孟庆祥先生《战国纵横家书论考》亦云："此时苏秦正奉昭王命助齐伐宋，而苏代始终未参与此事。"⑥ 姚福申先生《对刘向编校工作的再认识——〈战国策〉与〈战国纵横家书〉比较研究》一文亦曰："写信人应是苏秦而不是苏代。"⑦

　　唐兰、缪文远则认为帛书此章是战国末纵横家的拟作。唐兰先生《司马迁所没有见过的珍贵史料》说："此篇似模拟苏秦的口气所作，为后世拟作"⑧，并举出 5 条理由。缪文远先生同意唐兰的说法："唐说据当时史实及地理，论证此策为拟作，当从。"⑨ 帛书整理小组亦将此章定为"无主辞"⑩。

　　笔者认为帛书"谓燕王章"的辞主应为苏秦。下面将就帛书此章所记载的史实来具体进行辨析论证：

　　（一）"燕、赵破宋肥齐"

　　帛书"谓燕王章"载："燕、赵破宋肥齐"，即燕、赵两国助齐攻破宋国，扩大齐国领土，增强齐国势力；下文又载："天下服听因驱韩、魏以伐齐，曰：必反（返）宋，归楚淮北。"是说如果燕、赵、秦联合韩、魏伐齐，就会使齐国返还宋国故地。可知齐国此时已经灭亡宋国，并占领了宋国的土地。《田敬仲完

---

①　（汉）刘向集录．战国策［M］．上海：上海古籍出版社，1985：1067．

②　（汉）司马迁．史记［M］．北京：中华书局，1959：2269．

③　赵生群．《战国纵横家书》所载"苏秦事迹"不可信［J］．浙江师范大学学报，2007（1）．

④　周鹏飞．苏秦兄弟排行及事迹考［J］．甘肃社会科学，1986（3）．

⑤　杨宽．马王堆帛书《战国纵横家书》的史料价值：战国纵横家书［M］．北京：文物出版社，1976：163．

⑥　孟庆祥．战国纵横家书论考［M］．哈尔滨：黑龙江人民出版社，1999：102．

⑦　姚福申．对刘向编校工作的再认识——《战国策》与《战国纵横家书》比较研究［J］．复旦学报，1987（6）．

⑧　唐兰．司马迁所没有见过的珍贵史料——长沙马王堆帛书《战国纵横家书》：战国纵横家书［M］．北京：文物出版社，1976：138．

⑨　缪文远．战国策考辨［M］．北京：中华书局，1984：301．

⑩　马王堆汉墓帛书整理小组．战国纵横家书［M］．北京：文物出版社，1976：85．

世家》曰:"(齐湣王)三十八年(当作十五年)伐宋。……于是齐遂伐宋,宋王出亡,死于温。"① 《魏世家》亦曰:"(魏昭王)十年齐灭宋,宋王死于温。"② 齐湣王十五年、魏昭王十年,即公元前286年。可见,齐国于公元前286年灭亡宋国。帛书"谓燕王章"正写于齐灭宋之时,因此,帛书此章系年当为公元前286年。

《燕策一·齐伐宋宋急》与帛书"谓燕王章"内容相近。据学者考证,此策文系年亦在公元前286年,即齐灭宋之年。而策文所载"齐伐宋,宋急"应是衍文,吴师道在注解《燕策一》时指出:"案此策文,盖齐已灭宋,取楚淮北之后,劝之尊齐摈秦,而说秦以伐齐,非将伐宋时事也。"③ 顾观光《国策编年》④、黄式三《周季编略》⑤ 将此策文系年于周赧王二十九年(公元前286年)。可见,帛书"谓燕王章"《燕策一·齐伐宋宋急》进言年代均应在公元前286年。

帛书"谓燕王章"所载当时形势是齐已灭宋,齐国获得宋国土地,日益壮大,不过连年的征伐战争也使其国力损耗巨大。因此,游说者劝说燕昭王趁此尽快伐齐,以遏制齐国势力的扩张,即帛书此章所载"夫以一齐之强,燕犹弗能支,今以三齐临燕,亓(其)过(祸)必大。"而助燕伐齐是苏秦一直致力于完成的事业。《燕策二·客谓燕王曰》载:"客谓燕王曰:'王何不阴出使,散游士,顿齐兵,弊其众,使世世无患。'……燕王说,奉苏子车五十乘,南使于齐。"⑥ 缪文远曰:"此客及苏子俱当为苏秦之误。"⑦ 可知苏秦之所以去齐国任事,就是为燕王反间于齐,削弱齐国力量,达到"以弱燕敌强齐"的目的。银雀山出土竹简《孙子兵法·用间篇》曰:"燕之兴也,苏秦在齐。"⑧ 《淮南子·诠言篇》亦载:"苏秦善说而亡国。"⑨ 亡国指齐国灭亡,由此徐中舒先生也指出:"苏秦始终为燕反齐"⑩,他的反间之举为乐毅率五国之师攻破齐国打

① (汉)司马迁. 史记 [M]. 北京:中华书局,1959:1899-1900.
② (汉)司马迁. 史记 [M]. 北京:中华书局,1959:1853.
③ 缪文远. 战国策考辨 [M]. 北京:中华书局,1984:300.
④ (清)顾观光. 国策编年:续修四库全书 [M]. 上海:上海古籍出版社,2002.
⑤ (清)黄式三. 周季编略 [M]. 南京:凤凰出版社,2008.
⑥ (汉)刘向集录. 战国策 [M]. 上海:上海古籍出版社,1985:1113.
⑦ 缪文远. 战国策考辨 [M]. 北京:中华书局,1984:309.
⑧ 银雀山汉墓竹简整理小组. 银雀山汉墓竹简——孙子兵法 [M]. 北京:文物出版社,1976:89.
⑨ 何宁. 淮南子集释 [M]. 北京:中华书局,1998:1009.
⑩ 徐中舒. 论《战国策》的编写及有关苏秦诸问题 [J]. 历史研究,1964(1).

下了坚实的基础。

苏秦的反间行动包括鼓动齐湣王攻宋，联合五国攻秦，离间齐、赵两国关系等，这些举措使齐国穷兵黩武，四处树敌，引起各诸侯国的强烈不满。而当时机成熟之时，苏秦劝说燕昭王联合其他国家攻伐齐国。《燕策二·苏代为奉阳君说燕于赵以伐齐》载："乃入齐恶赵，令齐绝于赵。齐已绝于赵，因之燕，谓昭王……赵合于燕以攻齐。"① 姚福申先生说此章"将苏秦误作苏代"② 即苏秦破坏齐、赵两国邦交后，去燕国游说燕昭王联合赵国攻齐。《燕策二·苏代自齐使人谓燕昭王》亦曰："臣闻离齐、赵，齐、赵已孤矣，王何不出兵以攻齐？臣请王弱之。"③ 缪文远先生说："据帛书，此当为苏秦之语。"④ 这里也是说苏秦建议燕昭王出兵攻齐。此与帛书"谓燕王章"所载正相合。可见，帛书此章游说燕昭王伐齐的说客应是苏秦。

（二）"使盟周室而棼（焚）秦符，曰'大（太）上破秦，亓（其）次必长摈之。'"

以燕国的实力，在齐灭宋之时（公元前286年），燕国是无法与齐国抗衡的。因此，帛书"谓燕王章"游说者劝说燕昭王联合秦国共同攻伐齐国，即此章所载："夫取秦，上交也；伐齐，正利也。尊上交，务正利，圣王之事也。"为了挑拨齐、秦两国关系，游说者建议燕王先假意拉拢齐国，并相约共同攻打秦国。秦王得知此事后为避免战祸，必将会与燕国结盟攻伐齐国。帛书此章载："使明（盟）周室而棼（焚）秦符，曰'大（太）上破秦，亓（其）次必长摈之。'"即是游说者建议燕昭王假意与齐国联合攻秦之语。在帛书及《战国策》中曾多次记载与此类似的言论，均出自苏秦之口。如《魏策二·五国伐秦无功而还》苏秦谓魏王曰："扮之请焚天下之秦符者，臣也；次传焚符之约者，臣也。帛⑤书"苏秦自赵献书于齐王章（二）"苏秦曰："大（太）上破之，其【次】宾（摈）之，亓（其）下完交而□讲，与国毋相离也。"《魏策二·五国伐秦无功而还》苏秦亦曰："故为王计，太上伐秦，其次宾秦，其次坚约而详讲，与国无相离也。"⑥ 这些烧毁秦符、攻破秦国、排斥秦国等言辞都是苏秦曾

① （汉）刘向集录. 战国策 [M]. 上海：上海古籍出版社，1985：1085.
② 姚福申. 对刘向编校工作的再认识——《战国策》与《战国纵横家书》比较研究 [J]. 复旦学报，1987（6）.
③ （汉）刘向集录. 战国策 [M]. 上海：上海古籍出版社，1985：1093.
④ 缪文远. 战国策考辨 [M]. 北京：中华书局，1984：305.
⑤ （汉）刘向集录. 战国策 [M]. 上海：上海古籍出版社，1985.830.
⑥ （汉）刘向集录. 战国策 [M]. 上海：上海古籍出版社，1985.827.

经提出过的计谋。可证帛书"谓燕王章"此句确为苏秦之语。

然而，需要指出的是，我们应该将帛书此处"焚秦符"与李兑联合五国伐秦事区分开来。李兑联合五国攻秦，事在公元前288年。《赵策四·齐欲攻宋》载："李兑约五国以伐秦。"① 五国伐秦虽然最终没有成功，但其在历史上确曾发生。苏秦在组织五国伐秦中也起到了巨大作用。如帛书"苏秦自齐献书于燕王章"载苏秦之语："齐、勹（赵）遇于阿，王忧之。臣与于遇，约功（攻）秦去帝。"苏秦代表燕国参与齐、赵会盟，五国相约共同攻伐秦国。在伐秦过程中，苏秦还游走于各诸侯国之间，巩固五国攻秦盟约。而帛书此处所载"使明（盟）周室而梦（焚）秦符"，则发生在公元前286年，这是苏秦离间齐、秦两国关系的计策，此事并没有真正发生。在帛书"谓燕王章"中，苏秦之所以让燕昭王"焚秦符"，目的就是使"秦、燕、赵均弃齐"，三国联合一举攻灭齐国。

（三）"秦为西帝，燕为北帝，赵为中帝，立三帝以令于天下"

唐兰先生指出帛书"谓燕王章"所载"秦为西帝，燕为北帝，赵为中帝，立三帝以令于天下"与史实不合。他指出："攻秦是由齐、秦称帝引起的，秦昭王称帝才两个月，因齐国西师而被迫取消了，此文作者却异想天开，要搞三帝。况且燕在当时是弱国，如何可以称北帝？根据这些事实上的错误，此文必是后人拟作无疑。"② 车新亭先生亦指出："二十《谓燕王章》云：'秦为西帝，燕为北帝，赵为中帝，立三帝以令于天下。'属于不切实际的阔谈。"③

笔者认为此处当为苏秦的夸大之辞，而非拟作。战国时期，纵横策士纵横捭阖，言辞夸大。苏秦此番话的主要目的是为提升燕国的地位。其实，燕国虽为弱国，但在伐齐战争中起到了主导作用。公元前314年齐国攻破燕国，其后燕昭王一直想攻伐齐国，一雪前耻。如《燕策一·苏秦死其弟苏代欲继之》燕王曰："我有深怨积怒于齐，而欲报之二年矣。齐者，我雠国也，故寡人之所欲伐也。'"④ 而在燕昭王的不断努力下，燕国也最终顺利攻伐齐国。如《燕策一·燕昭王收破燕后即位》载："二十八年，燕国殷富，士卒乐佚轻战。于是遂以乐毅为上将军，与秦、楚、三晋合谋以伐齐。"⑤ 《燕策二·昌国君乐毅为燕

---

① （汉）刘向集录. 战国策［M］. 上海：上海古籍出版社，1985. 727.

② 唐兰. 司马迁所没有见过的珍贵史料——长沙马王堆帛书《战国纵横家书》：战国纵横家书［M］. 北京：文物出版社，1976：139.

③ 车新亭.《战国纵横家书》与苏秦史料辨正［J］. 北京师范大学学报，1990（3）.

④ （汉）刘向集录. 战国策［M］. 上海：上海古籍出版社，1985：1055.

⑤ （汉）刘向集录. 战国策［M］. 上海：上海古籍出版社，1985：1066.

昭王》亦曰："昌国君乐毅为燕昭王合五国之兵而攻齐。"① 即燕国上将军乐毅统帅五国之师攻打齐国。可见，燕国在伐齐之战中起到了极其重大的作用。"燕为北帝"，虽为夸饰之语，但很好地展现了燕国在伐齐战争中的主导地位。

苏秦说"赵为中帝"，也是夸张之辞，但其亦符合赵国在伐齐之战中所起到的作用。赵国在当时相对来说较为强大，且与齐国相邻，因此争取赵国，是决定伐齐战争胜败与否的关键。所以燕国的首要任务就是拉拢赵国。如《燕策二·昌国君乐毅为燕昭王》乐毅曰："举天下而图之，莫径于结赵矣。……赵若许，约楚、魏，宋尽力，四国攻之，齐可大破也。"② 此外，苏秦也一直强调赵国在伐齐战争中的重要作用。如帛书"苏秦自梁献书于燕王章（二）"载："事必□□南方强，燕毋首。"此处有两个缺字，大意是苏秦劝说燕昭王攻齐之事一定要等待赵国出面与齐国先战，燕国千万不要首先发难。帛书"谓起贾章"曰："燕赵共相，二国为一，兵全以临齐。"《乐毅列传》亦载："燕昭王悉起兵，使乐毅为上将军，赵惠文王以相国印授乐毅。乐毅于是并护赵、楚、韩、魏、燕之兵以伐齐。"③ 燕国、赵国共推乐毅为相，两国合二为一，共同率领五国之兵攻伐齐国。由此，我们可知赵国在伐齐战争中也起到了重要作用。"赵为中帝"，虽为夸张，但也与史实不相悖。

而秦国确实也参加了伐齐战争。帛书"苏秦献书赵王章"载："（赵）今从强秦久伐齐"，《赵策一·赵收天下且以伐齐》亦作："（赵）今从于强秦国之伐齐"④，可知秦、赵两国都参与了攻伐齐国。而且，秦国在伐齐战争中也起着重要作用。杨宽先生在《战国史料编年辑证》一书中指出："秦乘此时机，图谋削弱齐国，主谋发动五国合纵攻齐，以瓜分齐地为饵，并推赵主持其事。"⑤ 《赵世家》所载"（赵惠文王）十四年，与秦会中阳"⑥，即指秦、赵两国合谋伐齐之事。再者，秦国的国力本就强大，因此称其为"西帝"，虽为夸张，但亦符合史实，绝非拟作。

杨宽先生《战国史料编年辑证》曰："秦此次主谋五国合纵攻齐，以秦、赵、燕三国为核心。"⑦ 此与帛书"谓燕王章"所载"秦为西帝，燕为北帝，赵

① （汉）刘向集录. 战国策 ［M］. 上海：上海古籍出版社，1985：1102.
② （汉）刘向集录. 战国策 ［M］. 上海：上海古籍出版社，1985：1104.
③ （汉）司马迁. 史记 ［M］. 北京：中华书局，1959：2428.
④ （汉）刘向集录. 战国策 ［M］. 上海：上海古籍出版社，1985：608.
⑤ 杨宽. 战国史料编年辑证 ［M］. 上海：上海人民出版社，2001：795.
⑥ （汉）司马迁. 史记 ［M］. 北京：中华书局，1959：1816.
⑦ 杨宽. 战国史料编年辑证 ［M］. 上海：上海人民出版社，2001：795.

为中帝"正相合。因此，虽然帛书此句为夸大之辞，但与当时战国史实还是相符的，所以不能将其认定为拟作，此章辞主仍应为苏秦。

（四）"必反（返）宋，归楚淮北"

唐兰先生认为帛书"谓燕王章"所载"必反（返）宋，归楚淮北"与史实不合。他指出："淮北在当时是宋地，此文以淮北为楚地，显然是错的。"① 并以此为依据认为帛书此章为拟作。

然而，淮北的归属在当时极其复杂，不能断定为宋地。早在春秋时期，淮北就属于楚国。"楚庄王在克庸以后，即全力北进，伐陈、伐郑、伐宋，并于鲁宣公十二年在邲之战中大败晋军，终于夺得霸主地位。"② 《韩非子·有度》曰："并国二十六，益地三千里"③，即楚庄王时地域广阔，势力强盛。而此时淮河流域的大多数疆土也纳入到了楚国版图。

而到了战国时期，在周慎靓王三年（公元前 318 年），宋国攻占了淮北。《宋卫策·宋康王之时》云："康王大喜。于是灭滕、伐薛，取淮北之地，乃愈自信。"④ 《宋微子世家》亦曰："君偃十一年，自立为王。东败齐，取五城，南败楚。"⑤ 《史记索隐》云："《战国策》、《吕氏春秋》皆以偃谥康王。"⑥ 可知宋国攻占淮北之地，确有其事。因此，帛书及《战国策》均载"宋之淮北"。如帛书"苏秦谓齐王章（一）"曰："欲以残宋，取进〈淮〉北，宋不残，进〈淮〉北不得。"是说齐国想攻占宋国淮北之地。帛书"苏秦谓齐王章"载："宋以淮北与齐讲"，即宋国想以淮北之地与齐国讲和。《齐策四·苏秦自燕之齐》亦云："有淮北则楚之东国危；有济西则赵之河东危；有阴、平陆则梁门不启。"⑦ 张琦云："文主举宋言，淮北、济西、陶、平陆，皆故宋地。"⑧ 此处明言淮北为宋地。

然而，淮北地域广大，宋国只攻取了其中的一部分，并没有全部占据。《楚世家》云："（楚怀王）三十年，秦复伐楚，取八城。……齐湣王谓其相曰：

① 唐兰. 司马迁所没有见过的珍贵史料——长沙马王堆帛书《战国纵横家书》：战国纵横家书［M］. 北京：文物出版社，1976：139.
② 陈恩林. 论春秋五伯的争霸战略［J］. 吉林大学社会科学学报，1995（4）.
③ 《韩非了》校注组. 韩非了校注［M］. 南京：江苏人民出版社，1982：42.
④ （汉）刘向集录. 战国策［M］. 上海：上海古籍出版社，1985：1157.
⑤ （汉）司马迁. 史记［M］. 北京：中华书局，1959：1632.
⑥ （汉）司马迁. 史记［M］. 北京：中华书局，1959：1632.
⑦ （汉）刘向集录. 战国策［M］. 上海：上海古籍出版社，1985：424.
⑧ （汉）刘向集录，范祥雍笺证. 战国策笺证［M］. 上海：上海古籍出版社，2006：668.

'不若留太子以求楚之淮北。'"① 楚怀王三十年，即公元前 299 年。《田敬仲完世家》亦云："齐南割楚之淮北。"② 王念孙在注解《燕策一·齐伐宋宋急》时也说："是九夷之地，南与楚接。此言齐并淮北，淮北即楚地也。"③ 此二事均发生在公元前 286 年。公元前 318 年以后，宋国已经攻取淮北，但这些地方仍说楚之淮北。可见，此时淮北一部分土地仍属于楚国。由此，于鬯解释说："淮北地大，楚实未尝全失于宋，故《田世家》仍云'南割楚之淮北'。"④

因此，帛书"谓燕王章"载"归楚淮北"，即淮北为楚地，是符合史实的。而帛书"苏秦谓齐王章（一）"载"欲以残宋取淮北" "苏秦谓齐王章（四）"载"宋以淮北与齐讲"，即淮北是宋地，也与史实相合。

公元前 286 年齐湣王伐宋，并灭亡宋国，得到淮北之地。因此史书上也记载淮北为齐地。《燕策二·昌国君乐毅为燕昭王》云："且又淮北宋地，楚、魏之所同愿也。"⑤ 鲍彪曰："楚欲得淮北，魏欲得宋，时皆属齐。"⑥《齐策六·燕攻齐取七十余城》曰："且楚攻南阳"⑦，鲍彪云："史云齐之南阳，然则比荆州郡，时属齐。"吴师道曰："索隐云：南阳，即齐淮北、泗上之地也。"⑧ 可证此时淮北属于齐地。

公元前 284 年，燕国联合五国之兵合力攻齐，楚国亦参与其中，此时淮北之地又重新归入楚国版图。《楚世家》云："（楚顷襄王）十五年，楚王与秦、三晋、燕共伐齐，取淮北。"⑨ 帛书"谓起贾章"亦曰："天下○且功（攻）齐，且属从（纵），为传梦（楚）之约"，"楚割淮北"。其后，淮北仍属于楚国。如《楚策四·庄辛谓楚襄王曰》载："（楚襄王）于是乃以执圭而授之为阳陵君，与淮北之地也。"⑩ 此策文事在周赧王三十八年（公元前 277 年）。《春申君列传》亦曰："楚考烈王元年（公元前 262 年），以黄歇为相，封为春申君，赐淮

① （汉）司马迁. 史记［M］. 北京：中华书局，1959：1727-1728.
② （汉）司马迁. 史记［M］. 北京：中华书局，1959：1900.
③ （汉）刘向集录，范祥雍笺证. 战国策笺证［M］. 上海：上海古籍出版社，2006：1694.
④ （汉）刘向集录，范祥雍笺证. 战国策笺证［M］. 上海：上海古籍出版社，2006.
⑤ （汉）刘向集录. 战国策［M］. 上海：上海古籍出版社，1985：1104.
⑥ （汉）刘向集录，范祥雍笺证. 战国策笺证［M］. 上海：上海古籍出版社，2006：1752.
⑦ （汉）刘向集录. 战国策［M］. 上海：上海古籍出版社，1985：452.
⑧ （汉）刘向集录，范祥雍笺证. 战国策笺证［M］. 上海：上海古籍出版社，2006：713.
⑨ （汉）司马迁. 史记［M］. 北京：中华书局，1959：1729.
⑩ （汉）刘向集录. 战国策［M］. 上海：上海古籍出版社，1985：561.

北地十二县。"① 均可证。

可见，战国时期淮北几经易手，是各国争抢之地。因此，要根据当时的实际情况来判断其归属。帛书"谓燕王章"说其为楚地，是符合当时史实的，不应视为后人拟作。

（五）"奇（寄）质于齐，名卑而权轻"

唐兰先生认为帛书"谓燕王章"所载"奇（寄）质于齐，名卑而权轻"与当时史实不合，为后人拟作。他在《司马迁所没有见过的珍贵史料》一文中指出："当时各国都相互有质子，秦国就曾派泾阳君到齐国为质，燕国寄质于齐，不能以此说'名卑而权轻'。"②

根据当时史实所载，燕国确曾"寄质于齐"。范祥雍曰："《史记》正义云：'燕前有一子质于齐。'燕质子于齐，见上初苏秦弟厉章，正昭王时事。"③ "战国时期在各国间异常复杂的政治斗争中，纳质与交换质子是一项重要的斗争手段。"④ 在《战国策》及《史记》中多处记载各国之间相互派遣质子之事。如《魏策二·惠施为韩魏交》载："惠施为韩、魏交，令太子鸣为质于齐。"⑤ 《孟尝君列传》亦曰："秦昭王闻其贤，乃先使泾阳君为质于齐。"⑥ 质子"是诸侯之间相互取信盟约的工具"⑦。当国家需要罢兵议和时、乞求援兵时、或互求信任时，都要派遣质子。可见，交换质子现象在战国时期十分普遍，在各个诸侯国之间都会存在，与诸侯国强大与否无关。从这个方面看，唐兰先生的观点无疑是正确的。

然而，笔者认为此处"寄质于齐"与"名卑而权轻"并不是如唐兰先生所说存在着因果联系。这两句其实是叙述两件相对独立的事情。一件是燕国"寄质于齐"的史实，一件是燕国"名卑而权轻"的史实，二者应为并列关系。

在齐国攻宋之时，燕国相较于其他国家而言，确实国势衰微。《燕策一·燕昭王收破燕后即位》燕昭王直言："齐因孤国之乱，而袭破燕。孤极知燕小力

① （汉）司马迁. 史记 [M]. 北京：中华书局，1959：2394.

② 唐兰. 司马迁所没有见过的珍贵史料——长沙马王堆帛书《战国纵横家书》：战国纵横家书 [M]. 北京：文物出版社，1976：139.

③ （汉）刘向集录，范祥雍笺证. 战国策笺证 [M]. 上海：上海古籍出版社，2006：1692.

④ 晁福林. 春秋战国时期的"质子"与"委质为臣" [J]. 传统文化与现代化，1999（3）.

⑤ （汉）刘向集录. 战国策 [M]. 上海：上海古籍出版社，1985：837.

⑥ （汉）司马迁. 史记 [M]. 北京：中华书局，1959：2354.

⑦ 张胡玲. 两汉质子制度述论 [D]. 西安：西北大学，2009.

少，不足以报。"① 《燕策一·苏秦死其弟苏代欲继之》亦曰："凡天下之战国七，而燕处弱焉。"② 《燕策一·奉阳君李兑甚不取于苏秦》也指出："而燕国弱国也，东不如齐，西不如赵，岂能东无齐、西无赵哉?"③ 今人依据先秦地理知识亦考证："燕、中山偏离大国军事冲突的热点区域，本身的实力又比较弱，只是附从诸强，在政治舞台上扮演着三流角色。"④ 可知帛书此章所载的燕国"名卑而权轻"确实与当时史实相合。

可见，当把"寄质于齐"和"名卑而权轻"视为两件相互并列的事件时，它们与当时的史实均相符。此句意了燕国虽然在万乘强国之列，但是它不仅要给齐国送去人质以求庇护，而且自身名声卑弱、权势轻贱。由此，我们不能据此认定帛书"谓燕王章"为后人拟作，更不能轻易否定此章辞主为苏秦。

综上，通过对帛书"谓燕王章"诸多史实记载的考释，得出此章非后人拟作、辞主应为苏秦的结论。

二、"苏秦献书赵王章"年代、辞主考辨

对于帛书"献书赵王章"（原第二十一章）辞主为何人，学者意见不一。

帛书此章又见于《赵策一·赵收天下且以伐齐》及《赵世家》，《赵策一》作"苏秦为齐上书说赵王曰"⑤；帛书整理小组亦将此章定名为"苏秦献书赵王章"⑥；杨宽先生认为此章"游说资料应该属于苏秦"⑦；唐兰先生也指出此章游说者应该为"苏秦'献书赵王'"。⑧ 秦丙坤先生也说此章"依史实，辞主应为苏秦"⑨。张兵先生亦曰："上书者为苏秦而非苏厉。"⑩ 可知这些学者均认为帛书"献书赵王章"辞主当为苏秦。

《赵世家》作"苏厉为齐遗赵王书"⑪。《史记》列此章为赵惠文王十六年，

① （汉）刘向集录. 战国策 [M]. 上海：上海古籍出版社，1985：1064.
② （汉）刘向集录. 战国策 [M]. 上海：上海古籍出版社，1985：1056.
③ （汉）刘向集录. 战国策 [M]. 上海：上海古籍出版社，1985：1042.
④ 宋傑. 先秦战略地理研究 [M]. 北京：首都师范大学出版社，1999：176.
⑤ （汉）刘向集录. 战国策 [M]. 上海：上海古籍出版社，1985：606.
⑥ 马王堆汉墓帛书整理小组. 战国纵横家书 [M]. 北京：文物出版社，1976：91.
⑦ 杨宽. 马王堆帛书《战国纵横家书》的史料价值：战国纵横家书 [M]. 北京：文物出版社，1976：163.
⑧ 唐兰. 司马迁所没有见过的珍贵史料——长沙马王堆帛书《战国纵横家书》：战国纵横家书 [M]. 北京：文物出版社，1976：125.
⑨ 秦丙坤. 《战国纵横家书》所见苏秦散文时事考辨 [J]. 西北师大学报，2002（4）.
⑩ 张兵. 《战国纵横家书》文献史料价值探析 [J]. 理论学刊，2017（5）.
⑪ （汉）司马迁. 史记 [M]. 北京：中华书局，1959：1817.

即公元前283年。而乐毅合五国之兵大破齐国在公元前284年，此年苏秦也因反间之名被齐国车裂而死。由此，一些学者认定帛书"献书赵王章"辞主不可能是苏秦，而是苏厉。如鲍彪改"苏秦"作"苏厉"①；马雍先生曰："此书作者不得为苏秦，当从《史记》作苏厉为是"②；缪文远先生亦曰："此篇说者之主名，当依《史记》作苏厉。"③ 赵生群先生也指出："从时间上看，事件发生在公元前283年左右，故当从《史记》属之'苏厉'为是。"④ 周鹏飞先生亦云："帛书此章时间应从《赵世家》定为公元前二八三年，而此时，苏秦已死。……应作苏厉为齐遗赵王书。"⑤

裴登峰先生则认为帛书此章游说者既不是苏秦、也不是苏厉，而应为"无主辞"。⑥

然而，通过辨析帛书"献书赵王章"，并结合《史记》《战国策》帛书其他章节，笔者认为帛书此章当系年于公元前285年，即乐毅合五国之兵大破齐国之前，此章说者主名当为苏秦。理由如下：

（一）"献书赵王章"所载史实与公元前285年形势相合

帛书"献书赵王章"所记载的史实是合乎公元前285年形势的，下文将依据文中所载具体分条列出进行论证：

1. "今王收齐，天下必以王为义矣。"

帛书"献书赵王章"载："今王收齐，天下必以王为义矣。"即游说者劝说赵王停止伐齐，转而与齐国结盟。而早在公元前286年，赵国就已经开始谋划攻齐，并付诸行动。帛书"苏秦自齐献书于燕王章"载："后，薛公、乾（韩）徐为与王约功（攻）齐。"即公元前286年，薛公、韩徐为联合燕国合谋伐齐。《赵世家》曰："（赵惠文王）十三年，韩徐为将，攻齐。"⑦ 赵惠文王十三年，即公元前286年。后因赵相奉阳君从中阻挠，此次攻齐行动被迫中止。不过，到了公元前285年，赵国又开始进行大规模的伐齐战争。《赵世家》载："（赵惠

① （汉）刘向集录，范祥雍笺证. 战国策笺证［M］. 上海：上海古籍出版社，2006：974.

② 马雍. 帛书《战国纵横家书》各篇的年代和历史背景：战国纵横家书［M］. 北京：文物出版社，1976：194.

③ 缪文远. 战国策考辨［M］. 北京：中华书局，1984：170.

④ 赵生群.《战国纵横家书》所载"苏秦事迹"不可信［J］. 浙江师范大学学报，2007（1）.

⑤ 周鹏飞. 苏秦兄弟排行及事迹考［J］. 甘肃社会科学，1986（3）.

⑥ 裴登峰.《战国纵横家书》《战国策》文相关辞主问题考论［J］. 文献，2013（6）.

⑦ （汉）司马迁. 史记［M］. 北京：中华书局，1959：1816.

文王）十四年，相国乐毅将赵、秦、韩、魏、燕攻齐，取灵丘。"①《史记索隐》曰："年表及韩、魏等系家，五国攻齐在明年（即公元前284年），然此下文十五年重击齐，是此文为得，盖此年（公元前285年）同伐齐耳。"② 杨宽先生亦曰："是年（公元前285年）乐毅得以赵相国率赵、秦、韩、魏、燕五国之师，由赵先攻取齐济西之灵丘，作为五国联军大举攻破齐国之基地。"③ 可知赵国在赵惠文王十四年（公元前285年）已经开始了大规模的伐齐之战。

其他国家在公元前285年也陆续展开伐齐战争。如《田敬仲完世家》载："（齐湣王）三十九年（当作十六年），秦来伐，拔我列城九。"④《秦本纪》亦曰："（秦昭王）二十二年，蒙武伐齐。"⑤ 齐湣王十六年，秦昭王二十二年，即公元前285年，秦国攻伐齐国。《燕策二·苏代自齐使人谓燕昭王》载："苏子遂将，而与燕人战于晋下，齐军败。"⑥ 缪文远曰："苏代、苏子当为苏秦。"⑦ 此策文林春溥《战国纪年》、黄式三《周季编略》并系于周赧王三十年（公元前285年）。可证燕国于公元前285年也已经攻打齐国，而苏秦此时仍在齐国反间。

由此可知，公元前285年各国已经开展伐齐之战。帛书"献书赵王章"游说者劝说赵王停止伐齐，写于该年是完全合乎史实的。

2. "欲以亡韩、呻（吞）两周，故以齐饵天下。"

帛书"献书赵王章"载："欲以亡韩、呻（吞）两周，故以齐饵天下。"意谓秦国想灭亡韩国，吞并两周的土地，所以以攻齐为诱饵欺骗天下。下文又载："声德兵〈与〉国，实伐郑韩。"帛书整理小组说："韩国从哀侯迁都郑，又称郑国。"⑧ 范祥雍先生曰："郑为韩都，亦为国称，郑韩即为韩。"⑨ 此句也是说秦国在舆论上宣称与盟国攻齐，实际上却要暗中进攻韩国。此与公元前285年记载史实相合。

《韩世家》载："（韩釐王）十年，秦败我师于夏山。"⑩《史记·六国表》

① （汉）司马迁. 史记 [M]. 北京：中华书局，1959：1816.

② （汉）司马迁. 史记 [M]. 北京：中华书局，1959：1816.

③ 杨宽. 战国史料编年辑证 [M]. 上海：上海人民出版社，2001：795.

④ （汉）司马迁. 史记 [M]. 北京：中华书局，1959：1900.

⑤ （汉）司马迁. 史记 [M]. 北京：中华书局，1959：212.

⑥ （汉）刘向集录. 战国策 [M]. 上海：上海古籍出版社，1985：1094.

⑦ 缪文远. 战国策考辨 [M]. 北京：中华书局，1984：305.

⑧ 马王堆汉墓帛书整理小组. 战国纵横家书 [M]. 北京：文物出版社，1976：93.

⑨ （汉）刘向集录，范祥雍笺证. 战国策笺证 [M]. 上海：上海古籍出版社，2006：977.

⑩ （汉）司马迁. 史记 [M]. 北京：中华书局，1959：1876.

亦曰："（韩釐王十年）秦败我兵夏山。"① 韩釐王十年，即公元前 286 年。可见，秦国一直觊觎韩国，想攻占韩国土地。因此，在公元前 285 年，秦国为了满足攻取韩国的私欲，以齐国为诱饵，与各诸侯国联合起来攻打齐国。《燕策二·秦召燕王》曰："秦欲攻齐，恐天下救之，则以齐委于天下曰……已得宜阳、少曲，致蔺、石，因以破齐为天下罪。"② 宜阳、少曲，蔺、石即为韩国领土，秦国想得到这些土地，所以与各诸侯国相约攻伐齐国。可见，此处所载史实与帛书此章的记载正相合。

3. "韩亡参（三）川，魏亡晋国。"

帛书"献书赵王章"载："韩亡参（三）川，魏亡晋国，市○○朝未罢过（祸）及于赵。"帛书整理小组说："三川，本指河水、伊水和洛水。韩国的三川，在今河南省宜阳县一带。"③《秦策一·司马错与张仪争论》曰："亲魏善楚，下兵三川"④，高诱亦云："三川，宜阳也。"⑤ 可证帛书此处"三川"，当为韩国宜阳一带。《韩世家》曰："（韩釐王）三年，使公孙喜率周、魏攻秦。秦败我二十四万，房喜伊阙。五年，秦拔我宛。六年，与秦武遂地二百里。"秦国接连攻打韩国，并于韩釐王六年（公元前 290 年）攻占韩国武遂。《史记正义》曰："此武遂及上武遂皆宜阳近地。"⑥ 下文又云："（韩釐王）十年，秦败我师于夏山。"⑦ 夏山也在宜阳附近，即三川一带。可见，在公元前 290 年至公元前 286 年，韩国失去了三川一带的土地。

晋国，鲍彪云："谓安邑。"程恩泽云："按《元和志》晋迁新田，今平阳绛邑县也。战国时属魏。"⑧ 晋国指魏国河东绛、安邑一带。"魏亡晋国"，即指魏国失去绛、安邑等地。《秦本纪》载："（秦昭王）二十一年，错攻魏河内，魏献安邑。"⑨ 秦昭王二十一年，即公元前 286 年。可知此年秦国进攻魏国，魏国献出安邑。范祥雍先生亦曰："《六国表》魏纳安邑及河内于秦，在魏昭王十年（前 286 年），赵惠文王十三年。"⑩

①　（汉）司马迁．史记［M］．北京：中华书局，1959：740.
②　（汉）刘向集录．战国策［M］．上海：上海古籍出版社，1985：1080-1081.
③　马王堆汉墓帛书整理小组．战国纵横家书［M］．北京：文物出版社，1976：93.
④　（汉）刘向集录．战国策［M］．上海：上海古籍出版社，1985：115.
⑤　（汉）刘向集录，范祥雍笺证．战国策笺证［M］．上海：上海古籍出版社，2006：203.
⑥　（汉）司马迁．史记［M］．北京：中华书局，1959：1876.
⑦　（汉）司马迁．史记［M］．北京：中华书局，1959：1876-1877.
⑧　（清）程恩泽．国策地名考：续修四库全书［M］．上海：上海古籍出版社，1995.
⑨　（汉）司马迁．史记［M］．北京：中华书局，1959：212.
⑩　（汉）刘向集录，范祥雍笺证．战国策笺证［M］．上海：上海古籍出版社，2006：977.

可见，帛书"献书赵王章"所载"韩亡三川""魏亡晋国"，都发生在公元前285年之前。因此，将帛书此章系年于公元前285年是完全合乎史实的。

4. "今燕尽齐之河南"

帛书"献书赵王章"载："今燕尽齐之河南"，整理小组说："河南，疑是河北之误。河北即北地与阳地。《赵世家》作'燕尽齐之北地'第十七章说'且使燕尽阳地，以河为境'，又说'北地归于燕'，均可证。"① 程恩泽在注解《赵策一·赵收天下且以伐齐》中"今燕尽齐之河南"时也指出："案河南即河外也，但与燕地不相及，故史作'齐之北地'。"② 金正炜亦云："文当从史作'燕尽齐之北地'。"③ 因此，帛书此处"河南"应是"河北"之误。

而"今燕尽齐之河北"，在公元前285年是完全有可能发生的。公元前314年，燕国内乱，齐国趁机大败燕国。燕国遭受重创，国力衰弱。因此，燕昭王实行"尊齐事齐"的策略，以便积蓄力量。如帛书"苏秦谓齐王章（三）"载苏秦之语："臣以燕重事齐"，帛书"苏秦自赵献书于齐王章"苏秦亦云："以燕之事齐也为尽矣。"齐湣王以为燕国真心顺从侍奉自己，所以对燕国很信任。帛书"苏秦自齐献书于燕王章"载："齐之信燕也，虚北地而【行】其甲。"整理小组注释说："北地指齐国北部接近燕国的地区。因在当时的黄河北岸，所以又称河北。"④《燕策二·苏代自齐献书于燕王》亦载："齐之信燕也，至于虚北垒行其兵。"⑤ 鲍彪云："虚，言不设备。齐北近燕。（行其兵）以北兵伐他国。"⑥ 此处是说齐国由于相信燕国，撤掉了北境防御燕国的兵力。《燕策一·苏秦死其弟苏代欲继之》载："且异日也，济西不役，所以备赵也；河北不师，所以备燕也。今济西、河北，尽以役矣，封内弊矣。"⑦ 也是说齐国调走了防备燕国的兵力，放松对燕国的戒备。熊剑平先生亦指出："苏秦劝说齐王在燕国方向可以不必设防，以集中力量对付西线之敌，因为燕国是决不会反齐的。齐王竟相信了他，并按照他的建议去进行布防。"⑧ 均可证齐国此时对燕国确实很信任，放松了对它的警惕。

而我们由上文已知，早在公元前285年，赵、秦、燕等国就已经陆续伐齐。

① 马王堆汉墓帛书整理小组. 战国纵横家书［M］. 北京：文物出版社，1976：94.
② （清）程恩泽. 国策地名考：续修四库全书［M］. 上海：上海古籍出版社，1995.
③ （清）王念孙，金正炜. 战国策校释二种［M］. 北京：首都师范大学出版社，1994.
④ 马王堆汉墓帛书整理小组. 战国纵横家书［M］. 北京：文物出版社，1976：12.
⑤ （汉）刘向集录. 战国策［M］. 上海：上海古籍出版社，1985：1095.
⑥ （汉）刘向集录，范祥雍笺证. 战国策笺证［M］. 上海：上海古籍出版社，2006：1739.
⑦ （汉）刘向集录. 战国策［M］. 上海：上海古籍出版社，1985：1057.
⑧ 熊剑平. 被误解千年的战略间谍苏秦［J］. 文史天地，2013（9）.

由于齐国要防御其他国家的进攻，加之没有对燕国加以防备。因此，燕国能够在伐齐战争开始不久后，就轻松地攻下齐之北地。由此，帛书"献书赵王章"所载"今燕尽齐之河北"，是与公元前285年形势相合的。

综上，帛书"献书赵王章"所载史实均与公元前285年形势相合。此外，唐兰先生在《司马迁所没有见过的珍贵史料》一文中也指出："第二年（前285），乐毅还用赵相国名义伐齐取灵邱，……帛书第二十一章苏秦献书赵王，要赵王还是联齐，就是这时写的。"① 杨宽先生《战国史料编年辑证》一书亦将帛书此章系于赵惠文王十四年（公元前285年)②。以上均可以证明帛书"献书赵王章"当系年于公元前285年。

（二）《赵世家》所载"苏厉为齐遗赵王书"不可信

《赵世家》中所载"苏厉为齐遗赵王书"与帛书"献书赵王章"内容相近，但是《史记》将"遗赵王书"的系年及说者主名弄错了，使得文中出现了一些相互矛盾之处，下文将一一指出：

1. 公元前283年"秦复与赵数击齐"不合史实

《赵世家》载："（赵惠文王）十六年，秦复与赵数击齐，齐人患之。苏厉为齐遗赵王书。"③ 赵惠文王十六年，即公元前283年。此处是说此年秦、赵两国数次攻伐齐国，为此苏厉为齐王向赵国求和。

然而，根据当时的史实，在公元前284年五国联军大败齐国之后，其他国家都已收兵不击齐，只有燕国独自深入，直取临淄。《赵世家》曰："赵与韩、魏、秦共击齐，齐王败走，燕独深入，取临菑。"④《燕召公世家》载："燕兵独追北，入至临菑，尽取齐宝，烧其宫室宗庙。"⑤《燕策二·昌国君乐毅为燕昭王》亦曰："轻卒锐兵，长驱至国。齐王逃遁走莒，仅以身免。珠玉财宝，车甲珍器，尽收入燕。"⑥ 可证在公元前283年"秦复与赵数击齐"是不合史实的。

再者，燕国攻齐，取齐国七十余城，只留下莒、即墨两城。如《齐策六·燕攻齐取七十余城》曰："燕攻齐，取七十余城，唯莒、即墨不下。"⑦《乐毅列

① 唐兰. 司马迁所没有见过的珍贵史料——长沙马王堆帛书《战国纵横家书》：战国纵横家书 [M]. 北京：文物出版社，1976：136.
② 杨宽. 战国史料编年辑证 [M]. 上海：上海人民出版社，2001：789.
③ （汉）司马迁. 史记 [M]. 北京：中华书局，1959：1817.
④ （汉）司马迁. 史记 [M]. 北京：中华书局，1959：1816.
⑤ （汉）司马迁. 史记 [M]. 北京：中华书局，1959：1558.
⑥ （汉）刘向集录. 战国策 [M]. 上海：上海古籍出版社，1985：1105.
⑦ （汉）刘向集录. 战国策 [M]. 上海：上海古籍出版社，1985：451.

传》曰："乐毅留徇齐五岁，下齐七十余城，皆为郡县以属燕，唯独莒、即墨未服。"①《新序·杂事三》亦云："唯莒、即墨未下。"② 齐国此时只有两座小城，对秦、赵构不成威胁，秦、赵两国没有必要多次攻打它。因此，《大事记》也指出："是时齐地皆入燕，独莒、即墨仅存。苏厉之书皆不及之，恐非此时事。"③ 梁玉绳《史记志疑》亦云："惠文十六年即齐襄保莒之岁，田单守即墨未下，余地尽入燕，则当时之齐，仅存二城，秦何利而数击？秦即欲击，复何畏而必共赵击之？其谬不辨自明也。"④

此外，《秦本纪》载："（秦昭王）二十四年，与楚王会鄢，又会穰。秦取魏安城，至大梁，燕、赵救之，秦军去。魏冉免相。"⑤ 秦昭王二十四年，即公元前283年。这一年并没有记载秦国攻齐之事，而是记载了秦国攻魏一事。

可见，以上均可以证明公元前283年"秦复与赵数击齐"不符合史实。

2. 公元前283年"苏厉为齐遗赵王书"不合史实

《赵世家》载公元前283年"苏厉为齐遗赵王书"。然而，根据《战国策》及《史记》其他章节的记载，在公元前283年齐国没有国君。

《燕召公世家》曰："昭王三十三年卒，……齐田单以即墨击败燕军，骑劫死，燕兵引归，齐悉复得其故城。湣王死于莒，乃立其子为襄王。"⑥ 《齐策六·齐负郭之民有狐者正议》亦曰："田单以即墨之城，破亡余卒，破燕兵，给骑劫，遂以复齐，遽迎太子于莒，立之以为王。"⑦ 燕昭王三十三年，即公元前279年。在此年田单收复齐国故地，湣王之子法章重返临淄立为齐王。

从公元前284年燕国攻占临淄，到公元前279年湣王之子重返齐都，共五年。即《田敬仲完世家》所载："襄王在莒五年，田单以即墨攻破燕军，迎襄王于莒，入临菑。齐故地尽复属齐。"⑧ 此五年法章一直偏安于莒这一小地方，没有多大作为。而直到田单收复故地，法章回到临淄，他才真正开始行王事，被当世人所认可。所以法章在莒期间，苏厉是不可能为这样的齐王出谋献策、并上书于赵王的。唐兰先生也指出："齐太子法章变姓名为莒太史家佣仆，很久才敢暴露而被莒人立为王。这个时候哪有秦国约赵攻齐的事。齐国已无君，苏厉

① （汉）司马迁. 史记［M］. 北京：中华书局，1959：2429.
② （汉）刘向编著，石光瑛校释. 新序校释［M］. 北京：中华书局，2017：342.
③ 吕祖谦. 吕祖谦全集（第8册）［M］. 杭州：浙江古籍出版社，2008.
④ 梁玉绳. 史记志疑［M］. 北京：中华书局，1981：1067.
⑤ （汉）司马迁. 史记［M］. 北京：中华书局，1959：212.
⑥ （汉）司马迁. 史记［M］. 北京：中华书局，1959：1558.
⑦ （汉）刘向集录. 战国策［M］. 上海：上海古籍出版社，1985：449.
⑧ （汉）司马迁. 史记［M］. 北京：中华书局，1959：1901.

即使写信，为谁写呢?"①

由此可知，公元前283年"苏厉为齐遗赵王书"是不符合史实的。郑杰文先生在《战国策文新论》一书中也驳斥了此事在公元前283年之说。②

3. 《赵世家》所载"赵乃辍，谢秦不击齐"不合史实

《赵世家》在"遗赵王书"后载："赵乃辍，谢秦不击齐"③，意思是苏厉对赵王的劝说起到了效果，赵国果真拒绝秦国的结盟之约，不与其合谋攻齐。然而，根据当时史实，秦国本为强国，通过攻齐战争后，势力更加强大。如《秦本纪》曰："（秦昭王）二十四年（公元前283年），秦取魏安城，至大梁"，"二十五年（公元前282年），拔赵二城。"④《赵世家》曰："（赵惠文王）十七年（公元前282年），（秦）伐赵，拔我两城"，"十八年（公元前281年），秦拔我石城"⑤。可知攻齐胜利后，秦国不断攻伐其他国家，势力正盛。而此时，相对较弱的赵国，怎么可能会拒绝强秦的邀请呢? 正如梁玉绳《史记志疑》所说："秦果欲共赵击齐，赵又何敢谢之? 其谬不辨自明也。"⑥

《赵世家》此句后，紧接着写道："王与燕王遇。廉颇将，攻齐昔阳，取之。"⑦ 即赵国以廉颇为将进攻齐国昔阳。而由上句已知，赵王听取苏厉的建议，认为齐、赵交好才对赵国有利，于是"赵乃辍，谢秦不击齐"。但这里却又说赵国攻齐，这明显是相互矛盾。由此，唐兰先生也指出："《赵世家》在惠文王十六年既说'赵乃辍谢秦，不击齐'，可接着又说'王与燕王遇，廉颇将攻齐昔阳取之'，自相矛盾。"⑧

此外，"王与燕王遇。廉颇将，攻齐昔阳，取之"，此句本身也有歧义。由上文已知，燕国攻占了齐国的七十余城，只留下齐国莒、即墨两座城池。而这里却说赵国"攻齐昔阳"，明显与当时的史实不合。因此，应如唐兰先生所说："攻齐昔阳是与燕国争得地。"⑨ 即燕国已经攻取了齐国的昔阳，而赵国又与燕

① 唐兰. 司马迁所没有见过的珍贵史料——长沙马王堆帛书《战国纵横家书》: 战国纵横家书 [M]. 北京: 文物出版社, 1976: 139.

② 郑杰文. 战国策文新论 [M]. 济南: 山东人民出版社, 1998.

③ （汉）司马迁. 史记 [M]. 北京: 中华书局, 1959: 1820.

④ （汉）司马迁. 史记 [M]. 北京: 中华书局, 1959: 213.

⑤ （汉）司马迁. 史记 [M]. 北京: 中华书局, 1959: 1820.

⑥ 梁玉绳. 史记志疑 [M]. 北京: 中华书局, 1981: 1067.

⑦ （汉）司马迁. 史记 [M]. 北京: 中华书局, 1959: 1820.

⑧ 唐兰. 司马迁所没有见过的珍贵史料——长沙马王堆帛书《战国纵横家书》: 战国纵横家书 [M]. 北京: 文物出版社, 1976: 139.

⑨ 唐兰. 司马迁所没有见过的珍贵史料——长沙马王堆帛书《战国纵横家书》: 战国纵横家书 [M]. 北京: 文物出版社, 1976: 139.

国交战，从燕国手里夺走昔阳。

综上，《赵世家》有关"苏厉为齐遗赵王书"的记载，本身就有矛盾，不合史实处尤多，则将其系年于公元前283年不可信，将说者主名定为苏厉也值得怀疑。

（三）公元前285年苏秦仍反间于齐

由以上两方面的分析可知，帛书"献书赵王章"及《赵世家》"遗赵王书"均应系年于公元前285年。此年苏秦仍在齐国反间。

苏秦为燕昭王在齐国反间之时，为了取得齐湣王的信任，他在表面上一直尽心尽力地为齐王出谋献策。《燕策二·苏代自齐使人谓燕昭王》曰："乃谓苏子曰：'燕兵在晋，今寡人发兵应之，愿子为寡人为之将。'"① 缪文远曰："苏代、苏子为苏秦之误。"② 此句即谓齐湣王让苏秦做统帅迎战燕军。下文又载："苏子遂将，而与燕人战于晋下，齐军败。"③ 即苏秦率齐军与燕军交战，齐军大败。此策文发生在公元前285年，可证此时齐湣王仍重用苏秦。

甚至直至公元前284年齐国被攻破之前，齐湣王都还一直没有察觉到苏秦反间这一真实目的。如帛书"谓起贾章"曰："今事来矣，此齐之以母质之时也，而武安君之弃祸存身之夬（决）也。"帛书整理小组说："此章事在公元前二八四年春乐毅将五国兵攻破齐国之前。"④ 此句意谓游说者希望起贾能接受齐国的求和，而齐国向秦国求和的计谋是由武安君提出的。武安君即苏秦，如《燕策一·燕文公时》载："武安君苏秦为燕说齐王。"⑤ 范祥雍先生指出："《战国纵横家书》第十七章记游士为武安君（苏秦）说起贾，时贾在魏，主'天下伐齐'事。"⑥ 唐兰先生亦曰："帛书第十七章（"谓起贾章"）这个游说者还在为齐国和苏秦游说秦国派到魏国去的起贾。"⑦ 可见，苏秦在公元前284年仍在齐国反间，并在齐国有着举足轻重的地位。

帛书"献书赵王章"的呈奏年代在公元前285年，则此时苏秦毫无疑问肯定还在齐国任事，并受到齐湣王的信任。因此，齐湣王让苏秦游说赵王，以求

---

① （汉）刘向集录. 战国策［M］. 上海：上海古籍出版社，1985：1093.
② 缪文远. 战国策考辨［M］. 北京：中华书局，1984：305.
③ （汉）刘向集录. 战国策［M］. 上海：上海古籍出版社，1985：1094.
④ 马王堆汉墓帛书整理小组. 战国纵横家书［M］. 北京：文物出版社，1976：71.
⑤ （汉）刘向集录. 战国策［M］. 上海：上海古籍出版社，1985：1044.
⑥ （汉）刘向集录，范祥雍笺证. 战国策笺证［M］. 上海：上海古籍出版社，2006：1172.
⑦ 唐兰. 司马迁所没有见过的珍贵史料——长沙马王堆帛书《战国纵横家书》：战国纵横家书［M］. 北京：文物出版社，1976：136.

与赵国和解。而苏秦为虚与应付齐湣王，只得为其献书游说赵王。其实这只是苏秦表面上蒙蔽齐湣王之举，并非出于真心。因此，帛书"献书赵王章"游说者当为苏秦。

综上，帛书"苏秦献书赵王章"应系年于公元前 285 年，说者主名应为苏秦。

三、"苏秦谓陈轸章" 年代、辞主考辨

对于帛书"谓陈轸章"（原第二十二章）游说者为何人，学者意见不一。

帛书整理小组认为此章游说者是苏秦，将其定名为"苏秦谓陈轸章"①。

《田敬仲完世家》有与帛书此章相似的一段，在《史记》中则作"苏代谓田轸"②。"田轸"即"陈轸"，帛书整理小组说："陈姓在《史记》中，由于当时方言，常写作田。"③ 赵生群先生据此指出帛书此章游说者当属"苏代"。④

笔者认为游说陈轸的说客当是苏秦，理由如下：

(一)《田敬仲完世家》"苏代谓田轸" 系年不可信

《田敬仲完世家》载："（齐湣王）十二年，攻魏。楚围雍氏，秦败屈丐。苏代谓田轸曰。"⑤ 齐湣王十二年，即周赧王二十六年（公元前 289 年）。然而，根据当时的史实，周赧王二十六年并没有发生"楚围雍氏"之事。

《秦本纪》载："（秦惠文王更元）十三年楚围雍氏。"⑥ 《韩世家》曰："（韩宣惠王）二十一年与秦共攻楚，败楚将屈丐。"⑦ 秦惠文王更元十三年、韩宣惠王二十一年，即公元前 312 年。《韩世家·集解》引徐广亦曰："《秦本纪》惠王后元十三年、周赧王三年、楚怀王十七年皆云：'楚围雍氏'，《纪年》于此亦说'楚景翠围雍氏，韩宣王卒，秦助韩共败楚屈丐'，……皆与《史记·年表》符合。"⑧ 可证"楚围雍氏，秦败屈丐"事在公元前 312 年。因此，《田敬仲完世家》"苏代谓田轸"系年当在公元前 312 年。帛书"谓陈轸章"亦载：

① 马王堆汉墓帛书整理小组 . 战国纵横家书 [M]. 北京：文物出版社，1976：98.
② （汉）司马迁 . 史记 [M]. 北京：中华书局，1959：1896.
③ 马王堆汉墓帛书整理小组 . 战国纵横家书 [M]. 北京：文物出版社，1976：99.
④ 赵生群 .《战国纵横家书》所载"苏秦事迹"不可信 [J]. 浙江师范大学学报，2007（1）.
⑤ （汉）司马迁 . 史记 [M]. 北京：中华书局，1959：1896.
⑥ （汉）司马迁 . 史记 [M]. 北京：中华书局，1959：207.
⑦ （汉）司马迁 . 史记 [M]. 北京：中华书局，1959：1872.
⑧ 杨宽 . 战国史料编年辑证 [M]. 上海：上海人民出版社，2001：544.

"齐宋攻魏，楚回（围）翁（雍）是（氏），秦败屈匄。"① 可知帛书此章系年也在公元前312年。

此外，《田敬仲完世家》与帛书"谓陈轸章"所记载内容也与公元前312年史实相合。

《史记·六国表》曰："魏哀王（当作魏襄王）五年，秦拔我曲沃，归其人。"② 魏襄王五年，即公元前314年。此时魏、韩屡次为秦所败，为了挽回接连战败的局势，魏、韩两国不得不与秦国讲和。《史记·六国表》载："魏哀王（当作魏襄王）六年，秦来立公子政为太子，与秦会临晋。"③ 即公元前313年，魏国与秦国会晤讲和。由此，杨宽先生指出："（至公元前312年）魏、韩被迫与秦'连横'，造成秦、魏、韩三国与楚、齐对峙之形势。"④ 而《田敬仲完世家》及帛书"谓陈轸章"正记载此时形势。帛书"谓陈轸章"载："公令楚【王与韩氏地，使】秦制和。……魏是（氏）【转】，秦、韩争事齐楚。"即游说者劝说陈轸让楚国与秦、韩讲和，以此来破坏秦、韩、魏三国之兵联合攻楚的计谋。可见，帛书"谓陈轸章"及《田敬仲完世家》是游说者以破坏魏、韩、秦三国连横为目的来游说陈轸的，此正与公元前312年记载史实相合。

帛书"谓陈轸章"又载："齐宋攻魏"，《韩世家·集解》徐广引《纪年》亦曰："齐、宋围煮枣"⑤，煮枣在今山东东明县南，其时属魏地。这一史实也发生在公元前312年。《秦本纪》曰："（秦惠文王）更元十三年，庶长章击楚于丹阳，虏其将屈匄，斩首八万。"⑥ 公元前312年，楚国围攻韩国雍氏。秦国派兵援助韩国，解了韩国的雍氏之围，并与韩国联手大败楚将屈匄于丹阳。其后，秦、韩又欲联合魏国之兵东进，以解魏国的煮枣之围，即《田敬仲完世家》及帛书"谓陈轸章"所载："魏王谓韩冯、张仪曰：煮枣将拔，齐兵又进，子来救寡人则可矣"，"冯因抟三国之兵，乘屈丐之弊，南割于楚，故地必尽得之矣"。"仪将抟三国之兵，乘屈丐之弊，南割于楚，名存亡国，实伐三川而归"⑦。韩冯，即韩俑，为韩相。张仪，此时任秦相。魏国煮枣被齐国围攻，魏王向韩冯、张仪求救，韩、秦两国在名义上都说要解救危亡的魏国。

① 马王堆汉墓帛书整理小组.战国纵横家书［M］.北京：文物出版社，1976：98.
② （汉）司马迁.史记［M］.北京：中华书局，1959：732.
③ （汉）司马迁.史记［M］.北京：中华书局，1959：733.
④ 杨宽.战国史料编年辑证［M］.上海：上海人民出版社，2001：525.
⑤ 杨宽.战国史料编年辑证［M］.上海：上海人民出版社，2001：545.
⑥ （汉）司马迁.史记［M］.北京：中华书局，1959：207.
⑦ （汉）司马迁.史记［M］.北京：中华书局，1959：1896.

由此，可以进一步明确帛书"谓陈轸章"及《田敬仲完世家》"苏代谓田轸"的进言年代当在公元前 312 年。

而公元前 312 年应在齐宣王八年。《田敬仲完世家》曰："（齐威王）三十六年（当作三十七年）威王卒，子宣王辟彊立。"杨宽先生亦指出："考《孟尝君列传·索隐》引《纪年》云：'梁惠王后元十五年齐威王薨。'据此可见，威王之卒与宣王之立，当周慎靓王元年。"① 周慎靓王元年，即公元前 320 年。由此可知公元前 312 年应在齐宣王八年。

因此，《田敬仲完世家》"苏代谓田轸"所记年代为齐湣王十二年是不可信的，当从帛书"谓陈轸章"，将其系年于公元前 312 年。

（二）游说者身份地位与苏秦相合

帛书"谓陈轸章"载："苏秦胃（谓）陈轸曰：'愿有谒于公，亓（其）为事甚完，使楚利公。'"《田敬仲完世家》则载："苏代谓田轸：'臣愿有谒于公，其为事甚完，使楚利公。'"② 那么在公元前 312 年，游说陈轸的说客究竟是苏秦还是苏代，就要从游说者的身份地位来进行考察。在这里，主要提到了陈轸、苏代、苏秦这三个历史人物。因此，下文将重点考察此三人在公元前 312 年前后的事迹，考辨他们当时所处的身份地位。

1. 陈轸

《张仪列传》附《陈轸传》曰："陈轸者游说之士，与张仪俱事秦惠王，皆贵重争宠。"③《秦策一·张仪又恶陈轸于秦王》亦载："张仪又恶陈轸于秦王曰。"④ 即陈轸与张仪同在秦惠王处受到重用，身份地位相当，但两人政见不合，处在相互抗衡的对立面。《秦策一·陈轸去楚之秦》张仪曰："陈轸为王臣，常以国情输楚，仪不能与从事，愿王逐之。"⑤ 陈轸本为亲楚派，张仪经常诬陷陈轸为楚国奸细以使其离开秦国。

《秦本纪》曰："（秦惠文王）十年张仪相秦。"⑥ 秦惠文王十年，即公元前 328 年，张仪担任秦相。而陈轸在张仪为秦相之时，也离开秦国出逃至楚国。《张仪列传》附《陈轸传》曰："陈轸奔楚。"⑦ 吴师道云："《大事记》，显王四

---

① 杨宽. 战国史料编年辑证 [M]. 上海：上海人民出版社，2001：640.
② （汉）司马迁. 史记 [M]. 北京：中华书局，1959：1896.
③ （汉）司马迁. 史记 [M]. 北京：中华书局，1959：2300.
④ （汉）刘向集录. 战国策 [M]. 上海：上海古籍出版社，1985：127.
⑤ （汉）刘向集录. 战国策 [M]. 上海：上海古籍出版社，1985：129.
⑥ （汉）司马迁. 史记 [M]. 北京：中华书局，1959：206.
⑦ （汉）司马迁. 史记 [M]. 北京：中华书局，1959：2300.

十一年（公元前 328 年），秦陈轸奔楚。《解题》云轸居秦期年，惠王终相张仪而轸奔。"①

此后，陈轸在楚国任职。虽然期间他又去了秦、齐等国，但是在公元前 314 年至公元前 312 年，陈轸还是主要在楚国任事。如《秦策二·齐助楚攻秦》记载齐、楚联合攻秦一事，此事发生在公元前 314 年。此年"齐助楚攻秦，取曲沃。"② 为此，秦相张仪去楚国游说楚怀王，怂恿他与齐国绝交。陈轸此时正在楚国任事，他看出了张仪的居心叵测，竭力劝阻楚王不要听信张仪的话，但是楚王不听陈轸的良言，决意与齐国绝交，最终导致楚国被秦国击败。由此，世人总结："计失于陈轸，过听于张仪。"③ 可证此时陈轸与张仪地位相当，他们一直在各为其主斗智斗勇。

在公元前 312 年前后，张仪为秦相，声名显赫。而世人把陈轸与张仪相提并论，可见此时陈轸亦名声在外，地位举足轻重。

帛书"谓陈轸章"载："胃（谓）陈轸曰：'愿有谒于公，亓（其）为事甚完，使楚利公。'"《田敬仲完世家》亦曰："谓田轸曰：'臣愿有谒于公，其为事甚完，使楚利公。'"④ 在这里，游说者尊称陈轸为"公"，足见此时的陈轸在楚国位高权重，声名赫赫。

而游说者自称为"臣"，则他的身份地位较低，是陈轸的晚辈。《田敬仲完世家》又载："今者臣立于门"⑤，即游说者站在门前听到传闻而去谒见陈轸，而只有身份卑微的说客才会求谒于当世著名谋臣的门下。此亦可证该游说者的辈分低微，地位低下，此时还没有知名度。

2. 苏代

根据史书记载，苏代在公元前 312 年前后已经声名显赫，身份地位与陈轸相当。《燕召公世家》曰："燕哙三年，苏代为齐使于燕，……子之因遗苏代百金，而听其所使。"⑥《燕策一·燕王哙既立》亦云："子之因遗苏代百金，听其所使。"⑦ 燕王哙三年，即公元前 318 年。苏代作为齐国的使臣出使燕国，燕相子之赠给苏代一百镒黄金，任凭他使用。可见，早在公元前 318 年，苏代就已

① 缪文远. 战国策考辨 [M]. 北京：中华书局，1984：38.
② （汉）刘向集录. 战国策 [M]. 上海：上海古籍出版社，1985：133.
③ （汉）刘向集录. 战国策 [M]. 上海：上海古籍出版社，1985：138.
④ （汉）司马迁. 史记 [M]. 北京：中华书局，1959：1896.
⑤ （汉）司马迁. 史记 [M]. 北京：中华书局，1959：1896.
⑥ （汉）司马迁. 史记 [M]. 北京：中华书局，1959：1555.
⑦ （汉）刘向集录. 战国策 [M]. 上海：上海古籍出版社，1985：1059.

名声在外了。《魏策二·苏代为田需说魏王》载："苏代为田需说魏王曰：'臣请问文之为魏，孰与其为齐也？'"① 缪文远先生指出："此章事应在岸门战后，据《史记·六国表》，是役在赧元年。"② 周赧王元年，即公元前314年。此章大意是苏代为田需游说魏王，希望魏王不要赶走田需，以使田需能够更好地为魏国效力，而魏王听从了苏代的建议。这也证明了苏代此时已有了较高的知名度。

由此，均可证早在公元前312年之前，苏代就已名显于诸侯。而这与《田敬仲完世家》及帛书"谓陈轸章"所载游说者卑微的身份地位不符。因此，《田敬仲完世家》作"苏代谓田轸"是不合史实的，此章游说者不可能是苏代。

3. 苏秦

按照出土帛书对苏秦的系年，苏秦主要活动于齐湣王、燕昭王之时。其主要事迹是为燕昭王至齐实行反间之计，联络五国合谋攻秦，劝阻齐湣王称帝，说服齐湣王攻宋，离间齐、赵两国关系等。这些事大多发生在公元前290年至公元前284年期间，这也是苏秦的成名时间。而在公元前312年，苏秦年纪尚轻，还没有成名，身份地位低下。此时的他刚开始从事游说活动不久，恰巧到楚国游说陈轸。即裴登峰先生所说："苏秦便是在丹阳之战后（公元前312年）的背景下，权衡形势，自周至楚，向当时为楚谋士的陈轸陈辞的。"③ 而陈轸此时已经是名满天下的著名谋士，因此苏秦立于门前求谒于陈轸，并尊称其为"公"，自称为"臣"。周鹏飞先生《苏秦张仪年辈问题考辨》一文指出："青年苏秦、口尊陈轸为公，立于陈轸之门，正表示他还是一个默默无闻的晚辈。"④ 王牧先生亦曰："（苏秦）约公元前312年还是位游说陈轸门下的小卒，他自己称名，对陈轸称'公'。"⑤

可见，苏秦当时的身份地位正与该游说者卑微的身份相符。因此，帛书"谓陈轸章"及《田敬仲完世家》游说陈轸的说客应该是苏秦。

（三）帛书"谓陈轸章"游说者自称为苏秦

帛书"谓陈轸章"曰："今者秦立于门"，"秦"即是苏秦的自称。杨宽先生说："帛书作'今者秦立于门'，游说者自称为'秦'。那么，这个游说者原

① （汉）刘向集录. 战国策 [M]. 上海：上海古籍出版社，1985：819.
② 缪文远. 战国策考辨 [M]. 北京：中华书局，1984：228.
③ 裴登峰. 战国七十年文学编年 [D]. 兰州：西北师范大学，2000：75.
④ 周鹏飞. 苏秦张仪年辈问题考辨 [J]. 人文杂志，1985（6）.
⑤ 王牧. 重评苏秦 [J]. 史学月刊，1992（1）.

来该是苏秦。"① 唐兰先生也指出："第二十二篇《谓陈轸》中'今者秦立于门'一句是苏秦自称其名。"② 马雍先生亦曰："文中自称曰：'今者秦立于门'，是说者为苏秦的确证。"③ 秦丙坤先生也说："文中有'今者秦立于门'，'秦'当为苏秦自称。"④ 周鹏飞先生也指出："'今者秦立于门'，'秦'即是苏秦自称，本章主名是苏秦无疑。"⑤ 均可证。

在《战国纵横家书》中，有多处苏秦自称为"秦"的地方。如帛书"苏秦谓齐王章（一）"载："臣谓韩曰：'子以齐大重秦，秦将以燕事齐。'"⑥。帛书整理小组说："秦，苏秦自称。"⑦ 这句话是苏秦对齐相韩所说的，他让韩利用齐国的大国地位抬高他的身份，而苏秦将让燕国恭顺地事奉齐国。帛书"苏秦自赵献书燕王章"曰："封秦也，任秦也，比燕于赵。""秦"即是苏秦的自称。此句意谓苏秦给燕昭王写信说如果联燕之事成功，赵国将给他封地，任他官职，使燕、赵两国并肩而立。帛书"苏秦自齐献书于燕王章"载："臣秦拜辞事"，帛书整理小组说："秦，苏秦自称。"⑧ 周鹏飞先生亦曰："秦，自当是苏秦无疑。"⑨ 此句即谓苏秦拜请燕昭王准许他辞去谋齐之事。可证苏秦确实常常自称为"秦"。

因此，帛书"谓陈轸章"所载"今者秦立于门"中"秦"指苏秦，则此章的游说者即是苏秦。

综上，帛书"苏秦谓陈轸章"应系年于公元前 312 年，说者主名应是苏秦。

四、"虞卿谓春申君章"年代考辨

对于帛书"虞卿谓春申君章"（原第二十三章）的系年，学者意见不一。

---

① 杨宽. 马王堆帛书《战国纵横家书》的史料价值：战国纵横家书［M］. 北京：文物出版社，1976：163.
② 唐兰. 司马迁所没有见过的珍贵史料——长沙马王堆帛书《战国纵横家书》：战国纵横家书［M］. 北京：文物出版社，1976：129.
③ 马雍. 帛书《战国纵横家书》各篇的年代和历史背景：战国纵横家书［M］. 北京：文物出版社，1976：194.
④ 秦丙坤.《战国纵横家书》所见苏秦散文时事考辨［J］. 西北师大学报，2002（4）.
⑤ 周鹏飞. 苏秦兄弟排行及事迹考［J］. 甘肃社会科学，1986（3）.
⑥ 马王堆汉墓帛书整理小组. 战国纵横家书［M］. 北京：文物出版社，1976：28.
⑦ 马王堆汉墓帛书整理小组. 战国纵横家书［M］. 北京：文物出版社，1976：30.
⑧ 马王堆汉墓帛书整理小组. 战国纵横家书［M］. 北京：文物出版社，1976：12.
⑨ 周鹏飞. 苏秦张仪年辈问题考辨［J］. 人文杂志，1985（6）.

唐兰先生认为此章年代在公元前 259 年①，马雍②、孟庆祥③等学者则认为此章系年在公元前 248 年。

帛书此章，复见于《楚策四·虞卿谓春申君》，又见于《韩策一·王曰向也子曰天下无道》。不过《韩策一》只是残存了最后一部分，吴师道曰："乃楚策'虞卿谓春申'之文脱简误衍。"④ 马雍先生亦云："《韩策一》截去前面大部分文字，凭空而起，显然是错简，误编入《韩策》。"⑤ 可证《韩策一·王曰向也子曰天下无道》为错简误入。而《楚策四·虞卿谓春申君》则与帛书"虞卿谓春申君章"内容相近，则此二章系年也是相同的。因此，在考辨帛书"虞卿谓春申君章"的进言年代时，可以《楚策四·虞卿谓春申君》为参照。

笔者赞同马雍、孟庆祥等学者的观点，即帛书"虞卿谓春申君章"的系年在公元前 248 年。理由如下：

（一）"今燕之罪大，赵之怒深。"

帛书"虞卿谓春申君章"载："今燕之罪大，赵之怒深。"是说燕国侵扰赵国犯下大罪，赵国痛恨燕国，此与公元前 248 年记载形势相合。

《燕召公世家》载："今王喜四年，……燕王怒，群臣皆以为可。卒起二军，车二千乘，栗腹将而攻鄗，卿秦攻代。"⑥ 《燕策三·燕王喜使栗腹》亦曰："（燕）遽起六十万以攻赵，令栗腹以四十万攻鄗，使庆秦以二十万攻代。"⑦ 《赵世家》亦载："（赵孝成王）十五年……燕卒起二军，车二千乘，栗腹将而攻鄗，卿秦将而攻代。"⑧ 赵孝成王十五年，燕王喜四年，即公元前 251 年。此年燕国攻伐赵国。

赵国为此于公元前 250 年开始兴兵回击燕国。《赵世家》曰："（赵孝成王）十六年，廉颇围燕。以乐乘为武襄君。"⑨ 可知公元前 250 年赵将廉颇领兵伐燕。

① 唐兰. 司马迁所没有见过的珍贵史料——长沙马王堆帛书《战国纵横家书》：战国纵横家书 [M]. 北京：文物出版社，1976：125.
② 马雍. 帛书《战国纵横家书》各篇的年代和历史背景：战国纵横家书 [M]. 北京：文物出版社，1976：199.
③ 孟庆祥. 战国纵横家书论考 [M]. 哈尔滨：黑龙江人民出版社，1999：118.
④ 缪文远. 战国策考辨 [M]. 北京：中华书局，1984：268.
⑤ 马雍. 帛书《战国纵横家书》各篇的年代和历史背景：战国纵横家书 [M]. 北京：文物出版社，1976：195.
⑥ （汉）司马迁. 史记 [M]. 北京：中华书局，1959：1559.
⑦ （汉）刘向集录. 战国策 [M]. 上海：上海古籍出版社，1985：1121.
⑧ （汉）司马迁. 史记 [M]. 北京：中华书局，1959：1828.
⑨ （汉）司马迁. 史记 [M]. 北京：中华书局，1959：1828.

《赵世家》载："（赵孝成王）十七年假相、大将武襄君攻燕，围其国。"① 《乐毅列传》亦曰："其明年，乐乘、廉颇为赵围燕，燕重礼以和，乃解。"② "明年"即指公元前249年。可知此年赵将武襄君又攻伐燕国。《赵世家》又载："（赵孝成王）十八年，延陵钧率师从相国信平君助魏攻燕。"③ 即公元前248年赵国亦伐燕。可见，燕、赵两国关系已经恶化，赵国于公元前250年至公元前248年连年攻燕。

由此可知，帛书"虞卿谓春申君章"所载"今燕之罪大，赵之怒深"与公元前248年记载的史实相合。

（二）"君不如北兵以德赵，浅（践）乱燕国，以定身封，此百世一时也！"

帛书"虞卿谓春申君章"虞卿对春申君说："君不如北兵以德赵，浅（践）乱燕国，以定身封，此百世一时也！"即虞卿劝说春申君趁此次助赵伐燕之时，获得自己终身的封地，而这一封地要远离楚都。《史记·六国表》曰："楚考烈王十五年，春申君徙封于吴。"④ 《春申君列传》亦曰："后十五岁，黄歇言之楚王曰：'淮北地边齐，其事急，请以为郡便。'因并献淮北十二县，请封于江东。考烈王许之。春申君因城故吴墟，以自为都邑。"⑤ 即春申君在听了帛书此章虞卿的游说后，认为其言在理，因此打算在远离楚都的地方确定封地。于是他献出了考烈王之前所赐予的淮北十二县，并请求定封于江东，考烈王将吴墟赐给他作封地。《史记正义》曰："墟音虚，今苏州也。"⑥ 杨宽先生说："因吴为吴国旧都，有吴墟之称。春申君封于江东，其都邑即是吴国旧都。"⑦ 《越绝书·吴地传》亦曰："吴诸里大闼，春申君所造。"⑧ 可证吴墟确为春申君的封地。楚考烈王十五年，即公元前248年。此年春申君请封于江东，与帛书"虞卿谓春申君章"所载虞卿劝春申君及早定封的史实正相合。

而在公元前259年，春申君也确实得到过封地，如《赵世家》载："（赵孝

---

① （汉）司马迁．史记［M］．北京：中华书局，1959：1828.

② （汉）司马迁．史记［M］．北京：中华书局，1959：2436.

③ （汉）司马迁．史记［M］．北京：中华书局，1959：1829.

④ （汉）司马迁．史记［M］．北京：中华书局，1959：750.

⑤ （汉）司马迁．史记［M］．北京：中华书局，1959：2394.

⑥ （汉）司马迁．史记［M］．北京：中华书局，1959：2394.

⑦ 杨宽．战国史料编年辑证［M］．上海：上海人民出版社，2001：1048.

⑧ （汉）袁康、吴平辑录．越绝书［M］．上海：上海古籍出版社，1985.

成王)七年,赵以灵丘封楚相春申君。"① 然而,此时定封是因为秦、赵两国之间的矛盾,即《赵世家》所载:"(赵孝成王)七年,王还,不听秦,秦围邯郸。"② 秦国在大破赵国于长平后,欲向赵索要六城,赵国不听,打算合纵抗秦,因此把灵丘封给了楚相春申君,以便联楚抗秦。由此可知,在公元前259年,秦、赵两国正交恶。而帛书"虞卿谓春申君章"曰:"北兵以德赵,浅(践)乱燕国",记述的则是赵、燕交恶的史实。它们所记载的历史背景不同。因此,帛书"虞卿谓春申君章"所载春申君定封一事不可能发生在公元前259年,而应在公元前248年。

(三)"今楚王之春秋高矣,【君之封】地不可不蚤(早)定。"

帛书"虞卿谓春申君章"载:"今楚王之春秋高矣,【君之封】地不可不蚤(早)定。"即虞卿以"今楚王之春秋高矣"来劝说春申君尽早确定封地。"春秋"指年龄,《楚辞·九辩》:"春秋逴逴而日高兮。"王逸注:"年齿已老,将晚暮也。"③《洛阳伽蓝记·永宁寺》:"皇帝晏驾,春秋十九。""春秋"也指年纪、年数。④ 可见,帛书此章载"今楚王之春秋高矣",是楚王现在年纪大了的意思。然而,按照唐兰先生的观点,即此章在公元前259年的话,此时为楚考烈王四年,楚王刚即位不久,年纪不可能很大。因此,将此章系年于公元前259年,与史实不合。而公元前248年,为楚考烈王十五年,考烈王在位时间共25年,此时说"楚王之春秋高"是合乎情理的。

(四)"虞卿"身份考

学者对帛书"虞卿谓春申君章"及《楚策四·虞卿谓春申君》所载的"虞卿"为何人,也有分歧。《平原君虞卿列传》载:"虞卿者,游说之士也。蹑蹻檐簦说赵孝成王,一见,赐黄金百镒,白璧一双;再见,为赵上卿,故号为虞卿。"⑤《范雎蔡泽列传》载:虞卿"三见(赵王),卒受相印,封万户侯。"⑥ 即虞卿为赵相。《平原君虞卿列传》又载:"虞卿既以魏齐之故,不重万户侯、卿相之印,与魏齐间行,卒去赵,困于梁。魏齐既死,不得意,乃著书。"⑦ 是

---

① (汉)司马迁.史记[M].北京:中华书局,1959:1826.
② (汉)司马迁.史记[M].北京:中华书局,1959:1826.
③ (宋)洪兴祖撰,白化文等点校.楚辞补注[M].北京:中华书局,2015:202.
④ 罗竹风主编,汉语大词典编辑委员会.汉语大词典[M].上海:汉语大词典出版社,1986:845.
⑤ (汉)司马迁.史记[M].北京:中华书局,1959:2370.
⑥ (汉)司马迁.史记[M].北京:中华书局,1959:2416.
⑦ (汉)司马迁.史记[M].北京:中华书局,1959:2375.

说虞卿帮助魏齐逃到大梁，而他也丢弃卿相之印，离开赵国。《范雎蔡泽列传》也记载了此事："虞卿度赵王终不可说，乃解其相印，与魏齐亡。"① 其事在秦昭王四十二年，即公元前265年。可知在公元前265年，虞卿已经离开赵国。那么他在公元前248年就看似不可能为赵国游说春申君。

然而，根据《平原君虞卿列传》《赵策三·秦攻赵于长平》《赵策三·秦攻赵平原君使人请救于魏》等篇记载，虞卿事迹均在秦破赵长平之后。秦、赵长平之战在秦昭王四十七年（公元前260年），则此与虞卿公元前265年离开赵国相矛盾。可见，史书记载虞卿事迹本身就有冲突。因此，《古史》云："意者魏齐死，卿自梁还相赵，而太史公失不言耳。"全祖望《经史问答》亦云："虞卿尝再相赵，何尝穷愁以老。"② 梁玉绳《史记志疑》也说："虞卿尝再相赵，则其著书非穷愁之故。"③ 即学者认为虞卿在公元前265年离开赵国后，又再次回到了赵国做相国。

范祥雍先生《战国策笺证》说："虞卿再去赵之时不可考，意者在赵孝成王十四年（前252）平原君卒（据《六国表》及《赵世家》）之后乎？游楚当在其时，以此策（即《楚策四》"虞卿谓春申君曰"章）推之，时亦相合。"④ 范氏所说甚是。虞卿于公元前252年再次回到赵国，并在公元前248年去楚国游说春申君。此与帛书"虞卿谓春申君章"及《楚策四·虞卿谓春申君》所载正相合。因此，帛书"虞卿谓春申君章"进言年代在公元前248年。

综合以上四点可知，帛书"虞卿谓春申君章"当系年于公元前248年。

五、"公仲倗谓韩王章"年代考辨

对于帛书"公仲倗谓韩王章"（原第二十四章）的系年，学者意见不一。唐兰先生认为此章在公元前317年⑤，帛书整理小组⑥、马雍⑦、孟庆祥⑧等学者则将此章系年于公元前314年。

---

① （汉）司马迁. 史记［M］. 北京：中华书局，1959：2416.
② （清）全祖望. 全祖望集汇校集注［M］. 上海：上海古籍出版社，2000.
③ 梁玉绳. 史记志疑［M］. 北京：中华书局，1981：1281.
④ （汉）刘向集录，范祥雍笺证. 战国策笺证［M］. 上海：上海古籍出版社，2006：930.
⑤ 唐兰. 司马迁所没有见过的珍贵史料——长沙马王堆帛书《战国纵横家书》：战国纵横家书［M］. 北京：文物出版社，1976：125.
⑥ 马王堆汉墓帛书整理小组. 战国纵横家书［M］. 北京：文物出版社，1976：108.
⑦ 马雍. 帛书《战国纵横家书》各篇的年代和历史背景：战国纵横家书［M］. 北京：文物出版社，1976：199.
⑧ 孟庆祥. 战国纵横家书论考［M］. 哈尔滨：黑龙江人民出版社，1999：123.

帛书此章，复见于《韩策一·秦韩战于浊泽》《韩世家》《韩非子·十过》。这些章节与帛书"公仲俪谓韩王章"内容均相似，但其中的一些记载也各有差异，这就导致了学者对此章系年产生分歧。如帛书"公仲俪谓韩王章"载："秦韩战于蜀潢，韩是（氏）急。"《韩策一》曰："秦韩战于浊泽，韩氏急。"①《韩世家》载："秦败我脩鱼，虏得韩将鰃、申差于浊泽，韩氏急。"②《韩非子》作："昔者秦之攻宜阳，韩氏急。"③

根据《韩世家》，"秦败我脩鱼，虏得韩将鰃、申差"事在公元前317年。《秦本纪》载："（秦惠文王更元七年）秦使庶长疾与战脩鱼，虏其将申差。"④《史记·六国表》亦曰："秦败我脩鱼，得韩将军申差。"⑤秦惠文王更元七年，即公元前317年。因此，唐兰先生据此将帛书"公仲俪谓韩王章"年代定为公元前317年。

然而，在《韩世家》中又记载了秦、韩岸门之战的史实。《韩世家》曰："（韩宣惠王）十九年［秦］大破我岸门。"⑥《韩策一·秦韩战于浊泽》亦载："秦果大怒，兴师与韩氏战于岸门。"⑦帛书"公仲俪谓韩王章"亦曰："秦因大怒，益师，兵〈与〉韩是（氏）战于岸门。"韩宣惠王十九年，即公元前314年。可知秦、韩岸门之战，发生在公元前314年。由此，马雍等学者据此认为帛书"公仲俪谓韩王章"年代在公元前314年。

笔者认为帛书"公仲俪谓韩王章"进言年代当在公元前314年。理由如下：

《韩世家》载："秦败我修鱼，虏得韩将鰃、申差于浊泽。"《史记正义》："修鱼，韩邑也。"徐广云："长社有浊泽。"⑧此句意谓秦国在修鱼大败韩军，在浊泽虏得韩将申差等人。然而，杨宽先生指出："修鱼在今河南原阳县西南，浊泽在今河南长葛县西北，相距有一百六十里以上。"⑨修鱼、浊泽两地相距那么遥远，怎么可能在一地大败韩军，又在另一地虏得韩将呢？因此，此处所载的"浊泽"二字有歧义。

而"浊泽"二字究竟为何解呢？《史记正义》云："浊泽者盖误，当作'观

① （汉）刘向集录. 战国策［M］. 上海：上海古籍出版社，1985：950.
② （汉）司马迁. 史记［M］. 北京：中华书局，1959：1870.
③ 《韩非子》校注组. 韩非子校注［M］. 南京：江苏人民出版社，1982：97.
④ （汉）司马迁. 史记［M］. 北京：中华书局，1959：207.
⑤ （汉）司马迁. 史记［M］. 北京：中华书局，1959：732.
⑥ （汉）司马迁. 史记［M］. 北京：中华书局，1959：1871.
⑦ （汉）刘向集录. 战国策［M］. 上海：上海古籍出版社，1985：952.
⑧ （汉）司马迁. 史记［M］. 北京：中华书局，1959：1871.
⑨ 杨宽. 战国史料编年辑证［M］. 上海：上海人民出版社，2001：492.

泽'。年表云：'魏哀王（当作襄王）二年，齐败我观泽。……齐湣王七年（当作齐宣王三年），败魏、赵观泽。'"① 梁玉绳《史记志疑》曰："《正义》谓浊泽当作观泽，是也。浊泽乃魏地，非韩地，盖《史》因《国策》之误。"② 魏襄王二年、齐宣王三年，即公元前 317 年。可知这些学者认为"浊泽"之战即指公元前 317 年齐、魏观泽之战。

然而，依据《韩世家》下文记载，秦、韩两国开战，韩国军情紧急，欲向秦求和，但是韩王却听信了楚国兴师救韩的虚言，拒绝与秦国讲和。秦国因而与韩国交战，大败韩军于岸门。岸门之战发生在公元前 314 年。如果依照以上学者所说，"浊泽"之战指公元前 317 年的齐、魏观泽之战，那么从秦、韩开战，韩欲与秦讲和，到韩绝和于秦，与秦交战，中间怎么可能只间隔三年时间呢？况且《韩世家》此段下文所载均是秦、韩、楚三国之事，与齐、魏两国无关。再者，"浊泽"本就是韩地。郑良树先生说："浊泽，秦败韩之地。"③ 其与文中所载秦、韩交战的史实相合。因此，何须再将其误认为"观泽"，把齐、魏二国牵扯进来呢？正如张琦所说："浊泽，秦败韩者也。观泽，齐败赵、魏者也，《年表》《齐世家》《魏世家》《赵世家》甚明。不知《正义》何以误合为一？"④ 由此，"浊泽"不应为"观泽"之误。

杨宽先生说："《韩世家》'于浊泽'上当脱'秦、韩战'三字，……浊泽之战与韩宣惠王十九年大败于岸门相关，而与是年五国合纵攻秦之举无关。"⑤ "五国合纵攻秦之举"指公元前 317 年"韩、赵、魏、燕、齐帅匈奴共攻秦，秦使庶长疾与战修鱼，虏其将申差。"⑥（《秦本纪》）即杨先生认为浊泽之战，与公元前 317 年秦、韩修鱼之战无关，而与公元前 314 年岸门之战相合。黄少荃先生同意此说，也指出："考浊泽之战，乃韩宣惠王十九年、秦惠文王更元十一年，即秦、韩岸门之役。"缪文远先生亦曰："至浊泽之役，当如黄少荃所考，即是岸门之战。"⑦ 以上这些学者都所言极是。

《韩世家·集解》徐广曰："长社有浊泽。"《史记正义》引《括地志》云：

① （汉）司马迁 . 史记［M］. 北京：中华书局，1959：1871.
② 梁玉绳 . 史记志疑［M］. 北京：中华书局，1981：1094.
③ 郑良树 . 竹简帛书论文集［M］. 北京：中华书局，1982：187.
④ （汉）刘向集录，范祥雍笺证 . 战国策笺证［M］. 上海：上海古籍出版社，2006：1514-1515.
⑤ 杨宽 . 战国史料编年辑证［M］. 上海：上海人民出版社，2001：492.
⑥ （汉）司马迁 . 史记［M］. 北京：中华书局，1959：207.
⑦ 缪文远 . 战国策考辨［M］. 北京：中华书局，1984：266.

"岸门在徐州长社县西北十八里。"① 可见，浊泽和岸门都在长社县。杨宽先生亦云："浊泽在今河南长葛西北，岸门在今长葛南、许昌市北，两地相邻。"② 亦可证浊泽与岸门同处一地。再加上，浊泽之战为岸门之役，也与《韩世家》此段文义相合。即秦、韩在浊泽开战，韩国听信楚国要兴兵救韩的谎言，坚持与秦国作战，结果韩国在岸门大败。因此，浊泽之战即为岸门之役，它们都发生在公元前314年。而《韩策一》此章开篇即载："秦韩战于浊泽"③，下文又载："秦果大怒，兴师与韩氏战于岸门。"④ 也证明了浊泽之战为岸门之役是正确合理的。

帛书"公仲侗谓韩王章"作"秦韩战于蜀潢"。"潢"与"濮"通，《说文解字·水部》朱骏声《说文通训定声》："潢，假借为濮。"⑤《说文解字》曰："濮，小津也。"⑥ 则"蜀潢"，即是"蜀津"。《后汉书·郡国志》："颍川郡长社县有蜀津。"⑦《史记》集解引徐广说："长社有浊泽。"帛书整理小组指出："古书'泽'与'津'常混。"⑧ 而"浊"繁体作"濁"，与"蜀"音近通假，可证"蜀津"即为"浊泽"。而帛书此章下文亦云："秦因大怒，益师，与韩是（氏）战于岸门。"则帛书"公仲侗谓韩王章"同样也证明了浊泽之战即为岸门之役，它们发生在同一时间，即公元前314年。

"公仲侗谓韩王章"结尾载："故韩是（氏）之兵非弱楚也，元（其）民非愚蒙也，兵为秦禽（擒），知（智）为楚笑者，过听于陈轸，失计韩侗（侗）。故曰：'计听知顺逆，唯（雖）王可。'"这是世人对秦、韩岸门之战的总结和评论，已知秦、韩岸门之战发生在公元前314年，则帛书"公仲侗谓韩王章"进言年代亦应在公元前314年。

六、其他各章年代考辨

(一)"麛皮对邯郸君章"系年

帛书"麛皮对邯郸君章"（原第二十七章）为逸篇，不见于传世文献。不

---

① （汉）司马迁. 史记［M］. 北京：中华书局，1959：1871.
② 杨宽. 战国史料编年辑证［M］. 上海：上海人民出版社，2001：518.
③ （汉）刘向集录. 战国策［M］. 上海：上海古籍出版社，1985：950.
④ （汉）刘向集录. 战国策［M］. 上海：上海古籍出版社，1985：952.
⑤ 宗福邦、陈世饶、萧海波主编. 故训汇纂［M］. 北京：商务印书馆，2003：1308.
⑥ （汉）许慎撰，（清）段玉裁注. 说文解字注［M］. 上海：上海古籍出版社，1981：555.
⑦ （宋）范晔，（唐）李贤等注. 后汉书［M］. 北京：中华书局，1965.
⑧ 马王堆汉墓帛书整理小组. 战国纵横家书［M］. 北京：文物出版社，1976：108.

过，根据此章记载的历史事件可以推断出它的系年。此章载："（魏）如北兼邯郸"，"大（太）缓救邯郸"，记载的是魏围邯郸之事。此时魏国准备攻打赵国邯郸，赵成侯派麛皮出使楚国向楚相昭奚恤请求支援。昭奚恤表面上同意出兵救援赵国，实际上并不打算派出援兵，而是让魏、赵两国自相残杀以便坐收渔人之利。《楚策一·邯郸之难昭奚恤》曰："邯郸之难，昭奚恤谓楚王曰：'王不如无救赵而以强魏，魏强，其割赵必深矣。'"① 此策文中，昭奚恤劝说楚王不要出兵救赵，其与帛书此章所记载内容正相合。麛皮看出昭奚恤的真实意图，于是回到赵国劝谏赵成侯抓紧时间与魏国讲和，不要相信楚国会派出援兵的谎言。即此章所载麛皮之言"我必列（裂）地以和于魏"。范祥雍先生说："魏围邯郸在周显王三十五年。"②《赵世家》亦载："（赵成侯）二十一年，魏围我邯郸。"③ 周显王三十五年、赵成侯二十一年，即公元前354年。因此，帛书"麛皮对邯郸君章"麛皮劝说赵成侯的时间应该在公元前354年。

然而，帛书此章下文云："三年，邯郸俴（残）"，即麛皮劝说赵成侯后的第三年，由于赵成侯当年没有听取麛皮的劝告，一意孤行等待楚国援兵，拒绝与魏国讲和，导致赵国接连遭到魏国攻伐，到此时赵都邯郸已经残破不堪。此句记述了魏围邯郸三年后的情形，因此帛书此章系年应该在公元前352年。

帛书整理小组④、孟庆祥⑤等学者将"邯郸俴（残）"中的"俴（残）"释为"偻"，"邯郸偻"即指"邯郸拔"。《田敬仲完世家》载："（齐威王）二十六年（当作四年）魏惠王围邯郸，……十月，邯郸拔，齐因起兵击魏，大败之桂陵。"⑥《楚策一·邯郸之难昭奚恤》曰："邯郸拔，楚取睢、濊之间。"⑦ 吴师道云："围邯郸在此年（宣王十六年），拔邯郸，齐败魏，在次年（即宣王十七年）。"⑧ 楚宣王十七年、齐威王四年，即公元前353年。因此，帛书整理小组⑨、孟庆祥⑩等学者认为"邯郸拔"在公元前353年，将帛书此章系年定于公元前353年。

① （汉）刘向集录.战国策［M］.上海：上海古籍出版社，1985：483.
② （汉）刘向集录，范祥雍笺证.战国策笺证［M］.上海：上海古籍出版社，2006：758.
③ （汉）司马迁.史记［M］.北京：中华书局，1959：1801.
④ 马王堆汉墓帛书整理小组.战国纵横家书［M］.北京：文物出版社，1976：121.
⑤ 孟庆祥.战国纵横家书论考［M］.哈尔滨：黑龙江人民出版社，1999：139.
⑥ （汉）司马迁.史记［M］.北京：中华书局，1959：1892.
⑦ （汉）刘向集录.战国策［M］.上海：上海古籍出版社，1985：485.
⑧ （汉）刘向集录，范祥雍笺证.战国策笺证［M］.上海：上海古籍出版社，2006：758.
⑨ 马王堆汉墓帛书整理小组.战国纵横家书［M］.北京：文物出版社，1976：122.
⑩ 孟庆祥.战国纵横家书论考［M］.哈尔滨：黑龙江人民出版社，1999：139.

但是，如果此章系年真在公元前 353 年，则与文中所载"三年，邯郸**僿**"相矛盾。其实，此"**僿**"字实际上应该释为"僔"，与"殘"相通，"邯郸殘"指邯郸残破不堪。梁玉绳《史记志疑》曰："《史记·六国表》显王十六年，魏惠王十八年，邯郸降。案赵表亦云'魏拔邯郸'。后二年于魏、赵表云：归邯郸。"① 即魏国确实在公元前 353 年攻占邯郸，但是第二年又将邯郸归还给赵国。所以《魏策三·秦败魏于华走芒卯而围大梁》须贾为魏国游说穰侯时说："初时惠王伐赵，战胜乎三梁，十万之军拔邯郸，赵氏不割，而邯郸复归。"② 帛书"须贾说穰侯章"也有一段相同的记载。可见，魏国在攻陷邯郸之后，确实又将邯郸返还给了赵国。不过邯郸遭遇接连重创，早已残破不堪，所以《吕氏春秋·不屈》载："围邯郸三年而弗能取，士民罢潞，国家空虚，天下之兵四至。"③ 此"围邯郸三年"与帛书此章所载"三年，邯郸僿（殘）"正相合。因此，帛书此章并不是发生在公元前 353 年魏国攻陷邯郸之时，而是应该在公元前 352 年赵国邯郸被围困三年之后，这三年邯郸经历了被围攻、被攻陷、被返还等重重磨难，已经残破不堪。

由此，帛书"麛皮对邯郸君章"系年应该于公元前 352 年。

（二）"见田僕于梁南章"系年

帛书"见田僕于梁南章"（原第二十六章）为逸篇，不见于传世文献。此篇载："见田僕于梁（梁）南，曰：'秦攻鄢陵，几拔矣，梁（梁）计将奈何？'田僕曰：'在楚之救梁（梁）。'对曰：'不然。在梁（梁）之计，必有以自恃也。'"记载的是秦国攻打魏国鄢陵、继而围攻大梁之事。秦国进攻鄢陵，接着想要进一步围攻大梁，魏将田僕等待楚国的救援，而一位谋士游说田僕不要只想着依靠别人，而是需要有自救的方法。于是提出让魏王退守到东地单父的主张，即文中所载："王在外（即梁王在单父），大臣则有为守，士卒则有为死，东地民有为勉，诸侯有为救梁（梁），秦必可破梁（梁）下矣。"如果魏王退居到单父，那么不论是魏国的将领、士兵、或是百姓都会同心协力拼死抵抗秦军，为魏王守住大梁，而其他诸侯国也会主动伸出援助之手。这样即使秦国攻占鄢陵，也不会对魏都大梁造成威胁，魏国将会转危为安。可见，帛书此章记载的是秦攻魏鄢陵继而围大梁、魏国想通过魏王退守单父以自救的史实。要想确定谋士游说田僕的进言年代，就要掌握秦国攻打鄢陵的具体系年。

---

① 杨宽. 战国史料编年辑证 [M]. 上海：上海人民出版社，2001：329.

② （汉）刘向集录. 战国策 [M]. 上海：上海古籍出版社，1985：854.

③ 许维遹. 吕氏春秋集释 [M]. 北京：中华书局，2009：497.

然而，对于秦国攻打鄢陵的时间，传世文献中并没有明确记载。《魏策四·穰侯攻大梁》曰："穰侯攻大梁，……得许、鄢陵以广陶。"① 吴师道云："许、鄢陵，魏地。秦得其地，不知何时。"② 不过，帛书此章下文又载："今者秦之攻□□□将□以□行几二千里，至，与楚、粱（梁）大战长社，楚、粱（梁）不胜，秦攻鄢陵。"虽然此处有缺文，但是我们仍可以看到此时秦国也在攻打魏国的长社，"长社之战"与"鄢陵之战"时间相接，而"长社之战"在传世文献中也有记载。如《秦本纪》载："（秦昭王）三十三年（当作三十四年）客卿胡（伤）［阳］攻魏卷、蔡阳、长社，取之。击芒卯华阳破之，斩首十五万。魏入南阳以和。"③《穰侯列传》曰："明年（指秦昭王三十四年）穰侯与白起、客卿胡阳复攻赵、韩、魏，破芒卯于华阳下，斩首十万，取魏之卷、蔡阳、长社，赵氏观津。"④ 对于此次"长社之战"，杨宽先生指出："盖穰侯主其事，白起为指挥作战之大将，而胡阳为主攻之将军也。"⑤ 秦昭王三十四年，即公元前273年。秦国攻打魏国长社事在公元前273年，则"鄢陵之战"亦发生在公元前273年。帛书此章谋士游说田僕的进言年代也应在公元前273年。

其实，帛书此章与"须贾说穰侯章"系年应于同一年。"须贾说穰侯章"载："华军，秦战胜魏，走孟卯。"孟卯，即芒卯。"孟""芒"音转通用。它记载的是"华阳之战"，其与《秦本纪》"客卿胡（伤）［阳］攻魏卷、蔡阳、长社，取之。击芒卯华阳破之"《穰侯列传》"破芒卯于华阳下，斩首十万，取魏之卷、蔡阳、长社"所载史实相合。因此，"长社之战"与"华阳之战"发生在同一时间，即均在公元前273年。

由此，帛书"见田僕于梁南章"系年应于公元前273年。

（三）"李园谓辛梧章"系年

帛书"李园谓辛梧章"（原第二十五章）为逸篇，不见于传世文献。此篇载："秦使辛梧据梁（梁），合秦、梁（梁）而攻楚，李园忧之。兵未出，谓辛梧。"秦、魏两国联合攻打楚国，楚相李园非常担心，派人游说秦将辛梧以向其求和。《史记·六国表》曰："（秦始皇帝）十二年发四郡兵助魏击楚。"⑥《楚

---

① （汉）刘向集录．战国策［M］．上海：上海古籍出版社，1985：894.
② （汉）刘向集录，范祥雍笺证．战国策笺证［M］．上海：上海古籍出版社，2006：1425.
③ （汉）司马迁．史记［M］．北京：中华书局，1959：213.
④ （汉）司马迁．史记［M］．北京：中华书局，1959：2328.
⑤ 杨宽．战国史料编年辑证［M］．上海：上海人民出版社，2001：885.
⑥ （汉）司马迁．史记［M］．北京：中华书局，1959：753.

世家》亦载："（楚）幽王三年，秦、魏伐楚。"① 秦王政（始皇帝）十二年、楚幽王三年，即公元前 235 年。则帛书此章系年应该于公元前 235 年。《楚世家》载："（楚考烈王）二十五年，考烈王卒，子幽王悍立。李园杀春申君。"② 《楚策四·楚考烈王无子》亦曰："楚王贵李园，李园用事。""楚考烈王崩，李园果先入，置死士，止于棘门之内。春申君后入，止棘门。园死士夹刺春申君，斩其头，投之棘门外。于是使吏尽灭春申君之家。"③ 它们都记载了"李园杀春申君"之事，李园因为妒忌春申君，同时想要执掌楚国大权，用计杀死春申君。此事发生在楚考烈王二十五年（公元前 238 年）。而在帛书此章李园于公元前 235 年仍然担任楚相，与史实记载相合。

此外，通过帛书"李园谓辛梧章"还可以纠正传世文献的错讹之处。此章载："为秦据赵而攻燕，拔二城。燕使蔡鸟股符肶璧，奸（间）赵入秦，以河间十城封秦相文信侯。……视文信侯曰：'君曰：我无功。君无功，胡不解君之玺以佩蒙骜、王齮也。'"这一段记载秦、赵联合攻打燕国，并攻陷了燕国二城，燕国派蔡鸟以河间十城向秦相吕不韦求和，吕不韦以"我无功"拒绝，蔡鸟反驳："如果您无功，为什么不解下相印佩戴在蒙骜、王齮身上？"以激将法使吕不韦接受了河间十城。《廉颇蔺相如列传》载："赵悼襄王元年，廉颇既亡入魏，赵使李牧攻燕，拔武遂、方城。"④ 赵悼襄王元年，即公元前 244 年。《赵世家》曰："（赵悼襄王）二年，李牧将，攻燕，拔武遂、方城。"⑤《燕召公世家》载："（燕王喜）十二年，赵使李牧攻燕，拔武遂、方城。"⑥ 赵悼襄王二年、燕王喜十二年，即公元前 243 年。因此这里就产生了矛盾，赵国攻打燕国、并攻陷燕国二城，究竟在哪一年呢？而通过帛书"李园谓辛梧章"可以明确这场战争发生的时间。在此章中蔡鸟对吕不韦说："胡不解君之玺以佩蒙骜、王齮也"，《秦始皇本纪》载："（秦始皇帝）三年，蒙骜攻韩，取十三城。王齮死。"⑦《史记·六国表》亦曰："（秦始皇帝）三年，蒙骜击韩，取十三城。王齮死。"⑧ 秦王政（始皇帝）三年，即公元前 244 年。王齮死于公元前 244 年，那么蔡鸟不可能在王齮死后一年（公元前 243 年）还说把吕不韦相印送给王齮。因此，赵

① （汉）司马迁．史记［M］．北京：中华书局，1959：1736.
② （汉）司马迁．史记［M］．北京：中华书局，1959：1736.
③ （汉）刘向集录．战国策［M］．上海：上海古籍出版社，1985：577-580.
④ （汉）司马迁．史记［M］．北京：中华书局，1959：2450.
⑤ （汉）司马迁．史记［M］．北京：中华书局，1959：1830.
⑥ （汉）司马迁．史记［M］．北京：中华书局，1959：1560.
⑦ （汉）司马迁．史记［M］．北京：中华书局，1959：224.
⑧ （汉）司马迁．史记［M］．北京：中华书局，1959：751.

国攻打燕国、并占领燕国二城只可能发生在公元前 244 年。《赵世家》《燕召公世家》记载的此事年代均有误。

由此，我们可以看到帛书确实有补史之阙、正史之误的作用，帛书"李园谓辛梧章"应当系年于公元前 235 年。

以上是对帛书第三部分八篇游说辞及书信呈奏年代、辞主的考订，现将此八章按照时间先后顺序重新列表排列如下（如表 4 所示），从而正确梳理这一阶段的战国史实。

表 4 《战国纵横家书》第三部分第二十章至第二十七章年代列表

新次序	原次序	章名	年代（公元前）
二十	第二十七章	麛皮对邯郸君章	352
二十一	第二十四章	公仲倗谓韩王章	314
二十二	第二十二章	苏秦谓陈轸章	312
二十三	第二十章	谓燕王章	286
二十四	第二十一章	苏秦献书赵王章	285
二十五	第二十六章	见田僕于梁南章	273
二十六	第二十三章	虞卿谓春申君章	248
二十七	第二十五章	李园谓辛梧章	235

第一部分 《战国纵横家书》
第一章至第十四章

一、苏秦谓燕王章[1]

谓燕王曰:"今日愿粘(藉)于王前[2]。叚(假)臣孝如增(曾)参[3],信如犀(尾)星(生)[4],廉如相〈柏—伯〉夷[5],節(即)有恶臣者,可毋掔(慚)乎?"王曰:"可矣。""臣有三资者以事王[6],足乎?"王曰:"足矣。""王足之,臣不事王矣。孝如增(曾)参,乃不离亲,不足而益国[7]。信如犀(尾)星(生),乃不延(诞)[8],不足而益国。廉如相〈柏—伯〉夷,乃不窃,不足以益国。臣以信不与仁俱彻[9],义不与王皆立。"王曰:"然则仁义不可为与[10]?"對(對)曰:"胡为不可。人无信则不彻,国无义则不王。仁义所以自为也,非所以为人也。自复之术[11],非进取之道也。三王代立,五相〈柏—伯〉蛇正(政)[12],皆以不复其掌(常)。若以复其掌(常)为可,王治官之主[13],自复之术也,非进取之路也。臣进取之臣也,不事无为之主。臣愿辞而之周[14]负笼操舌[15],毋辱大王之廷。"王曰:"自复不足乎?"對(對)曰:"自复而足,楚将不出雎(沮)、章(漳)[16],秦将不出商阉(奄)[17],齐不出吕籐(隧)[18],燕将不出屋、注[19],晋[20]将不蔔(逾)泰(太)行[21],此皆以不复其常为进者。"

【注释】

[1] 原第五章,此章系年于公元前307年。苏秦进谏燕昭王,提出积极进取、扩张领土的主张。此篇见于《燕策一·人有恶苏秦于燕王者》《燕策一·苏代谓燕昭王曰》《苏秦列传》。

[2] 藉:通"借",借一个机会容许他与燕王谈话。

[3] 曾参:字子舆,孔子晚年弟子之一,倡导以"孝恕忠信"为核心的儒家思想、"以孝为本"的孝道观,是儒家所推崇的孝子。《仲尼弟子列传》载:

"曾参，南武城人，字子舆，少孔子四十六岁。孔子以为能通孝道，故授之业，作《孝经》。"

[4] 犀：从牛尾声，读为"尾"。星：读为"生"。尾生，人名，即尾生高。《庄子·杂篇·盗跖》载："尾生与女子期于梁下，女子不来，水至不去，抱梁柱而死。"尾生是守信的代名词。《鲁仲连邹阳列传》载："是以苏秦不信于天下，而为燕尾生。"《史记索隐》："服虔云：'苏秦于齐不出其信，于燕则出尾生之信。'韦昭云：'尾生守信而死者。'案：言苏秦于燕独守信如尾生，故云'为燕之尾生'也。"

[5] 相：是"柏"之误字，读为"伯"。伯夷：商末孤竹国君长子，为其弟叔齐放弃继承权，远走他乡，后耻食周粟，饿死首阳山。《伯夷列传》载："伯夷、叔齐，孤竹君之二子也。父欲立叔齐，及父卒，叔齐让伯夷。伯夷曰：'父命也。'遂逃去。叔齐亦不肯立而逃之。……武王已平殷乱，天下宗周，而伯夷、叔齐耻之，义不食周粟，隐于首阳山，……遂饿死于首阳山。"伯夷是儒家所推崇的廉士。

[6] 资：凭借。三资：以孝、信、廉三者为凭借。

[7] 而：通"以"。

[8] 诞：欺骗。

[9] 彻：通"达"。《左传·昭公二年》："彻命于执事"，杜预注："彻，达也。"《单行本》："此句'仁'疑当作'人'。"郑注："'仁'读作'人'，与'王'字同为人身代名词。"裴注："如改'信不与仁俱彻'为'信不与人俱彻'，其意义与下文'人无信则不彻'句正相矛盾，将帛书'仁'改作'人'，殊不可解。"今案："仁"当读为"人"。此句应作"信不与人俱彻"，其正与"义不与王皆立"相对应。"人"与"王"都是人身代名词，《燕策一》作："臣以为廉不与身俱达，义不与生俱立。"身，人之己身也。帛书这两句意为有信之人不能显达，有义之王不能称王。"信不与人俱彻，义不与王皆立"与下文"人无信则不彻，国无义则不王"并不矛盾。"人无信则不彻，国无义则不王"是说讲信义的重要性，苏秦并不否认这一点，但是不能只局限于信义。"信不与人俱彻，义不与王皆立"是说只追求信义，个人的功业将无法成就，国家的霸权也无法取得，要想获得成功，除了讲信义外，还需要诈术、窃术等积极进取的精神。

[10] 仁义：根据上下文义，当作"信义"。下同。

[11] 自复：保守复旧。

[12] 五伯：春秋时期的五个霸主，赵岐注《孟子·告子下》："五霸：齐

桓、晋文、秦穆、宋襄、楚庄也。"《荀子·王霸》指出五伯为"齐桓、晋文、楚庄、吴阖闾、越勾践"。蛇：读为"弛"，古代从也、从它之字，因形近而多混。《尔雅·释诂》："弛，易也"，是改易的意思。《燕策一·苏代谓燕昭王》作"改政"。

[13] 治官之主：能处理好国内之事的尽职之主。

[14] 之周：返归周地。苏秦是东周人，《燕策一·人有恶苏秦于燕王者》："臣，东周之鄙人也。"

[15] 笼：古代盛土的器具。甶，即锸，古代铲土的工具。《淮南子·精神训》："今夫繇者，揭镢甶，负笼土。"此处苏秦表示愿回家务农。

[16] 雎章：即沮漳，二水名。《左传·哀公六年》："江、汉、沮、章，楚之望也。"沮漳二水在今湖北，合为沮漳河，在江陵西入长江。对于楚国来说，"沮漳"可以算作是它的发祥地。

[17]《单行本》："商阉，即商於，在今陕西省商县东。"《马[叁]》："帛书'商阉'之'阉'当读为'奄'。"今案：商阉，当即商奄。"阉"是影母谈部字，"於"是影母鱼部字，二字韵部有距离。郭沫若《石鼓文研究诅楚文考释》指出：战国时秦诅楚文以"郍"为商於之"於"，并不写作"阉"。"奄"是影母谈部字，与"阉"音同。《礼记·月令》："命奄尹。"《后汉书·宦者传》引"奄"作"阉"。商阉，即商奄。清华简《系年》："飞（廉）东逃于商盍（葢）氏，成王伐商盍（葢），杀飞（廉），西迁商盍（葢）之民于邾，以御奴之戎，是秦先人。"可知"商盍（葢）之民"是秦人的祖先。李学勤《清华简关于秦人始源的重要发现》指出："商盍氏"即《墨子·耕柱篇》《韩非子·说林上》的"商葢"，也便是"商奄"。因此，"商阉"指的是秦国的发祥地。

[18] 吕隧：未详。《燕策 ·人有恶苏秦于燕工者》《燕策一·苏代谓燕昭王》均作"营丘"，《说文解字》中"吕"作"呂"，"营"作"闣"，二者字形相近。营丘即齐国开国君主吕尚的始封之地，在今山东省临淄县。隧，指隧乡。《汉书·地理志》泰山郡蛇丘县注："隧乡，故隧国。《春秋》曰：'齐人歼于隧也。'地在山东省肥城县。"春秋时，齐桓公为称霸，灭了古隧国。"吕隧"可以算作是齐国的发祥地。

[19] 屋注：指夏屋山与句注山。《赵世家》："简子既葬，未除服，北登夏屋"，正义引《括地志》："夏屋山，在代州雁门县东北三十五里。夏屋与句注山相接。"句注山，又名陉岭、西陉山。与雁门山相接，故亦有雁门之称，在今山西代县西北。夏屋山与句注山为燕国的始出居地。罗福颐主编的《古玺汇编》

第 0015 号有战国时期燕国官印"頥（夏）𡎰都司徒"。吴振武将其补释为"夏屋都司徒"。后晓荣亦曰："夏屋在代县北，战国时期或属燕国，也在情理之中。"

[20] 晋：《战国策》中所说晋国，多指魏国。帛书同此。

[21] 泰行：即太行山。"泰"与"太"通，《国语·周语中》："《太誓》"，《补音》："《尚书》作《泰誓》。"太行山在山西高原与河北平原间。此处地理条件得天独厚，特别是太行山以西的汾涑河谷平原，土壤相当肥沃。因此春秋时晋人迁都至新田（今山西侯马市，为汾浍两河汇合之处）。太行山是魏国的发源地。

【译文】

苏秦对燕昭王说："今天借这个机会请允许我在大王面前说几句话。如果我像曾参那样孝顺，像尾生那样守信，像伯夷那样廉洁，即使有人污蔑我，我也可以不觉得惭愧吧？"燕昭王说："可以。"苏秦说："我凭借孝、信、廉来事奉大王，足够吗？"燕昭王说："足够。"苏秦说："大王认为足够，我却不能事奉大王。因为如果像曾参那样孝顺，就无法离开双亲，不能为国家效力；如果像尾生那样守信，就不懂权谋诈术，不能为国家出谋献策；如果像伯夷那样廉洁，就不懂窃术诡计，不能为国家运筹帷幄。我认为有信之人不能显达，有义之王不能称王。"燕昭王说："既然这样，那么信义之事就不能做了吗？"苏秦说："怎么不能做！个人不讲信誉就无法显达，国家不讲道义就无法称霸天下。信义是用来维护自己的，不是做给别人看的。保守复旧之术，并不是进取的方法。夏禹、商汤、周武王相继而立，五国霸主各自改革制度而称霸，都是因为没有恢复古时固有的礼义制度。如果恢复古时礼义制度就可以称王，那只能算是能处理好国内之事的尽职之主，这是保守复旧之术，并不是进取之道。我是敢于进取之臣，不侍奉无所作为的君主。我愿意辞去官职返归周地，背着筐、拿着锹去务农，不会有辱大王的朝堂。"燕昭王说："恢复古时礼义制度难道不足够吗？"苏秦回答说："如果恢复古时礼义制度就觉得满足了，那么楚国将不会渡过沮水、漳水扩张领土，秦国也将不会走出商阉，齐国将不会走出营丘、隧乡，燕国将不会越过夏屋山、句注山，魏国将不会跨过太行山。这些国家都没有保守复旧，而是走进取之路。"

【附录】

《战国策》卷二十九《燕策一·人有恶苏秦于燕王者》

人有恶苏秦于燕王者，曰："武安君，天下不信人也。王以万乘下之，尊之于廷，示天下与小人群也。"

武安君从齐来，而燕王不馆也。谓燕王曰："臣东周之鄙人也，见足下身无咫尺之功，而足下迎臣于郊，显臣于廷。今臣为足下使，利得十城，功存危燕，足下不听臣者，人必有言臣不信，伤臣于王者。臣之不信，是足下之福也。使臣信如尾生，廉如伯夷，孝如曾参，三者天下之高行，而以事足下，不可乎？"燕王曰："可。"曰："有此，臣亦不事足下矣。"

苏秦曰："且夫孝如曾参，义不离亲一夕宿于外，足下安得使之之齐？廉如伯夷，不取素飡，污武王之义而不臣焉，辞孤竹之君，饿而死于首阳之山。廉如此者，何肯步行数千里，而事弱燕之危主乎？信如尾生，期而不来，抱梁柱而死。信至如此，何肯扬燕、秦之威于齐而取大功哉？且夫信行者，所以自为也，非所以为人也。皆自覆之术，非进取之道也。且夫三王代兴，五霸迭盛，皆不自覆也。君以自覆为可乎？则齐不益于营丘，足下不踰楚境，不窥于边城之外。且臣有老母于周，离老母而事足下，去自覆之术，而谋进取之道，臣之趣固不与足下合者。足下皆自覆之君也，仆者进取之臣也，所谓以忠信得罪于君者也。"

燕王曰："夫忠信，又何罪之有也？"

对曰："足下不知也。臣邻家有远为吏者，其妻私人。其夫且归，其私之者忧之。其妻曰：'公勿忧也，吾已为药酒以待之矣。'后二日，夫至。妻使妾奉卮酒进之。妾知其药酒也，进之则杀主父，言之则逐主母。乃阳僵弃酒。主父大怒而笞之。故妾一僵而弃酒，上以活主父，下以存主母也。忠至如此，然不免于笞，此以忠信得罪者也。臣之事，适不幸而有类妾之弃酒也。且臣之事足下，亢义益国，今乃得罪，臣恐天下后事足下者，莫敢自必也。且臣之说齐，曾不欺之也。使之说齐者，莫如臣之言也，虽尧、舜之智，不敢取也。"

《战国策》卷二十九《燕策一·苏代谓燕昭王》

苏代谓燕昭王白："今有人于此，孝如曾参、孝己，信如尾生高，廉如鲍焦、史鳅，兼此三行以事王，奚如？"王曰："如是足矣。"对曰："足下以为足，则臣不事足下矣。臣且处无为之事，归耕乎周之上地，耕而食之，织而衣之。"王曰："何故也？"对曰："孝如曾参、孝己，则不过养其亲其。信如尾生高，则不过不欺人耳。廉如鲍焦、史鳅，则不过不窃人之财耳。今臣为进取者也。臣以为廉不与身俱达，义不与生俱立。仁义者，自完之道也，非进取之术也。"

王曰："自忧不足乎？"对曰："以自忧为足，则秦不出殽塞，齐不出营丘，楚不出疏章。三王代位，五伯改政，皆以不自忧故也。若自忧而足，则臣亦之周负笯耳，何为烦大王之廷耶？昔者楚取章武，诸侯北面而朝。秦取西山，诸侯西面而朝。曩者使燕毋去周室之上，则诸侯不为别马而朝矣。臣闻之，善为事者，先量其国之大小，而揆其兵之强弱，故功可成，而名可立也。不能为事者，不先量其国之大小，不揆其兵之强弱，故功不可成而名不可立也。今王有东向伐齐之心，而愚臣知之。”

　　王曰：“子何以知之？”对曰：“矜戟砥剑，登丘东向而叹，是以愚臣知之。今夫乌获举千钧之重，行年八十，而求扶持。故齐虽强国也，西劳于宋，南罢于楚，则齐军可败，而河间可取。”

　　燕王曰：“善。吾请拜子为上卿，奉子车百乘，子以此为寡人东游于齐，何如？”对曰：“足下以爱之故与，则何不与爱子与诸舅、叔父，负床之孙，不得，而乃以与无能之臣，何也？王之论臣，何如人哉？今臣之所以事足下者，忠信也。恐以忠信之故，见罪于左右。”

　　王曰：“安有为人臣尽其力，竭其能，而得罪者乎？”对曰：“臣请为王譬。昔周之上坐尝有之。其丈夫官三年不归，其妻爱人。其所爱者曰：‘子之丈夫来，则且奈何乎？’其妻曰：‘勿忧也，吾已为药酒而待其来矣。’已而其丈夫果来，于是因令其妾酌药酒而进之。其妾知之，半道而立。虑曰：‘吾以此饮吾主父，则杀吾主父；以此事告吾主父，则逐吾主母。与杀吾父、逐吾主母者，宁佯踬而覆之。’于是因佯僵而仆之。其妻曰：‘为子之远行来之，故为美酒，今妾奉而仆之。’其丈夫不知，缚其妾而笞之。故妾所以笞者，忠信也。今臣为足下使于齐，恐忠信不谕于左右也。”臣闻之曰：“万乘之主，不制于人臣。十乘之家，不制于众人。疋夫徒步之士，不制于妻妾。而又况于当世之贤主乎？臣请行矣，愿足下之无制于群臣也。”

　　《史记》卷六十九《苏秦列传》第九

　　人有毁苏秦者曰：“左右卖国反覆之臣也，将作乱。”苏秦恐得罪归，而燕王不复官也。苏秦见燕王曰：“臣，东周之鄙人也，无有分寸之功，而王亲拜之于庙而礼之于廷。今臣为王却齐之兵而得十城，宜以益亲。今来而王不官臣者，人必有以不信伤臣于王者。臣之不信，王之福也。臣闻忠信者，所以自为也；进取者，所以为人也。且臣之说齐王，曾非欺之也。臣弃老母于东周，固去自为而行进取也。今有孝如曾参，廉如伯夷，信如尾生。得此三人者以事大王，何若？”王曰：“足矣。”苏秦曰：“孝如曾参，义不离其亲一宿于外，王又安能使之步行千里而事弱燕之危王哉？廉如伯夷，义不为孤竹君之嗣，不肯为武王臣，不受封侯而饿死首阳山下。有廉如此，王又安能使之步行千里而行进取于齐哉？信如尾生，与女子期于梁下，女子不来，水至不去，抱柱而死。有信如此，王又安能使之步行千里却齐之强兵哉？臣所谓以忠信得罪于上者也。"燕王曰："若不忠信耳，岂有以忠信而得罪者乎？"苏秦曰："不然。臣闻客有远为吏而其妻私于人者，其夫将来，其私者忧之，妻曰'勿忧，吾已作药酒待之矣'。居三日，其夫果至，妻使妾举药酒进之。妾欲言酒之有药，则恐其逐主母也，欲勿言乎，则恐其杀主父也。于是乎详僵而弃酒。主父大怒，笞之五十。故妾一僵而覆酒，上存主父，下存主母，然而不免于笞，恶在乎忠信之无罪也？夫臣之过，不幸而类是乎！"燕王曰："先生复就故官。"益厚遇之。

二、苏秦谓齐王章（二）[1]

谓齐王曰："始也，燕累臣以求挚（质）[2]，臣为是未欲来，亦未□为王为也[3]。今南方之事齐者多故矣[4]，是王有忧也，臣何可以不亟来。南方之事齐者，欲得燕与天下之师，而入之[5]秦与宋以谋齐，臣诤之于燕王[6]，燕王必弗听矣。臣有（又）来，则大夫之谋齐者大解矣[7]。臣为是，虽无燕，必将来。缙（管）子之请贵[8]，循也[9]，非以自为也，□【桓】公听之。臣贤王于桓公，臣不敢忘（妄）请□□□王诚重迎臣[10]，则天下必曰：燕不应天下以师，有（又）使苏【秦】□□□大贵□齐☑贙[11]之□□[12]。□□之车也，王□□□□□□【请】以百五十乘，王以诸侯迎臣，若不欲□□□请以五【十】乘来[13]。请贵重之□□敢☑高贤足下[14]，故敢以闻也。[15]"

【注释】

[1] 原第九章，此章系年于公元前 290 年。苏秦去齐国反间之前写信给齐湣干以获取他的信任。

[2] 累：拘禁，囚系。挚：通"质"，人质。

[3] 为王为：指替齐王办事。

[4] 南方：齐南方邻近国家，主要指赵国。

[5] 入：通"纳"。之，当指"燕与天下之师"。

[6] 诤：劝谏。《广雅·释诂四》："诤，谏也。"

[7] 解：通"懈"，松懈。

[8] 缙："绾"字异体，借作"管"。管子：即管仲。《说苑·尊贤》："齐桓公使管仲治国，管仲对曰：'贱不能临贵。'桓公以为上卿。"请贵：犹言"求贵"。

[9] 循：训为"顺"。《字汇·彳部》："循，顺也，沿也。"

[10] 此句有三处脱文。大意是：我认为大王您比齐桓公更加贤明，臣不敢妄自请求您做任何事，只希望您能以重礼迎接我。

[11] 貲：即韩貲。《战国策》作"韩珉""韩眠"，《史记》作"韩聂"，音近相通。《韩策三》云："韩珉相齐"，韩珉曾任齐相。《赵策四·齐欲攻宋》："韩眠处于赵，去齐三千里，王以此疑齐，曰有秦阴。"横田惟孝云："按《秦策》云：'眠欲以齐、秦而困薛公。'盖眠善齐、秦者，而今处赵，赵阴讲于秦，故魏疑齐与秦有阴私。"《赵策四·五国伐秦无功》亦曰："天下争秦，秦王内韩眠于齐。"韩珉与秦国相善，致力于齐、秦讲和。帛书"苏秦自梁献书于燕王章（二）"载："（齐王）甚惧而欲先天下，虑从楚取秦，虑反乾（韩）貲。"韩貲，即韩珉。召回韩珉是齐国联络秦国的一种方式。

[12] 此句有多处脱文，大意是：那么天下一定会说，燕国不回应各国诸侯的攻齐主张，还派苏秦出使齐国，并且苏秦在齐国地位显贵，甚至超过了韩貲，可见齐、燕两国已经交好。

[13] 此处有多处脱文，大意是：这次我赴齐随行之车要根据您的态度而定，如果大王您能以诸侯之礼迎接我，我会带燕国的一百五十乘车去齐国；如果您只是以一般的使臣礼节对待我，我就只会带燕国的五十乘车去齐国。

[14] 足下：指齐湣王。战国时"足下"多用于臣民对君王的尊称，如《燕策一·苏代谓燕昭王》苏秦称呼燕王为"足下"，乐毅《报燕惠王书》："有害足下之义"，用以指代燕王。秦汉以后，"足下"尊崇的色彩逐渐淡化，成为朋友之间以及社会中下层人们之间通用的称谓。如司马迁《报任安书》称任安为"少卿足下"，《傅幹与张叔威书》："吾与足下，义结纨素，恩比同生。"

[15] "请贵"句有多处脱文，大意是：请您用诸侯之礼迎接并重用我，这样天下之人不仅不敢攻伐齐国，还会认为您是一位高贵贤明的君主，所以我冒昧地写信给您。

【译文】

苏秦派人对齐王说："一开始，燕国拘禁我以谋求齐国送来人质，所以我没想着到齐国来，也没机会为大王您做事。如今南方那些侍奉齐国的诸侯有了变故，这使大王产生忧虑，我怎么能不赶快来齐国帮您排忧解难呢！南方侍奉齐国的诸侯，想要联合燕国以及天下各国军队一起谋划攻齐，我极力劝谏燕王不要攻伐齐国，燕王肯定不会听。我这次又来齐国，那些谋划攻齐的燕国大夫肯定会松懈。我为了齐国的利益，即使得罪燕王及燕国群臣，也一定会来到齐国。过去，管仲能够谋求到显贵的地位，是顺其自然的事情，并不是他自己费尽心机争取的，主要是因为齐桓公听信他的话。我认为大王您比齐桓公更加贤明，我不敢妄自请求您做任何事，只希望您能以重礼迎接我，那么天下人一定会说：'燕国不回应各国诸侯的攻齐主张，还派苏秦出使齐国，并且苏秦在齐国地位显贵，甚至超过韩真，可见齐、燕两国已经交好。'这样天下之师肯定会有所顾忌，不敢轻易进攻齐国。这次我赴齐随行之车要根据您的态度而定，如果大王您能以诸侯之礼迎接我，我会带燕国的一百五十乘车去齐国；如果您只是以一般的使臣礼节对待我，我就只会带燕国的五十乘车去齐国。请您用诸侯之礼迎接并重用我，这样天下之人不仅不敢攻伐齐国，还会认为您是一位高贵贤明的君主，所以我冒昧地写信给您。"

三、苏秦自梁献书于燕王章（一）[1]

自梁（梁）献书于燕王曰[2]：齐使宋窍、侯湍谓臣曰[3]："寡人与子谋功（攻）宋，寡人恃燕勺（赵）也[4]。今燕王与群臣谋破齐于宋而功（攻）齐[5]，甚急，兵衞〈率〉[6]有子循[7]而不知寡人得地于宋，亦以八月归兵[8]，不得地，亦以八月归兵。"今有（又）告薛公[9]之使者田林[10]，薛公以告臣，而不欲亓（其）从己闻也。愿王之阴知之而毋有告也。王告人，天下之欲伤燕者与群臣之欲害臣者将成之。臣请疾之齐观之而以报。王毋忧，齐虽欲功（攻）燕，未能，未敢。燕南方[11]之交完[12]，臣将令陈臣、许翦以韩、梁（梁）问之齐[13]。足下虽怒于齐，请养之以便事[14]。不然，臣之苦齐王也，不乐生矣。

【注释】

［1］原第六章，此章系年于公元前287年8月之前。苏秦在魏国写信给燕昭王劝谏其暂缓攻齐，积蓄力量等待时机。

［2］梁：魏惠王九年把国都从安邑迁到大梁（今河南省开封市），如《魏世家》载："三十一年，秦、赵、齐共伐我，……安邑近秦，于是徙治大梁。"《汲冢纪年》曰："梁惠成王九年四月甲寅徙都大梁也。"魏国由此也被称作梁国，《孟子·梁惠王》即魏惠王。

［3］宋窍、侯湍：二人名，齐国使臣。如帛书"苏秦使盛庆献书于燕王章"载："今齐王使宋窍谓臣。"

［4］勺：通"赵"，"勺""赵"音相近。帛书经常用"勺"字代"赵"。

［5］破齐于宋：齐兵在伐宋前线被攻破。

［6］率：遵行，顺从。兵率：军队听从指挥已经到宋国边界。

［7］有：又。循：通"巡"，有查看、巡视之意。

[8] 归兵：撤兵。

[9] 薛公：即田文，齐国贵族，靖郭君田婴之子，齐宣王田辟彊之侄。因封袭其父爵于薛，称薛公，号孟尝君。齐湣王七年（公元前294年），薛公因田甲叛乱事被罢免相国，逃离齐国。如《史记·六国表》载："齐湣王三十年（当作齐湣王七年），田甲劫王，相薛文走。"《史记·孟尝君列传》亦曰："及田甲劫湣王，湣王意疑孟尝君，孟尝君乃奔。"后薛公到魏国任魏相，如《韩非子·外储说右上》载："薛公之相魏昭侯（当作魏昭王）也"。薛公因为曾被齐湣王罢免相位，忌恨齐国，所以他一直暗中谋划联合秦、赵、燕等国攻齐。如《秦策三·薛公为魏谓魏冉》载薛公劝说秦相之语："君不如劝秦王令弊邑卒攻齐之事，齐破，文请以所得封君。'"帛书"苏秦使盛庆献书于燕王章"曰："勺（赵）以（已）用薛公徐为之谋谨齐，故齐【赵】相倍（背）也。"帛书"苏秦自齐献书于燕王章"亦曰："后，薛公、乾（韩）徐为与王约功（攻）齐。"

[10] 田林：人名，魏相薛公派到齐国的使者。

[11] 南方：指赵国。

[12] 完：完好，完整。交完：邦交恢复正常。

[13] 陈臣、许翦：二人名，苏秦派在韩、魏两国的使者。问：打听，寻访。如《礼记·曲礼上》："入竟而问禁，入国而问俗，入门而问讳。"

[14] 养：隐蔽，积蓄。养之以便事：积蓄力量以等待时机。

【译文】

苏秦自魏国写信给燕昭王，全文如下：齐国使者宋窍、侯瀸向我转述了齐王的话："我之所以和你谋划进攻宋国，主要是因为我觉得可以依仗燕国和赵国的支持与援助。现在燕王却和他的臣子谋划等待齐兵在伐宋前线被攻破、兵力疲敝之时进攻齐国，情况非常紧急。齐兵已经到达宋国边界，而你又在外巡察，不知道我此时作出的决定：即不管齐国是否得到宋国的土地，我都将在八月份撤军。"最近，齐王把这个决定告诉给薛公的使者田林，薛公又告诉了我，并让我不能告诉其他人。所以希望大王自己知道就行，千万不要告诉别人。大王如果告诉其他人，天下那些想要伤害燕国的人、还有想要陷害我的大臣就会趁此行动起来。我请求赶快到齐国去观察事态演变，并将情况密报给您。大王不用担忧，齐国即使想要攻伐燕国，以它现在的能力还做不到，也不敢做。燕国与南方的赵已经恢复邦交，我会命令陈臣、许翦通过韩、魏两国继续打探齐国的情报。您现在即使对齐国很愤怒，也请不要冲动，积蓄力量以便等待有利时机。不这样做的话，我将得不到齐王的信任，而得不到信任会让我吃尽苦头，不能随心地在齐王那里实行反间计谋了。

四、苏秦自梁献书于燕王章（二）[1]

自梁（梁）献书于燕王曰：薛公未得所欲于晋国[2]，欲齐之先变以谋晋国也。臣故令遂恐齐王曰[3]："天下不能功（攻）秦，□道齐以取秦[4]。"【齐王】甚惧而欲先天下，虑从楚取秦，虑反（返）乾（韩）罴[5]，有（又）虑从勺（赵）取秦。今梁（梁）、勺（赵）、韩□☒薛公、徐为[6]有辞[7]，言劝晋国变矣[8]。齐先罴勺（赵）以取秦，后卖秦以取勺（赵）而功（攻）宋，今有（又）罴天下以取秦，如是而薛公、徐为不能以天下为亓（其）所欲，则天下故（固）不能谋齐矣[9]。愿王之使勺（赵）弘急守徐为，令田贤急【守】薛公[10]，非是[11]毋有使于薛公、徐之所。它人将非之以败臣，毋与奉阳君言事[12]，非于齐[13]，一言毋舍也[14]。事必□□南方强，燕毋首[15]。有（又）慎毋非令群臣众义（议）功（攻）齐。齐王以燕为必侍（待）其敝（弊）而功（攻）齐，未可解也[16]。言者以臣□贱而遴〈逐〉于王矣[17]。

【注释】

[1] 原第七章，此章系年于公元前287年8月之前。苏秦在魏国写信给燕昭王劝谏攻齐之事要静待时机，燕国不可首先发难，而是等待赵国先与齐国争强。

[2] 晋国：指魏国，薛公此时任魏相。

[3] 遂：人名，是苏秦派赴齐国的使者。

[4] 此句有一处脱文，大意是：天下诸侯如果不能联合起来攻打秦国，就会与齐国分道扬镳来拉拢秦国。

[5] 韩罴：曾为齐相，与秦国关系密切，让韩罴归齐可以拉拢秦国。

[6] 徐为：即韩徐为，《战国策》又称"韩徐""韩余为"，赵将，与魏相薛公主张联合攻齐。如《赵世家》载："（赵惠文王）十三年韩徐为将，攻齐。"《大事记》解题云："韩徐乃今年（周赧二十九年）为赵将伐齐者。"帛书"苏秦使盛庆献书于燕王章"曰："勺（赵）以（已）用薛公徐为之谋谨齐，故齐【赵】相倍（背）也。"帛书"苏秦自齐献书于燕王章"载："后，薛公、乾（韩）徐为与王约功（攻）齐。"《赵策四·齐欲攻宋》亦曰："今王又挟故薛公以为相，善韩徐以为上交，尊虞商以为大客，王固可以反疑齐乎？"可证赵将韩徐为一直意图联合魏相薛公攻伐齐国。

[7] 有辞：在先秦古书里是有关争讼的专用词语，表示有充分理由。

[8]"今梁"句有多处脱文，大意是：如今魏、赵、韩、燕等国已经察觉受到齐国的欺骗，薛公、徐为有充分的理由鼓动魏国背叛齐国。

[9] 故：通"固"，肯定，一定。

[10] 赵弘、田贤：二人名，燕王派在魏国的使者。

[11] 是：指赵弘、田贤二人。

[12] 奉阳君：即李兑，赵相。《燕策一》载："奉阳君李兑甚不取于苏秦。"吴师道云："奉阳君李兑者，通封邑姓名言之也。"帛书"苏秦自赵献书于齐王章（二）"载："臣以告奉阳君，奉阳君甚悦，曰：'王有使周湿、长驷重令（命）挩，挩也敬受令（命）。'""挩"通"兑"，奉阳君自称李兑。《魏策二·五国伐秦无功而还》苏秦曰："臣又偏事三晋之吏，奉阳君、孟尝君、韩呡、周冣、[周]、韩余为徒从而下之。"范祥雍云："奉阳君乃赵之秉政者。"《赵策四·齐欲攻宋》载："李兑约五国以伐秦"，可证奉阳君为赵相，在赵国位高权重。

[13] 非：非议。

[14] 舍：放出，释放。

[15] 毋首：不要首先发动。此句有两处脱文，大意是：此事一定要等待赵国出面与齐国争强，燕国千万不要与齐国先发动战争。

[16] 解：通"懈"，松懈。

[17] 遯：《单行本》将此字释为"邀"，并解释为疏远。《马［叁］》释为"遯"，认为是"逐"的误字。今案：同意《马［叁］》说。这个字在帛书图版中是"𫟒"，由"辵""豕""目"三部分构成。而"邀"《说文解字》作"𨙕"，孔彪碑作"邀"，鲁峻碑作"邀"。即"邀"由"辵""豸""兒"三部分组成。"豸"在《甲骨文编》作"𧳋"，《说文解字》小篆作"𧳋"，《睡虎地秦简文字编》作"𧳋"。与帛书"𫟒"中的"豕"区别明显。"兒"在《简明甲骨文词典》作"𠒎"，《说文解字》小篆作"𡥀"，与"𫟒"字中的"目"也不尽相同。因此该字不可能是"邀"字。"遯"《说文解字》作"𨓜"，由"辵""月""豕"三部分构成。"月"与"目"字形相近，所以"𫟒"应是"遯"字。此处"遯"是"逐"的误字。桂馥："逐，从遯省者，当作豕声。""遯""逐"形近而讹。逐，本义是追赶，后引申为弃逐、驱逐义。"逐于王"，指被燕王所弃逐。

【译文】

苏秦自魏国写信给燕昭王，全文如下：薛公在魏国没有实现自己的计划，所以他想让齐国先背叛盟军从而谋划魏国进攻齐国。因此我派使者遂去恫吓齐王："天下诸侯如果不能联合起来攻打秦国，就会与齐国分道扬镳转而拉拢秦国。"齐王听后很害怕，想在盟军之前抢先与秦国联合，考虑通过楚国来联络秦国，又计划让韩晷归齐来拉拢秦国，还打算通过赵国来笼络秦国。如今魏、赵、韩、燕等国已经察觉受到齐国的欺骗，薛公、徐为有充分的理由鼓动魏国背叛齐国。早先，齐国出卖赵国以联合秦国；后来，齐国出卖秦国以联合赵国从而便于攻伐宋国；现在，齐国又出卖盟军以联合秦国。如果形成齐、秦联合的局面，那么薛公、徐为就不能依仗盟军来实现自己的计划，而天下诸侯也不会谋划进攻齐国。希望大王能派赵弘密切监视徐为，派田贤密切监视薛公，不是此二人就没有人能完成这项任务。其他人可能会挑拨是非以败坏我的名声，请您不要相信，也不要与奉阳君谈论此事，非议齐国的话，一句也不要说。此事一定要等待赵国出面与齐国争强，燕国千万不要与齐国先发动战争。同时要做到小心谨慎，千万不要让大臣私下聚众商讨攻齐的事。齐王认为燕国想在齐国兵力疲敝之时进攻齐国，一直防备燕国，所以我们也不能松懈。最近，那些曾经非议我的人，都以为我因为卑贱的身份被大王您弃逐了。

五、苏秦谓齐王章（四）[1]

谓齐王曰："臣恐楚王[2]之勤[3]竖[4]之死也。王不可以不故解之[5]。臣使苏厉告楚王曰[6]：'竖之死也，非齐之令（命）也，泏子之私也[7]。杀人之母而不为亓（其）子礼，竖之罪〇固当死。宋以淮北与齐讲，王功（攻）之毄（击）勺（赵）信[8]，齐不以为怨，反为王诛勺（赵）信，以亓（其）无礼于王之边事（吏）也[9]，王必毋以竖之私怨败齐之德[10]。'前事愿王之尽加之于竖也，毋与它人矣，以安无（无—抚）薛公之心[11]。王〇尚（尝）与臣言，甘薛公以就事，臣甚善之。今爽也，强得也[12]，皆言王之不信薛公，薛公甚惧，此不便于事。非薛公之信，莫能合三晋以功（攻）秦，愿王之甘之〇也。臣负齐、燕以司（伺）薛公[13]，薛公必不敢反王。薛公有变，臣必绝之。臣请终事而与[14]，王勿计，愿王之固为终事也。功（攻）秦之事成，三晋之交完于齐，齐事从（纵）横尽利：讲而归，亦利；围而勿舍，亦利；归息士氏〈民〉而复之，使如中山[15]，小利。功（攻）秦之事败，三晋之约散，而静（争）秦[16]，事印畵（曲）尽害[17]。是故臣以王令（命）甘薛公，骄（矫）敬（檠）三晋[18]，劝之为一，以疾功（攻）秦，必破之。不然则宾（摈）之，不则与齐共讲，欲而复之[19]。三晋以王为爱己、忠已。今功（攻）秦之兵方始合，王有

（又）欲得兵以功（攻）平陵，是害功（攻）秦也。天下之兵皆去秦而与齐诤（争）宋地，此亓（其）为祸不难矣。愿王之毋以此畏三晋也。独以甘楚，楚虽毋伐宋[20]，宋必听。王以（已）和三晋伐秦，秦必不敢言救宋。秦弱宋服，则王事遬（速）夬（决）矣。夏后[21]坚欲为先[22]薛公得平陵，愿王之勿听也。臣欲王以平陵予薛公，然而不欲王之先事予之也[23]。欲王之县（悬）陶、平陵于薛公、奉阳君之上以勉之[24]，终事然后予之，则王多资矣。御（却）事者必曰[25]：‘三晋相竖〈坚〉也而伤秦，必以其余骄王。’愿王之勿听也。三晋伐秦，秦未至舌王巳（已）尽宋息○民矣[26]。臣保燕而循事王，三晋必无变。三晋若愿乎[27]，王旊（遂）伇（役）之。三晋若不愿乎，王收秦而齐（剂）亓（其）后[28]，三晋岂敢为王骄。若三晋相竖〈坚〉也以功（攻）秦，案以负王而取秦，则臣必先智（知）之[29]。王收燕、循楚而咯秦以晋国[30]，三晋必破。是故臣在事中，三晋必不敢反。臣之所以备患者百余。王句（苟）为臣安燕王之心而毋听伤事者之言，请毋至三月而王不见天下之业，臣请死。臣之出死以要事也[31]，非独以为王也，亦自为也。王以不谋燕为臣赐，臣有以德燕王矣。王举霸王之业而以臣为三公，臣有以矜于世矣。是故事句（苟）成，臣虽死不丑。”

【注释】

[1] 原第十四章，此章系年于公元前 287 年 8 月之前。苏秦写信给齐湣王游说其恢复与燕国的邦交，鼓动其继续坚持伐秦。

[2] 楚王：楚襄王。

[3] 勤：忧。《集韵·稕韵》：“勤，忧也。”《吕氏春秋·不广》：“勤天子之难，成教垂名，于此乎在矣。”高诱注：“勤，忧也。”

[4] 竖：疑是公畴竖，楚人。《韩策三·韩珉相齐》：“令吏逐公畴竖”，“公畴竖，楚王善之”。其被杀事未详。

[5] 不故：读作“不辜”，是无罪被杀的意思。

[6] 苏厉：苏秦的弟弟。《东周策·苏厉为周最谓苏秦》载：“君不如令王听最，以地合于魏、赵，故必怒合于齐，是君以合齐与强楚吏产子。君若欲因最之事，则合齐者，君也；割地者，最也。”苏厉尊称苏秦为“君”，可证苏秦地位高于苏厉，苏厉应是苏秦之弟。何建章《战国策注释》亦云：“苏厉，苏秦之弟，当时游说之士。”《魏策一·苏秦拘于魏》载：“苏秦拘于魏，欲走而之韩，魏氏闭关而不通。齐使苏厉为之谓魏王曰。”苏厉作为苏秦的弟弟，一直追随着苏秦，常为其奔走，分担工作，二人的活动宗旨基本相同。

[7] 洫：《马[叁]》释为“洫”。洫子：人名。

[8] 赵信：人名，齐将。

[9] 边事：即边吏，是边将的意思。

[10] 德：心意，情意。如《诗经·卫风·氓》："士也罔极，二三其德。"

[11] 无：读为"抚"。

[12] 爽、强得：二人名，齐人。帛书"苏秦自赵献书燕王章"载："故冒赵而欲说丹与得。"得，即强得，齐臣。

[13] 司：通"伺"，窥望探察。

[14] 与：参与。如《左传·僖公二十三年》："秦伯纳女五人，怀嬴与焉。"

[15] 使如中山：仿效赵国进攻中山的方法。《赵策一》载："魏文侯借道于赵，攻中山，……赵利曰：'魏攻中山，而不能取，则魏必罢，疲则赵重。魏拔中山，必不能越赵而有中山矣。是用兵者魏也，而得地者赵也。'"魏国攻打中山，赵国趁此坐收渔人之利。不论魏伐中山成功与否，最终得到中山土地的肯定是赵国。

[16] 争秦：争相拉拢秦国。

[17] 卬曲：俯仰，高低。犹言无论怎样。

[18] 骄敬：《单行本》读为"矫檠"，认为与"榜檠"意义略同，有约束之意。《马[叁]》读为"矫儆"，指矫正、儆戒之义。今案：赞同《单行本》说法，"骄敬"当读为"矫檠"。"骄"与"矫"古通，"矫"《说文解字》曰："揉箭箝也。从矢，乔声。""矫"的本义是把箭揉直的箝子，是一种工具名。后引申为矫正义，指使弯曲的物体变直。如《广韵·释诂三》："矫、揉，直也。"王念孙疏证："矫、揉者，正曲而使之直也。""敬"与"檠"古通。《广韵·庚韵》："檠，所以正弓。""檠"的本义是校正弓弩的器具，也是一种工具名。后引申为动词，表示校正（弓弩）的意思。《汉书·苏建传附苏武》："（苏）武能网纺缴，檠弓弩。"颜师古注："檠，谓辅正弓弩也。""矫檠"是并列关系，均是由工具名引申为动词，表示矫正、校正的意思。"矫檠三晋"指约束和控制三晋。

[19] 宾：通"摈"，摈弃，排除。此句大意是：如果攻不破秦国就暂且搁置一边，三晋和齐国要一起与秦国讲和，如果想要攻秦，就再联合进攻秦国。

[20] 虽：仅，只。如《管子·君臣下》："虽有明君，能决之，又能塞之。"

[21] 夏后：人名，即夏后启。《吕氏春秋·知分》："白圭问于邹公子夏后启"，高诱注："夏后启，邹公子之名。"梁玉绳曰："邹公子之名甚奇。齐武帝

时，小史名皇太子，亦此类。"

[22] 为先：当作"先为"。误倒。

[23] 先：《单行本》释为"无"，《马［叁］》释为"先"。今案：帛书中"无""先"二字字形相近，往往混而不别。从文义看，释为"先"更合理，是提前的意思。

[24] 县：通"悬"。悬着，系连。如《平原君虞卿列传》："今十步之内，王不得恃楚国之众也，王之命县于遂手。"

[25] 御：《单行本》认为是"御"的伪字，"御事者"指用事者。《马［叁］》认为"御"与"卻（却）"通，"却事者"即拒绝事情的人，也就是反对与三晋完交的人。今案：同意《马［叁］》说。根据上下文义，"御事者"说："三晋相坚也而伤秦，必以其余骄王。"即三晋牢固地团结在一起对秦国确实可以造成不利，然而三晋也会在大王面前显示出骄横，对大王也不利。可见，他们确实反对与三晋交好。因此"御事者"即"却事者"，指反对与三晋完交的人。

[26] 舌：此字未详，应是地名。

[27] 愿：老实听话。

[28] 齐：《单行本》认为通"剂"，断也。《裘注》则读为"挤"，并解释说：《项羽本纪》："汉卒皆南走山，楚又追击至灵璧东睢水上。汉军却，为楚所挤，多杀。汉卒十余万人皆入睢水。"帛书"齐"字用法似与此文"挤"字相同。今案：同意《单行本》说法。《广雅·释诂三》："挤，推也。"《项羽本纪》："为楚所挤"，裴骃集解引臣瓒曰："挤，排挤也。"即《项羽本纪》中的"挤"指汉军被楚军排挤、推挤，以致掉入水中，死伤无数。其与帛书此处文义不符。"齐"应通"剂"，表示割断、断绝义。《说文解字》："剂，齐也。从刀，从齐，齐亦声。"① 本义是剪断，剪齐。《太玄·永》："永不轨，其命剂也。"范望注："剂，剪也；剪，绝也。"② 后（後），《说文解字》："迟也。从彳幺夊者後也。"引申为位置在后边的，后路，《左传·昭公二十三年》："塞其前，断其后。"帛书"剂其后"即与此处"断其后"义同，意谓断绝三晋的后路。不仅符合帛书上下文义，而且与当时史实记载亦相合。战国时期，秦在西，齐在东，而三晋正处于齐、秦之间。齐国如果与秦国联合，正好能切断三晋的后路，使三晋腹背受敌。

---

① （漢）許慎．說文解字［M］．北京：中華書局，1963：92.

② 《漢語大字典》編輯委員會編．漢語大字典［M］．成都：四川辭書出版社，1987：394.

［29］案：乃。负：背弃，违背。

［30］啗：是“啖”的异体字，利诱。如《高祖本纪》：“啖以利，因袭攻武关，破之。”

［31］出死：效死，献出生命。

【译文】

苏秦写信给齐湣王，全文如下：“我担心楚襄王对公畴竖之死感到忧愤，大王不能以其无罪被杀来解释这件事。我派苏厉对楚王说：‘公畴竖之死，并不是齐王的命令，而是洫子报私仇。杀死他的母亲，对她的孩子无礼，公畴竖罪孽深重，本来就应该被诛杀。宋国以献出淮北之地为条件与齐国讲和，大王您却攻击齐国的赵信，而齐王不仅没有因此怨恨您，反而为您诛杀赵信，因为赵信曾对您的边将无礼。齐国对楚国如此友好，您千万不要因为公畴竖的私怨而辜负齐王的心意。’之前不愉快的事情请大王您都怪在公畴竖头上，不要牵连到其他人，以此来安抚薛公的心。您曾经对我说要给薛公好处使他能够为我们做事，我对此非常认同。然而现在爽和强得却都说大王您不信任薛公了，薛公听后很害怕，这对齐国是很不利的。如果不是薛公，就没有人能联合三晋攻伐秦国，希望大王能继续给薛公好处来拉拢他。我背负齐、燕两国的嘱托暗中监视薛公，薛公肯定不敢背叛大王。如果薛公有任何背叛的心思，我一定会将其斩断。请您允许我始终参与此事，您不要有所顾虑，希望您能把攻秦之事坚持到底。一旦攻秦之事成功，三晋与齐国邦交修复，那么齐国不论做什么事都有利：与宋国讲和收兵，对齐国有利；围攻宋国，对齐国也有利；休整齐国军民后再去攻打宋国，仿效赵国进攻中山的方法，对齐国还有利。而一旦攻秦之事失败，与三晋的联盟解散，各国争相讨好秦国，那么齐国无论做什么事都有害。因此我依照您的命令给薛公好处，约束并控制三晋，使它们团结一心，加紧进攻秦国，秦国必将被攻破。如果攻不破秦国就暂且搁置一边，三晋和齐国要一起与秦国讲和，如果想要攻秦，就再联合进攻秦国。三晋会认为大王您爱护他们，与他们同心。如今，进攻秦国的盟军刚刚集结，您又想抽出军队攻打宋国的平陵，这对攻秦大业百害而无一利。如果盟军都离开秦国而与齐国争夺宋地，这将会造成更大的祸患。希望大王不要实施这种行动以使三晋畏惧并有所防范。不过，您可以单独给楚国好处，因为只有楚国没有攻伐宋国，宋国一定会听楚国的话。大王您已经联合三晋攻秦，秦国一定不敢扬言救宋。秦国疲敝，宋国被治服，那么您的大业很快就会实现。夏后启坚持先让薛公得到平陵，希望大王不要听信他的话。我也想让大王您把平陵给薛公，但不想让您提前把这个地方给他。您可以用定陶和平陵吊住薛公、奉阳君的胃口，使他们尽力为齐国做事，事情成功后再把这两个地方送给他们，这样您就会获得更多的资本。反对与三晋结盟的人肯定会说：'三晋团结一心会损伤秦国的利益，但是他们也会在大王面前骄横起来。'希望您不要听信他们的话。三晋攻伐秦国，秦国还没有到舌这个地方，您就会全部占领宋国土地，并让齐国军民休养生息。我保证燕国会顺从地侍奉大王，三晋一定不会有叛变之心。三晋如果老实听话，您就可以役使他们；三晋如果不老实，您可以联合秦国断绝他们的后路，三晋怎么敢在您面前骄横起来！如果三晋在合力攻伐秦国时想背叛大王与秦国联合，那么我一定会先知道。您可以联合燕国、拉拢楚国、利诱秦国和魏国，到时三晋一定会不攻自破。因此，只要我参与此事，三晋肯定不会有背叛之心，而且我有百余种对付三晋叛变的手段。大王如果能为我安抚燕王的心，并且不听信那些破坏齐、燕关系的话，我一定会尽心竭力地为您效命。不到三个月的时间我一定会让您称霸天下，如果做不到，请您处死我。我之所以不顾生死参与这件事，不单单是为了大王您，也是为了我自己。您不谋划进攻燕国就是对我的恩赐，我可以以此报答燕王的恩情。而且，大王如果实现霸王之业肯定会给予我高官厚禄，那么我就有骄矜于世的资本了。因此，攻秦之事如果成功，我即使死了也心甘情愿。

六、苏秦谓齐王章（一）[1]

谓齐王曰："薛公相脊〈齐〉也，伐楚九岁[2]，功（攻）秦三年[3]。欲以残宋，取进〈淮〉北，宋不残，进〈淮〉北不得。以齐封奉阳君，使梁（梁）、乾（韩）皆效地[4]，欲以取勺（赵），勺（赵）是（氏）不得。身衔〈率〉梁（梁）王与成阳君北面而朝奉阳君于邯郸，而勺（赵）氏不得。王弃薛公，身断事[5]，立帝[6]，帝立。伐秦[7]，秦伐。谋取勺（赵），得。功（攻）宋，宋残。是则王之明也。虽然，愿王之察之也。是无它故，臣之以燕事王循也。貴谓臣曰[8]：'伤齐者，必勺（赵）也。秦虽强，终不敢出塞[9]流河[10]，绝[11]中国[12]而功（攻）齐。楚、越远，宋、鲁弱，燕人承[13]，乾（韩）、梁（梁）有秦患，伤齐者必勺（赵）。勺（赵）氏终不可得巳（已），为之若何？'臣谓貴曰：'请劫之[14]。子以齐大重秦，秦将以燕事齐[15]。齐燕为一，乾（韩）、梁（梁）必从。勺（赵）悍则伐之，愿则挚而功（攻）宋[16]。'貴以为善。臣以车百五十乘入齐，貴逆[17]于高间[18]，身御臣[19]以入。事畨（曲）当臣之言[20]，是则王之教也。然臣亦见亓（其）必可也。犹[21]貴不知变事[22]以功（攻）宋也，不然，貴之所与臣前约者善矣。今三晋之敢据薛公与不敢据[23]，臣未之识。虽使据之，臣保燕而事王，三晋必不敢变。齐燕为一，三晋有变，事乃时为也。是故当今之时，臣之为王守燕，百它日之节[24]。虽然，成臣之事者，在王之循甘燕也。王虽疑燕，亦甘之；不疑，亦甘之。王明视（示）天下以有燕，而臣不能使王得志于三晋，臣亦不足事也[25]。"

【注释】

[1] 原第八章，此章系年于公元前287年8月之前。苏秦写信给齐湣王劝说其与燕国相善，信任燕国。

[2] 九岁：是"五岁"之误。《燕策一·苏秦死其弟苏代欲继之》载："今夫齐王，长主也，而自用也。南攻楚五年，稸积散。"《苏秦列传》亦曰："今夫齐，长主而自用也。南攻楚五年，畜聚竭。"均记载齐攻楚只有五年。《楚世家》载："（楚怀王）二十六年（公元前303年），齐、韩、魏为楚负其从亲而合于秦，三国共攻楚。"公元前303年，齐、韩、魏三国因为不满楚国背叛它们与秦国结盟的行为而攻打楚国，这是伐楚的开始。《楚世家》载："（楚怀王）二十八年（公元前301年），秦乃与齐、韩、魏共攻楚，杀楚将唐眜。"《秦本纪》载："（秦昭王）九年（当作八年）（公元前299年），孟尝君薛文来相秦。"公元前299年，孟尝君（即薛公）入秦为相，在秦国一年后逃回齐国，就转为攻秦了。因此，齐国从公元前303年开始伐楚到公元前299年薛公相秦，首尾只有五年。

[3] 攻秦三年：《燕策一·苏秦死其弟苏代欲继之》《苏秦列传》均作"西困秦三年"。《秦本纪》载："（秦昭王）十年（当作九年），薛文以金受免，楼缓为丞相。"《史记正义》曰："免，夺其丞相。"《史记·六国表》载："齐湣王二十六年（当作三年），孟尝君归相齐。"公元前298年，秦国任楼缓为相，薛公被免相，于是回到齐国任齐相。薛公对秦国心怀怨恨，因此联合韩、魏两国攻伐秦国。如《田敬仲完世家》载："齐湣王二十六年（当作三年），齐与韩、魏共攻秦，至函谷军焉。"这是齐国伐秦的开始。《秦策四》载："二国攻秦入函谷，……卒使公子池以三城讲于三国，三国之兵乃退。"《史记·六国表》曰："韩襄王十六年与齐、魏击秦，秦与我武遂和。"《魏世家》载："魏哀王（当作襄王）二十三年秦复予我河外及封陵为和。"公元前296年，齐、魏、韩三国联军攻破秦国函谷关，秦国给魏国河外及封陵、给韩国武遂，与两国讲和。可见，齐国从公元前298年开始伐秦到公元前296年秦国求和前后共三年。

[4] 效：献。奉阳君李兑为赵相，位高权重，薛公为了讨好李兑，除了由齐国给他封邑外，还让魏、韩两国都献地，并亲自率领魏王和韩相成阳君到邯郸去朝拜。《魏策三·叶阳君约魏》载："谓魏王曰：王尝身济漳，朝邯郸，抱葛、薛、阴、成以为赵养邑。"《赵策四·齐欲攻宋》亦载："有人谓魏王曰：

且王尝济于漳而身朝于邯郸，抱阴、成，负蒿、葛薛以为赵蔽。"即此献地之事。

[5]身断事：指齐湣王自己执政。《史记·六国表》："齐湣王三十年（当作七年），田甲劫王，相薛文走。"齐湣王七年，即公元前294年。薛公田文被罢免齐相，回到薛邑，后去齐之魏，为魏相。

[6]立帝：指齐湣王称帝。齐、秦称帝，齐为东帝，秦为西帝，事在公元前288年。如《秦本纪》载："（秦昭襄王）十九年，王为西帝，齐为东帝，皆复去之。"秦昭王十九年，即公元前288年。

[7]伐秦：指齐去帝号并与赵遇于阿。《齐策四·苏秦自燕之齐》苏秦谓齐王曰："故臣愿王明释帝以就天下，倍约傧秦。"帛书"苏秦自齐献书于燕王章"载："齐、勺（赵）遇于阿，王忧之。臣与于遇，约功（攻）秦去帝。"苏秦劝说齐湣王放弃帝号，与赵国结盟共同攻秦。

[8]贲：即韩贲。苏秦和韩贲的密约是回溯往事。当时亲秦派韩贲正任齐相。

[9]塞：殽塞，即函谷关。

[10]流河：犹言"流于河"，是顺河而下的意思。《孟子·梁惠王下》："从流下而忘反谓之流。"

[11]绝：横渡，越过。如《荀子·劝学》："假舟楫者，非能水也，而绝江河。"

[12]国：古代与"域"通用。中国：指中部地域。

[13]承：顺从，奉迎。如《诗经·大雅·抑》："子孙绳绳，万民靡不承。"

[14]劫：强迫，强取。

[15]秦：两处"秦"均是苏秦自称。

[16]挚：《单行本》给出两种意义：通"执"，拘执；一说，通"质"，要求送质子。今案："挚"当读为"质"，表示质子。"挚"与"质"古通。《周礼·考工记·函人》："锻不挚则不坚"，郑玄注："郑司农云：'挚，谓质也。'"孙诒让正义云："挚、质字通。""质"的本义指抵押，即以财物或人作保证。后引申为质子，《齐策五·苏秦说齐闵王》曰："不相质而固。"鲍彪注："质，质子。"在战国时期，为达到各自目的，诸侯国之间经常互送质子，以获取他国的信任。《秦始皇本纪》载："庄襄王为秦质子于赵"，《史记正义》曰："国强欲待弱之来相事，故遣子及贵臣为质。国弱惧其侵伐，令子及贵臣往为质。又二国敌亦为交质。"帛书此句"愿则挚而攻宋"，是说如果赵国顺从齐国，

并送来人质，齐国就不会攻伐它，而是转而攻宋。而赵国也确实派了质子之齐。《燕策二·苏代为奉阳君说燕于赵以伐齐》载："令齐守赵之质子以甲者，又苏子也。"

[17] 逆：迎接，迎候。如《尚书·顾命》："虎贲百人，逆子钊于南门之外。"

[18] 高闾：齐都临淄的城门。

[19] 身御臣：亲自为臣驾车。

[20] 事曲：形势委曲细微之处。当：符合。

[21] 犹：通"由"，由于，表示原因。

[22] 变事：变更策略。韩眘是亲秦派，秦国反对齐国攻宋，所以韩眘不会迎合齐湣王的想法提出攻宋策略。

[23] 据：《单行本》给出两种意见：支持。一说，据，依靠。《马[叁]》则将"据"解释为任用义，并指出："这时薛公尚未得用于梁，是刚到梁国不久的证据。"今案："据"应解释为支持义。杨宽："孟尝君因'田甲劫王'而出奔，即如魏。""田甲劫王"，事在公元前294年，薛公去齐之魏，为魏相。帛书此章写于公元前287年五国合谋攻秦之时，而此年薛公早已在魏国为相。《马[叁]》将"据"解释为任用义不合史实。《说文解字》曰："据，杖持也。"段玉裁注："谓倚杖而持之也。杖者，人所据，则凡所据皆曰杖。""据"本义指依仗、依托。引申为支持。《诗经·邶风·柏舟》："不可以据。"毛传曰："据，依也。"根据帛书上下文义，"据"应该表示支持义。薛公被任命为魏相后，在三晋之间威望很高。而他因为曾被齐湣王罢免相位，忌恨齐国。所以他想联合三晋攻齐，而三晋此时则怀着犹豫观望的态度。"今三晋之敢据薛公与不敢据"即是说三晋正在权衡利弊，不知是否应该支持薛公伐齐。

[24] 百它日之节：百倍于其他时刻。

[25] 事：委事，任事。如《淮阴侯列传》："王必欲长王汉中，无所事（韩）信。"《集解》引张晏曰："无事用信。"

【译文】

苏秦写信给齐湣王，全文如下："薛公在齐国任相国时，讨伐楚国五年，攻打秦国三年。想要攻破宋国，获得淮北之地，结果宋国没有被攻破，淮北之地也没有得到。薛公让齐国给奉阳君封邑，还让魏、韩两国都献出土地，想以此拉拢赵国，但是赵王并不接受。薛公甚至亲自率领魏王和韩国的成阳君到邯郸去朝拜奉阳君，然而赵王依旧不理薛公。于是大王罢免薛公，亲自执政。在您执政期间，齐、秦称帝，帝号立；攻打秦国，秦被伐；联合赵国，齐、赵结盟；

攻打宋国，宋国被攻破。这些成就的取得都是因为您是贤明之主。然而，虽然这么说，我还是希望您能仔细想一想，其实您之所以取得这些成就，其中最主要的原因是我让燕国顺从地侍奉大王。韩晷曾经对我说：'损害齐国利益的一定是赵国。秦国虽然强大，但它始终不敢走出函谷关，顺流而下横越中部地域去攻打齐国。楚国、越国距离齐国遥远，宋国、鲁国势力弱小，燕国顺从齐国，韩国、魏国有秦患，无暇顾及齐国，由此损伤齐国利益的肯定是赵国。赵国始终不容易对付，该怎么办？'我对韩晷说：'用强力使赵国屈服。您以齐国大国的地位重用我，我将使燕国顺从地事奉齐国。齐、燕两国结盟，韩国、魏国因惧怕齐、燕两国势力从而对齐国言听计从。如果赵国强悍并与齐国作对就讨伐它；如果赵国顺从齐国，并送来人质，齐国就不会攻伐它，而是转而攻宋。'韩晷非常认同我的话。我带着一百五十辆车来到齐国时，韩晷在齐都临淄的城门迎接我，亲自为我驾车。当前形势的委曲细微之处与我的分析相符合，这都是大王您教导的结果。不过，我也看出必须这么做才行，因为韩晷不会改变策略去攻打宋国，要不然，韩晷和我之前的约定早就兑现了。如今三晋是否支持薛公伐齐，我尚不知晓。不过即使他们支持薛公也没有关系，我保证燕国顺从地事奉齐国，三晋肯定不敢叛变。齐、燕联合，三晋仍旧有变化，那是时势所造成的。因此现在这个时候，我能为大王守住燕国，其可靠程度要百倍于其他时刻。不过虽然这么说，能让我完成这个使命的关键还是在于大王您要给予燕国一些好处。您即使怀疑燕国，也要给它一些甜头；相信燕国，则更要给它好处。您要明确地告诉天下人齐国有燕国这个盟友，如果我不能让您得志于三晋，我就不值得被您委以重任了。

七、苏秦谓齐王章（三）[1]

谓齐王："燕王难于王之不信己也则有之[2]，若虑大恶○则无之。燕大恶，臣必以死净之，不能，必令王先知之。必毋听天下之恶燕交者。以臣所□□□鲁甚焉[3]。□臣大□□息士氏〈民〉[4]，毋庸发怒于宋鲁也。为王不能[5]，则完天下之交，复与梁（梁）王遇，□功（攻）宋之事，士民句（苟）可复用，臣必王之无外患也[6]。若燕，臣必以死必之。臣以燕重事齐[7]，天下必无敢东视□□[8]，兄（况）臣能以天下功（攻）秦，疾与秦相萃也而不解[9]，王欲复功（攻）宋而复之，不而舍之，王为制矣[10]。"

【注释】

[1] 原第十章，此章系年于公元前287年8月之前。苏秦写信给齐湣王劝

谏其恢复与天下诸侯的邦交，鼓动齐湣王趁机攻伐宋国。

[2] 难：厌恶，忌恨。《中山策》："司马憙三相中山，阴简难之。"高诱注："难，恶也。"

[3] 此句有三处脱文，大意是：据我所了解，宋、鲁做得很过分。齐湣王在第二次攻宋时，楚、魏都来争地，鲁国虽是小国，也来趁火打劫。如《吕氏春秋·首时》载："齐以东帝困于天下而鲁取徐州。"所以下文说"毋庸发怒于宋鲁"。

[4] 此句有三处脱文，大意是：我劝大王让您的士民先休息。

[5] 为：如果，表示假设关系。如《宋微子世家》："今诚得治国，国治，身死不恨。为死，终不得治，不如去。"

[6] 必：保证。下文"以死必之"的"必"字义同。

[7] 重：财务、粮食、器物。如《左传·宣公十二年》："丙辰，楚重至于邲，遂次于衡雍。"

[8] 此句有二处脱文，大意是：天下诸侯肯定不敢东向攻齐。

[9] 萃：汇聚。如《左传·宣公十二年》："楚师方壮，若萃于我，吾师必尽。"杜预注："萃，集也。"

[10] 制：裁决，决断。如《晋世家》："当是时，晋国政皆决知伯，晋哀公不得有所制。"

【译文】

苏秦写信给齐湣王，全文如下："燕王确实有点忌恨大王您不相信他，不过如果说心里非常憎恨您，那没有这回事。假使燕王真的非常憎恨您，想要攻伐齐国，我一定会拼死劝阻，即使劝阻不成，我也肯定会让您先知道以便有所防备。千万不要听信天下之人所说的那些挑拨齐、燕关系的话。据我所了解，宋国、鲁国做得很过分，想要趁火打劫。不过我希望大王暂时不要向宋、鲁两国宣泄怒气，而是让您的军民先休养生息以等待有利时机。如果您做不到这一点，就只能尽快修复与天下诸侯的邦交，然后再次与魏王会盟，商讨攻宋之事。您的军民若能再次动员起来，我保证大王不会有外来的祸患了。至于燕国，我以自己的生命做担保肯定会顺从齐国。我用燕国的财力、军力侍奉齐国，天下诸侯肯定不敢东向攻齐，况且我能鼓动天下诸侯共同伐秦，使他们互相厮杀，难解难分。这时大王想要再次攻宋就去攻打，不想攻宋就撤军休息军民，全凭您的决断。"

八、苏秦自赵献书于齐王章（一）[1]

自勺（赵）献书于齐王曰：臣暨（既）从燕之粱（梁）矣。臣至勺（赵），所闻于乾（韩）、粱（梁）之功（攻）秦，无变志矣。以雨，未得遬（速）也[2]。臣之所得于奉阳君者，乾（韩）、粱（梁）合[3]，勺（赵）氏将悉上党以功（攻）秦[4]。奉阳君谓臣：“楚无秦事[5]，不敢与齐遇。齐楚果遇，是王收秦巳（已）[6]。”亓（其）不欲甚，欲王之赦粱（梁）王而复见之[7]。勺（赵）氏之虑，以为齐秦复合，必为两啻（帝）以功（攻）勺（赵）[8]，若出一口。若楚遇不必[9]，虽必，不为功[10]，愿王之以毋遇喜奉阳君也。臣以足下之所兵〈与〉臣约者告燕王：“臣以（已）好处于齐[11]，齐王终臣之身不谋燕○；臣得用于燕，终臣之身不谋齐。”燕王甚兑（悦），亓（其）于齐循善。事卬畾（曲）尽从王[12]，王○坚三晋亦从王[13]，王取秦、楚亦从王。然而燕王亦有苦，天下恶燕而王信之。以燕之事齐也为尽矣，先为王绝秦，挚（质）子[14]，宧二万甲自食以功（攻）宋[15]，二万甲自食以功（攻）秦。乾（韩）、粱（梁）岂能得此于燕戋（哉）。尽以为齐，王犹听恶燕者，宋再寡人之吅功宋也请于粱闭关于宋而不许寡人巳举宋讲矣乃来诤得三今燕勺之兵皆至矣俞疾功菑四寡人有闻粱[16]燕王甚苦之。愿王之为臣甚安燕王之心也。燕齐循善，为王何患无天下。

【注释】

[1] 原第十一章，此章系年于公元前287年8月。苏秦在赵国写信给齐湣王劝谏其坚持伐秦，并与燕国巩固邦交。

[2] 遬：古同“速”，迅速。

[3] 韩、梁合：指韩、梁军队会和。

[4] 上党：地名。战国时，赵、韩、魏三国都有上党。如《东周策·周最谓金投》载：“秦尽韩、魏之上党、太原，西止，秦之有已。”帛书“苏秦献书赵王章”亦曰：“秦尽韩、魏之上党，则地与王布属壤芥者七百里。”此处为赵之上党。顾观光云：“《史记正义》曰：‘秦上党郡，今泽、潞、仪、沁四州之地兼相州之半，韩总有之。至七国时，赵得仪、沁二州之地，韩犹有潞州及泽州之半，半属赵、魏。’然则三国之上党地，赵最大，韩次之，魏最小也。”赵国的上党，大概在今潞城、长治、长子一带。

[5] 事：密约之事。

[6] 收：联合，取得联系。帛书“苏秦谓齐王章”载：“王收秦而齐（剂）

亓（其）后"，帛书"谓燕王章"曰："今收燕赵，国安、名尊，不收燕赵，国危而名卑。"其"收"字与此义同。

［7］赦：宽恕。

［8］两啻：《单行本》读为"两敌"，并解释：两敌，指齐、秦。《赵策二·苏秦从燕之赵》说："请言外患，齐秦为两敌而民不得安。"《裘注》则读为"两帝"，"为两帝"指齐、秦并称为帝。今案：同意《裘注》说法。《齐策四·苏秦谓齐王》载苏秦游说齐王之语："齐、秦立为两帝，王以天下为尊秦乎，且尊齐乎？……两帝立，约伐赵，孰与伐宋之利也？"此文的"两帝立，约伐赵"与帛书此处"必为两帝以攻赵"，说的显然是一件事。而《单行本》引《赵策二·苏秦从燕之赵》"齐秦为两敌而民不得安"句说明"啻"读作"敌"，但是此句下文是："倚秦攻齐而民不得安，倚齐攻秦而民不得安。"与帛书下文"若出一口"，即齐、秦两国团结行动文义不合。所以"两啻"不应读为"两敌"，而应读为"两帝"，指齐、秦并称帝。

［9］必：确定

［10］功：恩德，好处。如《孟子·梁惠王上》："今恩足以及禽兽，而功不至于百姓者，独何与？"

［11］好处：处理好。

［12］卬曲：俯仰，高低。犹言无论怎样。

［13］坚：团结。帛书"苏秦谓齐王章"载："三晋相坚也而伤秦，必以其余骄王。"其"坚"字与此义同。

［14］挚：通"质"。"质子"：指派其子去齐国做人质。

［15］宦：通"擐"，是穿，贯的意思。如《左传·成公二年》："擐甲执兵，固即死也；病未及死，吾子勉之。"自食：指自备粮草。

［16］由"宋再"至"闻梁"四十九字系错简，应在"苏秦自赵献书于齐王章（二）"。

【译文】

苏秦自赵国写信给齐湣王，全文如下：我已经从燕国到过魏国，现在又到了赵国，根据所听闻的韩、魏两国攻秦的情况，可知他们并没有改变行动的意图。因为正值雨季，所以没有迅速进军。我从奉阳君那里得到的情报是：韩、魏两国军队已经汇合，赵国也发动全部上党的军队去进攻秦国。奉阳君对我说："楚国如果没有和秦国密约，是不敢与齐国会盟的。现在齐、楚两国果真会盟，可见齐王已经与秦国联合了。"奉阳君非常不愿意看到齐、秦两国交好，他希望大王能宽恕魏王并与其再度结盟。赵国所担忧的是：齐、秦两国再次联合，并称为帝，并且合力一起攻打赵国。如果齐国与楚国的会晤没有确定下来就算了，即使定了也请放弃，因为这对齐国没有好处，希望大王不要与楚国会晤，以使奉阳君安心。我将您与我的约定告诉了燕王："我已经处理好齐、燕两国关系，齐王答应只要有我在就不会谋攻燕国；而我也答应齐王在我被燕国任用期间，只要有我在就不会谋攻齐国。"燕王听后很开心，对齐国也更加顺从友好。将来无论任何事都会听从您的指挥，您想联合三晋共同攻秦会听从您；您想拉拢秦、楚两国也会听从您。不过，燕王也有自己的苦恼，因为大王听信了天下之人所说的污蔑燕王的话。其实燕国侍奉齐国已经算是尽心尽力了，他先为大王断绝了与秦国的关系，还派自己的孩子去齐国做人质，又支援了两万士兵并自备粮草帮助齐国进攻宋国，还派两万士兵并自带粮草攻打秦国。燕国只会对齐国做这样的事，像韩国、魏国怎么可能得到燕国如此大规模的支援。燕国为齐国尽心竭力，大王却仍然听信那些污蔑燕国的话，燕王为此非常苦恼。希望大王能为我安抚燕王的心，只要齐、燕两国交好，您何愁得不到天下。

九、韩龏献书于齐章[1]

乾（韩）龏献书于齐曰：秦悔不听王以先事[2]而后名[3]。今秦王请侍（待）王以三、四年。齐不收秦，秦焉受晋国[4]。齐秦复合，使龏反（返），且复故事[5]，秦印番（曲）尽听王。齐取宋，请令楚、粱（梁）毋敢有尺地于宋，尽以为齐。秦取粱（梁）之上党。乾（韩）粱（梁）从，以功（攻）勹（赵），秦取勹（赵）之上地[6]，齐取河东。勹（赵）从，秦取乾（韩）之上地[7]，齐取燕之阳地[8]。三晋大破，而功（攻）【楚】，秦取鄢[9]，田[10]云梦[11]，齐取东国[12]、下蔡[13]。使从（纵）亲之国，如带而巳（已）[14]。齐、秦虽立百帝，天下孰能禁之。

【注释】

［1］原第十三章，此章系年于公元前287年8月。韩龏：曾任齐相，亲秦派，主张齐、秦结盟。韩龏写信给齐湣王游说其与秦国讲和，并将自己召回齐国。

［2］事：造成形势。

［3］名：立帝号。《史记·六国表》载："秦昭王十九年（公元前288年）十月为帝，十二月复为王，任鄙卒。"

［4］受晋国：指使魏国臣服。

［5］故事：指齐、秦相约称帝事。《齐策四·苏秦自燕之齐》齐王曰："秦

使魏冉致帝。"《韩非子·内储说下》亦曰:"穰侯相秦而齐强,穰侯欲立秦为帝,而齐不听,因请立齐为东帝"。公元前 288 年,秦国派魏冉约齐、秦并称帝。

[6] 上地:指赵之上党。《赵策二·苏秦从燕之赵始合纵》苏秦说赵王曰:"韩弱则效宜阳,宜阳效则上郡绝。"张琦《战国策释地》云:"'上郡'疑当作'上党',宜阳与上党隔河连近。"帛书"苏秦自赵献书于齐王章(一)"亦载:"勺(赵)氏将悉上党以功(攻)秦"。

[7] 上地:指韩之上党。横田惟孝云:"《荀子》:'韩之上地方数百里。'注:'上党之地'是也。"王应麟《通鉴地理通释》以上党、上地为一地。

[8] 阳地:黄河以北齐燕交界处的燕地。指今河北省高阳、河间一带。帛书"谓起贾章"载:"且使燕尽阳地,以河为竟(境)。"

[9] 鄢:楚地,在今湖北省宜城县。

[10] 田:通"畋",狩猎,打猎。《管子·轻重戊》:"楚人即释其耕农而田鹿",元材案:"田鹿之田即《易·恒卦》'田无禽'之田,疏:'田者,田猎也。'"

[11] 云梦:古代泽名,在今湖北省中部及南部,横跨长江南北。吴师道云:"《楚辞集注》:云梦,泽名,方八、九百里,跨江两岸。云在江北,今玉沙、监利、景陵等县是也。梦在江南,今公安、石首、建宁等县是也。"范祥雍笺证:"云梦为楚国著名之泽,……云梦有云中、梦中和云梦宫、云梦泽之称。"

[12] 东国:楚国的东地,接近齐国南境,在今江苏省宿迁、睢宁和安徽省的灵璧一带。《西周策·薛公以齐为韩魏》载:"欲王令楚割东国以与齐也",鲍彪云:"楚之东地"。

[13] 下蔡:古为州来国故邑,春秋时期改州来邑为下蔡,楚地。在今安徽省寿县。《樗里子甘茂列传》载:"甘茂者,下蔡人也。"《史记索隐》:"《地理志》:下蔡县属汝南也。"《史记正义》:"今颖州县,即州来国。"帛书"谓起贾章"亦载:"楚割淮北,以为下蔡启□,得虽近越,实必利郢。"下蔡,为楚地。

[14] 如带:如衣带一般顺从。

【译文】

韩䕌写信给齐湣王,全文如下:秦王后悔没有听从大王提出的先造成有利形势再立帝号的意见。现在秦王请求您再耐心等待三、四年。齐国如果不联合秦国,秦国怎么能使魏国臣服呢?齐、秦两国再次联合,让我返回齐国,并且再一次相约称帝,将来秦国无论任何事都会听从大王。如果齐国想要获取宋国土地,秦王会命令楚国、魏国不能占有宋国寸土尺地,而是全部划入齐国版图。

如果秦国想获得魏国的上党，韩、魏两国迫于齐、秦势力只能屈从，再一起进攻赵国，秦国就会取得赵国的上党，而齐国会得到河东之地。赵国屈从于齐、秦两国势力，秦将会得到韩国的上党，齐国则会获得燕国的阳地。三晋被彻底攻破，齐、秦再转而进攻楚国，秦国能够得到楚国的鄢地，并在云梦一带狩猎，而齐国能获取楚国的东地和下蔡。最终，迫使那些采取合纵政策的诸侯国像衣带一样顺从齐、秦。这样齐、秦两国即使想要一百次并立帝号，普天之下谁还能阻止得了呢！

十、苏秦自赵献书于齐王章（二）[1]

自勺（赵）献书于齐王曰：臣以令告奉阳君曰[2]："寡人之所以有讲虑[3]者有[4]：寡人之所为功（攻）秦者，为梁（梁）为多，梁（梁）氏留齐兵于观[5]，数月不逆[6]，寡人失望，一。择（释）[7]齐兵于荥阳、成皋[8]，数月不从，而功（攻）[宋，再[9]。寡人之叻（仍）功（攻）宋也[10]，请于梁（梁）闭关于宋而不许。寡人已舉（与）宋讲矣，乃来诤（争）得[11]，三。今燕勺（赵）之兵皆至矣，俞（愈）疾功（攻）菑[12]，四。寡人有（又）闻梁（梁）][13] [入两使阴成于秦[14]。且君尝曰：'吾县（悬）免（勉）于梁（梁）是（氏）[15]，不能辞巳（已）。'虽乾（韩）亦然。寡人恐梁（梁）氏之弃与国而独取秦也[16]，是以有溝（讲）虑。今曰不][17] 女（如）□之，疾之，请从[18]。功（攻）秦，寡人之上计，讲，最寡人之大（太）下也[19]。梁（梁）氏不恃寡人，树寡人曰[20]：'齐道楚取秦[21]，苏脩在齐矣[22]。'使天下汹汹然[23]，曰：寡人将反（返）髳也[24]。寡人无之。乃髳固于齐，使人于齐大夫之所而俞（偷）语则有之。寡人不见使□，□大斟（对—慸）也[25]。寡人有反（返）髳之虑，必先与君谋之。寡人 入两使阴成于秦且君尝曰吾县免于梁是 不能辞巳虽乾亦然寡人恐梁氏之弃与国而独取秦也是以有沟虑今曰不 [26] 与韦非约曰[27]：'若与楚遇，将与乾（韩）梁（梁）四遇[28]，以约功（攻）秦。若楚不遇，将与梁（梁）王复遇于围地[29]，收○秦等[30]，旛（遂）明（盟）功（攻）秦。○大（太）上破之，其【次】宾（摈）之，兀（其）下完交而□讲[31]，与国毋相离也[32]。'此寡人之约也。韦非以梁（梁）王之令（命），欲以平陵[33]蛇（阤）[34]薛，以陶封君[35]。平陵雖（唯）成（城）而巳（已）[36]，兀（其）鄙尽入梁（梁）氏矣[37]。寡人许之巳（已）。"

臣以告奉阳君，奉阳君甚兑（悦）。曰："王有（又）使周湿、长驹重令（命）挩（兑）[38]，挩（兑）也敬受令（命）。"奉阳君合（答）臣曰："箓

（橚—兑）有私义（议）[39]，与国不先反而天下有功（攻）之者，虽知不利，必据之[40]。与国有先反者，虽知不利，必怨之。"今齐、勺（赵）、燕循相善也。王不弃与国而先取秦，不弃橚（橚—兑）而反（返）賣也，王何患于不得所欲。梁（梁）氏先反，齐、勺（赵）功（攻）梁（梁），齐必取大梁（梁）以东，勺（赵）必取河内[41]，秦案不约而应[42]，王何患于梁（梁）。梁（梁）、乾（韩）无变，三晋与燕为王功（攻）秦，以便王之功（攻）宋也，王何不利焉。今王弃三晋而收秦、反（返）賣也，是王破三晋而复臣天下也[43]。【天】下将入地与重挚（质）于秦，而独为秦臣以怨王。臣以为不利于足｛不｝下，愿王之完三晋之交。与燕也，讲亦以是，疾以是。

【注释】

[1] 原第十二章，此章系年于公元前287年8月。苏秦在赵国写信给齐湣王劝谏其恢复与三晋的邦交，坚持攻秦，并继续保持与燕国的友好关系。

[2] 以下引语是苏秦转述齐王的话。

[3] 讲：和解。《苏秦列传》载："已得讲于魏，至公子延，因犀首属行而攻赵。"《史记索隐》曰："讲，和也，解也。秦与魏和也。"讲虑：考虑讲和。

[4] 补"四"字，"有四"即下面所说四点。

[5] 观：魏地。《魏世家》载："三年，齐败我观。"《史记正义》曰："观，音馆。魏州观城县，古之观国。《国语》云：'观国，夏启子太康第五弟之所封也，夏衰，灭之矣。'"在今山东省范县西北有观城镇。

[6] 逆：迎接，迎候。

[7] 择：通"释"，弃置。

[8] 荥阳：即荥阳，韩地，在今河南省郑州市所属旧荥泽县。成皋：韩地，在荥阳西，今汜水县地。《韩世家》载："二十四年，秦拔我城皋、荥阳。"《张仪列传》张仪说韩工口："秦下甲据宜阳，断韩之上地，东取成皋、荥阳，则鸿台之宫、桑林之苑非王之有也。"

[9] 再：第二点。

[10] 仍：再，第二次。

[11] 得：所得到的土地。

[12] 蔺：地名，在魏都大梁之东，是宋魏交界处，在今河南省兰考县境。

[13] 由"宋再"起至此，原错简在"苏秦自赵献书于齐王章（一）"，今移正。

[14] 阴：暗中，暗地里。如《李将军列传》："大将军青亦阴受上诫，以为李广老。"阴成：暗中讲和。

[15] 县免：《单行本》给出两种解释：读为"勖勉"。一说，读为"悬勉"，悬赏以勉励。今案：同意后说，即"县免"读为"悬勉"，是悬赏奖励的意思。《说文解字》："县，系也。从系持。"徐铉曰："此本是县挂之县，借为州县之县。""县"为悬挂之悬的本字。《荀子·非相》："曲直有以相县矣"，杨倞注："县，读为悬。""县""悬"，本义为悬挂，引申为公示、公布之义。《淮南子·精神》："殖华可以止以义，而不可县以利。"高诱注："县，视（示）也。"当表示公示、公布奖赏时，"县""悬"又有悬赏之义。"免"，同"勉"。《说文解字》曰："勉，强也。从力，免声。"本义是自强而尽力。后引申为鼓励、劝勉。《庄子·让王》："子皆勉居矣"，成玄英疏曰："勉，励也。"所以"悬勉"，指悬赏、勉励的意思。根据帛书上下文义，"吾悬勉于梁氏"是说奉阳君打算悬赏奖励魏国，此与当时史实相合。赵相奉阳君主导五国伐秦，其间为了联合魏国共同攻秦，赵国曾许诺给魏国好处。如《赵策三·魏因富丁且合于秦》载："魏因富丁且合于秦，赵恐，请效地于魏而听薛公。"即赵国欲割地给魏国。因此，"县免"应读为"悬勉"，指悬赏、奖励。

[16] 与国：盟国，友邦。

[17] "由入两使"至此，原错简在下文"寡人""与韦非约曰"句间。今移正。

[18] 此句有一处脱文，大意是：现在都说不如孤立秦国、攻伐秦国，我非常赞同。

[19] 最：因与"寡"字形近而衍。

[20] 树：树立，树敌，制造坏名声。

[21] 道：取道，通过。如《项羽本纪》："四人持剑盾步走，从郦山下，道芷阳间行。"

[22] 苏脩：人名，楚国使者。此时苏脩在齐国联络齐、秦讲和。帛书"苏秦使盛庆献书于燕王章"载："苏脩在齐，使□□□□□□□予齐、勺（赵）矣。"即苏脩曾在齐国联络齐、赵两国讲和。

[23] 汹汹然：喧哗不宁的样子。

[24] 返賮：指召回韩賮。韩賮是亲秦派，齐王召回韩賮说明齐、秦讲和。

[25] 此句有两处脱文，大意是：我没有接见韩賮派来的人，韩賮很生气。

[26] 由"入两使"至此四十七字系错简。

[27] 韦非：人名，楚国使者。

[28] 将与韩、梁四遇：是与韩、梁、燕、赵四国联合。

[29] 围地：地名。帛书"苏秦自齐献书于燕王章"载："臣以死之围，治

齐燕之交。"即此"围地"。

[30] 收：逮捕，拘押。秦等：与秦同类，指为秦国做事的人。

[31]《单行本》将脱字补为"详"字。《郑注》补为"共"字。今案：同意《单行本》说法，应补为"详"字。《魏策二·五国伐秦》苏秦谓魏王曰："故为王计，太上伐秦，其次宾秦，其次坚约而详讲，与国无相离也"，据此帛书中"□"应补为"详"字。"详"同"佯"，是假装、伪装的意思。《资治通鉴·周纪三》："张仪详堕车"，胡三省注："详，读曰佯，诈也。"帛书此处"详讲"即指伪装和解，此与帛书文义及当时史实均相合。齐湣王一直认为秦国才是自己最大的敌人，他觉得能够攻破秦国是最好的结果，而最下策则是与秦国伪装和解，盟国之间不相互倾轧。先各自积蓄力量，等有足够能力之时，再继续攻打秦国。这与《赵策四·五国伐秦无功》所载"无倍约者，而秦侵约，五国复坚而宾之"正相符。所以"□"应补为"详"字，作伪装和解义解。

[32] 离：当作"雠"，形近而讹。《广韵·尤韵》："雠，仇也。"《秦策二·秦惠王死》载："三人者，皆张仪之雠也，公用之，则诸侯必见张仪之无秦矣。"高诱注："雠，仇也。"即"雠"有仇恨、仇敌的意思。"与国毋相离"：指同盟国之间不要相互仇视、倾轧。

[33] 平陵：地名，即宋地的平陆，在今山东省汶上县西北。《齐策四·苏秦自燕之齐》苏秦谓齐王曰："有淮北，则楚之东国危；有济西，则赵之河东危；有阴、平陆，则梁门不启。"程恩泽云："凡淮北、济西阴、平陆等处，皆宋地。盖王偃时，东伐齐取五城，南败楚取地三百里，西败魏军，故能跨有诸侯之境。其后齐与楚、魏共灭之，三分其地。魏得其梁、陈留，齐得其济阴、东平，楚得其沛，沛即淮北也。济阴、东平即济西、阴、平陆也。"齐国得到宋地平陵，因此帛书"苏秦谓齐王章（四）"载苏秦谓齐王之语曰："臣欲王以平陵予薛公"。此处韦非、魏王、齐王也商议好要把平陵封赏给薛公。

[34] 蛇：同"虵"，增加。《广雅·释诂一》："虵，益也。"薛公本封在薛，再封以平陆，是益封，所以说"虵"。

[35] 陶：地名，即定陶，原宋地，后为齐地，其后为秦相穰侯的封邑，在今山东省定陶县境。《战国策》亦作"阴"，如《齐策四·苏秦自燕之齐》载："有阴、平陆，则梁门不启"，吴师道谓"阴"当作"陶"，范祥雍曰："阴、陶二字隶书相似，多淆误。"陶与平陵都是宋地，后被齐国占领，齐王为讨好赵相奉阳君，答应将陶封赏给他。如此处所载"以陶封君"，"君"指奉阳君。帛书"苏秦谓齐王章（四）"亦曰："欲王之县（悬）陶、平陵于薛公、奉阳君之上以勉之。"其后，秦相穰侯攻打齐国，攻占陶并将其作为封邑。如《穰侯列传》

载："封魏冉于穰，复益封陶。"《韩非子·定法》曰："穰侯越韩、魏而东攻齐，五年而秦不益一尺之地，乃成其陶邑之封。"帛书"秦客卿造谓穰侯章"亦曰："秦封君以陶，假君天下数年矣。"吴师道以为穰侯有陶，在齐灭宋两年而为五国所破之时，即公元前284年。

［36］雖：同"唯"，仅，只。

［37］鄙：边邑，郊区。如《左传·庄公十九年》："冬，齐人、宋人、陈人伐我西鄙。"

［38］周湿、长驷：二人名，齐王使者。兑：奉阳君即李兑，"兑"是自称其名。

［39］槥：即"槥"字，读为"兑"，是李兑自称其名。

［40］据：支持。

［41］河内：地名。在当时的黄河以北。

［42］案：连词，于是，就。如《赵策一·谓赵王曰三晋合而秦弱》载："秦与梁为上交，秦祸案攘于赵矣。"

［43］复臣天下：重新使天下诸侯称臣。

【译文】

苏秦自赵国写信给齐湣王，全文如下：我已经派人把大王的话转告给奉阳君："我之所以考虑与秦国讲和原因主要有四点：我选择攻伐秦国主要是为了魏国，但是魏国却把齐国军队留在观地，几个月都不来与我会合，这让我很失望，这是第一个原因。把齐国军队弃置在荥阳、成皋一带，几个月都不来与我会合，却转而进攻宋国，这是第二个原因。我第二次攻宋的时候，请求魏国对宋国封闭关塞却得不到同意，而我已经与宋国讲和，他却来与我争夺土地，这是第三个原因。现在燕、赵两国军队已经到达宋、魏交界处，并且加紧进攻蒲地，这是第四个原因。我又听说魏国派两名使者去秦国并暗中与秦国讲和。而且您曾经说过：'我之前曾悬赏奖励魏国以激励它攻打秦国，现在却说不上话了。'韩国也同样如此。我担心魏国会抛弃盟国独自与秦国取得联系，所以我才会有与秦国讲和的打算。现在天下之人都说不如孤立秦国、加紧攻打秦国，我非常赞同。攻伐秦国，是我最想实现的目标，与秦国讲和只是不得已而为之。魏国不仅不顺从我，反而给我制造了很多坏名声，他造谣说：'齐国通过楚国去拉拢秦国，苏脩已经到了齐国。'天下诸侯听说后对齐国愤愤然，都说齐王要召回韩瞗。但是我并没有召回韩瞗的想法。韩瞗确实想回到齐国，还派人到齐国大夫家里偷偷游说他们以使自己能够返归齐国，但是我并没有接见韩瞗派来的使者，也不同意他返回齐国，为此韩瞗非常生气。如果我有召回韩瞗的打算，肯定会先与您商量。我曾经与韦非约定：'如果与楚国会盟，也将与韩、魏、燕、赵四国会盟，相约一起攻伐秦国。如果楚国不同意结盟，那么我会与魏王在围地再次会晤，关押那些为秦国做事的奸细，然后再结盟一起攻打秦国。攻破秦国是最好的结果，其次是将秦国排斥在诸侯之外，而最下策则是与秦国伪装和解，盟国之间不相互倾轧。先各自积蓄力量，等有足够能力之时，再继续攻打秦国。'这是我与韦非之间的约定。韦非已经与魏王商议好要把平陵加封给薛公，把定陶封赏给您。平陵只是一座内城，其大片的边邑全部划归给魏国。我已经同意了。"

我把大王的话转告给奉阳君，奉阳君听后非常高兴。他说："大王派齐国使者周湿、长驹又一次向我强调这件事，我愿意按照大王的指示行事。"奉阳君还对我说："我私底下有个想法，盟国之间都不能先反叛，如果有人攻打盟国，即使于己不利，也要支援盟国。如果盟国之中有先背叛者，即使明知于己不利，也一定要联合起来诛伐他。"现在齐、赵、燕三国交好，大王只要不抛弃盟国、不联合秦国、不抛弃奉阳君、不召回韩毚，您还何愁实现不了自己的宏图霸业。如果魏国先反叛，齐、赵两国就联合攻打魏国，齐国一定会夺取大梁以东的土地，赵国肯定也能得到河内之地，而秦国也会自觉地积极回应，您对魏国反叛还有什么可担心的。如果魏国、韩国都不反叛，三晋会连同燕国为大王攻打秦国，这有利于您进攻宋国，对您来说百利而无一害。如今大王想抛弃三晋而与秦国讲和、想召回韩毚，这就会破坏与三晋的关系而使天下诸侯重新向秦称臣。天下诸侯将土地和财物献给秦国，并且因为向秦国称臣而怨恨您。我认为这对您非常不利，希望您能修缮与三晋的邦交。至于燕国，则要一直保持友好的关系，与秦国讲和要与燕国交好，加紧进攻秦国更要与燕国交好，因为燕国永远是您最强有力的后盾。

十一、苏秦使盛庆献书于燕王章[1]

使盛庆献书于【燕王曰】[2]：□□□□虽未功（攻）齐[3]，事必美者[4]，以齐之任臣，以不功（攻）宋，欲从韩、梁（梁）取秦以谨勺（赵）[5]，勺（赵）以（已）用薛公、徐为之谋谨齐[6]，故齐【赵】相倍（背）也[7]。今齐王使宋窍谓臣曰[8]："奉阳君使周纳告寡人曰[9]：'燕王请母（毋）任苏秦以事[10]'，信□□奉阳君使周纳言之[11]，曰：'欲谋齐'，寡人弗信也，周纳言：'燕勺（赵）循善矣，皆不任子以事。'奉阳【君】□□丹若得也[12]，曰：'笱〈苟〉母（毋）任子，讲，请以齐为上交。天下有谋齐者请功（攻）之。"苏脩在齐^[13]，使□□□□□□□□予齐、勺（赵）矣^[14]。今【齐】王使宋窍诏臣曰^[15]："鱼（吾）将与子□有谋也^[16]。"臣之所见于☑不功（攻）齐，全（跧）于介（界）^[17]，所见于薛公、徐为，其功（攻）齐益疾^[18]。王必勺（赵）之功（攻）齐，若以天下□☑焉^[19]。外齐于禾（和），必不合齐、秦以谋燕，则臣请为免于齐而归矣^[20]。为赵择□□□□□□必赵之不合齐、秦以谋燕也，齐王虽归臣，臣将不归^[21]。诸可以恶齐勺（赵）【者】将□之^[22]。以恶可【也】，以蓐（辱）可也，以与勺（赵）为大雠可也。今王曰："必善勺（赵），利于国。"臣与不知其故^[23]。奉阳君之所欲，循【善】齐、秦以定其封，此其上计也。次循善齐以安其国。齐勺（赵）循善，燕之大过（祸）。将养勺（赵）而美之齐乎？害于燕恶之齐乎？^[24]奉阳君怨臣，臣将何处焉。臣以齐善勺（赵），必容焉^[25]，以为不利国故也。勺（赵）非可与功（攻）齐也，无所用。勺（赵）毋恶于齐为上。齐勺（赵）不恶，国不可得而安，功不可得而成也。齐赵之恶从巳（已）^[26]，愿王之定虑而羽鑽臣也^[27]。勺（赵）止臣而他人取齐，必害于燕。臣止于勺（赵）而侍（待）其鱼肉^[28]，臣□不利于身^[29]。

【注释】

[1] 原第三章，此章系年于公元前286年。此时苏秦破坏齐、赵两国关系的行动被奉阳君察觉，奉阳君将苏秦拘禁在赵国，苏秦派盛庆给燕昭土送去一封信，向燕昭王汇报自己的情况。

[2] 盛庆：燕臣。苏秦被扣留在赵国，派他给燕昭王送信。帛书"苏秦使韩山献书燕王章"载："臣使庆报之后，徐为之与臣言甚恶。"帛书"苏秦自齐献书于燕王章"载："王使庆谓臣：'不之齐危国。'""庆"，即指盛庆。

[3] 此句有四处脱文，大意是：赵国虽然没有发动攻齐的战事。

[4] 事必美者：指齐、赵两国交恶，这对燕国来说是美事。

[5] 谨：防范。如《新序·杂事一》："守封疆，谨境界，不侵邻国。"

[6] 薛公：即田文，因封袭其父爵于薛，称薛公，号孟尝君。此时在魏国任魏相。徐为：即韩徐为，赵将，常与薛公一起谋划伐齐。帛书"苏秦自齐献书于燕王章"载："后，薛公、乾（韩）徐为与王约功（攻）齐。"

[7] 倍：同"背"，背弃，背叛。如《荀子·大略》："倍畔之人，明君不内，朝士大夫遇诸涂不与言。"

[8] 宋窍：人名，齐国使臣。帛书"苏秦自梁献书于燕王章（一）"载："齐使宋窍、侯灞谓臣曰。"

[9] 周纳：人名，奉阳君使者。

[10] 毋：同"毋"。"毋"是从"母"字分化出来的一个字。

[11] 此句有两处脱文，大意是：能否相信奉阳君使者周纳所说的这番话？

[12] 若：表示承接，相当于"和""及"。如《魏其武安侯列传》："愿取吴王若将军头，以报父之仇。"丹：人名，公玉丹。帛书"苏秦自齐献书于燕王章"载："公玉丹之勺（赵）致蒙。"《吕氏春秋·审己》载："齐湣王亡居于卫，昼日步足，谓公玉丹曰"，可证公玉丹为齐臣。得：人名，强得，齐臣。此句有两处脱文，大意是：奉阳君会见公玉丹和强得。

[13] 苏脩：楚国使者。《魏策二·五国伐秦无功而还》载："奉阳君、韩余为既和矣，苏脩、朱婴既皆阴在邯郸。"范祥雍按："苏脩疑是楚使在赵谋合齐、赵以攻魏者。"苏脩曾去齐国和赵国联络齐、赵两国讲和。

[14] 此句有八处脱文，大意是：派人四处游说并答应给齐、赵好处。

[15] 诏：告知之意，多用于上对下。

[16] 鱼：与"吾"字音近通用。此句有一处脱文，大意是：我和你之间早已谋划好。

[17] 全：同"跧"，埋伏。如《广雅·释诂三》："跧，伏也。"

[18] "臣之"句有多处脱文，大意是：我看到，赵国虽然还没有进攻齐国，只是埋伏在边界上，但是可以清楚地感知到薛公、韩徐为谋划攻齐已经日益加速。

[19] "王必"句有多处脱文，大意是：大王一定要等到赵国攻齐之时，到那时天下诸侯会联合起来一起伐齐。

[20] 免：离开。

[21] "为赵"句有六处脱文，大意是：如果从赵国利益出发，那一定要联合齐、秦以谋攻燕国；如果从燕国利益出发，那一定不要让赵国联合齐、秦以谋攻燕国。如果没有做到后一种，齐王即使让我回去，为了燕国我也不会返回。

[22] 此句有一处脱文，大意是：各种可以破坏齐、赵关系的方法，我都会竭力实施。

[23] 与：同"举"，皆，全。如《墨子·天志》："故天下之君子，与谓之不祥者。"

[24] 养：恣纵，助长。《左传·昭公二十年》："私欲养求，不给则应。"杜预注："养，长也。"此句大意是：大王是想助长赵国私欲使齐、赵交好？还是想有害于燕使齐、燕交恶？

[25] 容：被容纳于赵。

[26] 从已：成功了。

[27] 羽鑽：同"翼赞"或"翊赞"，是帮助的意思。

[28] 鱼肉：比喻被欺凌，被残害。如《项羽本纪》："如今人方为刀俎，我为鱼肉，何辞为？"

[29] 此句有一处脱文，大意是：我此时被拘押在赵国任他们欺凌，正处在不利的环境中。

【译文】

苏秦派盛庆给燕昭王送去一封信，全文如下：赵国虽然没有发动攻齐的战事，但是齐、赵两国交恶，这对燕国来说是件好事，而且齐国仍在重用我。由于齐国不能攻破宋国，所以想联合韩国、魏国一起去拉拢秦国以防备赵国。而赵国已经采用薛公、韩徐为的计谋对抗齐国，所以齐、赵两国之间相互背叛，现在处于敌对状态。如今齐王派宋窍对我说："奉阳君派使者周纳告诉我：'燕王请求不要对苏秦委以重用。'我能否相信奉阳君使者周纳所说的话？他还说：'苏秦想要谋划攻打齐国。'对此我是不相信的。周纳还说：'燕、赵两国交好，他们都不想授予苏秦官职。'奉阳君会见公玉丹和强得时说：'如果我们都不任用苏秦，那么燕、赵两国讲和后会将齐国作为最好的同盟国。天下诸侯有胆敢谋攻齐国的，我们就会帮助齐国一起讨伐他。'"楚国使者苏脩在齐国，他派人四处游说并答应给齐、赵两国好处。现在齐王派宋窍提醒我："我和你之间早已谋划好。"我看到虽然赵国还没有进攻齐国，只是埋伏在边界上，但是可以清楚地感知到薛公、韩徐为谋划攻齐已经日益加速。大王一定要等到赵国攻齐之时，到那时天下诸侯会联合起来一起伐齐。一定要排斥齐国，不能让他与其他诸侯国结盟，更不能让赵国与齐国、秦国联合来攻伐燕国。如果攻齐之事成功，那么我就会离开齐国返回燕国。从赵国利益出发，那一定要联合齐、秦两国以谋攻燕国；从燕国利益出发，那一定不要让赵国联合齐、秦两国以谋攻燕国。如果没有做到后一种，齐王即使让我回去，为了燕国我也不会返回。各种可以破坏齐、赵两国关系的方法，我都会竭力实施。使齐、赵关系破裂是可以做到的，使齐、赵相互欺辱也是可以做到的，让齐、赵产生巨大仇恨，同样可以做到。如今大王却说："要与赵国交好，这对燕国有利。"我真不知道您这么说是何缘故。奉阳君最大的目的是顺从巴结齐、秦两国以确定自己的封号，其次是讨好齐国以确保自己的封地。如果齐、赵两国交好，燕国必将遭遇大祸。大王是想有利于赵而使齐、赵交好？还是想有害于燕而使齐、燕交恶？奉阳君本来就怨恨我，我将如何处理上述情况？如果我让齐、赵两国交好，那么我肯定会被容纳于赵国，但是这将对燕国不利，所以我不会这样做。而且也不能联合赵国攻打齐国，因为这办不到，赵国此时不愿意与齐国交恶。然而，齐、赵关系如果不恶化，燕国就不会安稳，功业也无法取得。现在齐、赵两国已经交恶，希望大王能帮助我离开赵国。赵国拘禁我，那么其他人就会去拉拢齐国，齐、赵如果恢复邦交，将对燕国产生极大危害。而我此时被拘押在赵国任他们欺凌，正处在不利的环境中。

十二、苏秦使韩山献书燕王章[1]

使韩山献书燕王曰[2]：臣使庆报之后[3]，徐为之与臣言甚恶[4]，死亦大物巳（已）[5]，不快于心而死，臣甚难之。故臣使辛[6]谒[7]大〈去〉[8]之。王使庆谓臣："不利于国，且我夏〈忧〉之。"臣为此未敢去之。王之赐使使孙与弘来[9]，甚善巳（已）。言臣之后[10]，奉阳君、徐为之视臣益善，有遣臣之语矣[11]。今齐王使李终之勺（赵）[12]，怒于勺（赵）之止臣也。且告奉阳君，相桥于宋[13]，与宋通关[14]。奉阳君甚怒于齐，使勺（赵）足问之臣[15]，臣對（对）以弗知也。臣之所患，齐勺（赵）之恶日益，奉阳君尽以为臣罪，恐久而后不可□救也[16]。齐王之言臣，反不如巳（已）[17]。愿王之使人反复言臣，必毋使臣久于勺（赵）也。

【注释】

[1] 原第二章，此章系年于公元前286年。此时苏秦被拘禁在赵国，他派韩山给燕昭王送去一封信，向其汇报齐、赵两国关系恶化的情况，并请求燕昭王帮助自己离开赵国。

[2] 韩山：人名，燕臣。苏秦被扣留在赵国，派韩山送信给燕昭王。

[3] 庆：即盛庆，燕臣。帛书"苏秦使盛庆献书于燕王章"载："使盛庆献书于【燕王曰】。"

[4] 徐为：即韩徐为，赵将。此句是徐为恫吓苏秦的话。《燕策二·苏代为奉阳君说燕于赵以伐齐》载："韩为谓苏秦口：'……请告子以请：齐果以守赵之质子以甲，吾必守子以甲。'其言恶矣。"此策文中"苏代"应为"苏秦"。上述徐为谓苏秦之语，即此处"徐为之与臣言甚恶"，因语含恫吓，故云甚恶。

[5] 大物：大事。

[6] 辛：人名，苏秦派去的使者。

[7] 谒：请，请求。如《春申君列传》："李园求事春申君为舍人，已而谒归，故失期。"

[8] 大：是"去"之误字，表示离开。

[9] 使孙：人名，燕臣。帛书"苏秦自赵献书燕王章"载："使田伐若使使孙疾召臣，自辞于臣也。"弘：人名，燕国使臣。

[10] 言臣：帮苏秦说话。帛书"苏秦自齐献书于燕王章"载："臣止于赵，王谓韩徐为：'止某不道，犹免寡人之冠也。'以振臣之死。"当即此事。

[11] 遣：放行，释放。

[12] 李终：人名，齐国使者。

[13] 桥：人名。相桥：以桥为相。

[14] 关：关卡，关隘。如《秦始皇本纪》："常以十倍之地，百万之众，叩关而攻秦。"帛书"苏秦自齐献书于燕王章"载："臣之齐，恶齐勹（赵）之交，使毋予蒙而通宋使。"即此处"相桥于宋，与宋通关"之事。

[15] 赵足：人名，赵臣。《齐策二·秦攻赵令楼缓》载："赵足之齐，谓齐王曰"，鲍彪云："凡赵，皆赵人。"《燕策二·苏代为奉阳君说燕于赵以伐齐》亦载："奉阳君告朱讙与赵足曰"，可证赵足为赵臣，与奉阳君李兑并时。

[16] 此句有一处脱文，大意是：唯恐时间长了将我从赵国救出就更难了。

[17] 反不如已：反而不如不说。

【译文】

苏秦派韩山给燕昭王送去一封信，全文如下：我派盛庆回燕国向您汇报了这里的情况后，韩徐为对待我的态度更加恶劣了。生死是大事，人生志向没有实现就抑郁而死，这会让我感到很难过。因此我派辛去燕国向您求援，请求您能够帮助我离开赵国。大王派盛庆对我说："你此时离开赵国将会对燕国不利，我对此非常担忧。"听了您这番话，为了燕国的利益，我没有选择离开赵国。大王为了改善我在赵国的处境，专门派使者使孙和弘来到赵国为我说情，这给我带来极大帮助。在您帮我说话之后，奉阳君、韩徐为对我的态度日益友善，甚至还有放我走的打算。现在齐王派李终来到赵国，对赵国拘禁我的行为表示非常愤怒。还对奉阳君说：齐国派桥到宋国任相国，齐、宋两国已经打开关卡，互通使者。奉阳君对齐国的这种做法感到很生气，派赵足向我质问此事，我说我不知情。如今我所担心的是，齐、赵两国关系越发恶化，奉阳君认定这都是我的错，唯恐时间长了想要将我从赵国救出去就更难了。齐王为我出头，反而不如不说。希望大王能不停地派人为我说情，不要让我被拘押在赵国太久。

十三、苏秦自赵献书燕王章[1]

自赵献书燕王曰：始臣甚恶事[2]，恐赵足[3] ▢臣之所恶也[4]，故冒赵[5]而欲说丹与得[6]，事非▢▢臣也[7]。今奉阳【君】之使与▢封秦也，任秦也，比燕于赵[8]。令秦与笇（兑）▢▢宋不可信[9]，若▢▢▢▢持我其从徐▢制事[10]，齐必不信赵矣。王毋夏〈憂〉事，务自乐也。臣闻王之不安，臣甚愿□□□□□之中重齐欲如□□□齐[11]，秦毋恶燕、梁（梁）以自持也。今与臣约，五和[12]，入秦使。使齐、韩、梁（梁）、【燕】☑约御（卻）军之日，无伐齐，外齐焉[13]。事之上，齐赵大恶；中，五和，不外燕；下，赵循合齐、秦以谋燕[14]。今臣欲以齐大【恶】而去赵，胃（谓）齐王，赵之禾（和）也，阴外齐、谋齐，齐赵必大恶矣。奉阳君、徐为不信臣，甚不欲臣之之齐也，有（又）不欲臣之之韩、梁（梁）也。燕事小大之净（争），必且美矣[15]。臣甚患赵之不出臣也[16]。知（智）能免国[17]，未能免身。愿王之为臣故，此也。使田伐若使使孙疾召臣[18]，因辞于臣也[19]。为予赵甲因在梁（梁）者。

【注释】

［1］原第一章，此章系年于公元前 286 年。此时苏秦被拘禁在赵国，他写信给燕昭王向其求援以便能离开赵国。

［2］恶事：讨厌此事。指苏秦被扣押于赵事。

［3］赵足：赵臣。帛书"苏秦使韩山献书燕王章"载："奉阳君甚怒于齐，使勺（赵）足问之臣。"

［4］此句有多处脱文，大意是：我担心赵足四处跟踪我，破坏我们的谋齐大计，这是我最害怕的事情。

［5］冒：侵犯，违犯。如《国语·晋语》："有纵君而无谏臣，有冒上而无忠下。"

［6］丹：公玉丹。得：强得。二人均为齐臣。

［7］此句有多处脱文，大意是：我想劝说公玉丹和强得不要把蒙邑献给奉阳君，但是这不是一件容易办到的事情。帛书"苏秦自齐献书于燕王章"载："公玉丹之勺（赵）致蒙，奉阳君受之。……臣之齐，恶齐勺（赵）之交，使毋予蒙而通宋使。"当即此事。

［8］奉阳君：即李兑，此时任赵相。秦：苏秦自称。"今奉"句有多处脱文，大意是：奉阳君派使者与我谈论联合燕国的事情，一旦成功，赵国将给我封地，任我官职，使燕、赵两国并肩而立。

［9］兑：即李兑。此句有多处脱文，大意是：赵王让苏秦与李兑联手，联合齐、韩、魏、燕等国，而宋国不可轻信。

［10］徐：人名，指韩徐为，赵将。此处有多处脱文，大意是：假使李兑逼迫我跟从韩徐为采取军事行动以控制盟军。

［11］此句有多处脱文，大意是：我希望燕国在表面上能推重齐国，如同赵国重视齐国一样。

[12] 五和：指齐、赵、韩、魏、燕五国联合。

[13] 外：排斥。"使齐"句有多处脱文，大意是：赵国想让齐、韩、魏、燕联合攻秦，如果行动失败，就在退兵之时不攻齐，而采取孤立齐国的政策。

[14] 循：顺，顺从。

[15] 且：表示动作情况即将出现，相当于"将要"。如《诗经·齐风·鸡鸣》："会且归矣，无庶予子憎！"

[16] 不出臣：不放苏秦走。

[17] 免：逃避灾难。免国：使国家免遭祸乱。

[18] 田伐：人名，燕臣。《燕策二·苏代自齐献书于燕王曰》载苏秦谓燕王之语："今王信田伐与参、去疾之言，且攻齐"，可证田伐为燕臣。若：表示选择关系，相当于"或""或者"。使孙：人名，燕臣。

[19] 辞：解说，辩解。

【译文】

苏秦自赵国写信给燕昭王，全文如下：开始我非常愤恨赵国拘押我的这种做法，担心赵足四处跟踪我，破坏我们的谋齐大计，这是我最害怕的事情。所以我宁愿冒犯赵国也要劝说公玉丹和强得不要把蒙邑献给奉阳君，不过这不是一件容易办到的事情。如今奉阳君派使者与我谈论联合燕国的事情，一旦成功，赵国将给我封地，对我委以重任，并且使燕、赵两国并肩而立。赵王还让我与奉阳君联手，联合齐、韩、魏、燕等国，而宋国不可轻信。如果奉阳君逼迫我跟从韩徐为采取军事行动以控制盟军，由于齐国与韩徐为积怨甚深，齐国一定不会相信赵国。大王不用担忧这些事情，要放宽心。我听说您最近一直心绪不宁，我希望您能让燕国在表面上推重齐国，如同赵国重视齐国一样，这样秦国就不会憎恨燕国、魏国。现在赵国与我约定，要实施齐、赵、韩、魏、燕五国联合攻秦的行动，但是他却暗中与秦国讲和。赵国想让齐、韩、魏、燕联合攻秦，如果行动失败，就在退兵之时不攻齐，而采取孤立齐国的政策。此事最好的结果是，齐、赵两国关系破裂；其次是，五国结盟并不排斥燕国；最差的结果是，赵国联合齐、秦两国一起谋划攻燕。我想让齐、赵两国交恶之后再离开赵国，到齐国对齐王说：赵国表面上与齐国结盟，实际上背地里排斥齐国、密谋攻打齐国，齐、赵两国关系必定破裂，并且互相仇视对方。奉阳君、韩徐为不信任我，不想让我去齐国，也不想让我去韩国、魏国。燕国无论大事小事，肯定都会有好结果。我现在非常担心赵国不放我走，一直把我扣押在这里。聪明的人能使国家免遭祸乱，却未必能让自己祸不及身。希望大王能考虑到我艰难的处境，派使者田伐或者使孙尽快让我离开赵国，返回燕国，并代我陈辞。

因为赵国以武力监视我真的很危险。

十四、苏秦自齐献书于燕王章[1]

自齐献书于燕王曰：燕齐之恶也久矣。臣处于燕齐之交[2]，固知必将不信[3]。臣之计曰：齐必为燕大患。臣循用于齐，大者可以使齐毋谋燕，次可以恶齐勺（赵）之交，以便王之大事[4]，是王之所与臣期也[5]。臣受教任齐交五年，齐兵数出，未尝谋燕。齐勺（赵）之交，壹美壹恶[6]，壹合壹离。燕非与齐谋勺（赵），则与赵谋齐。齐之信燕也，虚北地而【行】其甲[7]。王信田代〈伐〉、缲去【疾】之言功（攻）齐[8]，使齐大戒而不信燕。臣秦撵（拜）辞事[9]，王怒而不敢强。勺（赵）疑燕而不功（攻）齐，王使襄安君东[10]，以便事也，臣岂敢强王弋（哉）。齐勺（赵）遇[11]于阿[12]，王忧之。臣与于遇，约功（攻）秦去帝[13]。虽费[14]，毋齐、赵之患，除群臣之魄（耻）。齐杀张庳[15]，臣请属事（吏）辞为臣于齐[16]。王使庆谓臣[17]："不之齐危国。"臣以死之○围[18]，治齐燕之交。后，薛公、乾（韩）徐为与王约功（攻）齐，奉阳君鬻臣[19]，归罪于燕，以定其封于齐。公玉丹之勺（赵）致蒙[20]，奉阳君受之。王忧之，故强臣之齐。臣之齐，恶齐勺（赵）之交，使毋予蒙而通宋使。故王能材（裁）之[21]，臣以死任事。之后，秦受兵矣，齐勺（赵）皆尝谋。齐勺（赵）未尝谋燕，而俱诤（争）王于天下。臣虽无大功，自以为免于罪矣。今齐有过辞[22]，王不谕（喻）[23]齐王多[24]不忠[25]也，而以为臣罪，臣甚惧。庳之死也，王辱之。襄安君之不归哭也[26]，王苦之。齐改葬其後而召臣[27]，臣欲毋往，使齐弃臣。王曰："齐王之多不忠也，杀妻逐子，不以其罪，何可怨也。"故强臣之齐。二者大物也，而王以赦臣，臣受赐矣。臣之行也，固知必将有冂[28]，故献御书而行。曰："臣贵于齐，燕大夫将不信臣。臣贱，将轻臣。臣用，将多望于臣[29]。齐有不善，将归罪于臣。天下不功（攻）齐，将曰：'善为齐谋。天下功（攻）齐，将与齐兼弃臣[30]。臣之所处者重卵也[31]。'"王谓臣曰："鱼（吾）必不听众口与造言[32]，鱼（吾）信若逌（逌—犹）歔也[33]。大，可以得用于齐；次，可以得信；下，笱（苟）毋死，若无不为也。以奴（孥）自信[34]，可；与言去燕之齐，可；甚者，与谋燕，可。期于成事而已（已）。"臣恃之诏[35]，是故无不以口齐王而得用焉[36]。今王以众口与造言罪臣，臣甚惧。王之于臣也，贱而贵之，蓐（辱）而显之，臣未有以报王。以求卿与封，不中意，王为臣有之两[37]，臣举天下使臣之封不擊（慚）[38]。臣止于勺（赵），王谓乾（韩）徐为："止某不道[39]，逌（逌—犹）免寡人之冠也^[40]。"以振臣之死^[41]。臣之德王，渓（深）于骨隋（髓）。臣甘死、蓐（辱），可以报王，愿为之。今王使庆令（命）臣曰："鱼（吾）欲用所善。"王筍（苟）有所善而欲用之，臣请为王事之。王若欲剿舍臣^[42]而搏（专）任所善^[43]，臣请归择（释）事。句（苟）得时见，盈愿矣^[44]。

【注释】

[1] 原第四章，此章系年于公元前 286 年。此时燕昭王听信谗言，要治罪于苏秦。苏秦在齐国写信给燕昭王向其辩白鸣冤。此篇见于《燕策二·苏代自齐献书于燕王曰》，《燕策二》内容有脱落，段落次序亦不同。

[2] 交：交往，关系。如《廉颇蔺相如列传》："臣以为布衣之交尚不相欺，况大国乎？"

[3] 不信：被人怀疑。

[4] 便：有利于。如《吕氏春秋·忠廉》："夫杀妻子，焚之而扬其灰，以便事也，臣以为不仁。"

[5] 期：约定。

[6] 壹：或，又。如《楚辞·九歌·大司命》："壹阴兮壹阳，众莫知兮余所为。"

[7] 北地：指齐国北部接近燕国的地区。虚北地：指北地不设置防线。行其甲：指以北兵伐他国。《燕策一·苏秦死其弟苏代欲继之》载："济西不役，所以备赵也；河北不师，所以备燕也；今济西、河北尽以役矣。"齐国不征发北地兵力，目的是防备燕国的入侵。如今北地兵力被征发讨伐他国，可见齐国没有再有意防备燕国。此与帛书此处所载"虚北地"相合。

[8] 缲去疾：人名，燕臣。

[9] 辞事：指辞去为燕谋齐之事。

[10] 襄安君：燕国王族贵臣。《赵策四·齐将攻宋而秦楚禁之》载："臣又愿足下有地效于襄安君以资臣也！"可证襄安君在燕国地位较高。东：指去齐国。

[11] 遇：临时性的会晤。如《礼记·曲礼》："诸侯未及期相见，曰遇。"

[12] 阿：地名。战国时有东阿、西阿。东阿属齐国，在今山东省阳谷县东北；西阿属赵国，在今河北省保定市东安州镇。

[13] 去帝：取消帝号。

[14] 费：损失，指财物人力方面的损失。《广雅·释言》："费，损也。"

[15] 张库：人名，燕将。"齐杀张库"事见《吕氏春秋·行论》。《吕氏春秋》载："齐攻宋，燕王使张魁将燕兵以从焉，齐王杀之。燕王闻之，泣数行而

下，召有司而告之曰：'余兴事而齐杀我使，请令举兵以攻齐也。'"张魁，即张庫。"魁"、"庫"声近通用。齐国攻伐宋国，燕王派张庫率领燕兵支援齐军，齐王却杀死张庫。燕王心有不满而欲攻齐，但是由于此时燕国国力弱小，无法与齐国抗衡，因此攻齐之谋被迫中止。凡繇劝谏燕王"缟素辟舍于郊，遣使于齐，客而谢焉"，即卑微地向齐王请罪以麻痹齐王，从而使齐国放松对燕国的警惕。这件事使燕王受到莫大耻辱，所以此章下文载："庫之死也，王辱之。"

[16] 属事：即属吏。指交给执法官吏处理。

[17] 庆：即盛庆，燕臣。

[18] 围：地名。帛书"苏秦自赵献书于齐王章（二）"载："将与梁（梁）王复遇于围地"，当即此地。

[19] 鬻：出卖。

[20] 蒙：地名，在今河南省商丘市东北。

[21] 材：同"裁"，裁夺，裁断。

[22] 过辞：责难之辞。《广雅·释诂一》："过，责也。"

[23] 谕：同"喻"，知晓，明白。

[24] 多：同"哆"，邪恶。

[25] 不忠：不正直。

[26] 归哭：回国奔丧。襄安君可能被齐国扣留，未能归国奔丧。

[27] 後：为"后"字之误，指齐王后。

[28] 口：指闲言闲语，谗言。《燕策二》作"固知将有口事"，横田惟孝云："口事，谗口之事。"与帛书此处"口"字义同。

[29] 望：希望，奢望。

[30] 此句《燕策二》作"天下攻齐，将与齐兼鄙臣。"《单行本》解释说："弃，《燕策》作鄙，一作贸，贸是换掉，与弃字义略同。"今案：同意《单行本》说法。《说文解字》："棄，捐也。从廾推𠦒弃之；从㐬，㐬，逆子也。""廾"，指双手，"从廾推𠦒弃之"指用双手推着"𠦒"去抛弃。"㐬"指忤逆之子，李孝定《甲骨文集释》曰："字象纳子𠥩中棄之之形。古代传说中常有弃婴之记载。"可见，"弃"本义是抛弃的意思。《尚书·盘庚》曰："乃祖乃父乃断弃汝"，孙星衍今古文注疏引《说文解字》云："弃，捐也。"帛书此句"天下功（攻）齐，将与齐兼弃臣"中"弃"亦捐也，是舍弃、抛弃的意思。根据帛书上下文义，如果天下诸侯不攻齐，燕国大夫就会诬陷苏秦只为齐国谋利；如果天下诸侯攻齐，燕国大夫将会与齐一同抛弃苏秦。可知无论苏秦是否间齐成功，都不会有好结果。苏秦以此来向燕昭王极力渲染自己所处环境的

艰难。帛书此句在《燕策二》作："天下攻齐，将与齐兼鄧臣。"《说文解字》曰："鄧，从邑，贸声。""鄧"同"贸"。《说文解字》曰："贸，易财也。""贸"的本义是交换、买卖财物。"天下攻齐，将与齐兼鄧臣"意谓如果天下攻齐的话，燕国和齐国都会把苏秦当作货物一样换掉，即谓他们会抛弃苏秦。此与帛书此句"弃"字表达的意义相合。

[31] 重卵：累卵，比喻极有危险。

[32] 造言：造谣，谣言。如《周礼·地官·司徒》："七曰造言之刑。"郑玄注："造言，讹言惑众。"

[33] 若：同"汝"。龁：《说文解字》解为"齧也"，"齧"即"啮"字。凡咬断食物时，上下齿必相对，用以比喻两人情投意合。

[34] 挐：指妻子和儿女。以挐自信：指携带家属共去以取信于齐王，燕昭王以此表示信任苏秦。

[35] 之：指示代词，相当于"这""那"。如《诗经·周南·桃夭》："之子于归，宜其室家。"

[36] 口：与"语"同义。《公羊传·隐公四年》："吾为子口隐矣。"何休注："口，犹口语相发动也。"

[37] 之两：此两，指卿与封。

[38] 举：同"与"。此句大意是：我与天下有封位的使者相比也不觉得惭愧。

[39] 某：苏秦自称。

[40] 免冠：脱去帽子，这在古代是一种辱人行为。

[41] 振：挽救，救援。如《荀子·尧问》："天使夫子振寡人之过也。"

[42] 劃：《单行本》认为同"專（专）"，"劃舍臣"即专为舍弃臣。《郑注》则认为"劃"为衍字，并引《战国策·燕策二》"王欲醳臣"的例子，论证说：黄丕烈《札记》云："醳、释同字也。"彼云："醳"，此云"舍"，义正相同；"醳"上无"專"字，是其证。今案：《单行本》认为"劃舍臣"即为"專舍臣"，于理不合。任人可云"专任"，舍人无须云"专舍"也。而"劃"为衍字，也没有确切依据。"劃"实际上应同"断"，"劃舍"即"断舍"，表示舍弃义。从字形上看，《说文解字》曰："劃，作'劃'，或从刀，专声。劃，作'劃'，截也。从首从断。""劃"与"劃"同。"劃"，《广雅·释诂一》曰："断也。""断"，截也。《易·系辞下》："断木为杵"，陆德明释文："断，断绝。"帛书此处"劃"即表示断绝义。舍，弃也。《左传·定公四年》："舍舟

于淮汭"，陆德明释文："舍，弃也。"可知帛书"劋舍"即表示"断弃"，意谓断绝舍弃。根据帛书上下文义，"劋舍臣"即舍弃臣，与《战国策·燕策二》"王欲醒臣"所表达的意思正相合。

[43] 摶：《单行本》释为"榑"，并认为"榑"为"轉"字。《郑注》则将其释为"摶"，认为"摶"同"專"。今案：帛书图版此字为"𤦡"，在长沙马王堆简帛文字中，偏旁"扌"和"木"写法相近。而帛书此"𤦡"字应释为"摶"。从字形上看，帛书中有很多偏旁为"扌"的字与此处"𤦡"字左边"𣏒"相似。如帛书"苏秦自赵献书于齐王章（二）"载："长驷重令（命）挩（兑）"，其中"挩"作"𢱧"；下文又载："择（释）齐兵于荥阳"，其中"择"作"𢸴"；帛书"触龙见赵太后章"载："而挟重器多也"，其中"挟"作"𢴂"；帛书"见田僕于梁南章"载："选择贤者"，其中"择"作"𢵇"。可知这些字左边偏旁"扌"写法与此处"𤦡"字左边相近。再者，在《马王堆汉墓帛书·杂疗方》中载："以榆□摶之"，其中"摶"作"𤦡"，与此处"𤦡"字形亦相合。因此，从字形上看，"𤦡"释为"摶"字是合理的。从字义上分析，"摶"同"專（专）"，《史记·天官书》"卒气摶"，裴骃集解引如淳曰："摶，專也。"帛书此处"摶任"即为"专任"。这与《燕策二·苏代自齐献书于燕王曰》所载"劋任所善"也正相合。《战国策》中"劋"同"專（专）"。《国语·郑语》："而与劋同。"《旧音》："劋，贾、唐、孔作專。""专任"在古籍中经常出现，表示一心任用的意思。如《楚辞·七谏》曰："齐桓失于专任兮，夷吾忠而名彰。"《荀子·仲尼篇》载："主专任之，则拘守而详"。由此，帛书此处"摶"作"專（专）"，"专任所善"意谓任用更好的人。

[44] 盈：足够，满足。如《左传·襄公三十一年》："且年未盈五十，而谆谆焉如八九十者，弗能久矣。"

【译文】

苏秦自齐国写信给燕昭王，全文如下：燕、齐两国交恶已经很长时间了。我负责处理燕、齐两国关系，本来就知道肯定会遭人怀疑。我曾向大王献计：齐国将来肯定会是燕国的心腹大患。我到齐国实行反间之计，不仅可以使齐国不谋攻燕国，还可以破坏齐、赵两国邦交，从而有助于您完成攻齐大业，这是大王事先和我约定好的。我在您的授意下负责协调燕、齐两国关系已经有五年时间了，齐国屡次出兵征伐，从未想过谋攻燕国。齐、赵两国关系，时好时坏，时合时分。燕国不是与齐国谋划攻赵，就是与赵国谋划攻齐。齐国非常信任燕国，在其北部边界没有对燕国设置防线，而是征发北地兵力讨伐其他国家。然而，大王却听信田伐和缲去疾的话打算攻打齐国，这使齐国开始警戒防备燕国，并且不再信任燕国。我本来想辞去为燕谋齐的任务，但怕惹您生气因此不敢强求。赵国也不相信燕国所以想放弃攻打齐国，大王派襄安君去齐国处理这件事，我怎么敢让您改变决定呢！齐、赵两国在阿地临时会晤，大王为此很忧虑。我参与了这次会晤，齐、赵两国相约攻打秦国，齐国还取消了帝号。这个结果虽然对燕国造成一定损失，但是避免了齐、赵两国对燕国的侵扰，也不会有俯首称臣的耻辱。以前齐国杀张庳的时候，我请求辞去在齐国的职务而将其交给属吏处理。但是大王派盛庆对我说："你不去齐国任职，将（会）对燕国有危害。"于是我冒着生命危险去了围地，协调齐、燕两国关系。后来，薛公、韩徐为和大王相约攻打齐国，奉阳君却出卖我，将攻齐之事全部怪在燕国头上，以此来保住他在齐国的封地。公玉丹到赵国把蒙地献给奉阳君，奉阳君欣然接受。大王对此非常忧虑，所以强行让我去齐国。我到了齐国之后，破坏齐、赵两国邦交，使齐国没有将蒙地赐给奉阳君，还使齐、宋两国互通使者。大王能够作出公正的裁断，我确实是冒着生命危险为您实行反间之计。后来，秦国被五国联军攻伐，齐、赵两国之间也曾互相算计。但是齐国、赵国都未曾谋攻燕国，反而争着与大王结盟，想要得到您的支持。我虽然没有立下大功劳，但是就我目前所取得的成果而言，我是可以免受惩处的。如今齐王对我有责难之辞，大王不知晓齐王的内心邪恶以及心术不正，竟然听信他的话认定我有罪，我真的非常害怕。张庳被杀，使大王受到齐国的欺辱。襄安君被齐国扣留，不能回国奔丧，这使大王很痛苦。齐王想为王后改葬墓地，于是召我去齐国，我本来不想去，以使齐王弃用我。但是大王说："齐王内心邪恶且心术不正，杀害妻子、驱逐孩子，还不承认自己的罪行，实在是太可恨了。"于是强行让我去齐国。以上二项都是大事情，大王赦免了我的罪，我已经受到您的恩惠了。我去齐国之前，本来就知道肯定会有闲言碎语污蔑我，于是我给您留下一封信后才出发。我对您说："如果我在齐国受到重用，身份显贵，燕国大夫肯定会不再信任我。如果我在齐国没有得到重用，地位卑贱，燕国大夫就会轻视我。如果我被齐王重视，他们就会有求于我。如果齐国对燕国不友善，他们就会把罪全部推到我身上。如果天下诸侯不攻伐齐国，他们就会说：'苏秦一心为齐王办事，想要叛变。如果天下诸侯攻打齐国，他们就将会与齐国一起抛弃我。我像在垒起来的蛋上一样，处境极其危险。'"大王对我说："不用担心，我一定不会听信众人的闲言闲语和谣言，我信任你就如同上下牙齿相合，绝对不会有二心。最好的情况是，你在齐国受到重用；其次是得到齐王信任；最差的情况是，只要不死，你做什么事都可以。携带家属去齐国以使齐王信任自己，是可以的；和他们说你已经离开燕国，要一心侍奉齐国，是可以的；甚至与他们一起谋划攻燕，也是可以的。期待我们最终能够完成谋齐大业。"我倚仗您所说的这些话，无所不用其极地讨好齐王从而得到重用。如今大王却听信众人的谣言和谗害要治罪于我，我感到非常恐惧。大王有恩于我，使我从身份卑贱到地位显贵，从默默无闻到扬名立万，我没有什么可以来报答您的。以前我追求卿位和封地，总是不如人意，大王却让我有了这两样东西，我与天下有封位的使者相比也不觉得惭愧。我被拘禁在赵国，大王对韩徐为说："扣押苏秦不让他离开赵国，就像脱掉我的帽子一样。"以此救我于危难之中。我感恩大王，已经深入到骨髓之中。我宁愿死、宁愿受辱，只要可以报答大王，我什么都愿意做。现在大王派盛庆对我说："我想任用比你更好的人。"大王如果有更好的人选，就请您任用他，我愿意为大王去事奉他。大王如果想舍弃我而任用更好的人，我愿意辞去所有职务并离开。将来如果有机会能再见到您，我就很满足了。

【附录】

《战国策》卷三十《燕策二·苏代自齐献书于燕王曰》

苏代自齐献书于燕王曰："臣之行也，固知将有口事，故献御书而行，曰：'臣贵于齐，燕大夫将不信臣；臣贱，将轻臣；臣用，将多望于臣；齐有不善，将归罪于臣；天下不攻齐，将曰善为齐谋；天下攻齐，将与齐兼鄹臣。臣之所重处重卯也。'王谓臣曰：'吾必不听众口与谗言，吾信汝也，犹刲刿者也。上可以得用于齐，次可以得信于下，苟无死，女无不为也，以女自信可也。'与之言曰：'去燕之齐可也，期于成事而已。'臣受令以任齐，及五年。齐数出兵，未尝谋燕。齐、赵之交，一合一离，燕王不与齐谋赵，则与赵谋齐。齐之信燕也，至于虚北埊行其兵。今王信田伐与参、去疾之言，且攻齐，使齐犬马驕而不言燕。今王又使庆令臣曰：'吾欲用所善。'王苟欲用之，则臣请为王事之。王欲醳臣剚任所善，则臣请归醳事。臣苟得见，则盈愿。"

第二部分　《战国纵横家书》第十五章 至第十九章

十五、谓起贾章[1]

胃（谓）○起贾曰[2]："私心以公为为天下伐齐，共约而不同虑。齐秦相伐，利在晋国。齐晋相伐，重在秦。是以晋国之虑，奉秦，以重虞秦[3]。破齐，秦不妬得[4]，晋之上也。秦食晋以齐，齐毁，晋敝，余齐不足以为晋国主矣[5]。晋国不敢倍（背）秦伐齐，有（又）不敢倍（背）秦收齐，秦两县（悬）齐、晋以持大重[6]，秦之上也。是以秦、晋皆俟（策）[7]若计[8]以相筍（伺）也。古之为利者养人【以重，】立重｛立重｝[9]者畜人[10]以利。重立而为利者卑，利成而立重者轻。故古人之患利、重之相夺□□□[11]，唯贤者能以重终。察于见反[12]，故能制天下。愿御史之执（熟）虑之也[13]。且使燕尽阳地[14]，以河为竟（境），燕齐毋余难矣。以燕王之贤，伐齐，足以俪（刷）先王之饵（耻）[15]，利[16]擅[17]河山之间，执（势）无齐患。交以赵为死○友，地不兵〈与〉秦攘（壤）介（界），燕毕□□之事[18]，难听尊矣[19]。赵取济西，以方（防）河东[20]，燕赵共相[21]，二国为一，兵全以临齐，则秦不能兵〈与〉燕、赵争。□□□□亡宋得[22]，南阳伤于鲁[23]，北地归于燕，济西破于赵，余齐弱于晋国矣。为齐计者，不踰强晋，□□□□秦[24]，秦【齐】不合，莫尊秦矣。魏亡晋国[25]，犹重秦也。与之攻齐，攻齐巳（已），魏为□国，重楚为□□□□重不在梁（梁）西矣[26]。一死生于赵[27]，毁齐不敢怨魏。魏，公之魏巳（已）。楚割淮北，以为下蔡○启□[28]，得虽近越[29]，实必利郢[30]。天下○且功（攻）齐，且属从（纵）[31]，为传教（焚）之约[32]。终齐事，备患于秦[33]，□是秦重攻齐也[34]，国必虑，意齐毁未当于秦心也[35]，盧（虑）齐（剂）齐而生事于【秦】[36]。周与天下交长，秦亦过矣。天下齐（剂）齐不侍（待）夏。近虑周[37]，周必半岁；上党、宁阳，非一举之事也，然则韩□一年有余矣[38]。天下休,秦兵适敝[39],秦有虑矣。非是犹不信齐也,畏齐大(太)甚也。公孙鞅之欺魏卬也[40],公孙鞅之罪也。身在于秦,请以亓(其)母质,襄疵弗受也[41]。魏至今然者,襄子之过也[42]。今事来矣,此齐之以母质之时也,而武安君[43]之弃祸存身之夬(诀)也[44]。”

【注释】

[1] 原第十七章,此章系年于公元前 284 年。此篇游说者是齐国的谋士,此时乐毅率领燕、赵、韩、魏、秦五国联军攻打齐国,齐国兵力疲敝,危在旦夕,这位谋士为齐国游说起贾以求与秦国讲和。

[2] 起贾:人名,秦国大夫。《吕氏春秋·应言》载:“魏令孟卬割绛、汾、安邑之地以与秦王。王喜,令起贾为孟卬求司徒于魏王。”起贾受秦王之命出使魏国,为魏臣孟卬请求司徒的官职。据本章,起贾此时被秦王派去魏国主持伐齐事宜。

[3] 虞:欺诈,诱骗。如《诗经·鲁颂·閟宫》:“无贰无虞,上帝临女。”

[4] 妒:同“妒”,嫉妒。

[5] 余齐:指残存的齐国势力。

[6] 持:拿着,握住。如《礼记·射义》:“持弓矢审固,然后可以言中。”

[7] 倈:读为“策”,策划。

[8] 若:这,这个。如《论语·宪问》:“君子哉若人! 尚德哉若人!”

[9] 衍“立重”二字。

[10] 畜人:以人为畜。

[11] 此句有三处脱文,大意是:古代那些诸侯担心私欲和重权会互相矛盾,无法取舍。

[12] 察于见反:能明察事物的发展会转成反面的道理。

[13] 御史:官名,指起贾。

[14] 阳地:地名。

[15] 饵:同“耻”。

[16] 利:快,迅猛。如《荀子·劝学》:“假舆马者,非利足也,而致千里。”

[17] 擅:占有,据有。如《庄子·秋水》:“且夫擅一壑之水,而跨跱埳井之乐,此亦至矣。”

[18] 此句有两处脱文,大意是:燕王完成攻齐计划。

[19] 尊:指起贾。

[20] 济西、河东:济西与赵国的黄河以东一带的边境相邻。《齐策四·苏

秦自燕之齐》载："有济西，则赵之河东危。"鲍彪云："河东，赵河之东，非郡也。"张琦云："赵河之东，今临清以西，赵之边邑也。"

[21] 共相：乐毅是燕相国。五国伐齐时，乐毅以赵相国名义统帅五国。《乐毅列传》载："燕昭王悉起兵，使乐毅为上将军，赵惠文王以相国印授乐毅。乐毅于是并护赵、楚、韩、魏、燕之兵以伐齐。"

[22] 此句有四处脱文，大意是：齐国失去在宋国取得的土地。

[23] 南阳：地名，在齐国南部，与鲁国交接。

[24] 此句有四处脱文，大意是：齐国实力如果不能超过强大的魏国，就转而联合魏国、疏远秦国。

[25] 晋国：指魏国河东绛、安邑、曲沃一带。

[26] 此句有多处脱文，大意是：魏国作为战胜国，会以楚国为重，而不推重远在大梁以西的秦国。

[27] 一死生于赵：齐国的存与亡，决定于赵国。

[28] 下蔡：地名，在今安徽省寿县。此句有一处脱文，大意是：为下蔡开启一条通道。

[29] 越：越国。

[30] 郢：指楚国。

[31] 属：联合。属从：即合纵。

[32] 传焚之约：传递焚烧秦符的约定，以表示与秦国断交。《魏策二·五国伐秦无功而还》载："请焚天下之秦符者，臣也；次传焚符之约者，臣也。"鲍彪云："传之诸国。"

[33] 备：防备。

[34] 此句有一处脱文，大意是：因此秦国应该重视攻齐之战。

[35] 秦心：秦国的愿望。

[36] 齐：同"剂"，割，分割。

[37] 近虑周：秦国想就近吞并东西周。如帛书"苏秦献书赵王章"载：秦国"欲以亡韩、吞两周。"《赵策一·赵收天下且以伐齐》亦曰："秦岂得爱赵而憎韩哉？欲亡韩吞两周之地。"

[38] 此句有一处脱文，大意是：这样看来灭韩需要一年多时间。

[39] 适：正好，恰好。

[40] 公孙鞅：即卫鞅，又称商鞅。此指卫鞅用计俘虏魏印之事。《商君列传》载："卫鞅遗魏将公子印书曰：'吾始与公子驩，今俱为两国将，不忍相攻，可与公子面相见，盟，乐饮而罢兵，以安秦魏。'魏公子印以为然。会盟已，

饮，而卫鞅伏甲士而袭虏魏公子卬，因攻其军，尽破之以归秦。"卫鞅率兵伐魏，魏国派魏卬将兵迎战。卫鞅要求与魏卬会面，假意与其订立盟约以讲和，魏卬信以为真前往赴会。卫鞅事先埋伏甲士袭击，俘获魏卬。秦军随即发起攻击，大破魏军。《秦本纪》曰："卫鞅击魏，虏魏公子卬，封鞅为列侯，号商君。"《魏世家》亦载："秦将商君诈我将军公子卬而袭夺其军破之。"

[41] 襄疵：人名，魏大臣。《吕氏春秋·无义》载："公孙鞅以其私属与母归魏，襄疵不受，曰：'以君之反公子卬也，吾无道知君。'"秦孝公死后，惠王即位，因为卫鞅欺诈魏卬的行为从而怀疑他的人品，欲治罪于他。卫鞅带着家人打算回到魏国，但是魏国大臣襄疵因为卫鞅对魏卬的背信弃义不接纳他。

[42] 襄子：即襄疵。

[43] 武安君：即苏秦。《燕策一·燕文公时》载："武安君苏秦为燕说齐王"，此策文系年于公元前 308 年，此时苏秦已经被封为武安君。其后，苏秦为燕昭王反间于齐，如《燕策一·苏代谓燕昭王》所载："燕王曰：'善。吾请拜子为上卿，奉子车百乘，子以此为寡人东游于齐，何如?'"苏秦到齐国后受到齐湣王信任，被委以官职。如帛书"苏秦谓齐王章（四）"所载："王举霸王之业而以臣为三公，臣有以矜于世矣。"帛书此章谋士游说起贾事在公元前 284 年，此时苏秦反间行动没有被齐王察觉，仍在齐国任事，受到齐湣王重用。其时各诸侯国合谋攻齐，齐国处于腹背受敌的危急关头。苏秦假意给齐湣王出主意要齐国向秦国讲和，而这一计谋被说客称作"武安君弃祸存身之诀"。

[44] 弃：《单行本》释为"弃"字。《马[叁]》则将其释为"㷭"，读为"灭"。今案：同意《单行本》说法。此字帛书图版作"㪐"，"弃"，《说文解字》作"㸚"，后又演变为"㪣"（《睡虎地秦简文字编》），亦可写作"㪐"（《甲金篆隶大字典》），最后则楷化为"棄"。与帛书图版"㪐"字形相近，所以应释为"弃"字。《说文解字》曰："棄，捐也。从廾，推革弃之，从云，云，逆子也。"本义为扔掉新生儿。后引申为离开。《楚辞·离骚》："不抚壮而弃秽兮"，王逸注："弃，去也。"帛书此句"弃祸"即指远离祸患。而"存身"表示保存自身，此正与"弃祸"两相对应。根据帛书上下文义，游说者认为，齐、秦联合才是两国各自远离祸患、保存自身的方法。对秦国来说，齐、秦讲和可以避免伐齐结束后将面临的种种不利局面。对齐国来讲，齐、秦联合则可以免受秦国的攻伐。游说者以此来劝说起贾接受齐国的求和。

【译文】

有人对秦国大夫起贾说："我私底下认为您是为天下诸侯攻伐齐国，各诸侯国共同结盟却有不同的目的。如果齐、秦两国互相攻伐，将会对魏国有利。如果齐、魏两国互相攻伐，则会对秦国有利。因此，魏国的意图是侍奉秦国，以重权诱骗秦国。攻破齐国，秦国又不嫉妒所得多少，这是魏国最想要的结果。秦国想通过齐国来蚕食魏国，齐国被攻陷，魏国经济衰败，残余的齐国势力无法再控制魏国。魏国不敢背着秦国攻打齐国，又不敢背着秦国联合齐国，秦国吊着齐、魏两国而手握重权，这是秦国最想要的结果。因此秦、魏两国都策划这样的计谋来互相试探。古代那些谋求利益的诸侯养育百姓以获得国家重权，但他们得到重权后却为了个人私欲对待老百姓如牲畜一般。国家重权确立而那些谋求利益的人会显得卑微，个人私欲获得而那些确立重权的人会被忽视。所以古代诸侯总是担心私欲和重权会互相矛盾，无法取舍，而只有贤明的人才能固守重权到最后。能够明察事物的发展会转成反面道理的人，才能够治理天下。希望御史您能好好考虑我所说的话。而且，如果让燕国占领整个阳地，以黄河为边境，燕、齐两国就没有其他的危难了。像燕昭王那样贤明的人去讨伐齐国，肯定可以洗刷先王的国耻，迅速地占领黄河与太行山之间的土地，这样发展下去必然不会再有齐国的祸患了。燕国与赵国结成生死与共的盟友，土地也不与秦国接壤，燕国完成攻齐计划后，就很难再听从您的指挥了。如果赵国夺取济西米防守黄河以东的领土，燕国、赵国共推乐毅为相，两国合二为一，调动全部兵力直逼齐国，那么秦国将无法与燕、赵两国抗衡。如果齐国失去在宋国取得的土地，南阳被鲁国侵扰，北地划归给燕国，济西被赵国攻陷，那么残余的齐国势力比魏国还要弱小。从齐国角度考虑，如果实力不能超过强大的魏国，就转而联合魏国、疏远秦国，秦、齐两国关系恶化，就没有人再尊崇秦国了。魏国失去包括安邑、曲沃等地在内的河东地区时，还是推重秦国的。秦国与魏国联合攻打齐国，攻齐战争结束时，魏国作为战胜国，会以楚国为重，而不推重远在大梁以西的秦国。齐国的存与亡，决定于赵国，齐国被攻陷也不敢怨恨魏国。因为魏国正处在您的掌控之中。楚国割占淮北之地，为下蔡开启一条通道，得到此地虽然靠近越国，实际上必定对楚国有利。天下诸侯联合攻打齐国，结成合纵之势，暗中传递焚烧秦符的约定。当攻齐战事结束后，各诸侯国开始防备秦国祸患。因此，秦国应该重视攻齐之战，一定要考虑利弊，齐国被攻破并不符合秦国的本心，各诸侯国分割完齐国后肯定会谋划攻伐秦国。东西周与天下诸侯关系友好，秦国在这方面的如意算盘也会落空。各诸侯国分割齐国的战争不用等到夏天就会结束。秦国想要就近吞并东西周，需要花费半年时间；攻占上党、宁阳等地也并非轻而易举之事，这样看来，灭亡韩国需要一年多时间。天下诸侯休养生息，秦军却正逢疲惫不堪之时，秦国要有大麻烦了。即使不是这样，秦国仍然不信任齐国，因为太畏惧齐国了。秦将卫鞅欺骗魏公子卬，那是卫鞅的过错。卫鞅身在秦国，请求母亲到魏国做人质以使其返回魏国，襄疵没有接受。魏国沦落到现在这个样子，是襄疵的过错。现在齐国想要联合秦国，这是齐国'以母为质'的方法，也是武安君苏秦提出的远离祸患、保存自身的要诀，希望御史您能接受齐国的求和，不要重蹈襄疵的覆辙。"

十六、须贾说穰侯章[1]

华军[2]，秦战胜魏，走孟卯[3]，攻大梁（梁）。须贾[4]说穰侯曰[5]："臣闻魏长吏胃（谓）魏王曰[6]：'初时者，惠王伐赵[7]，战胜三粱（梁）[8]，拔邯戰（郸），赵氏不割而邯戰（郸）复归。齐人攻燕，拔故国，杀子之[9]，燕人不割而故国复反（返）。燕、赵之所以国大兵强而地兼诸侯者[10]，以亓（其）能忍难而重出地也。宋、中山数伐数割[11]，而国隋（随）以亡。臣以为燕、赵可法，而宋、中山可毋为也。秦，贪戾之国也，而无亲，蚕食魏氏，尽晋国[12]，胜暴子，割八县[13]，地未〇毕入而兵复出矣。夫秦何厌（餍）之有弋（哉）。今有（又）走孟卯，入北宅[14]，此非敢粱（梁）也[15]，且劫王以多割，王必勿听也。今王循楚、赵而讲[16]，楚、赵怒而兵〈与〉王争秦，秦必受之。秦挟楚、赵之兵以复攻，则国求毋亡，不可得巳（已）。愿王之必毋讲也。王若欲讲，必小（少）割而有质[17]，不然必欺。'此臣之所闻于魏也，愿君之以氏（是）虑事也。《周书》曰：'唯命不为常[18]。'此言幸之不可数也。夫战胜暴（暴）子，割八县之地，此非兵力之请（精）也，非计虑之攻（工）也，夫天幸为多。今有（又）走孟卯，入北宅，以攻大梁（梁），是以天幸自为常也。知（智）者不然。臣闻魏氏悉亓（其）百县胜甲以上[19]，以戍大粱（梁），臣以为不下卅万。以卅万之众，守七仞之城，臣以为汤武复生，弗易〈易〉攻也。夫轻倍（背）楚、赵之兵，陵七刃（仞）之城，犯卅万之众，而志必举之，臣以为自天地始分，以至于今，未之尝有也。攻而弗拔，秦兵必罷（疲），陶必亡[20]，则前功有必弃矣。今魏方疑，可以小（少）割而收也。愿君逮楚、赵之兵未至于梁（梁）也[21]，亟以小（少）割收魏。魏方疑而得以小（少）割为和，必欲之，则君得所欲矣。〇〇楚、赵怒于魏之先己也，必争事秦，从（纵）巳（已）散而君后（后）择焉。且君之得地也，岂必以兵弋（哉）。【割】晋国也，秦兵不功（攻）而魏效降（绛）、安邑[22]，有（又）为陶启雨〈两〉幾，尽故宋[23]，而衞〈卫〉效蝉（单）尤〈父〉[24]。秦兵笱（苟）全而君制之，何索而不得，奚为【而不成。】愿君之孰（熟）虑之而毋行危也。"君曰：

"善。"乃罢粱〈梁〉围。

【注释】

[1] 原第十五章，此章系年于公元前 273 年。此篇又见于《魏策三·秦败魏于华走芒卯而围大梁》以及《穰侯列传》，内容基本相同。《史记·六国表》秦昭王三十四年："白起击魏华阳军，芒卯走，得三晋将，斩首十五万。"《睡虎地秦墓竹简编年记》载昭王"卅四年攻华阳"。秦昭王三十四年，即公元前 273 年。

[2] 华：地名，即华阳，在今河南省密县东南。华军：即"军于华"。《韩世家》及《韩策三》均载赵、魏两国攻打华阳，韩国求救于秦国，秦相穰侯出兵大败赵军、魏军。如《韩世家》载："（韩釐王）二十三年，赵、魏攻我华阳。韩告急于秦，……穰侯曰：'公无见王，请今发兵救韩。'八日而至，败赵、魏于华阳之下。"

[3] 孟卯：齐人，时为魏相，《韩非子·显学》："魏任孟卯之辩而有华下之患。"《战国策》和《史记》均作"芒卯"。"孟""芒"音转通用。《史记·六国表》秦昭王三十四年："白起击魏华阳军，芒卯走，得三晋将，斩首十五万。"即此事。

[4] 须贾：人名，魏大夫。

[5] 穰侯：即魏冉，秦昭王舅，封于穰，此时为秦相。

[6] 长吏：称地位较高的官员。

[7] 惠王：即魏惠王。

[8] 三梁：地名，即"曲梁"，在今河北省永年县。张琦《战国策释地》云："此主伐赵拔邯郸三梁，应在赵地。今（河北）广平府东北有曲梁，恐'三'为'曲'之伪。"

[9] 子之：人名，燕相。公元前 315 年，燕国因燕相子之大乱，如《燕策一·燕王哙既立》载："子之三年燕国大乱，百姓恫怨，将军市被、太子平谋将攻子之。"公元前 314 年，齐宣王趁子之之乱伐燕，杀子之，占领燕国十城，如《苏秦列传》载："齐伐燕，杀王哙、子之。"后齐宣王既畏惧诸侯合纵"伐齐而存燕"，即《魏策一·楚许魏六城》所载"楚许魏六城，与之伐齐而存燕"；又担忧燕国人民会群起反抗，即《孟子·公孙丑下》所谓的"燕人畔王"。因此他不得不从燕国退兵，不久之后又归还燕国十城。这就是帛书此处须贾所言："燕人不割而故国复反（返）。"

[10] 此句为特殊句，意为"燕、赵之所以国大兵强而地兼于诸侯复归者"，"复归"，承前省略。

［11］中山：国名。此指齐灭宋与赵灭中山事。齐国连续多年攻打宋国，并于公元前286年灭亡宋国。如《宋微子世家》载："王偃立四十七年（公元前286年），齐湣王与魏、楚伐宋，杀王偃，遂灭宋而三分其地。"赵国连续多次攻伐中山，并于公元前295年灭掉中山。如《史记·六国表》载："赵惠文王四年（公元前295年）围杀主父，与齐、燕共灭中山。"

［12］晋国：指魏国河东绛、安邑、曲沃一带。

［13］暴子：韩将，名鸢。《史记·秦本纪》："穰侯攻魏，至大梁，破暴鸢，斩首四万，鸢走，魏入三县请和。"八县：《秦本纪》作"魏入三县以和"，《穰侯列传》作"战胜暴子，割八县"，后又作"得魏三县"。梁玉绳《史记志疑》据此说"八县误"。然而帛书此处亦作"八县"，所以"八县"并不误。"八县"乃魏请和之许诺，地未毕入而秦兵复出，予秦者盖三县而已。

［14］北宅：即宅阳。《穰侯列传》亦作"北宅"，《史记正义》引《竹书》云："宅阳，一名北宅。"《括地志》云："宅阳故城在郑州荣阳县西南十七里。"

［15］"敢"字下补"攻"字。

［16］循：同"遁"，背弃。金正炜云："'循'当读为'遁'，《尔雅·释诂》：'遁，欺也。'《中山策》：'中山必遁燕、赵'，与此义同。"

［17］质：人质。

［18］唯命不为常：语见《尚书·康诰》篇。《魏策三》《穰侯列传》均作"惟命不于常"，王引之《经传释词》说："于犹为也。"帛书此处作"为"，正与王引之所释相合。

［19］胜甲：谓民之能胜任持兵者。胜甲以上：指包括刚够服兵役年龄的人在内的全部士卒。

［20］陶：定陶，穰侯封邑。《穰侯列传》载："乃封魏冉于穰，复益封陶，号曰穰侯。"鲍彪云："（陶）冉别封也。"《史记索隐》曰："陶，即定陶也。"

［21］遷：及。《方言》卷三："遷，及也。东齐曰迨，关之东西曰遷，或曰及。"《墨子·迎敌祠》："城之外，矢之所遷。""遷"，旧本作"还"。王念孙校正："'还'当为'遷'，谓矢之所及也。"

［22］绛、安邑：魏国地名。绛在今山西省翼城、曲沃、绛县等地。安邑在今山西省运城一带。

［23］幾：《单行本》同"畿"，是疆界的意思。"有为陶启两畿，尽故宋"，是说在陶的地方，开拓两边，把原来宋国的土地都吞并。《孟注》则将"幾"属下读，断句为"有为陶启两，幾尽故宋"。并解释说：两，古代战争的一种阵名。幾，是幾乎的意思。今案：同意《单行本》说法，根据帛书上下文义，此

段所载"魏效绛、安邑","尽故宋","卫效蝉尤",说的都是秦国占领土地,与作战时用的阵名无关。可知"两"作阵名义解,于帛书文义不合。"幾",应该同"畿",属上读,断句为:"有为陶启两幾,尽故宋"。《说文解字》曰:"畿,天子千里地。以逮近言之则曰畿也。"引申为疆界、地界。《诗·商颂·玄鸟》:"邦畿千里",毛传:"畿,疆也。""两",《广雅·释诂四》曰:"二也。"《诗·齐风·还》:"并驱从两肩兮,揖我谓我儇兮。"郑玄笺:"并驱而逐二兽。""启",《说文解字》曰:"开也。从户,从口。"帛书此处"启两幾",即指开拓定陶两边的疆界。其与《史记·穰侯列传》"开两道"意思相近,索隐曰:"又为陶开两道,言从秦适陶,开河西、河东之两道。"《诗·鲁颂·閟宫》曰:"大启尔宇,为周室辅。"《韩非子·有度》云:"齐桓公并国三十,启地三千里。"其中"启尔宇""启地"都是开拓疆土的意思,与帛书此处"启两幾"意义亦相合。

[24] 蝉尤:《单行本》认为是"单父",并解释:"单父原是鲁地,战国时属卫,在今山东省曹县,与定陶相近。"《马[叁]》认为"蝉尤"不应读为"单父",而是应从帛书作"蝉尤"。《燕策》鲍本作"惮尤",与帛书较合。而且帛书第二十六章数见"单父",作"单"不作"蝉","父"字无一作"尤"。可证。今案:同意《单行本》说法。"蝉尤"应作"单父"。帛书此句"而卫效蝉尤",在《魏策三·秦败魏于华》作"卫效尤惮",《穰侯列传》作"卫必效单父"。蝉,《说文解字》曰:"以旁鸣者。从虫,单声。""蝉""单"相通。而"尤"与"父"字形相近。父,在《说文解字》中作"弓",在《马王堆汉墓帛书(壹)·老子甲本》中作"ㄑ",在《马王堆汉墓帛书(三)·春秋事语》中作"ㄑ"。其与"尤"字的篆形"ㄋ""ㄋ"等极为相近。因此,"尤""父"二字很可能形近而讹,"单尤"实则为"单父"。"单父"在史书上常见。《史记·高祖本纪》曰:"单父人吕公",《史记索隐》曰:"韦昭云:'单父,县名,属山阳。'"单父原指春秋鲁国邑名。在战国时期,单父一度属于卫国。如程恩泽指出:"《汉志·山阳郡》有单父县,本春秋时鲁邑。……战国属卫,与曹、濮相近,南接虞城县界,故宋地也。……今在曹州府单县南一里。""单父"在帛书《见田僕于梁南章》中确曾多次出现,如"若欲出楚地而东攻单父","若秦拔鄢陵而不能东攻单父","梁(梁)王有出居单父"等,都没有写作"蝉尤"。但是帛书并非出自一人之手,同一字、词在写法上有差异是完全可能的。帛书可以分为三个部分,此句属于第二部分,《见田僕于梁南章》则在第三部分。它们分属于两个不同的部分,因此同一字、词写法不同是可以理解的。

所以帛书此处"蝉尤"作"单父"是完全合理的。"而卫效单父",即卫国会献出单父给秦国。

【译文】

魏军进攻驻扎在华阳的韩军,韩国向秦国求救,秦国出兵帮助韩国战胜魏国,魏相孟卯逃走,秦军继续攻打魏国的大梁。魏国大夫须贾去秦国游说秦相穰侯:"我听到魏国大臣对魏王说:'以前,魏惠王攻打赵国,战胜驻扎在曲梁的赵军,占领赵国邯郸,不过最终赵国并没有割让土地,邯郸重新回到赵国手中。齐国攻打燕国,占领燕国很多城邑,杀死燕相子之,但是最终燕国并没有割让土地,之前失去的城邑也重新划归到燕国版图。燕国、赵国国大兵强,土地即使被其他诸侯强占,也能够及时收复失地,之所以能做到这一点,主要是因为他们可以忍受磨难,卧薪尝胆,并且重视土地。宋国、中山国屡次被攻伐、被割让土地,国家也最终灭亡。我认为燕国、赵国的做法值得仿效,宋国、中山国则不可取。秦国是贪得无厌、凶残暴戾的国家,没有亲近的盟国,蚕食魏国,攻陷魏国河西与河东绛、安邑一带的土地,战胜暴鸢,吞并魏国八个县邑,这些土地还没来得及全部并入秦国,他们的军队又出动四处去攻伐了。秦国怎么可能有满足的时候呢!现在孟卯逃走了,秦军又攻入北宅,不过他们并不敢进攻魏都大梁,而是想威胁大王割让更多土地,大王一定不要听凭他们的摆布。如今大王想背弃楚国、赵国而与秦国讲和,楚、赵两国必定怨恨您,并与您争着讨好秦国,秦国一定会接受。秦国挟持楚、赵两国军队再次攻打魏国,此时魏国想要不亡国是不可能的。希望大王一定不要与秦国讲和。如果您还是想与秦国讲和,那么就要少割让土地,并且互派人质做担保,不这样做的话,您肯定会被欺骗。'这是我在魏国所听到的,希望您能据此来考虑围攻大梁之事。《周书》上说:'天命不是固定不变的。'这是说天赐的幸运不可能多次得到。秦军战胜暴鸢,吞并魏国八县之地,这并非是因为秦军兵力精良,也不是因为计谋高超巧妙,其实主要靠的是运气。现在孟卯逃走,秦军攻入北宅,又准备进攻大梁,这是将天赐之幸当成了常规,以为运气还会降临。然而,聪明的人肯定不会这样想。我听说魏国已经调集上百个县的全部士卒去保卫大梁,看起来不少于三十万人。以三十万大军来守卫七仞高的城墙,我认为即使是商汤、周武王死而复生,也难以攻下。秦军轻率地违背了楚、赵两军的意愿,进攻七仞高的城墙,对阵三十万大军,而且想要志在必得,我认为自开天辟地以来直到今天,都未曾有过这样的事。全力进攻却攻不下,秦兵必然会疲惫不堪,您的封地陶邑也将要失去,那就会前功尽弃。如今魏国对外政策正犹疑未决,秦国可以让魏国少割让土地以拉拢它。希望您趁楚、赵两国军队还没有到大梁,赶快以少割土地来收服魏国。魏国正当犹疑之际，听闻可以少割让土地与秦国讲和，肯定愿意这么做，那么您的愿望也会实现。楚、赵两国对魏国抢先与秦国讲和大为恼火，一定会争相讨好秦国，这样，合纵就会瓦解，然后您就可以任意选择某个国家各个击破。况且，您想要得到土地，并不一定非要采用军事手段。占据魏国河东、河西一带，秦军即使不进攻，魏国也会主动献出绛、安邑两地，不但为您开拓定陶两边的疆界，而且原来的宋国土地也将全部归秦国所有，卫国也会主动献出单父。秦军不动一兵一卒，而您又能控制全局，那么索取什么利益得不到，做什么事情不成功呢。希望您能仔细考虑我的意见，不要做危险的事情。"穰侯说："你说得有道理。"于是停止进攻大梁，并且撤走攻围大梁的秦军。

【附录】

《战国策》卷二十四《魏策三·秦败魏于华走芒卯而围大梁》

秦败魏于华，走芒卯而围大梁。须贾为魏谓穰侯曰："臣闻魏氏大臣父兄皆谓魏王曰：'初时惠王伐赵，战胜乎三梁，十万之军拔邯郸，赵氏不割，而邯郸复归。齐人攻燕，杀子之，破故国，燕不割，而燕国复归。燕、赵之所以国全兵劲，而地不并乎诸侯者，以其能忍难而重出地也。宋、中山数伐数割，而随以亡。臣以为燕、赵可法，而宋、中山可无为也。夫秦贪戾之国而无亲，蚕食魏，尽晋国，战胜暴子，割八县，地未毕入而兵复出矣。夫秦何厌之有哉！今又走芒卯，入北地，此非但攻梁也，且劫王以多割也，王必勿听也。今王循楚、赵而讲，楚、赵怒而与王争事秦，秦必受之。秦挟楚、赵之兵以复攻，则国救亡不可得也已。愿王之必无讲也。王若欲讲，必少割而有质；不然必欺。'是臣之所闻于魏也，愿君之以是虑事也。

"《周书》曰：'维命不于常。'此言幸之不可数也。夫战胜暴子，而割八县，此非兵力之精，非计之工也，天幸为多矣。今又走芒卯，入北地，以攻大梁，是以天幸自为常也。知者不然。

"臣闻魏氏悉其百县胜兵，以止戍大梁，臣以为不下三十万。以三十万之众，守十仞之城，臣以为虽汤、武复生，弗易攻也。夫轻信楚、赵之兵，陵十仞之城，戴三十万之众，而志必举之，臣以为自天下之始分以至于今，未尝有之也。攻而不能拔，秦兵必罢，阴必亡，则前功必弃矣。今魏方疑，可以少割收也。愿之及楚、赵之兵未任于大梁也，亟以少割收。魏方疑，而得以少割为和，必欲之，则君得所欲矣。楚、赵怒于魏之先己讲也，必争事秦。从是以散，而君后择焉。且君之尝割晋国取地也，何必以兵哉？夫兵不用，而魏效绛、安邑，又为阴启两机，尽故宋，卫效尤惮。秦兵已令，而君制之，何求而不得？何为而不成？臣愿君之熟计而无行危也。"

穰侯曰："善。"乃罢梁围。

《史记》卷七十二《穰侯列传》第十二

昭王三十二年，穰侯为相国，将兵攻魏，走芒卯，入北宅，遂围大梁。梁大夫须贾说穰侯曰："臣闻魏之长吏谓魏王曰：'昔梁惠王伐赵，战胜三梁，拔邯郸；赵氏不割，而邯郸复归。齐人攻卫，拔故国，杀子良；卫人不割，而故地复反。卫、赵之所以国全兵劲而地不并于诸侯者，以其能忍难而重出地也。宋、中山数伐割地，而国随以亡。臣以为卫、赵可法，而宋、中山可为戒也。秦，贪戾之国也，而毋亲。蚕食魏氏，又尽晋国，战胜暴子，割八县，地未毕入，兵复出矣。夫秦何厌之有哉！今又走芒卯，入北宅，此非敢攻梁也，且劫王以求多割地。王必勿听也。今王背楚、赵而讲秦，楚、赵怒而去王，与王争事秦，秦必受之。秦挟楚、赵之兵以复攻梁，则国求无亡不可得也。愿王之必无讲也。王若欲讲，少割而有质；不然，必见欺。'此臣之所闻于魏也，愿君之以是虑事也。周书曰'惟命不于常'，此言幸之不可数也。夫战胜暴子，割八县，此非兵力之精也，又非计之工也，天幸为多矣。今又走芒卯，入北宅，以攻大梁，是以天幸自为常也。智者不然。臣闻魏氏悉其百县胜甲以上戍大梁，臣以为不下三十万。以三十万之众守梁七仞之城，臣以为汤、武复生，不易攻也。夫轻背楚、赵之兵，陵七仞之城，战三十万之众，而志必举之，臣以为自天地始分以至于今，未尝有者也。攻而不拔，秦兵必罢，陶邑必亡，则前功必弃矣。今魏氏方疑，可以少割收也。愿君逮楚、赵之兵未至于梁，亟以少割收魏。魏方疑而得以少割为利，必欲之，则君得所欲矣。楚、赵怒于魏之先己也，必争事秦，从以此散，而君后择焉。且君之得地岂必以兵哉！割晋国，秦兵不攻，而魏必效绛安邑。又为陶开两道，幾尽故宋，卫必效单父。秦兵可全，而君制之，何索而不得，何为而不成！愿君熟虑之而无行危。"穰侯曰："善。"乃罢梁围。

十七、秦客卿造谓穰侯章[1]

胃（谓）穰侯："秦封君以陶，假君天下数年矣[2]。攻齐之事成，陶为万乘，长小国[3]，衔〈率〉以朝[4]，天下必听，五伯之事也。攻齐不成，陶为廉（磏）监（礛）[5]而莫【之】据[6]。故攻齐之于陶也，存亡之幾（機）○也。君欲成之，侯[7]不使人胃（谓）燕相国曰[8]：'○圣人不能为时[9]，时至亦弗失也。舜（舜）虽贤，非适禹（遇）尧，不王也。汤、武虽贤，不当桀、纣，不王天下。三王者皆贤矣[10]，不曹（遭）时不王。今天下攻齐，此君之大时也。因天下之力[11]，伐雠国之齐，报惠王之瞧（耻）[12]，成昭襄王之功[13]，除万世之害，此燕之利也，而君之大名也。《诗》曰：‘树德者莫如兹（滋），除怨者莫如尽[14]。’吴不亡越，越故亡吴[15]；齐不亡燕，燕故亡齐[16]。吴亡于越，齐亡于燕，余（除）疾不尽也[17]。非以此时也，成君之功，除万世之害，秦有它事而从齐，齐赵亲，其雠君必深矣。挟君之雠以于燕[18]，后虽悔之，不可得已。君悉燕兵而疾赞之[19]，天下之从于君也，如报父子之仇。诚[20]为僯（鄰）世世无患。愿君之劗（专）志于攻齐而毋有它虑也。’"

【注释】

[1] 原第十九章，此章系年于公元前271年。此篇又见于《秦策三·秦客卿造谓穰侯曰》。"造"是人名，和"灶"音近通用。《穰侯列传》载："昭王三十六年，相国穰侯言客卿灶，欲伐齐取刚、寿，以广其陶邑。"《秦本纪》亦曰："三十六年，客卿灶攻齐，取刚、寿，予穰侯。"秦昭王三十六年，即公元前271年。因此，帛书此章应系年于公元前271年。

[2] 假：凭借，假借。《秦策三》作"借君天下数年矣"，鲍彪云："借以制天下之权。"《汉书·五行志》："故籍秦以为验。"颜师古注："籍，假借。"籍、藉同字。藉、假，义亦通用。假君天下：凭借您掌控天下大权。

[3] 长小国：作为诸小国之长。长：作动词用。

[4] 率以朝：《秦策三》作"率以朝天子"，指朝拜秦王。

[5] 廉监：即礛磻，磨玉的粗石。《说文解字》："礛，厉石也。"是赤色砺石。磻：即礛诸，是青色砺石。《淮南子·说山训》："玉待礛诸而成器，有千金之璧，而无锱锤之礛诸。"陶为廉监：这是比喻，攻齐之事如果不成功，陶邑就只是不值钱的砺石，没有磨出宝玉。

[6] 据：依靠，凭借。如《诗经·邶风·柏舟》："亦有兄弟，不可以据。"

[7] 侯：在秦汉古书中表"为何""何故"义。

[8] 燕相国：指成安君公孙操。《赵世家》："（赵惠文王二十八年）燕将成安君公孙操弑其王。"《燕召公世家》记"惠王七年卒"，索隐引《赵世家》此事作"燕相成安君公孙操弑其王"。赵惠文王二十八年，即公元前271年。

[9] 时：天时、天命，非人所能为。

[10] 三王：舜、汤、周武三代开国之王。

[11] 因：依托，凭借。如《孟子·离娄上》："为高必因丘陵，为下必因川泽。"

[12] 惠王之耻：指燕惠王时齐将田单大败燕军之事。《燕召公世家》载：
"昭王三十三年卒，子惠王立。惠王为太子时，与乐毅有隙。及即位，疑毅，使
骑劫代将。乐毅亡走赵。齐田单以即墨击败燕军，骑劫死，燕兵引归，齐悉复
得其故城。"对燕国来说，此事是一大耻辱。

[13] 昭襄王：即燕昭王。昭襄王之功：指燕昭王时燕将乐毅率领五国联军
大破齐军之事。《乐毅列传》载："燕昭王悉起兵，使乐毅为上将军，赵惠文王
以相国印授乐毅。乐毅于是并护赵、楚、韩、魏、燕之兵以伐齐。……乐毅攻
入临菑，尽取齐宝财物祭器输之燕。"对燕国来说，此事是一次辉煌的战绩。

[14] 树德者莫如滋，除怨者莫如尽：当为古逸诗，以花草或滋或铲喻指
"树德""除怨"。

[15] 吴不亡越，越故亡吴：吴王夫差与越王勾践事。公元前 494 年，
吴王夫差在夫椒之战大败越国，伍子胥劝谏夫差一鼓作气，灭亡越国。夫
差却不听伍子胥之计，而听从太宰嚭之言，接受越国的投降并撤回军队，
越王勾践因此得到喘息的机会。如《吴太伯世家》载："二年，吴王悉精兵
以伐越，败之夫椒，……吴王不听，听太宰嚭，卒许越平，与盟而罢兵
去。"公元前 482 年起越王勾践多次攻伐吴国，并于公元前 473 年攻破吴
都，迫使夫差自尽，灭吴称霸。如《越王勾践世家》载："而越大破吴，因
为留围之三年。吴师败，越遂复栖吴王于姑苏之山。……吴王谢曰：'吾老
矣，不能事君王！'遂自杀。"

[16] 齐不亡燕，燕故亡齐：指齐宣王伐燕及燕昭王伐齐事。公元前 314
年，齐宣王趁燕相子之之乱大举攻燕，占领燕国十城。如《孟子·梁惠王下》
载："齐人伐燕，胜之。"后齐宣王归还燕国十城。故《魏策三·秦败魏于华走
芒卯》载："齐人攻燕，杀子之，破故国，燕不割而燕国复归。"公元前 284 年，
燕昭王联合赵、秦、韩、魏等国共同攻打齐国，大破齐军。如《赵世家》载：
"十五年，燕昭王来见。赵与韩、魏、秦共击齐，齐王败走。燕独深入，取
临菑。"

[17] 疾：忧患，困苦。如《管子·小问》："凡牧民者，必知其疾，而忧
之以德。"

[18] 以于燕：脱一"诛"字，当依《秦策三》作"以诛于燕"。

[19] 赞：佐助，协助。如《小尔雅·广诂》："赞，佐也。"

[20] "诚"字下脱十九字。《秦策三》作："诚能亡齐，封君于河南，为万
乘，达途于中国，南与陶为邻。"此疑脱一简。从章末记三百字来看，抄录时的
底本已脱漏了。

【译文】

秦国客卿造对秦相穰侯说："秦王把陶邑封赏给您，借助您掌控天下之权已经好几年了。如果攻齐之事成功，陶邑将变成万乘大国，您也会成为诸小国的领袖，率领他们去秦国朝拜，天下诸侯必将俯首听命，这是如同五霸一样的事业。如果攻齐之事不成功，那么陶邑就会像磨玉的粗石一般，不成气候，没有谁再去依靠它。所以攻齐之事的成与败对陶邑来说，是生死存亡的关键。假使您想让攻齐之事成功，何不派人对燕相公孙操说：'圣人不能创造时势，时机来了不能错过。虞舜虽然贤明，但是如果没有恰好遇到慧眼识人才的帝尧，就不会成为天子。商汤、周武王虽然贤明，但是如果没有遇上暴虐无道的昏君夏桀、商纣，就不会称王于天下。虞舜、商汤、周武王都是圣贤之人，如果没有遇到好的时机，也都不会成为帝王。现在天下诸侯要攻伐齐国，这是您遇到的大好时机。凭借各诸侯国的兵力，攻打敌对的齐国，既可以报燕惠王时燕国被齐将田单攻破之仇，又可以再创燕昭王时燕将乐毅大败齐军、攻陷齐都临淄的辉煌战绩，还可以铲除万世之祸患，这是燕国长远的利益，也是您成就大名的良好时机。《诗》说：'树立美德，就像浇花一样，慢慢使其滋润；除掉仇敌，就像锄草一样，将其连根拔起。'吴国没有灭掉越国，越王卧薪尝胆反而灭掉了吴国；齐国不灭掉燕国，燕昭王联合五国反而灭掉了齐国。吴国被越国所灭，齐国被燕国所灭，都是因为铲除后患不彻底的缘故。您如果不趁此时机成就您的功业，除掉万世之祸患，秦国将来发生其他变故而与齐国联合，齐、赵两国结盟，那么它们必将对您非常憎恨。如果有人挟持您的仇敌来讨伐燕国，那么到那时，即使您后悔，也就无能为力了。您现在发动燕国全部兵力迅速支援攻齐盟军，那么天下诸侯肯定会像报父子之仇一样积极回应您的行动。如果能灭掉齐国，将黄河以南土地封赏给您，您就会成为万乘之尊，与中原各国道路相通、畅行无阻，南部与陶邑为邻，永世没有祸患。希望您一心一意进攻齐国，不要有其他想法。'"

【附录】

《战国策》卷五《秦策三·秦客卿造谓穰侯》

秦客卿造谓穰侯曰："秦封君以陶，藉君天下数年矣。攻齐之事成，陶为万乘，长小国，率以朝天子，天下必听，五伯之事也；攻齐不成，陶为邻恤，而莫之据也。故攻齐之于陶也，存亡之机也。

"君于成之，何不使人谓燕相国曰：'圣人不能为时，时至而弗失。舜虽贤，不遇尧也，不得为天子；汤、武虽贤，不当桀、纣不王。故以舜、汤、武之贤，不遭时不得帝王。令攻齐，此君之大时也已。因天下之力，伐雠国之齐，报惠王之耻，成昭王之功，除万世之害，此燕之长利，而君之大名也。《书》云，树德莫如滋，除害莫如尽。吴不亡越，越故亡吴；齐不亡燕，燕故亡齐。齐亡于燕，吴亡于越，此除疾不尽也。以非此时也，成君之功，除君之害，秦卒有他事而从齐，齐、赵合，其雠君必深矣。挟君之雠以诛于燕，后虽悔之，不可得也矣。君悉燕兵而疾借之，天下之从君也，若报父子之仇。诚能亡齐，封君于河南，为万乘，达途于中国，南与陶为邻，世世无患。愿君之专志于攻齐，而无他虑也。'"

十八、触龙见赵太后章[1]

赵大（太）后规用事[2]，秦急攻之，求救于齐。齐曰："必【以】大（太）后少子长安君来质[3]，兵乃出。"大（太）后不肯，大臣强之。大（太）后明胃（谓）左右曰："有复言令长安君质者，老妇必○唾亓（其）面。"左师触龙言愿见[4]，大（太）后盛气而胥之[5]。入而徐趋[6]，至而自谢曰[7]："老臣病足，曾不能疾走，不得见久矣。窃自□老[8]，舆（与）[9]恐玉體（体）之有所豑（郄）[10]也，故愿望见大（太）后。"曰："老妇持（恃）连（辇）而衰（还）[11]。"曰："食饮得毋衰乎？"曰："侍（恃）｛鬻｝鬻（粥）耳[12]。"曰："老臣间者殊不欲食[13]，乃自强步，日三四里，少益耆（嗜）食，智（知）于身[14]。"曰："老妇不能。"大（太）后之色少解。左师触龙曰："老臣贱息訏（舒）旗最少[15]，不宵（肖）。而衰[16]，窃爱怜之。愿令得□黑衣之数[17]，以衞〈卫〉王宫，昧死以闻[18]。"大（太）后曰："敬若（诺）。年○几何矣？"曰："十五岁矣。虽少，愿及未實（填）叙（壑）谷而托之[19]。"曰："丈夫亦爱怜少子乎？"曰："甚于妇人。"曰："妇人异甚。"曰："老臣窃以为媪之爱燕后贤长安君[20]。"曰："君过矣，不若长安君甚。"左师触龙曰："父母爱子则为之计深远。媪之送燕后也，攀亓（其）踵[21]，为之泣，念亓（其）远也，亦哀矣。巳（已）行，非弗思也。祭祀则祝之曰[22]：'必勿使反（返）。'剀（岂）非计长久，子孙相继为王也弋（哉）。"大（太）后曰："然。"左师触龙曰："今三世以前，至于赵之为赵，赵主之子侯者[23]，亓（其）继有在者乎[24]？"曰："无有。"曰："微独赵[25]，诸侯有在者乎？"曰："老妇弗闻。"曰："此亓（其）近者，祸及亓（其）身，远者及亓（其）孙。剀（岂）人主之子侯，则必不善弋（哉），位尊而无功，奉厚而无劳[26]，而挟重器多也[27]。今媪尊长安之位，而封之膏腴之地，多予之重器，而不汲（及）今令有功于国，山陵堋

（崩）^[28]，长安君何以自托于赵？老臣以媪为长安君计之短也。故以为亓（其）爱也不若燕后。"大（太）后曰："若（诺）。次（恣）君之所使之^[29]。"于氏（是）为长安君约车百乘^[30]，质于齐，兵乃出。子义闻之曰^[31]："人主子也，骨肉之亲也，犹不能持无功之尊，不劳之奉，而守金玉之重也，然兄（况）人臣乎。"

【注释】

［1］原第十八章，此章系年于公元前265年。此篇又见于《赵策四·赵太后新用事》《赵世家》。《赵世家》载："孝成王元年，秦伐我，拔三城。赵王新立，太后用事，秦急攻之。"赵孝成王元年，即公元前265年。因此，帛书此章年代在公元前265年。

［2］规：指有法度。规用事：指依法执政。《赵策四》作"赵太后新用事"，《赵世家》作"赵王新立，太后用事"。《单行本》据此将"规"看作是"亲"字之误，并指出"亲"同"新"。"新"是刚刚的意思，"赵太后新用事"指赵太后刚刚执政，其义可通。"规"指有法度，"赵太后规用事"指赵太后依法执政，其义亦可通。没有必要将帛书中"规"改为"亲"，应当各从各书。

［3］质：人质。

［4］左师：官名。触龙：人名。《赵世家》作"左师触龙言愿见太后"，《赵策四》作"左师触詟愿见太后"，误将"龙""言"两字合为一"詟"字。

［5］胥：同"须"，等待。《赵世家》作"太后盛气而胥之"，《赵策四》作"太后盛气而揖之"。"揖"字误，此时触龙尚未入，太后无缘揖之也。当从《赵世家》、帛书此章作"胥"字。

［6］徐：慢步走。如《孙子·军争》："故其疾如风，其徐如林。"趋：快步走。如《礼记·玉藻》："走而不趋。"

［7］谢：认错，道歉。如《魏策四·秦王使人谓安陵君曰》："秦王色挠，长跪而谢之曰。"

［8］此处脱文应补"恕"字，《赵策四》及《赵世家》均作"恕"。中井积德云："恕者，自推其衰，恐太后之衰也。"《会注考证本史记》引刘伯庄云："自恕，犹言自忖度也。"此句大意是：私底下我考虑到自己已经衰老了，因而也担心您的贵体有不舒适的地方。

［9］与：《赵策四》与《赵世家》均作"而"，"与""而"二字古通用。

［10］郄：小恙，不舒适。

［11］辇：古时用人拉或推的车。如《左传·庄公十二年》："以乘车辇其母。"还：旋转，回旋。如曹操《蒿里行》："势利使人争，嗣还自相戕。"恃辇

而还：靠坐车子行动。

［12］鬻：是"鬻"字的省写，"鬻"同"粥"。《赵世家》作"恃粥耳"，《赵策四》作"恃鬻耳"，吴师道云："鬻、粥同。"

［13］间者：前段时间。

［14］智：同"知"。《方言》卷三："知，愈也。南楚病愈者谓之差，或谓之间，或谓之知。"

［15］息：指亲生子女，特指儿子。舒旗：人名，触龙幼子。

［16］"衰"字前当从《赵策四》《赵世家》，补"臣"字。

［17］黑衣：指卫士。姚鼐云："古者军礼上下服同色，玄衣玄裳，故曰'袀服'。宿卫者用军礼，故皆黑衣。"此句有一处脱文，大意是：希望让他补充到卫士的行列里去。

［18］昧死：冒死罪。如蔡邕《独断》："汉承秦法，群臣上书皆言：'昧死言。'"

［19］填壑谷：比喻身死被埋。《赵策四》及《赵世家》均作"填沟壑"。

［20］媪：当时对老妇之尊称。燕后：赵太后的女儿，嫁燕王为后。贤：胜过，超过。

［21］踵：车轸，古代车后的轸木。《周礼·考工记·辀人》："五分其（辀）颈围，去一以为踵围。"郑注："踵，后承轸者也。"戴震《考工记图·释车》云："辀端谓之颈，后谓之踵。"辀为车辕。攀其踵：攀着车后的轸木，不忍见女儿远行。

［22］祝：用言语祈祷求福。如《公羊传·襄公二十九年》："饮食必祝曰：'天苟有吴国，尚速有悔于予身。'"

［23］赵主之子侯者：赵君之子孙而封侯者。

［24］继：继承者。

［25］微独：不止，不仅。

［26］奉：俸禄。如《平津侯主父列传》："弘位在三公，奉禄甚多。"

［27］重器：国之瑰宝珍品。鲍彪注《赵策四》云："重器，谓名位金玉。"范祥雍考证"重器"指金玉，下文"以守金玉之重"正承此言。

［28］山陵崩：死之讳辞，比喻太后之死。

［29］恣：听任，任凭。《吕氏春秋·重己》："而牛恣所以之，顺也。"高诱注："恣，从也。"

［30］约：置办，配备。

［31］子义：人名。鲍彪云："子义，赵之贤人。"

【译文】

赵太后掌握政权，依法执政，秦国此时却加紧进攻赵国，赵国向齐国求救。齐王说："必须让赵太后的小儿子长安君来作人质，齐国才会出兵救援。"赵太后不答应，大臣们竭力劝谏。赵太后明确地对朝中大臣说："如果再有人说让长安君去作人质，那老妇我一定朝他脸上吐唾沫。"左师触龙说，他想要拜见太后，赵太后满腔怒气地等着他。触龙入宫，看似急趋，实则缓慢行走至太后面前，向太后谢罪说："老臣的脚有毛病，实在不能走得太快，所以很久没有来拜见您。私底下我考虑到自己已经衰老了，因而也担心您的贵体有不舒适的地方，所以想要来看望您。"赵太后说："我全靠坐车行动。"触龙问："您的饮食该没有减少吧？"赵太后说："喝点稀粥罢了。"触龙说："老臣前段时间特别没有食欲，于是强迫自己散步，每天走三四里地，食欲日渐增长，身体慢慢康复。"赵太后说："我做不到。"这时太后脸上的怒气稍微缓和了一些。左师触龙说："老臣有个儿子叫舒祺，年纪最小，不成材。如今我年事已高，内心非常疼爱他。希望您能让他补充到卫士的行列去保卫王宫，我冒死将这个请求禀告给您。"太后说："可以。他多大年纪？"触龙说："十五岁。虽然他还年轻，但是我希望趁我没死之前，把他托付给您。"太后说："男人也疼爱自己的小儿子吗？"触龙说："比女人还厉害。"太后说："女人才爱子爱得最深。"触龙说："老臣私下认为您爱燕后胜过爱长安君。"太后说："你错了，我爱燕后远远比不上爱长安君。"左师触龙说："父母爱自己的孩子就要为他们做长远打算。您送燕后出嫁时，攀着车后的轸木，对她哭泣不止，想到她即将远嫁他乡，内心哀伤悲痛。她走了之后，您并不是不想她。但是每当祭祀的时候您都会祈祷：'千万不要让她回来。'这难道不是为她长远考虑，希望她的子孙相继称王吗？"太后说："是这样的。"左师触龙说："从现在上推三世以前，直到赵氏建立赵国，赵王的子孙封了侯的，他们的后代还有继续称侯的吗？"太后说："没有。"触龙说："不只是赵国，其他诸侯的子孙其中封侯的，他们的后代还有继续称侯的吗？"太后说："我没听说过。"触龙说："这就是说，诸侯的后代距离祸患近的，祸患就会落在他们身上；距离祸患远的，祸患就会降临在他们的子孙头上。难道君王被封了侯的子孙，就一定不好吗？这主要是因为他们地位太高却没有任何功勋，俸禄丰厚却没有付出辛劳，并且占有众多贵重的宝物。如今，您尊显长安君的地位，将肥沃富庶的土地封赏给他，赐予他大量珍贵的宝物，却不让他趁现在的时机为国家立功，一旦您不在人世，长安君凭借什么在赵国安身处世？我认为您替长安君打算得太短浅了。因此，我认为您爱长安君比不上对燕后的爱。"赵太后说："好吧。按照你说的办，听凭你的派遣。"于是赵国为长安君准备好车子一百辆，送去齐国做人质，齐国才派出援兵救赵。赵国的贤士子义听说这件事后说："君王的儿子，是他的骨肉至亲，尚且不能依靠没有功勋的高位、没有劳苦的俸禄，来维持他的荣华富贵，更何况是一般的大臣呢！"

【附录】

《战国策》卷二十一《赵策四·赵太后新用事》

赵太后新用事，秦急攻之。赵氏求救于齐。齐曰："必以长安君为质，兵乃出。"太后不肯，大臣强谏。太后明谓左右："有复言令长安君为质者，老妇必唾其面。"

左师触詟愿见太后。太后盛气而揖之。入而徐趋，至而自谢，曰："老臣病足，曾不能疾走，不得见久矣。窃自恕，而恐太后玉体之有所郄也，故愿望见太后。"太后曰："老妇恃辇而行。"曰："日食饮得无衰乎？"曰："恃粥耳。"曰："老臣今者殊不欲食。乃自强步，日三四里，少益耆食，和于身也。"太后曰："老妇不能。"太后之色少解。

左师公曰："老臣贱息舒祺，最少，不肖。而臣衰，窃爱怜之。愿令得补黑衣之数，以卫王宫，没死以闻。"太后曰："敬诺。年几何矣？"对曰："十五岁矣。虽少，愿及未填沟壑而托之。"太后曰："丈夫亦爱怜其少子乎？"对曰："甚于妇人。"太后笑曰："妇人异甚。"对曰："老臣窃以为媪之爱燕后贤于长安君。"曰："君过矣，不若长安君之甚。"左师公曰："父母之爱子，则为之计深远。媪之送燕后也，持其踵为之泣，念悲其远也，亦哀之矣。已行，非弗思也；祭祀必祝之，祝曰：'必勿使反。'岂非计久长，有子孙相继为王也哉？"太后曰："然。"左师公曰："今三世以前，至于赵之为赵，赵主之子孙侯者，其继有在者乎？"曰："无有。"曰："微独赵，诸侯有在者乎？"曰："老妇不闻也。""此其近者祸及身，远者及其子孙。岂人主之子孙则必不善哉？位尊而无功，奉厚而无劳，而挟重器多也。今媪尊长安君之位，而封之以膏腴之地，多予之重器，而不及今令有功于国。一旦山陵崩，长安君何以自托于赵？老臣以媪为长安君计短也，故以为其爱不若燕后。"太后曰："诺。恣君之所使之。"于是为长安君约车百乘，质于齐，齐兵乃出。

子义闻之曰："人主之子也，骨肉之亲也，犹不能恃无功之尊，无劳之奉，而守金玉之重也，而况人臣乎？"

《史记》卷四十三《赵世家》第十三

孝成王元年，秦伐我，拔三城。赵王新立，太后用事，秦急攻之。赵氏求救于齐，齐曰："必以长安君为质，兵乃出。"太后不肯，大臣强谏。太后明谓左右曰："复言长安君为质者，老妇必唾其面。"左师触龙言愿见太后，太后盛气而胥之。入，徐趋而坐，自谢曰："老臣病足，曾不能疾走，不得见久矣。窃自恕，而恐太后体之有所苦也，故愿望见太后。"太后曰："老妇恃辇而行耳。"曰："食得毋衰乎?"曰："恃粥耳。"曰："老臣间者殊不欲食，乃强步，日三四里，少益嗜食，和于身也。"太后曰："老妇不能。"太后不和之色少解。左师公曰："老臣贱息舒祺最少，不肖，而臣衰，窃怜爱之，愿得补黑衣之缺以卫王宫，昧死以闻。"太后曰："敬诺。年几何矣?"对曰："十五岁矣。虽少，愿及未填沟壑而托之。"太后曰："丈夫亦爱怜少子乎?"对曰："甚于妇人。"太后笑曰："妇人异甚。"对曰："老臣窃以为媪之爱燕后贤于长安君。"太后曰："君过矣，不若长安君之甚。"左师公曰："父母爱子则为之计深远。媪之送燕后也，持其踵，为之泣，念其远也，亦哀之矣。已行，非不思也，祭祀则祝之曰'必勿使反'，岂非计长久，为子孙相继为王也哉?"太后曰："然。"左师公曰："今三世以前，至于赵主之子孙为侯者，其继有在者乎?"曰："无有。"曰："微独赵，诸侯有在者乎?"曰："老妇不闻也。"曰："此其近者祸及其身，远者及其子孙。岂人主之子侯则不善哉? 位尊而无功，奉厚而无劳，而挟重器多也。今媪尊长安君之位，而封之以膏腴之地，多与之重器，而不及今令有功于国，一旦山陵崩，长安君何以自托于赵? 老臣以媪为长安君之计短也，故以为爱之不若燕后。"太后曰："诺，恣君之所使之。"于是为长安君约车百乘，质于齐，齐兵乃出。

子义闻之，曰："人主之子，骨肉之亲也，犹不能持无功之尊，无劳之奉，而守金玉之重也，而况于予乎?"

十九、朱己谓魏王章[1]

谓魏王曰："秦兵〈与〉戎翟同俗[2]，有【虎狼】之心，贪戾好利，无亲，不試（識）礼义德行。笱（苟）有利焉，不顾亲【戚】弟兄，若禽守（兽）耳。此天下之所試（識）也，非【所施】厚积德也。故大（太）后[3]，母也，而以夏〈忧〉死。穰侯[4]，咎（舅）也，功莫多焉，而谅（竟）逐之。两弟无罪而再挩（夺）之国[5]。此于【亲】戚若此，而兄（况）仇雠之国乎? 今王兵〈与〉秦共伐韩而近秦患，臣甚惑之。而王弗試（識）则不明，群臣莫以【闻】则不忠。今韩氏以一女子奉一弱主[6]，内有大亂（乱），外支秦、魏之兵[7]，王以为不亡乎? 韩亡，秦有【郑】地[8]，兵〈与〉大梁（梁）鄰（邻），王以为安乎? 王欲得故地而今负强秦之祸，王以为利乎? 秦非无事之国也，韩亡之后，必将更事[9]。更事，必就易〈易〉兵〈与〉利，就易〈易〉兵〈与〉利，必不伐楚兵〈与〉赵矣。是何也？夫【越山逾河，绝】韩上党而○攻强赵[10]，氏（是）复阏舆之事也[11]，秦必弗为也。若道河内[12]，倍（背）邺、朝歌[13]，绝漳、铺（滏）【水，与赵兵决于】邯郸之鄒（郊），氏（是）知伯之过也[14]，秦有（又）不敢。伐楚，道涉谷[15]，行三千里而攻冥戹之塞[16]，所行甚远，所攻甚难，秦有（又）弗为也。若道河外[17]，倍（背）大梁（梁），右蔡、召[18]，兵〈与〉楚兵夬（决）于陈鄒（郊）[19]，秦有（又）不敢。故曰：秦必不伐楚兵〈与〉赵矣。有（又）不攻燕兵〈与〉齐矣。韩亡之后，兵出之日，非魏无攻巳（已）。秦固有坏（怀）、茀〈茅〉、荆（邢）丘[20]，城埁津[21]，以临河内，河内共墓必危[22]。有郑地，得垣癕（雍）[23]，决荧○泽[24]，大梁（梁）必【亡】。王之使者大过，而恶安陵是（氏）于秦[25]。秦之欲许久矣[26]。秦有叶、昆阳，与舞阳邻[27]，听使者之恶，堕安陵是（氏）而亡之[28]，缭舞阳之北以东临许[29]，南国必危，国先害巳（已）。夫增（憎）韩，不爱安陵氏，可也。夫不患秦，不爱南国，非也。异日者秦在河西、晋国[30]，去梁（梁）千里，有河山以阑之[31]，有周、韩而间之。从林军以至于今[32]，秦七攻魏，五入囿中[33]，檡（邊）城尽拔，支台随（堕），罷（垂）都炎（焚）[34]，林木伐，麋鹿尽，而国续以围。有（又）长毆（毆—驱）梁（梁）北，东至虏（乎）陶、衞〈衞〉之【郊，北至乎】监[35]。所亡秦者，山南[36]、山北，河外、河内，大县数十，名部数百[37]。秦乃在河西、晋国，去梁（梁）千里而祸若是矣。【又况于使】秦无韩，有郑地，无【河】山而阑之，无周、韩而间之，去梁（梁）百里，【祸】必百此矣。异日者，从（纵）之不【成也，楚】魏疑而韩不【可得也】。今韩受兵三年，秦挠以讲[38]，识亡不听，投质于赵，请为天【下】颜（颜）行顿【刃[39]，楚、赵】必疾兵。皆识秦【之欲无】躬（躬—穷）也，非尽亡天下之兵而臣海内，必不休。是故臣愿以从（纵）事王，王【□楚、赵之约[40]，】偭（挟）韩之质以存韩而求故地，韩必效之。此士民不劳而故地尽反（返）矣，亓（其）功多于兵〈与〉秦共伐韩，【而】必无兵〈与〉强秦鄰（邻）之祸。夫存韩、安魏而利天下，此亦王之大时巳（已）[41]。通韩上党于共、宁[42]，使道安成之□[43]，出入赋之[44]，是魏重质韩以亓（其）上党也[45]。合有亓（其）赋，足以富国。韩必德魏、重魏、畏魏，韩必不敢反魏。是韩，魏之县也。魏得韩以为县，以衞〈衞〉大梁（梁），河北必安矣。今不存韩，贰（二）周[46]、安陵必阤（阤—弛）[47]，楚、赵大破，燕、齐甚卑，天下西舟（輈）而驰秦[48]，而入朝为臣不久矣。”

【注释】

[1] 原第十六章，此章系年于公元前 263 年。此篇见于《魏策三·魏将与秦攻韩》《魏世家》。《魏策三》作"朱己谓魏王曰"，《魏世家》作"无忌谓魏王曰"。王念孙云："杨倞注《荀子·强国篇》引此（《史记》）'无忌'作'朱忌'。案作'朱忌'者是也，作'无忌'者后人以意改之耳。""己""忌"音近相通。朱己，即无忌。《魏公子列传》载："魏公子无忌者，魏昭王少子而魏安釐王异母弟也。昭王薨，安釐王即位，封公子为信陵君。"朱己，即信陵君。帛书此章载："今韩受兵三年"，《睡虎地秦墓竹简编年记》载："（秦昭王）四十二年攻少曲。"《范雎列传》亦曰："秦昭王之四十二年，东伐韩少曲、高平，拔之。"秦昭王四十二年，即公元前 265 年。可知秦国在公元前 265 年开始伐韩，伐韩第三年当在公元前 263 年。此章朱己游说魏王的时间即在公元前 263 年。

[2] 戎：古代中国称西部民族。如《礼记·王制》："西方曰戎。"翟：上古时期中国北方的少数民族。如《周礼·秋官·司寇》："象胥，每翟上士一人。"

[3] 太后：指宣太后，秦昭王母。《穰侯列传》："昭王母故号为芈八子，及昭王即位，芈八子号为宣太后。……昭王少，宣太后自治，任魏冉为政。""昭王于是用范雎。范雎言宣太后专制，穰侯擅权于诸侯，泾阳君、高陵君之属太侈，富于王室。于是秦昭王悟，乃免相国。"宣太后在昭王年少时专权，后昭王采用范雎计谋，削弱宣太后羽翼穰侯、泾阳君、高陵君，宣太后在失势后不久去世。

[4] 穰侯：即魏冉，秦昭王母亲宣太后的弟弟，因封于穰地，故称穰侯。《穰侯列传》："魏冉复相秦，六岁而免。免二岁，复相秦。……于是穰侯之富，富于王室。"穰侯在秦国独揽大权，四任秦相，党羽众多。后秦昭王任用范雎为相，穰侯被罢免，最后卒于陶邑。如《范雎蔡泽列传》载："秦王乃拜范雎为相。收穰侯之印，使归陶。"《穰侯列传》："穰侯卒于陶，而因葬焉。秦复收陶为郡。"

[5] 两弟：指泾阳君、高陵君，秦昭王弟弟。国：指古代王、侯的封地。高陵君、泾阳君与穰侯、华阳君合称"四贵"，在秦国权势煊赫，后秦昭王改用范雎为相，"四贵"全部驱出都城到封地而失势。如《范雎蔡泽列传》载："（昭王）于是废太后，逐穰侯、高陵、华阳、泾阳君于关外。"

[6] 一女子：指韩太后。

[7] 支：抗拒。如《魏策三》："赵王恐魏承秦之怒，遂割五城以合于魏而

支秦。"

[8] 郑：韩国都城，在今河南省新郑县北，离魏都大梁（今开封市）甚近。

[9] 更事：再生战事。

[10] 绝：割断，切断。绝韩之上党：指切断韩国上党郡与韩都的通道，上党孤立无援，只能依附于赵国，赵国强大，秦国畏惧它而不敢攻伐。如《白起王翦列传》载："（秦）伐韩之野王，野王降秦，上党道绝。其守冯亭与民谋曰：'郑道已绝，韩必不可得为民。秦兵日进，韩不能应，不如以上党归赵。'"《史记索隐》曰："郑国即韩之都，在河南。秦伐野王，是上党归韩之道绝也。"

[11] 阏舆之事：秦将胡阳进攻赵国的阏舆，为赵将赵奢所破，事在秦昭王三十八年（公元前269年）。《睡虎地秦墓竹简编年记》载："（秦昭王）卅八年，阏舆。"《秦本纪》："（秦昭王）三十八年，中更胡（伤）[阳]攻赵阏舆，不能取。"《赵世家》亦曰："（赵惠文王）二十九年（当作三十年），秦、韩相攻，而围阏舆。赵使赵奢将，击秦，大破秦军阏舆下，赐号为马服君。"阏舆在今山西省武乡县一带。

[12] 道：取道，经过。河内：黄河北岸。

[13] 邺、朝歌：二地名。

[14] 知伯：智氏，名瑶，春秋末晋国六卿之一。《赵策一·知伯帅赵韩魏而伐范中行氏》载："知伯因阴结韩、魏，将以伐赵。……三国之兵乘晋阳城，遂战。三月不能拔，因舒军而围之，决晋水而灌之。""杀守堤之吏，而决水灌知伯军。知伯军救水而乱，韩、魏翼而击之，襄子将卒犯其前，大败知伯军，而禽知伯。知伯身死，国亡地分，为天下笑。"知伯围赵，引汾水灌晋阳城，赵和韩、魏合谋，反灭知伯，为实现"三家分晋"奠定了基础。

[15] 涉谷：地名。《史记索隐》曰："涉谷是往楚之险路。从秦向楚有两道，涉谷是西道，河内是东道。"张琦《战国策释地》云："此即春中君所谓随水右壤，广川大水、山林谿谷、不食之地也。出武关东南，即至宛、邓。"

[16] 冥厄：地名，在今河南省信阳与湖北省应山县之间。

[17] 河外：与"河内"相对，指黄河南岸。

[18] 蔡、召：二地名，即上蔡、召陵。

[19] 陈：地名，在今河南省淮阳县。

[20] 怀、茅、邢丘：三地名。怀在今河南省武陟县，茅在今获嘉县，邢丘在今温县。

[21] 城：筑城。如《诗经·小雅·出车》："王命南仲，往城于方。"垝津：地名，即围津，在今河南省滑县东南。

[22] 共墓：指共地的魏王室陵墓区。王室陵墓的安危是国君极为关心的事，所以游说魏王者以"共墓必危"来打动他。

[23] 垣雍：地名，在今河南省原阳县。

[24] 决：堤岸被水冲开。荥泽：古代黄河边上的大湖，在大梁（开封市）上游。《魏世家》作："决荥泽水灌大梁，大梁必亡。"《苏秦列传》载："决荥口，魏无大梁。"吴师道云："《索隐》曰：'荥泽口与今汴河口通，其水深，可以灌大梁。'《大事记》：'灌大梁之策，战国以来，人皆知之，秦卒用此策。'"秦始皇最终灭掉魏国，即用的灌大梁之法，如《秦始皇本纪》载："二十二年，王贲攻魏，引河、沟灌大梁，大梁城坏，其王请降，尽取其地。"

[25] 安陵氏：是一个小国，魏襄王（公元前318—前296）时分封出去的安陵君的封邑，在今河南省鄢城县。

[26] 许：地名，在今河南省许昌市。

[27] 叶、昆阳、舞阳：三地名。

[28] 堕：同"隳"，毁坏。

[29] 缭：绕道而行。

[30] 晋国：指包括安邑、曲沃、绛等地在内的河东地区，以其为旧晋国的中心地区，直到战国后期仍有"晋国"之称。"河西"与"晋国"是并列的。

[31] 阑：同"拦"。

[32] 林军：此指林军之役，事在秦昭王二十四年（公元前283年）。《燕策二·秦召燕王》苏代止燕王曰："魏弃与国而合于秦，因以塞郚隘为楚罪，兵困于林中，重燕、赵，以胶东委于燕，以济西委于赵。"林中即林乡。《睡虎地秦墓竹简编年记》："（昭王）二十四年，攻林"，即指此役。

[33] 圄中：地名，在今山东省菏泽市西南。

[34] 支台、垂都：指圄中的台榭或庙宇名。

[35] 监：地名。

[36] 山：中条山。

[37] 部：古代地方行政区划名，方三十里为部。《汉书·尹翁归传》："河东二十八县，分为两部。"

[38] 挠：读为"叨（饕）"。"叨"即《说文解字·五下·食部》"饕"字重文，训"贪也"。"秦叨以讲"：即秦国贪得无厌，要韩国讲和。

[39] 颜行："颜"义近"额"，古人称前行为颜行，以颜在人身上的位置来比喻前行在军队里的位置。《魏策三》和《魏世家》作"雁行"，"雁"与"颜"音近相通，"雁行"亦指前锋。

[40] 此句有一处脱文，大意是：大王尽快接受楚、赵的合纵之约。

[41] 王念孙指出："大时，言存韩安魏而利天下，王之时莫大于此也。《秦策》曰：'今攻齐，此君之大时也。'是其证。"

[42] 共、宁：二地名。

[43] "之"字下脱一字，当补"关"字。《魏策》作"使道已通，因而关之"。帛书此句大意是：使道路贯通并设以关卡。

[44] 赋：敛取，收税。如《公羊传·哀公十二年》："讥始用田赋也。"

[45] 质：以财物或人作保证，抵押。《说文解字》："质，以物相赘。"拿物品作抵押以换取钱财叫"质"，拿钱作抵押来换取物品叫"赘"。

[46] 贰：同"二"。二周：指西周、东周。

[47] 弛：毁坏，废弃。如《国语·鲁语》："文公欲弛孟文子之宅。"

[48] 舟：同"輈"，车辕。西輈：即车辕西向。

【译文】

魏国打算与秦国联合攻打韩国，朱己对魏王说："秦国人与西北少数民族习俗相同，他们有像虎狼一样的歹毒心肠，贪婪暴戾，贪图私利，没有亲近之人，不懂得礼义德行。如果有利可图，他们连亲戚兄弟都不顾，好像禽兽一样。这是天下人都知道的，秦国人从来不肯施厚恩、积大德。所以宣太后本来是秦昭王的母亲，却忧郁而死。穰侯是秦昭王的舅父，功劳没有谁比他更大，最终却惨遭驱逐。泾阳君、高陵君是秦昭王的弟弟，没有犯任何过错，却被剥夺封地。秦昭王对亲戚兄弟尚且如此，更何况对仇敌之国呢？如今大王想要与秦国联合共同攻打韩国，这就会更加接近秦国的祸害，我对此非常疑惑不解。大王不知晓其中的利害关系就是不明智，群臣之中没有人提醒您就是不忠诚。现在韩国靠一个女人辅佐一个幼弱的君主，国内已有大乱，外边还要抵抗秦、魏两国的进攻，大工认为它会不亡国吗？韩国灭亡后，秦国将会占有郑地，这就导致秦国的边界与大梁相邻，大王能心安吗？大王本来想得到原有的土地，如今却背负强秦这个后患，您认为这对您有利吗？秦国不是一个安分的国家，韩国灭亡后，肯定会再生战事。另起战事肯定会找容易攻取且有利可图的对象下手，而这个对象肯定不会是楚国和赵国。这是为什么呢？如果越过高山跨过黄河，切断韩国上党与韩都的通道，上党必将依附赵国，赵国如虎添翼，此时进攻强大的赵国，这是重蹈胡阳在阏舆惨败的覆辙，秦国肯定不会这么做。如果取道黄河北岸，背对邺城和朝歌，横渡漳水与滏水，与赵军在邯郸郊外决战，这是重蹈知伯失败的覆辙，秦国又不敢这么做。如果进攻楚国，要取道涉谷，行军三千里才能攻打冥厄关塞，行走路程太远，攻击目标太难，秦国也不敢这么做。

如果取道黄河南岸，背对大梁，右边是上蔡和召陵，与楚兵在陈地郊外决战，秦国更不敢这么做。所以说：秦国肯定不会攻打楚国和赵国。也不会攻打燕国和齐国。韩国灭亡之后，秦国再次出兵时，除了魏国就没有其他攻击对象了。秦国本来占有怀、茅、邢丘等地，并在垝津筑城，靠近黄河北岸，那么黄河北岸共地的魏王室陵墓必定危险。秦国攻破韩国后会占有郑国故地，得到垣雍，掘开荥泽堤坝，水淹大梁，大梁肯定会失陷。大王的使者犯了大错，在秦国面前诋毁安陵国。秦国一直以来都想要得到许地。秦国有叶地、昆阳，与魏国舞阳相邻，如果大王听信使者的毁谤，那么秦军会进攻安陵国使之灭亡，并绕道舞阳的北边向东直逼许地，南方必定危险，魏国肯定会先受害。大王憎恨韩国，不喜欢安陵国，都可以。但是大王不担心秦国的祸患，不喜爱南方，那就错了。过去，秦国在河西、河东一带，距离大梁有千里之遥，中间有黄河、高山阻挡，又有周、韩两国阻隔。从林军之役到现在，秦国七次进攻魏国，五次攻入圈中，边境城邑全部被攻陷，支台被毁坏，垂都被焚烧，林木被砍伐，麋鹿被猎尽，国都接着被围困。秦军又长驱直入大梁以北，东至陶、卫两地郊外，北至监地。被秦国攻陷的土地，有中条山南北，黄河内外，数十个大县，数百个名部。秦国只是在河西、河东一带，距离大梁还有千里之遥，战祸就已经达到如此严重的程度。更何况秦国攻破韩国，占有郑国故地，没有黄河高山阻挡，也没有周、韩两国阻隔，距离大梁只有一百里，战祸肯定会百倍于此。从前，合纵之所以没有成功，主要是因为楚、魏两国互相猜疑，而魏国无法与韩国联合。现在韩国被秦军攻打已经有三年之久，秦国贪得无厌，要韩国讲和逼它降服，韩国知道这样会亡国，所以不肯听从，反而向赵国送去人质，并表示愿意为天下诸侯做前锋，整顿好武器装备与秦国死战，而楚、赵两国肯定会迅速出兵支援韩国。因为他们都知道，秦国的贪欲是无止境的，没有全部消灭天下各诸侯国，使海内之民臣服，它是绝对不会罢休的。所以我愿意以合纵手段事奉大王，请您尽快接受楚、赵两国的合纵盟约，挟持韩国的人质以保全韩国，并要求它交出魏国失去的土地，韩国一定会送还。这样做魏国军民不受劳苦就会全部收回失去的土地，其功绩要远远大过于与秦国共同攻伐韩国，并且也避免了与强秦为邻的后患。保存韩国、安定魏国，有利于天下诸侯，这是上天赐给大王的好时运。开通韩国上党到魏国共、宁两地的道路，使这条路得以贯通并设置关卡，进出的商贾都要交税，这是魏国把韩国的上党作为抵押以赚取赋税。魏、韩二国共同占有这些税收，可以使国家富足。韩国肯定会感激魏国、推重魏国、敬畏魏国，必定不敢反抗魏国。这样，韩国就会成为魏国的郡县了。魏国将韩国作为自己的县邑来守卫大梁，黄河以北必然会安定。现在如果不保存韩国，东西二周、安陵必然会被攻陷，楚、赵两国也肯定会遭遇惨败，燕、齐两国对秦国也会更加卑顺，天下诸侯的车子向西奔赴秦国去朝拜并称臣的日子没有多久了。"

【附录】

《战国策》卷二十四《魏策三·魏将与秦攻韩》

魏将与秦攻韩，朱己谓魏王曰："秦与戎、翟同俗，有虎狼之心，贪戾好利而无信，不识礼义德行。苟有利焉，不顾亲戚兄弟，若禽兽耳。此天下之所同知也，非所施厚积德也。故太后母也，而以忧死；穰侯舅也，功莫大焉，而竟逐之；两弟无罪，而再夺之国。此于其亲戚兄弟若此，而又况于仇雠之敌国也。

"今大王与秦伐韩而益近秦，臣甚或之，而王弗识也，则不明矣。群臣知之，而莫以此谏，则不忠矣。今夫韩氏以一女子承一弱主，内有大乱，外安能支强秦、魏之兵，王以为不破乎？韩亡，秦尽有郑地，与大梁邻，王以为安乎？王欲得故地，而今负强秦之祸也，王以为利乎？

"秦非无事之国也，韩亡之后，必且便事；便事，必就易与利；就易与利，必不伐楚与赵矣。是何也？夫越山踰河，绝韩之上党而攻强赵，则是复阏与之事也，秦必不为也。若道河内，倍邺、朝歌，绝漳、滏之水，而以与赵兵决胜于邯郸之郊，是受智伯之祸也，秦又不敢。伐楚，道涉而谷行三十里，而攻危隘之塞，所行者甚远，而所攻者甚难，秦又弗为也。若道河外，背大梁，而右上蔡、召陵，以与楚兵决于陈郊，秦又不敢也。故曰，秦必不伐楚与赵矣，又不攻卫与齐矣。韩亡之后，兵出之日，非魏无攻矣。

"秦故有怀地刑丘、之城、垝津，而以临河内，河内之共、汲莫不危矣。秦有郑地，得垣雍，决荥泽，而水大梁，大梁必亡矣。王之使者大过矣，乃恶安陵氏于秦，秦之欲许之久矣。然而秦之叶阳、昆阳与舞阳、高陵邻，听使者之恶也，随安陵氏而欲亡之。秦绕舞阳之北，以东临许，则南国必危矣。南国虽无危，则魏国岂得安哉？且夫憎韩不爱安陵氏可也，夫不患秦之不爱南国，非也。

"异日者，秦乃在河西，晋国之去梁也，千里有余，河山以兰之，有周、韩而间之。从林军以至于今，秦十攻魏，五入国中，边城尽拔。文台堕，垂都焚，林木伐，麋鹿尽，而国继以围。又长驱梁北，东至陶、卫之郊，北至平阆，所亡乎秦者，山北、河外、河内，大县数白，名都数十。秦乃在河西，晋国之去大梁也尚千里，而祸若是矣。又况于使秦无韩而有郑地，无河山以兰之，无周、韩以间之，去大梁百里，祸必百此矣。异日者，从之不成矣，楚、魏疑而韩不可得而约也。今韩受兵三年矣，秦挠之以讲，韩知亡，犹弗听，投质于赵，而请为天下雁行顿刃。以臣之观之，则楚、赵必与之攻矣。此何也？则皆知秦之无穷也，非尽亡天下之兵，而臣海内之民，必不休矣。是故臣愿以从事乎王，王速受楚、赵之约，而挟韩、魏之质，以存韩为务，因求故地于韩，韩必效之。如此则士民不劳而故地得，其功多于与秦共伐韩，然而无与强秦邻之祸。

"夫存韩安魏而利天下，此亦王之大时已。通韩之上党于共、莫，使道已通，因而关之，出入者赋之，是魏重质韩以其上党也。共有其赋，足以富国，韩必德魏、爱魏、重魏、畏魏，韩必不敢反魏。韩是魏之县也。魏得韩以为县，则卫、大梁、河外必安矣。今不存韩，则二周必危，安陵必易。楚、赵楚大破，卫、齐甚畏。天下之西乡而驰秦，入朝为臣之日不久。"

《史记》卷四十四《魏世家》第十四

无忌谓魏王曰："秦与戎翟同俗，有虎狼之心，贪戾好利无信，不识礼义德行。苟有利焉，不顾亲戚兄弟，若禽兽耳，此天下之所识也，非有所施厚积德也。故太后母也，而以忧死；穰侯舅也，功莫大焉，而竟逐之；两弟无罪，而再夺之国。此于亲戚若此，而况于仇雠之国乎？今王与秦共伐韩而益近秦患，臣甚惑之。而王不识则不明，群臣莫以闻则不忠。

"今韩氏以一女子奉一弱主，内有大乱，外交强秦魏之兵，王以为不亡乎？韩亡，秦有郑地，与大梁邻，王以为安乎？王欲得故地，今负强秦之亲，王以为利乎？

"秦非无事之国也，韩亡之后必将更事，更事必就易与利，就易与利必不伐楚与赵矣。是何也？夫越山踰河，绝韩上党而攻强赵，是复阏与之事，秦必不为也。若道河内，倍邺、朝歌，绝漳滏水，与赵兵决于邯郸之郊，是知伯之祸也，秦又不敢。伐楚，道涉谷，行三千里。而攻冥阨之塞，所行甚远，所攻甚难，秦又不为也。若道河外，倍大梁，右上蔡、召陵，与楚兵决于陈郊，秦又不敢。故曰秦必不伐楚与赵矣，又不攻卫与齐矣。

"夫韩亡之后，兵出之日，非魏无攻已。秦固有怀、茅、邢丘，城垝津以临河内，河内共、汲必危；有郑地，得垣雍，决荥泽水灌大梁，大梁必亡。王之使者出过而恶安陵氏于秦，秦之欲诛之久矣。秦叶阳、昆阳与舞阳邻，听使者之恶之，随安陵氏而亡之，绕舞阳之北，以东临许，南国必危，国无害乎？

"夫憎韩不爱安陵氏可也，夫不患秦之不爱南国非也。异日者，秦在河西晋，国去梁千里，有河山以阑之，有周韩以间之。从林乡军以至于今，秦七攻魏，五入囿中，边城尽拔，文台堕，垂都焚，林木伐，麋鹿尽，而国继以围。又长驱梁北，东至陶卫之郊，北至平监。所亡于秦者，山南山北，河外河内，大县数十，名都数百。秦乃在河西晋，去梁千里，而祸若是矣。又况于使秦无韩，有郑地，无河山而阑之，无周韩而间之，去大梁百里，祸必由此矣。

"异日者，从之不成也，楚、魏疑而韩不可得也。今韩受兵三年，秦桡之以讲，识亡不听，投质于赵，请为天下腐行顿刃，楚、赵必集兵，皆识秦之欲无穷也，非尽亡天下之国而臣海内，必不休矣。是故臣愿以从事王，王速受楚赵之约，而挟韩之质以存韩，而求故地，韩必效之。此士民不劳而故地得，其功多于与秦共伐韩，而又与强秦邻之祸也。

"夫存韩安魏而利天下，此亦王之天时已。通韩上党于共、甯，使道安成，出入赋之，是魏重质韩以其上党也。今有其赋，足以富国。韩必德魏爱魏重魏畏魏，韩必不敢反魏，是韩则魏之县也。魏得韩以为县，卫、大梁、河外必安矣。今不存韩，二周、安陵必危，楚、赵大破，卫、齐甚畏，天下西乡而驰秦入朝而为臣不久矣。"

第三部分 《战国纵横家书》第二十章 至第二十七章

二十、麛皮对邯郸君章[1]

【·】□【邯】郸☒未将令（命）也[2]。工（江）君奚泊曰[3]："子之来也，其将请师邪？彼将□□□重此□[4]，如北兼邯郸，南必□□□□□□□城必危[5]，楚国必弱。然则吾将悉兴以救邯【郸】[6]，吾非敢以为邯郸赐也，吾将以救吾□□[7]。"【麛】皮曰："主君若有赐[8]，兴□兵以救敝邑[9]，则使臣赤（亦）敢请其日以复于□君乎[10]？"工（江）君奚泊曰："大（太）缓救邯郸，邯郸□□□郸[11]。进兵于楚，非国之利也，子择亓（其）日归而已（已）矣，师今从子之后。"膚（聋—麛）皮归，复令（命）于邯郸君曰："□□□□□和于魏[12]，楚兵不足侍（恃）也。"邯郸君曰："子使，未将令（命）也。人许子兵甚俞（愉）[13]，何为而不足侍（恃）也？"膚（聋—麛）皮曰："臣之□□【不足】侍（恃）者以亓（其）俞（愉）也[14]。彼亓（其）应臣甚辨[15]，大似有理。彼非卒（猝）然之应也。彼笥（伺）齐□□□□守亓（其）□□□利矣[16]。□□□兵之日不肯告臣[17]。赖然进亓（其）左耳而后亓（其）右耳[18]，台（怡）乎亓（其）所后者[19]。必亓（其）心与□□□□□俞（愉）许【我】兵[20]，我必列（裂）地以和于魏，魏必不敝，得地于赵，非楚之利也。故俞（愉）许我兵者，所劲吾国[21]，吾国劲而魏氏敝，【楚】人然后（后）举兵兼承吾国之敝。主君何为亡邯郸以敝魏氏，而兼为楚人禽（擒）弋（哉）。故娄（数）和为可矣[22]。"邯郸君榣（摇）于楚人之许己兵而不肯和。三年，邯郸俴（残）[23]。楚人然后举兵，兼为正乎两国[24]。若由是观之，楚国之□虽□□，亓（其）实未也[25]。故□□应，且曾闻亓（其）音以知亓（其）心[26]。夫赖然见于左耳，膚（聋—麛）皮已（已）计之矣。

152

【注释】

[1] 原第二十七章，此章系年于公元前 352 年。此篇载"（魏）如北兼邯郸"，记载的是魏国围攻赵国邯郸之事。《赵世家》曰："（成侯）二十一年魏围我邯郸。"赵成侯二十一年，即公元前 354 年。此章下文又载："三年，邯郸俴（残）。"则帛书此章应该系年于魏国围攻邯郸三年之后，邯郸残破不堪之时，即公元前 352 年。麛皮：人名，赵国使者。邯郸君：即赵成侯。赵都邯郸，所以称邯郸君。

[2] 未将命：没有奉命求救。此句有多处脱文，大意是：魏国准备攻打赵国邯郸，麛皮受赵成侯之命出使楚国却没有请求援兵。

[3] 江君奚泚：即昭奚恤，是楚宣王时楚国的相国。封于江地，在今河南省正阳县。

[4] 彼：指魏国。此句有四处脱文，大意是：其他诸侯将重视此次麛皮之行。

[5] 此句有八处脱文，大意是：魏军向南谋攻楚国，楚国边地危险。

[6] 兴：兴兵。

[7] 此句有两处脱文，大意是：我将借此保卫楚国边地。

[8] 主君：指江君，即昭奚恤。

[9] 此句有一处脱文，大意是：发动楚军援助邯郸。

[10] 使臣：麛皮自称。此句有一处脱文，大意是：那么我可以斗胆请问一下您计划出兵的日期以便我去回复我的国君吗？

[11] 此句有三处脱文，大意是：如果楚军救援邯郸的行动太迟缓，那么邯郸就不再是赵国的邯郸了。

[12] 此句有五处脱文，大意是：昭奚恤已经同意派出援兵，但是即使这样，我们仍要想办法与魏国讲和，因为楚国救兵不能依靠。

[13] 俞：同"愉"，愉快。此处是许诺很快的意思。

[14] 此句有两处脱文，大意是：我之所以说楚国救兵不能依靠，正是因为昭奚恤许诺得太痛快。

[15] 辨：同"辩"，有口才，善言辞。如《韩非子·五蠹》："子言非不辩也，吾所欲者土地也，非斯言所谓也。"应臣甚辨：指话说得漂亮动听。

[16] 此句有多处脱文，大意是：楚国正等着齐、秦两国的行动以待获取渔人之利。《楚策一·邯郸之难》载昭奚恤谓楚王曰："王不如无救赵，而以强魏。魏强，其割赵必深矣。赵不能听，则必坚守，是两弊也。"《楚策一·邯郸之难》载景舍谓楚王之语："赵、魏相弊，而齐、秦应楚，则魏可破也。"楚国的策略

是想让赵、魏两国相争，楚国再联合齐、秦，征伐魏国，从中获利。

　　[17] 此句有三处脱文，大意是：当我向昭奚恤询问楚国出兵之日时，他不肯回答我。

　　[18] 頯：《说文解字·九上·页部》云："头不正也。从页、从末。末，头倾也。"頯然：歪着头的样子，昭奚恤歪头而导致左耳在前，右耳在后。

　　[19] 台：同"怡"，快乐。

　　[20] 此句有五处脱文，大意是：他内心的想法肯定与其言谈相悖，表面上痛快地承诺出兵，实际上楚国并不打算派出援兵。他之所以表面上承诺出兵，是因为他知道如果楚国不答应派出援兵，我们就一定会割让土地给魏国以求和。

　　[21] 劲：鼓动赵国全力攻打魏国。

　　[22] 莢：同"数"，是极速，快的意思。如《礼记·曾子问》："不知其已之迟数，则岂如行哉！"

　　[23] 俴：同"殘"，毁坏、破坏。如《墨子·天志下》："残其城郭，以御其沟池。"

　　[24] 正：《单行本》同"征"，兼为正乎两国，指同时征伐两国。《裘注》认为"正"，应与"为胜败正""为祸福正""为天下正"之"正"同义。其义近于现代所谓"权威""主宰"。今案：根据帛书上下文义，此时楚国的策略是使赵、魏两国相互削弱，等到它们疲弊之时，楚国再联合齐、秦，征伐魏国。根据史书记载，楚国在邯郸之难时，也只是征伐了魏国。如《楚策一·江乙恶昭奚恤》载："邯郸之难，楚进兵大梁，取矣。"而史书上则没有记载此时楚国曾征伐赵国。杨宽先生指出："魏惠王于十六年围赵邯郸，十七年拔邯郸，十九年归邯郸，用兵于邯郸首尾四年之久。"即此时攻打赵国的是魏国，而且魏国还一度攻取了赵国国都邯郸。因此，帛书中楚国想趁赵、魏疲敝之时，攻打魏国，与赵国无涉。则《单行本》说"兼为正乎两国"指的是楚国同时征伐魏、赵两国，则不妥。同意《裘注》说法，"正"是权威、主宰的意思。《说文解字》："正，是也。从止，一以止。""正"的本义是正直无偏斜，后可引申为决定义。《玉篇·正部》："正，定也。"《周礼·天官·宰夫》："岁终，则令群吏正岁会。"郑玄注："正，犹定也。"《经义述闻·公羊传·出不正反》："二十六年传：师出不正反，战不正胜也。"王引之按曰："正之言定也，必也。"可见，"正"可以表示决定、主宰的意思。银雀山汉墓竹书《孙子兵法·形》载："故善者脩（修）道'而保'法，故能为胜败正。"整理小组注曰："十一家本作'故能为胜败之政'。能为胜败正，意为能在胜败问题上成为最高的权威。《管子·水地》：'生于水，发之于火，于是为万物先，为祸福正。'《老子》：'清净

为天下正。'‘正’字意义与此相同。"亦可证"正"有权威、主宰的意思。帛书此处"兼为正乎两国"意谓楚国在赵、魏两国之间有权威。此与当时史实记载正相合。赵国被魏国攻伐，甚至失去国都邯郸，可知赵国在此战中损失巨大，国力衰弱。而魏国因为连年的攻伐战争，兵力疲敝，楚国趁此攻占魏地，如《楚策一·邯郸之难昭奚恤》载："楚取睢、濊之间。"齐国亦在此时伐魏，如雷学淇《竹书纪年义证》卷三十七云："赵亦即谋于齐，败魏于桂陵也。"可证魏、赵两国此时都遭遇战败，损失惨重。而楚国则趁此之机坐收渔人之利，并得到魏国土地。魏、赵弱，而楚强，因此此时的楚国在赵、魏两国中有权威。

［25］此句有二处脱文，大意是：楚国人虽然嘴上承诺出兵，内心却并不想这样做。

［26］此句有二处脱文，大意是：所以聪明的人在面对他人的应答时，只要听到对方说话的语气就能猜到对方内心所想。

【译文】

魏国准备攻打赵国邯郸，麛皮受赵成侯之命出使楚国请求支援，但麛皮却没有提出让楚国援助赵国的诉求。楚相昭奚恤对麛皮说："你此番来楚国，是为了请求楚国的援兵吧？其他诸侯将重视你的此次行动，如果魏军向北兼并赵国邯郸，其后它一定会向南谋攻楚国，楚国边地必定危险，楚国必将被削弱。既然这样，那么我将调动楚国的全部兵力去救援邯郸，我不敢说这是给邯郸的恩赐，其实我也是为了借此保卫楚国的边地。"麛皮说："您如果想对赵国有所恩赐，发动楚军援助邯郸，那么我可以斗胆请问一下您计划出兵的日期以便我去回复我的国君吗？"昭奚恤说："如果楚军救援邯郸的行动太迟缓，那么邯郸就不再是赵国的邯郸了。魏国攻陷邯郸后会进攻楚国，这将对楚国不利，你选个日期先回赵国吧，楚国援兵将随后而至。"麛皮回到赵国后，立即向赵成侯复命："昭奚恤已经同意派出援兵，但是即使这样，我们仍要想办法与魏国讲和，因为楚国救兵不能依靠。"赵成侯说："你出使楚国，还没有提出让楚国援救赵国的诉求，人家就痛快地许诺你楚国将要派出援兵，为什么你却说楚国不能依靠呢？"麛皮说："我之所以说楚国救兵不能依靠，正是因为昭奚恤许诺得太痛快。他回应我的话说得漂亮动听，看似合情合理。但是他并非突然做出这样的应对，而是经过深谋远虑。其实他正等着齐、秦两国的行动以待获取渔人之利。所以当我向昭奚恤询问楚国出兵日期时，他不肯回答我。当时他歪着头，左耳在前，右耳在后，把欢愉之心隐藏起来让人无法觉察。可见，他内心的想法肯定与其言谈相悖，表面上痛快地承诺出兵，实际上楚国并不打算派出援兵。他之所以表面上承诺出兵，是因为他知道如果楚国不答应派出援兵，我们就一定会割让土地给魏国以求和，魏国在兵力还没有疲敝之时，就得到赵国土地，这将对楚国不利。因此，昭奚恤痛快地承诺派出援兵，鼓动我国全力攻打魏国，在我国全力以赴地进攻之下，魏国军队肯定会精疲力竭，楚国趁着我国和魏国疲敝之时，肯定会兴兵大举进攻魏国。大王为什么要以灭亡邯郸为代价使魏国衰败，让我国和魏国都成为楚国人的阶下囚呢？所以现在大王亟须做的事是与魏国讲和。"然而，赵成侯被楚国人答应出兵援助的谎言所蒙蔽，不肯与魏国讲和。三年之后，邯郸被魏国攻陷。楚国趁魏国兵力疲敝之时攻打魏国，魏国损失惨重，于是楚国在赵、魏两国之间树立权威，主宰两国命运。从这件事来看，楚国人虽然嘴上承诺出兵，内心却并不想这样做。所以聪明的人在面对他人的应答时，只要听到对方说话的语气就能猜到对方内心所想。当昭奚恤歪头露出左耳时，麛皮已经猜到他内心并非真心想派出援兵，因此做好了放弃楚国、联合魏国的打算。

二十一、公仲倗谓韩王章[1]

秦韩战于蜀潢[2]，韩是（氏）急。公中（仲）倗（倗）胃（谓）韩王曰[3]："冶（与）国非可持（恃）也。今秦之心欲伐楚，王不若因张义（仪）而和于秦，洛（赂）之以一名县，兵〈与〉之南伐楚，此以一为二之计也[4]。"韩王曰："善。"乃警公中（仲）倗（倗）[5]，将使西讲于秦。楚王闻之，大恐，召陈轸而告之。陈轸曰："夫秦之欲伐王久矣。今或[6]得韩一名县具甲[7]，秦、韩并兵南乡（向）楚，此秦之所庙祠而求也[8]。今巳（已）得之，楚国必伐。王听臣之为之，警四竟（境）之内，兴师救韩，名（命）战车，盈夏路[9]；发信臣，【多】亓（其）车，重亓（其）敝（币），史（使）信王之救己也。韩为不能听我[10]，韩之德王也，必不为逆以来[11]，是【秦】韩不和也。【兵虽】至楚，国不大病矣[12]。为能听我[13]，绝和于秦，秦必大怒，以厚怨韩。韩南【交楚】，必轻秦，轻秦，亓（其）应必不敬矣。是我困秦、韩之兵，免楚国｛楚国｝[14]之患也。"王许之："若（诺）。"乃警四竟（境）之内，兴师，言救韩；发信臣，多车，厚亓（其）敝（币）。使之韩，胃（谓）韩王曰："不穀唯（雖）小[15]，巳（已）悉起之矣。愿大国肆（肆）意于秦[16]，不穀将以楚佳（隼）韩[17]。"【韩王】说（悦），止公中（仲）之行。公中（仲）曰："不可。夫以实苦我者秦也，以虚名救【我】者楚也。【恃】楚之虚名，轻绝强秦之适〈敌〉，天下必苂〈芺—笑〉王。且楚韩非兄弟之国也，有（又）非素谋伐秦也[18]，巳（已）伐刑（形）[19]，因兴师言救韩，此必陈轸之谋也[20]。夫轻绝强秦而强【信】楚之谋臣[21]，王必悔之。"韩王弗听，遂绝和于秦。秦因大怒，益师，兵〈与〉韩是（氏）战于岸门[22]。楚救不至，韩是（氏）大败。故韩是（氏）之兵非弱也，亓（其）民非愚蒙也，兵为秦禽（擒）[23]，知（智）为楚芺（笑）者，过听于陈轸，失计韩傰（佣）。故曰："计听知顺逆，唯（虽）王可。"

【注释】

[1] 原第二十四章，此章系年于公元前314年。此篇又见于《韩策一·秦韩战于浊泽》《韩世家》《韩非子·十过》。《韩世家》曰："（韩宣惠王）十九年［秦］大破我岸门。"《韩策一·秦韩战于浊泽》载："秦果大怒，兴师与韩氏战于岸门。"此章亦曰："秦因大怒，益师，与韩是（氏）战于岸门。"韩宣惠王十九年，即公元前314年。可知秦、韩岸门之战，发生在公元前314年。帛书此章最后的评语是在岸门之战结束后做出的总结，因此应系年于公元前314年。

[2] 蜀潢：地名。《韩策一》与《韩世家》均作"浊泽"。《韩世家·集解》徐广曰："长社有浊泽。"《后汉书·郡国志》："颍川郡长社县有蜀津。"古书"泽"与"津"常混，"浊"繁体作"濁"，与"蜀"音近通假，"蜀津"即"浊泽"。"潢"：同"潢"，《说文解字》曰："潢，小津也。"蜀潢：即蜀津，也即浊泽，在今河南省长葛县西。

[3] 公仲佣：人名，即韩佣，韩相国。

[4] 以一为二：《单行本》解释"把秦国攻韩转变为秦、韩攻楚。"《郑注》认为"以一为二"当从《战国策》《史记》作"以一易二"，并解释说："'以一易二'，谓以一名都换取'不伐韩''与伐楚'二事也。帛书作'为'，盖字形相近而伪也；当据正。"今案："为"字本身有改变、成为的意思。如《荀子·劝学》："冰，水为之，而寒于水。"《广雅·释诂三》曰："为，成也。"可见，帛书此处"以一为二"之"为"本身就可以解释为成为、变成。因此，它并不用如郑良树先生所说，非要从《史记》《战国策》改作"易"字。其实，《战国策》《史记》作"以一易二"，帛书此处作"以一为二"，均与文义相符，它们都是正确的。"以一易二"，《史记索隐》曰："一，谓名都也；二，谓使不伐韩"。即韩国以一名都换取秦国"不伐韩""与伐楚"二事。其解与文义相合。《韩世家》载："赂以一名都，具甲，与之南伐楚，此以一易二之计也。"此时正值秦、韩浊泽之战之时，韩国处境危急。韩相公仲佣建议韩王割让给秦国一名都，以求与秦国和解。这样秦国就会放弃讨伐韩国，转而联合韩国共同伐楚。可见，将"以一易二"解释为用一名都换取"不伐韩""与伐楚"二事，

与文义相符。范祥雍先生在考释《战国策·韩策一》"秦韩战于浊泽"章时也引用了《史记索隐》这一说法。"以一为二"，帛书整理小组解释为由秦国一国攻韩转变为秦、韩两国共同攻楚，其义亦可通。帛书此句为公仲倗游说韩王之言："今秦之心欲伐楚，王不若因张义（仪）而和于秦，洛（赂）之以一名县，与之南伐楚，此以一为二之计也。"即公仲倗建议韩王割让一座县城以求与秦国讲和，并与秦国联合共同伐楚。可见，一开始为秦、韩两国交战，为一对一之战；而公仲倗建议秦、韩讲和，二国联合起来共同伐楚，此为二对一之战。则"以一为二"是指由秦国一国攻伐韩国转变为秦、韩两国共同征伐楚国。此解不仅与帛书文义相合，与史实记载亦相符。所以，帛书此句中的"以一为二"没有必要改成"以一易二"，而是应当各从各书。

[5] 警：警戒，准备。

[6] 或：副词，又。如《诗经·小雅·宾之初筵》："既立之监，或佐之史。"

[7] 甲：甲士，士兵。如《左传·宣公二年》："晋侯饮赵盾酒，伏甲将攻之。"《韩非子》作"秦得韩之都一，驱其练甲"。

[8] 庙祠：祭于宗庙。如《韩非子·十过》："秦韩为一以南乡楚，此秦王之所以庙祠而求也。"

[9] 夏路：指由楚通向北方的道路。《越王勾践世家》："商、于、析、郦、宗、胡之地，夏路以左，不足以备秦。"《史记索隐》引刘氏云："楚适诸夏，路出方城，人向北行，以西为左，故云夏路以左。"《韩非子·十过》说："因发车骑，陈之下路。""下"与"夏"音同借用。

[10] 为：即使。表示让步关系。

[11] 逆：《单行本》解释为敌对的意思。《孟注》解释为祸乱，并指出："《礼记·仲尼燕居》：'能而不中礼，谓之逆。'孔颖达疏：'逆谓逆乱。'"《郑注》认为"逆"是迎的意思，此谓韩不迎秦之兵而来伐楚也。今案：同意《郑注》说法，"逆"是迎的意思。《说文解字》曰："逆，迎也。关东曰逆，关西曰迎。"段玉裁注："逆迎双声，二字通用。""逆"的本义是迎接的意思，又引申为迎合义。帛书"逆"即表示迎合，"必不为逆以来"指韩国不听从秦国命令。此句在《韩世家》及《韩策一》中作"纵韩不能听我，韩必德王也，必不为雁行以来，是秦韩不合也"。可知帛书"逆"，在《史记》及《战国策》中均作"雁行"。雁行，"谓相次而行，如群雁飞行之有行列"。即雁行是指像雁群飞翔一样，排列整齐有先后次序。《史记索隐》注解说："言韩以楚必救己，己虽随秦来战，犹德于王，故不为雁行而来，言不同心旅进也。"即韩国虽然跟随

秦国来伐楚，但由于感激楚王，韩国不会迎合听从秦国的命令，即其所谓"不同心旅进"。可见，"雁行"与帛书"逆"意思相近，均表示迎合、跟随的意思。

[12] 病：祸害，破坏。如《汉书·沟洫志》："不豫修治，北决病四五郡，南决病十余郡，然后忧之，晚矣。"

[13] 为：如，若。表示假设关系。《宋微子世家》："今诚得治国，国治，身死不恨。为死，终不得治，不如去。"

[14] "楚国"两字，误重出。

[15] 不榖：国君自谦之称。此处当从《韩非子》作"不榖之国"。

[16] 肆：任意，大胆。如《左传·昭公十二年》："昔穆王欲肆其心，周行天下。"

[17] 隹：同"隼"，《说文解字·四上·鸟部》谓"隼"字"从隹、一"，"隼"实即"隹"的分化字。"隼"《韩策》和《韩世家》均作"殉"，"隼"与"殉"音同通假。

[18] 素谋：平素相谋。《韩策》及《韩世家》均作"素约而谋"。

[19] 已伐形：楚国已经有被伐的形势。

[20] 此处有脱落，《韩策》和《韩世家》较详。

[21] 强信："强"字当是误衍。此句上有脱文，据《韩策》及《韩世家》当补"且王以使人报于秦矣，今弗行，是欺秦也"。

[22] 岸门：地名，在今河南省许昌县。

[23] 为：被，引出动作行为的主动者。

【译文】

秦、韩两国在蜀潢交战，韩国处境危急，韩相公仲侈对韩王说："盟国是不能依靠的。现在秦国一心想要攻打楚国，大王不如通过秦相张仪与秦国讲和，送给秦国一个大城邑，与秦国一道向南攻打楚国，这是由秦国一国攻伐韩国转变为秦、韩两国共同征伐楚国的计策。"韩王说："好！"于是让公仲侈做好准备，将要西去秦国与其和谈。楚王听说此事后，非常恐慌，召来陈轸告诉他这件事。陈轸说："秦国想要攻打大王，早已蓄谋已久了。现在又得到韩国的一座城邑，并提供武装力量，秦、韩两国合兵南向攻打楚国，这是秦国在宗庙祭祀祷告时都渴求期盼的。如今他们已经得到这一切，楚国必将遭受攻伐。大王听凭我处理这件事，在国家四境之内做好戒备，公开宣布出兵救韩，让战车布满通向北方的道路；再派出亲信的使臣，多准备一些车辆，带充足的财物，让韩王相信楚国真的要救援自己。韩国即使不听命于我们，他也会因为我们出兵救援而感激大王，肯定不会听从秦国命令，这样秦、韩两国就会产生不和，关系破裂。秦兵即使打到了楚国，我们也不会有多大的祸患。如果韩国能听命于我们，与秦国断绝交往，那么秦王一定会勃然大怒，极度怨恨韩国。而韩国与楚国结盟，也一定会轻视秦国，对秦国必定表现出不敬的态度。这样我们就会使秦、韩两军关系交恶，并同时陷入困境，免除楚国将要受到攻伐的祸患了。"楚王欣然同意这个计谋，说："好的。"于是下令四境之内加强戒备，发动军队，公开宣布救援韩国；派出亲信的使臣，多带车辆和财物去韩国。使臣到韩国之后向韩王转述楚王的话："我的国家虽然弱小，但已经全国动员起来了。希望贵国放心大胆地抵抗秦国，我将让楚国与贵国共存亡。"韩王听了之后非常高兴，不让公仲侅再出使秦国。公仲侅说："这样不行。以实实在在的武力使我们陷入困境的是秦国，用谎言欺骗救我们的是楚国。依靠楚国救援的谎言，轻率地断绝与强秦的交往、拒绝与强秦讲和，将来天下人必定嘲笑大王上当受骗。再说，楚、韩两国并非兄弟盟国，又一向没有共同谋划攻伐秦国，如今楚国将被秦国讨伐的形势已经形成，却为此才声言出兵救援韩国，这一定是陈轸的计谋。而且大王已经派人通报秦王我要去秦国求和并与其共同攻打楚国，现在我不去了，这是欺骗秦国。轻率地断绝与强秦的邦交而听信楚国谋臣的话，大王一定会后悔。"韩王不听从公仲侅的劝谏，于是拒绝与秦国讲和。秦王为此非常生气，增加了攻韩兵力，在岸门与韩国继续开战。楚国的援兵始终没有来，韩国因而大败。韩国兵力并不弱小，韩国百姓并不愚昧，然而军队却被秦国击败，智谋被楚国耻笑，主要是由于错误地听信陈轸的话，没有采纳公仲侅计谋的缘故。所以说："定计谋、听意见、能分出好坏的人，才有资格称王。"

【附录】

《战国策》卷二十六《韩策一·秦韩战于浊泽》

　　秦、韩战于浊泽，韩氏急。公仲明谓韩王曰："与国不可恃。今秦之心欲伐楚，王不如因张仪为和于秦，赂之以一名都，与之伐楚。此以一易二之计也。"韩王曰："善。"乃儆公仲之行，将西讲于秦。

　　楚王闻之大怒，召陈轸而告之。陈轸曰："秦之欲伐我久矣，今又得韩之名都一而具甲，秦、韩并兵南乡，此秦所以庙祠而求也。今已得之矣，楚国必伐矣。王听臣，为之儆四境之内选师，言救韩，令战车满道路；发信臣，多其车，重其币，使信王之救己也。纵韩为不能听我，韩必德王也，必不为鴈行以来。是秦、韩不和，兵虽至，楚国不大病矣。为能听我绝和于秦，秦必大怒，以厚怨于韩。韩得楚救，必轻秦。轻秦，其应秦必不敬。是我困秦、韩之兵，而免楚国之患也。"

楚王大说，乃儆四境之内选师，言救韩，发信臣，多其车，重其币。谓韩王曰："弊邑虽小，已悉起之矣。愿大国遂肆意于秦，弊邑将以楚殉韩。"

韩王大说，乃止公仲。公仲曰："不可，夫以实告我者，秦也；以虚名救我者，楚也。恃楚之虚名，轻绝强秦之敌，必为天下笑矣。且楚、韩非兄弟之国也，又非素约而谋伐秦矣。秦欲伐楚，楚因以起师言救韩，此必陈轸之谋也。且王以使人报于秦矣，今弗行，是欺秦也。夫轻强秦之祸，而信楚之谋臣，王必悔之矣。"韩王弗听，遂绝和于秦。秦果大怒，兴师与韩氏战于岸门，楚救不至，韩氏大败。

韩氏之兵非削弱也，民非蒙愚也，兵为秦禽，智为楚笑，过听于陈轸，失计于韩明也。

《史记》卷四十五《韩世家》第十五

十六年，秦败我脩鱼，虏得韩将鰅、申差于浊泽。韩氏急，公仲谓韩王曰："与国非可恃也。今秦之欲伐楚久矣，王不如因张仪为和于秦，赂以一名都，具甲，与之南伐楚，此以一易二之计也。"韩王曰："善。"乃警公仲之行，将西购于秦。楚王闻之大恐，召陈轸告之。陈轸曰："秦之欲伐楚久矣，今又得韩之名都一而具甲，秦韩并兵而伐楚，此秦所祷祀而求也。今已得之矣，楚国必伐矣。王听臣为之警四境之内，起师言救韩，命战车满道路，发信臣，多其车，重其币，使信王之救己也。纵韩不能听我，韩必德王也，必不为鴈行以来，是秦韩不和也，兵虽至，楚不大病也。为能听我绝和于秦，秦必大怒，以厚怨韩。韩之南交楚，必轻秦；轻秦，其应秦必不敬：是因秦、韩之兵而免楚国之患也。"楚王曰："善。"乃警四境之内，兴师言救韩。命战车满道路，发信臣，多其车，重其币。谓韩王曰："不榖国虽小，已悉发之矣。愿大国遂肆志于秦，不榖将以楚殉韩。"韩王闻之大说，乃止公仲之行。公仲曰："不可。夫以实伐我者秦也，以虚名救我者楚也。王恃楚之虚名，而轻绝强秦之敌，王必为天下大笑。且楚韩非兄弟之国也，又非素约而谋伐秦也。已有伐形，因发兵言救韩，此必陈轸之谋也。且王已使人报于秦矣，今不行，是欺秦也。夫轻欺强秦而信楚之谋臣，恐王必悔之。"韩王不听，遂绝于秦。秦因大怒，益甲伐韩，大战，楚救不至韩。十九年，大破我岸门。太子仓质于秦以和。

《韩非子》卷第三《十过》第十

奚谓内不量力？昔者秦之攻宜阳，韩氏急。公仲朋谓韩君曰："与国不可恃也，岂如因张仪为和于秦哉！因赂以名都而南与伐楚，是患解于秦而害交于楚也。"公曰："善。"乃警公仲之行，将西和秦。楚王闻之，惧，召陈轸而告之曰："韩朋将西和秦，今将奈何？"陈轸曰："秦得韩之都一，驱其练甲，秦、韩为一以南乡楚，此秦王之所以庙祠而求也，其为楚害必矣。王其趣发信臣，多其车，重其币以奉韩，曰：'不毂之国虽小，卒已悉起，愿大国之信意于秦也。因愿大国令使者入境视楚之起卒也。'"韩使人之楚，楚王因发车骑陈之下路，谓韩使者曰："报韩君，言弊邑之兵今将入境矣。"使者还报韩君，韩君大悦，止公仲。公仲曰："不可。夫以实害我者，秦也；以名救我者，楚也。听楚之虚言而轻强秦之实祸，则危国之本也。"韩君弗听。公仲怒而归，十日不朝。宜阳益急，韩君令使者趣卒于楚，冠盖相望而卒无至者。宜阳果拔，为诸侯笑。故曰：内不量力，外恃诸侯者，则国削之患也。

二十二、苏秦谓陈轸章[1]

齐宋攻魏[2]，楚回（围）翁（雍）是（氏）[3]，秦败屈匄[4]。胃（谓）陈轸曰[5]："愿有谒于公，亓（其）为事甚完，使楚利公。成则为福，不成则为福[6]。今者秦立于门[7]，客有言曰：'魏王胃（谓）韩倗（佣）、张义（仪）[8]：煮棘（枣）[9]将榆（逾）[10]，齐兵有（又）进，子来救【寡】人可也，不救寡人，寡人弗能枝（支）[11]。'槫（转）辟（辞）也[12]。秦、韩之兵毋东，旬余，魏是（氏）槫（转），韩是（氏）从，秦逐张义（仪），交臂而事楚[13]，此公事成也。"陈轸曰："若何史（使）毋东？"合（答）曰："韩倗（佣）之救魏之辟（辞），必不胃（谓）郑王曰[14]：'倗（佣）以为魏。'必将曰：'倗（佣）将槫（搏）三国之兵[15]，乘屈匄之敝，南割于楚，故地必尽。'张义（仪）之救魏之辟（辞），必【不】胃（谓）秦王曰：'义（仪）以为魏。'【必将】曰：'义（仪）且以韩、秦之兵东巨（拒）齐、宋，义（仪）【将】槫（搏）三国之兵，乘屈匄之敝，【南割于】楚[16]，名存亡□□□□□而归[17]，此王业也。'公令楚【王与韩氏地，使】秦制和[18]。胃（谓）秦曰：'【请与韩地而王以】施三【川。[19]'韩】是（氏）之兵不用而得地【于楚】，□□□□□何[20]。秦兵【不用而得三川，伐楚、韩以窘】魏，魏是（氏）不敢不听。韩欲地而兵案[21]，声荣发于魏，魏是（氏）☑□魏是（氏）【转】[22]，秦、韩争事齐楚，王欲毋予地。公令秦、韩之兵不【用而得地，有一大】德。秦、韩之王劫于韩倗（佣）、张义（仪）而东兵以服魏[23]，公常操□券[24]而责于【秦、韩，此其善于】公而【恶张】义（仪）多资矣。"

【注释】

［1］原第二十二章，此章系年于公元前312年。此篇又见于《田敬仲完世家》，《史记》作"苏代谓田轸"。田轸即陈轸，"陈"姓在《史记》中，由于当时方言，常写作"田"。苏代，应为苏秦。帛书此章载"今者秦立于门"，"秦"即是苏秦的自称。《田敬仲完世家》曰："攻魏，楚围雍氏，秦败屈丐。"此章亦曰："齐宋攻魏，楚回（围）翁（雍）是（氏），秦败屈匄。"《秦本纪》曰："（秦惠文王更元）十三年楚围雍氏。"《韩世家》曰："（韩宣惠王）二十一年与秦共攻楚，败楚将屈丐。"秦惠文王更元十三年、韩宣惠王二十一年，即公元前312年。可知"楚围雍氏"事在公元前312年。因此帛书此章系年当在公元前312年。

［2］《田敬仲完世家》载："攻魏，楚围雍氏，秦败屈丐。"这里没有提到宋国，但是后文说："东距齐宋。"可见如帛书此章所载"齐宋攻魏"，宋国确实也参加了这场战争。

［3］雍氏：地名，在今河南省禹县东北。

［4］屈匄：即屈丐，人名，楚将。

［5］陈轸：即田轸，人名，此时为楚国谋士。《秦策二·齐助楚攻秦》记载齐、楚联合攻秦一事，秦相张仪游说楚怀王，欺骗他与齐国绝交。陈轸则竭力劝阻楚王不要听信张仪的话，但是楚王不听陈轸的良言，决意与齐国绝交，最终导致楚国被秦国大败。由此，世人总结："计失于陈轸，过听于张仪。"此事发生在公元前314年。可见在公元前314年前后，陈轸仍在楚国任事。

［6］则：与"亦"字同义。

［7］秦：即苏秦自称。

［8］韩倗：人名，韩相，又名公仲倗或公仲朋。张仪：此时是秦相。

［9］煮棘：即煮枣，地名，在今山东省菏泽县西南。

［10］榆：《单行本》读为"渝"，并解释："《尔雅·释言》：'渝，变也。'此指煮枣战事将起变化。"《孟注》认为，"榆"同"窬"，指墙壁被凿穿。《正字通·穴部》："窬。穿墙曰窬。"此指偷袭。《马［叁］》认为"榆"读为"逾"，表示征服、战胜义。今案：同意《马［叁］》说法。《说文解字》曰："榆，白枌。从木，俞声。""逾，逃进也。从辵，俞声。"可知"榆""逾"二字音近韵同通假。《慧琳音义》卷十一"年踰"注："踰，或作逾，俗字也。""踰"有胜过的意思，《淮南子·道应》："子发攻蔡，踰也。"高诱注："踰，越，胜之也。""逾"也有征服、战胜的意思。清华简《系年》131号简有"尽逾郑师"、133号简有"侵晋，逾郜"，整理者指出："逾，楚简中义多为'下'，

有征服、战胜义。"由此，帛书此处"煮枣将榆"中的"榆"同"逾"，也表示胜过、战胜。王辉在《释"卑隃"——兼谈"逾"有"降下、降服"义》一文中也指出此"榆"字应读"逾"，是攻下、征服的意思，用法与《淮南子·道应》"子发攻蔡，踚之"之"踚"同。此外，《田敬仲完世家》此句作"煮枣将拔"。《增韵·黠韵》："拔，攻而举之也。"《汉书·高帝纪》："二月，攻砀，三日拔之。"颜师古注："拔者，破城邑而取之，言若拔树木，并得其根本也。""拔"有攻取、占领的意思。此与帛书此处"逾"作战胜义解正相合。"煮枣将榆"指煮枣将被攻占。

[11] 支：支撑，维持。如《左传·定公元年》："天之所坏，不可支也；众之所为，不可奸也。"

[12] 转辞：婉转的言辞。

[13] 交臂：叉手，拱手，表示降服，恭敬。如《魏策二》："魏不能支，交臂而听楚。"

[14] 郑王：即韩宣惠王。

[15] 搏：聚结，集聚。苏轼《二公再和亦再答之》："亲友如搏沙，放手还复散。"三国：指秦、韩、魏。

[16] 此句脱文当从《田敬仲完世家》作"南割于楚"。

[17] 此句有五处脱文。《田敬仲完世家》作"名存亡国，实伐三川而归。"此句大意是：我们名义上说保存危亡的魏国，实际上是为了攻下三川而归。

[18] 制：控制，主掌。如《孙子·虚实》："水因地而制流，兵因敌而制胜。"

[19] 施：易。交换的意思。

[20] 此句有五处脱文。《田敬仲完世家》作"韩冯之东兵之辞且谓秦何"。此句大意是：韩倗东进救魏的言辞又会怎样向秦国解释呢？

[21] 此句《田敬仲完世家》作"秦、韩欲地而兵案"。"韩"字上应据之补"秦"字。案：同"按"。兵案：指按兵不动。

[22] 此句有多处脱文。《田敬仲完世家》作"魏氏之欲不失齐、楚者有资矣"。此句大意是：魏国明白不能失去齐、楚的邦交，魏国改变策略联合齐国、楚国。

[23] 劫：威胁，胁迫。

[24] □券：《田敬仲完世家》作"左券"。左券：古代契约分为左右两片，左片称左券，由债权人收执，用为索偿的凭证。

【译文】

齐宋联军攻打魏国，楚国围攻韩国的雍氏，秦国帮助韩国击败楚将屈匄所率领的楚军。苏秦对陈轸说："我有一个计谋想要进献给您，这个计谋非常完美，既对楚国有利又对您有利。成功了是福，不成功也是福。今天我站在门前，有人对我说：'魏王派人对韩佣、张仪说：煮枣将被攻破，齐军又来进犯，你们如果来援助我可能还有转机，如果不来援助我，我就支撑不住了。'这是魏王的客套话。秦、韩两国军队如果不向东增援魏国，用不了十几天，魏国就会改变策略屈从齐国，韩国也会追随魏国，秦国将驱逐张仪，恭顺地事奉楚国，这样您的事业就成功了。"陈轸说："怎样才能使秦、韩两国军队不东进增援魏国呢？"苏秦回答说："韩佣劝说韩王救魏会编造一套说辞，他肯定不会对韩王直说：'我是为了魏国。'必定说：'我将集结秦、韩、魏三国军队，趁着屈匄战败疲惫不堪之时，向南要求楚国割地，韩国之前失去的土地一定会全部收回。'张仪劝说秦王救魏也会编造一套说辞，他肯定不会对秦王直说：'我是为了魏国。'必定说：'我将用韩、秦两国的兵力向东抵抗齐国、宋国，我打算集结秦、韩、魏三国军队，趁着屈匄战败疲惫不堪之时，向南要求楚国割地，名义上是为保存危亡的魏国，实际上是为了攻下三川之后返回，这是王者的事业。'您可以劝说楚王把韩国故地返还给韩国，让秦国主掌和谈。对秦王说：'请让楚国交出韩国故地，大王可以以此交换三川之地。'韩国军队不用进攻就可以从楚国得到土地，韩佣东进救魏的言辞又会怎样向秦国解释呢？秦国军队不用进攻就可以得到三川之地，进攻楚国、韩国，使魏国陷入困境，魏王不敢不听命。秦、韩两国想要得到土地却按兵不动，只是对魏国发声施威，魏国明白不能失去齐、楚两国的邦交。魏国改变策略联合齐国、楚国，秦、韩两国就会争着事奉齐、楚，楚王又不想交出土地了。您让秦国、韩国不动用兵力就得到土地，这是对两国有大恩德。秦、韩两国君王受到韩佣、张仪的蛊惑，想要向东进军以迫使魏国顺服，这时您可以拿着这个凭券劝说秦王、韩王，这样秦、韩两国会厌恶张仪，因为他的主张所用的本钱太多了，而他们反而会信任您，因为您让他们不费吹灰之力就得到了土地。"

【附录】

《史记》卷四十六《田敬仲完世家》第十六

十二年，攻魏。楚围雍氏，秦败屈丐。苏代谓田轸曰："臣愿有谒于公，其为事甚完，使楚利公，成为福，不成亦为福。今者臣立于门，客有言曰魏王谓韩冯、张仪曰：'煮枣将拔，齐兵又进，子来救寡人则可矣；不救寡人，寡人弗能拔。'此特转辞也。秦、韩之兵毋东，旬余，则魏氏转韩从秦，秦逐张仪，交臂而事齐楚，此公之事成也。"田轸曰："奈何使无东？"对曰："韩冯之救魏之辞，必不谓韩王曰'冯以为魏'，必曰'冯将以秦韩之兵东却齐宋，冯因搏三国之兵，乘屈丐之弊，南割于楚，故地必尽得之矣'。张仪救魏之辞，必不谓秦王曰'仪以为魏'，必曰'仪且以秦韩之兵东距齐宋，仪将搏三国之兵，乘屈丐之弊，南割于楚，名存亡国，实伐三川而归，此王业也'。公令楚王与韩氏地，使秦制和，谓秦王曰'请与韩地，而王以施三川，韩氏之兵不用而得地于楚'。韩冯之东兵之辞且谓秦何？曰'秦兵不用而得三川，伐楚韩以窘魏，魏氏不敢东，是孤齐也'。张仪之东兵之辞且谓何？曰'秦韩欲地而兵有案，声威发于魏，魏氏之欲不失齐楚者有资矣'。魏氏转秦韩争事齐楚，楚王欲而无与地，公令秦韩之兵不用而得地，有一大德也。秦韩之王劫于韩冯、张仪而东兵以徇服魏，公常执左券以责于秦韩，此其善于公而恶张子多资矣。"

二十三、谓燕王章[1]

胃（谓）燕王曰："列在万乘，奇（寄）质于齐[2]，名卑而权轻。奉万乘助齐伐宋，民劳而实费。夫以宋加之淮北[3]，强万乘之国也，而齐兼之，是益齐也。九夷方□百里[4]，加以鲁、卫，强万乘之国也，而齐兼之，是益二齐也。夫一齐之强，燕犹弗能支[5]，今以三齐临燕，亓（其）过（祸）必大。唯（虽）然，夫知（智）者之【举】事[6]，因过（祸）【而为】福，转败而为功。齐紫，败素也，贾（价）十倍[7]。句（勾）浅（践）栖会稽[8]，亓（其）后残吴，霸天下。此皆因过（祸）为福，转败而为功。今王若欲因过（祸）而为福，转败而为功，则莫若招霸齐而尊之[9]，使明（盟）周室而梦（焚）秦符[10]，曰：'大（太）上破秦，亓（其）次必长愿（摈）之。'秦挟愿（摈）以侍（待）破[11]，秦王必患之。秦五世伐诸侯[12]，今为齐下，秦王之心笱（苟）得穷齐，不难以国壹栖〈捷〉[13]。然则王何不使辩士以若说说秦王曰[14]：'燕、赵破宋肥齐，尊之，为之下者，燕、赵非利之也。燕、赵弗利而执（势）为者[15]，以不信秦王也。然则王何不使可信者栖〈捷〉收燕、赵，如经（泾）阳君，如高陵君[16]，先于燕、赵曰：秦有变[17]，因以为质[18]。则燕、赵信秦。秦为西帝，燕为北帝，赵为中帝，立三帝以令于天下。韩、魏不听则秦伐，齐不听则燕、赵伐，天下孰敢不听。天下服听因迎（驱）韩、魏以伐齐，曰：必反（返）宋，归楚淮北。反（返）宋，归楚淮北，燕、赵之所利也。并立三王〈帝〉，燕、赵之所愿也。夫实得所利，尊得所愿，燕、赵之弃齐，说（脱）沙（躧）也[19]。今不收燕、赵，齐伯必成[20]。诸侯赞齐而王弗从，是国伐也。诸侯伐〈赞〉齐而王从之[21]，是名卑也。今收燕、赵，国安名尊，不收燕、赵，国危而名卑。夫去尊、安，取卑、危，知（智）者弗为。'秦王闻若说，必如谏（刺）心。然则【王】何不使辩士以如说【说】秦，秦必取，齐必伐矣。夫取秦[22]，上交也；伐齐，正利也。尊上交，务正利[23]，圣王之事也。"

【注释】

[1] 原第二十章，此章系年于公元前286年。此篇又见于《燕策一·齐伐宋宋急》以及《苏秦列传》。《战国策》《史记》均作"苏代乃遗燕昭王书曰"。帛书此章载："燕、赵破宋肥齐"，下文又载："天下服听因驱韩、魏以伐齐，曰：'必反（返）宋，归楚淮北。'"可知齐国此时已经灭亡宋国，并占领宋国土地。《魏世家》曰："（魏昭王）十年齐灭宋，宋王死于温。"魏昭王十年，即公元前286年。可知帛书此章应该系年于公元前286年。《燕策一·齐伐宋宋急》载"齐伐宋，宋急"是衍文，吴师道指出："案此策文，盖齐已灭宋，取楚淮北之后，劝之尊齐摈秦，而说秦以伐齐，非将伐宋时事也。"顾观光《国策编年》、黄式三《周季编略》也将此策文系年于公元前286年。帛书此章游说者是苏秦。此章载："夫以一齐之强，燕犹弗能支，今以三齐临燕，其祸必大。"助燕伐齐是苏秦一直致力于从事的事业。《燕策二·苏代自齐使人谓燕昭王》载："臣闻离齐、赵，齐、赵已孤矣，王何不出兵以攻齐？臣请王弱之。"缪文远曰："据帛书，此当为苏秦之语。"即苏秦建议燕昭王出兵攻齐。因此，帛书此章游说燕昭王伐齐的说客应是苏秦。

[2] 质：人质。燕国在齐国派有质子。

[3] "夫以宋"上《燕策一》多八十余字，《苏秦列传》多五十余字，此有脱落。

[4] 此句有一处脱文，《燕策一》和《苏秦列传》均作"北夷方七百里"，缺字为"七"的可能性大。王念孙校《苏秦列传》"北夷"为"九夷"，指出："'北夷'当'九夷'，字之误也。……是九夷之地东与十二诸侯接，而鲁为十二诸侯之一，故此言齐并九夷与鲁、卫也。"帛书此处正作"九夷方□百里"，可证王念孙校勘之准确。

[5] 支：抵挡，抗拒。如《魏策三》："赵王恐魏承秦之怒，遽割五城以合于魏而支秦。"

[6] 举事：行事，办事。如《吕氏春秋·察今》："故凡举事必循法以动，变法者因时而化。"

[7] 素：白缯。齐桓公贵紫事见《韩非子·外储说左上》："齐桓公好服紫，一国尽服紫。当是时也，五素不得一紫。"江永《乡党紫考》云："盖齐桓公有败素，染以为紫。人争买之，贾十倍。"齐国人喜欢穿紫色衣服，将残次的

白绢染成紫色，即可售价十倍。比喻善借时机。

[8] 句浅：即越王勾践。

[9] 招：《苏秦列传》作"挑"，《燕策一》作"遥"，当从《燕策一》作"遥"。"招""挑""遥"，并音近通用。

[10] 焚秦符：烧毁与秦缔结的盟约，即断交。

[11] 此句《燕策一》作"秦挟宾客以待破，秦王必患之"。吴师道云："宾即傧，'客'字因'宾'字误衍。"横田惟孝曰："挟，带也。挟宾，犹言被傧。"帛书此处作"秦挟毙（傧）以侍（待）破"，可证吴师道、横田惟孝之说的正确。

[12] 秦五世：秦自献公、孝公、惠王、武王至此时昭王，共五世。

[13] 栖：当作"捷"，是胜利的意思。此句《燕策一》作"不惮以一国都为功"，《苏秦列传》作"不惮以国为功"，《史记会注考证》释"不惮以国为功"为"赌国求胜"，帛书此处"不难以国壹捷"也可以这样理解，为了能使齐国陷入困境，秦王不惜失去一座都邑也要成功做到。

[14] 若说：此说。

[15] 势为：形势所迫。

[16] 泾阳君、高陵君：两人皆为秦昭王之弟。

[17] 秦有变：秦国的策略改变。

[18] 因：就，于是。如《项羽本纪》："项王即日因留沛公与饮。"

[19] 说沙：同"脱躧"，《苏秦列传》作"如脱躧矣"，《燕策一》作"犹释弊躧"。姚宏云："弊躧一云'脱屣'也。"鲍彪云："躧，革履也。"吴师道云："徐云：'谓足跟不正纳履也。'"躧：即"屣"，指鞋。脱躧：脱掉鞋，喻指轻易之事。

[20] 霸：称霸，做诸侯的盟主。如《国语·晋语四》："遂伐曹卫，出谷戍，释宋围，败楚师于城濮，于是乎遂伯。"

[21] 伐：是"赞"之误字，当作"赞"。

[22] 取：联合。

[23] 务：致力，从事。《吕氏春秋·上农》："后稷曰：'所以务耕织者，以为本教也。'"

【译文】

苏秦对燕昭王说："燕国虽然在万乘强国之列，但是不仅要给齐国送去人质以求庇护，而且自身名声卑弱、权势轻贱。凭借万乘强国的地位帮助齐国攻打宋国，劳民伤财。以宋国的领地加上淮北之地，实力已经超过万乘之国，而如果齐国兼而有之，那就如同再增加一个齐国。九夷之地方圆七百里，再加上鲁、卫两小国，实力已经超过万乘之国，如果齐国兼而有之，那就如同增加了两个齐国。一个强大的齐国，燕国都无法同它抗衡，如今以三个齐国逼近燕国，燕国遭遇的祸患可就大了。虽然这样，但是聪明的人做事，可以把灾祸变成幸福，把失败转为成功。齐国人喜欢紫色，将残次的白绢染成紫色，价格就上涨十倍。越王勾践背负屈辱困守在会稽山上，后来却灭掉吴国称霸天下。这些都是把灾祸变成幸福、把失败转为成功的范例。现在大王如果想转祸为福、转败为胜，那么您不如让齐国在远方称霸并极力尊崇它，派使者与周王室结盟，并且烧毁与秦国的盟约，相互约定：'最大的目标是攻破秦国，其次是排斥秦国。'秦国受到排斥并等着被攻破，秦王一定非常担心恐惧。秦国自五代以来总是攻伐其他诸侯，如今却屈居于齐国之下，如果能使齐国陷入困境，秦王甚至不惜失去一座都邑也要成功做到。既然这样，那么大王为什么不派一名辩士到秦国以此说游说秦王：'燕、赵两国助齐攻破宋国，扩大齐国领土，增强齐国势力，使它们不得不尊崇齐国，屈居齐国之下，这对燕、赵两国并没有好处。燕国、赵国得不到好处却仍受到形势所迫去做这样的事，主要是因为它们不相信秦王。既然这样，那么大王为什么不派燕、赵两国都信任的使者去迅速地联合燕国、赵国，比如泾阳君或高陵君，让他们先到燕、赵两国说：如果秦国对外政策有变化，就让他们在这里做人质。这样燕国、赵国就会相信秦国了。秦王做西帝，燕王做北帝，赵王做中帝，并立三帝即可号令天下。韩国、魏国如果不听命，秦国就会攻伐它们；齐国如果不听命，燕、赵两国就会攻打它，天下诸侯还有谁敢不听命？天下人都服从听命，就可以驱使韩国、魏国攻打齐国，对齐王说：'必须返还宋国故地，归还楚国淮北。返还宋国故地，归还楚国淮北，这对燕国、赵国同样有好处。并立三帝，是燕、赵两国共同的愿望。既然得到了实际的利益，获得了满意的尊位，那么燕国、赵国就会像脱鞋一样轻易地抛弃齐国。现在大王如果不联合燕、赵两国，那么齐王的霸业一定会成就。天下诸侯拥戴齐国，大王却不顺从，秦国将会遭到攻伐。天下诸侯拥戴齐国，大王跟从他们，这会使秦国的名分卑微。如今，大王如果联合燕国、赵国，就会使国家安定、名声尊贵。如果不联合燕国、赵国，就会使国家危乱、声名卑贱。抛弃尊贵、安定，追求卑贱、危乱，聪明的人是不会这样做的。'秦王听完这番言辞后，必定如刺心一般感同身受。既然这样，那么大王为什么不派能说会道的辩士用这种说法游说秦王，秦王肯定会同意与燕国联合，齐国必将遭到攻伐。联合秦国，是上等的邦交；攻打齐国，是真正利益所在。推重上等邦交，追求真正利益，这是圣王的事业。"

【附录】

《战国策》卷二十九《燕策一·齐伐宋宋急》

齐伐宋，宋急。苏代乃遗燕昭王书曰："夫列在万乘，而寄质于齐，名卑而权轻。秦齐助之伐宋，民劳而实费。破宋，残楚淮北，肥大齐，雠强而国弱也。此三者，皆国之大败也，而足下行之，将欲以除害取信于齐也。而齐未加信于足下，而忌燕也愈甚矣。然则足下之事齐也，失所为矣。夫民劳而实费，又无尺寸之功，破宋肥雠，而世负其祸矣。足下以宋加淮北，强万乘之国也，而齐并之，是益一齐也。北夷方七百里，加之以鲁、卫，此所谓强万乘之国也，而齐并之，是益二齐也。夫一齐之强，而燕犹不能支也，今乃以三齐临燕，其祸必大矣。

"虽然，臣闻知者之举事也，转祸而为福，因败而成功者也。齐人紫败素也，而贾十倍。越王勾践栖于会稽，而后残吴霸天下。此皆转祸而为福，因败而为功者也。今王若欲转祸而为福，因败而为功乎？则莫如遥伯齐而厚尊之，使使盟于周室，尽焚天下之秦符，约曰：'夫上计破秦，其次长宾之秦。'秦挟宾客以待破，秦王必患之。秦五世以结诸侯，今为齐下；秦王之志，苟得穷齐，不惮以一国都为功。然而王何不使布衣之人，以穷齐之说说秦，谓秦王曰：'燕、赵破宋肥齐尊齐而为之下者，燕、赵非利之也。弗利而势为之者，何也？以不信秦王也。今王何不使可以信者接收燕、赵。今泾阳君若高陵君先于燕、赵，秦有变，因以为质，则燕、赵信秦矣。秦为西帝，赵为中帝，燕为北帝，立为三帝而以令诸侯。韩、魏不听，则秦伐之。齐不听，则燕、赵伐之。天下孰敢不听？天下服听，因驱韩、魏以攻齐，曰，必反宋地，而归楚之淮北。夫反宋地，归楚之淮北，燕、赵之所同利也。并立三帝，燕、赵之所同愿也。夫实得所利，名得所愿，则燕、赵之弃齐也，犹释弊躧。今王之不收燕、赵，则齐伯必成矣。诸侯戴齐，而王独弗从也，是国伐也。诸侯戴齐，而王从之，是名卑也。王不收燕、赵，名卑而国危；王收燕、赵，名尊而国宁。夫去尊宁而就卑危，知者不为也。'秦王闻若说也，必如刺心然，则王何不务使知士以若此言说秦？秦伐齐必矣。夫取秦，上交也；伐齐，正利也。尊上交，务正利，圣王之事也。"

《史记》卷六十九《苏秦列传》第九

齐伐宋，宋急，苏代乃遗燕昭王书曰：

夫列在万乘而寄质于齐，名卑而权轻；奉万乘助齐伐宋，民劳而实费；夫破宋，残楚淮北，肥大齐，雠强而国害：此三者皆国之大败也。然且王行之者，将以取信于齐也。齐加不信于王，而忌燕愈甚，是王之计过矣。夫以宋加之淮北，强万乘之国也，而齐并之，是益一齐也。北夷方七百里，加之以鲁、卫，强万乘之国也，而齐并之，是益二齐也。夫一齐之强，燕犹狼顾而不能支，今以三齐临燕，其祸必大矣。

虽然，智者举事，因祸为福，转败为功。齐紫，败素也，而贾十倍；越王勾践栖于会稽，复残强吴而霸天下：此皆因祸为福，转败为功者也。

今王若欲因祸为福，转败为功，则莫若挑霸齐而尊之，使使盟于周室，焚秦符，曰"其大上计，破秦；其次，必长宾之"。秦挟宾以待破，秦王必患之。秦五世伐诸侯，今为齐下，秦王之志苟得穷齐，不惮以国为功。然则王何不使辩士以此言说秦王曰："燕、赵破宋肥齐，尊之为之下者，燕、赵非利之也。燕、赵不利而势为之者，以不信秦王也。然则王何不使可信者接收燕、赵，令泾阳君、高陵君先于燕、赵？秦有变，因以为质，则燕、赵信秦。秦为西帝，燕为北帝，赵为中帝，立三帝以令于天下。韩、魏不听则秦伐之，齐不听则燕、赵伐之，天下孰敢不听？天下服听，因驱韩、魏以伐齐，曰'必反宋地，归楚淮北'。反宋地，归楚淮北，燕、赵之所利也；并立三帝，燕、赵之所愿也。夫实得所利，尊得所愿，燕、赵弃齐如脱躧矣。今不收燕、赵，齐霸必成。诸侯赞齐而王不从，是国伐也；诸侯赞齐而王从之，是名卑也。今收燕、赵，国安而名尊；不收燕、赵，国危而名卑。夫去尊安而取危卑，智者不为也。"秦王闻若说，必若刺心然。则王何不使辩士以此若言说秦？秦必取，齐必伐矣。夫取秦，厚交也；伐齐，正利也。尊厚交，务正利，圣王之事也。

二十四、苏秦献书赵王章[1]

献书赵王：臣闻【甘】洛（露）降[2]，时雨至，禾谷绛（丰）盈，众人喜之，贤君恶之[3]。今足下功力非数加于秦也[4]，怨竺（毒）积怒，非深于齐，下吏皆以秦为夏（忧）赵而曾（憎）齐[5]。臣窃以事观之，秦几（岂）夏〈忧〉赵而曾（憎）齐戈（哉）。欲以亡韩、呻（吞）两周，故以齐饵天下。恐事之不○诚（成），故出兵以割（劫）革（勒）赵、魏[6]。恐天下之疑己，故出挚（质）以为信。声德兵〈与〉国[7]，实伐郑韩[8]。【臣】以秦之计必出于此。且说士之计皆曰："韩亡参（三）川[9]，魏亡晋国[10]，市○○朝未罢过（祸）及于赵[11]。"且物固【有势】异而患同者。昔者，楚久伐，中山亡[12]。今燕尽齐之河南[13]，距莎（沙）丘、巨（钜）鹿之囷三百里[14]。距廮关[15]，北至于【榆中】者千五百里。秦尽韩、魏之上党，则地兵〈与〉王布属壤芥

（界）者七百里[16]。秦以强弩坐[17]羊肠[18]之道，则地去邯郸百廿里。秦以三军功（攻）王之上常（党）而包亓（其）北，则注之西[19]，非王之有也。今增注[20]、莅恒山而守三百里[21]，过燕阳、畐（曲）逆[22]，此○代马、胡狗不东[23]，纶（昆）山之玉不出[24]，此三葆（宝）者，或非王之有也。今从强秦久伐齐，臣恐亓（其）過（禍）出于此也。且五国之主○尝合衡（横）谋伐赵[25]，疏○分赵壤[26]，箸之䀅（盘）竿（盂）[27]，属[28]之祝諎（诅）[29]。五国之兵出有日矣，齐乃西师以唫（禁）强秦。史（使）秦废令[30]，疏服而听[31]，反（返）温、轵、高平于魏[32]，反（返）王公、符逾于赵[33]，此天下所明知也。夫齐之事赵，宜正为上交，乃以柢（抵）罪取伐，臣恐后事王者不敢自必也。今王收齐，天下必以王为义矣。齐探（抱）社稷事王，天下必重王。然则齐义，王以天下就之[34]；齐逆，王以天下□之[35]。是一世之命制于王也。臣愿王兵〈与〉下吏羊（详）计某言而竺（笃）虑之也[36]。

【注释】

[1] 原第二十一章，此章系年于公元前 285 年。此篇又见于《赵策一·赵收天下且以伐齐》《赵世家》。《赵策一》载"赵收天下，且以伐齐。苏秦为齐上书说赵王曰"，《赵世家》作"苏厉为齐遗赵王书"。《赵世家》载："（赵惠文王）十四年，相国乐毅将赵、秦、韩、魏、燕攻齐，取灵丘。"公元前 285 年，乐毅以赵相身份率领五国联军攻打齐国，可知"赵收天下，且以伐齐"发生在公元前 285 年。此章游说者应该是苏秦，因为苏秦在公元前 285 年仍然在齐国反间，受到齐湣王信任。《燕策二·苏代自齐使人谓燕昭王》曰："乃谓苏子曰：'燕兵在晋，今寡人发兵应之，愿子为寡人为之将。'"缪文远曰："苏代、苏子为苏秦之误。"此句即谓齐湣王让苏秦做统帅迎战燕军。此策文发生在公元前 285 年，可证此时齐湣王仍重用于苏秦。

[2] "臣闻"下帛书有脱落，《赵策》与《赵世家》并多三十余字。

[3] 恶：疑有误，当从《赵世家》作"图"，是筹划、谋划的意思。

[4] 功：同"攻"，攻击，进攻。

[5] 下吏：赵国官吏。忧：疑有误，当从《赵策》和《赵世家》作"爱"，形近而讹。

[6] 割：同"劫"，二字古音相近。《赵世家》作"故出兵以劫魏、赵"。革：同"勒"。"劫""勒"义近，是强取、强制、割让的意思。

[7] 德：给予恩惠，施德。《左传·昭公七年》："今无禄早世，不获久享君德。"

[8] 郑韩：即韩国。哀侯迁都郑地后，韩国亦称郑国，此故连称。

［9］三川：本指河水、伊水和洛水。韩国三川，在今河南省宜阳县一带。

［10］晋国：指魏国河东绛、安邑、曲沃一带。

［11］市朝：即市集、市场。《孟尝君列传》："日暮之后，过市朝者掉臂而不顾。"《史记索隐》曰："谓市之行位有如朝列，因言市朝耳。"市朝未罢：比喻时间很短。

［12］楚久伐，中山亡：楚怀王末年，秦国接连攻打楚国。如《楚世家》载："二十九年（公元前300年）秦复攻楚，大破楚，楚军死者二万，杀我景缺。……三十年（公元前299年）秦复伐楚，取八城。……顷襄王横元年（公元前298年）秦昭王恐，发兵出武关攻楚，大败楚军，斩首五万。"赵国乘机攻伐中山，并于公元前295年灭中山。如《秦本纪》载："（秦昭王）八年（公元前299年）赵破中山，其君亡，竟死齐。"《赵策四·三国攻秦赵攻中山》："（公元前298年）三国攻秦，赵攻中山，取扶柳。"《齐策五·苏秦说齐闵王》："（公元前296年）齐、燕战而赵氏兼中山。"《史记·六国表》："赵惠文王四年（公元前295年）围杀主父，与齐、燕共灭中山。"《赵世家》此下还有四十余字，帛书似有脱落。

［13］河南：是"河北"之误。河北即北地与阳地。《赵世家》作"燕尽齐之北地"，《赵策一》作"今燕尽齐之河南"，金正炜云："文当从史作'燕尽齐之北地'。"帛书"谓起贾章"载："且使燕尽阳地"，"北地归于燕"。"阳地""北地"即为此处"河北"。

［14］沙丘、钜鹿：二地名，在今河北省平乡县一带。囿：皇家狩猎场。

［15］麋关：地名，在今陕西省东北部延安一带。

［16］布：是"邦"之声讹。邦属：指城邦属连。芥：同"界"，壤界：言壤土接界。

［17］坐：据守，防守。如《左传·桓公十二年》："楚人坐其北门，而覆诸山下，大败之，为城下之盟而还。"

［18］羊肠：地名。《汉书·地理志》上党郡壶关县有羊肠坂，在今山西省壶关县东南。

［19］注：地名，即勾注。

［20］增：增兵，指加强防守。

［21］苫恒山：《赵世家》作"斩常山"。苫：即"叶"字，"叶"是喻母四等叶部字，"斩"是照母二等谈部字，叶谈对转，"苫"即"斩"音讹。

［22］阳、曲逆：燕国二地名。阳在今河北省唐县东北，曲逆在今河北省完县东南。

[23] 代马：代地之马。胡狗：胡地之狗。

[24] 纶：同"昆"。西汉时代"纶"字有与"昆"极近甚至完全一致的读音。如北大西汉简《老子》第六十六章"有物纶成"，整理者指出与"纶"相当之字马王堆帛书本《老子》作"昆"。昆山：即昆仑山，其地多产玉石。《尔雅·释地》："西北之美者有昆仑虚之璆琳琅玕焉。"

[25] 五国：指秦、齐、韩、魏、燕。

[26] 疎：同"疏"，是分开、分散的意思。如《淮南子·道应》："知伯围襄子于晋阳，襄子疏队而击之，大败知伯。"疏分：指瓜分。

[27] 盘盂：古代的盟约，除了写在竹帛上外，也可以铸在青铜的盘或盂上。

[28] 属：缀辑，撰写。如《屈原贾生列传》："屈平属草稿未定。"

[29] 祝譜：当读为"祝诅"。"譜"，《赵策一》作"柞"。古音"昔"声与"乍"声相近，二者又都与"且"声相近，因此"譜"同"诅"。祝诅：指祝告鬼神。如《孝文本纪》："民或祝诅上以相约结而后相谩，吏以为大逆。"

[30] 废令：废去称帝的布令。

[31] 疎服：《单行本》解释："《赵策》作'素服'，表示服罪的意思，'疎'与'素'音相近。"《郑注》认为"疎服"是"衰服"的意思，并进一步指出："衰、缞古通，《说文》：'衰，丧服衣。'疏服，即丧服也；今本《国策》作'素服'，义同。《史记》作'请服'，盖误。"今案：身着丧服请降，早在春秋时期就已产生。《左传·僖公六年》："冬，蔡穆侯将许僖公以见楚子于武城。许男面缚、衔璧，大夫衰绖，士舆榇。""衰"作"缞"，《说文解字》曰："缞，丧服衣。"段玉裁曰："绖，丧首戴也。在首为绖，在要（腰）为带。""衰绖"即指古人的丧服。《左传》此句是说许僖公向楚国投降时，许国的大夫穿着孝服。杨伯峻曰："先穿孝服，示其君将受死。"此时许国正处于亡国之际，因此大夫身穿丧服请降。可见，身着丧服向别国请降时，一般都说明该国正处于大败之时，甚而是亡国之际。如叶少飞、路伟《〈史记〉中的投降礼仪》一文就搜集了《史记》全书中关于战败的君主执行礼仪表示失败和有罪的六处记载，这六位出降者的处境均在即将亡国之际。但是，根据当时历史史实考察，帛书此处所记载的秦国仍为强国，与"大败""亡国"相距甚远，根本不可能身穿丧服请降。此时在公元前288年，齐、秦并称帝之时。齐湣王听从苏秦的游说，取消帝号，与赵、魏、韩、燕等国联合，相约攻秦去帝。根据当时形势，五国联合伐秦之初，秦国确实有损失，如帛书此章载："反（返）温、轵、高平于魏"，"反（返）王公，符逾于赵"，是说秦国把之前强占的土地还给魏、赵两

国；"史（使）秦废令"，是说秦国还被迫取消了帝号。但是，五国合谋伐秦，
各有所图，攻秦行动并不坚决，最终以失败告终。如《魏策二·五国伐秦》载：
"五国伐秦，无功而还。"而且，秦国虽然在此次战争中有些许损失，但是其国
力仍很强大，并没有受到重创。因此，此时的秦国国人身穿丧服去向齐国请降
是根本不可能发生的。正如范祥雍先生所说："秦未闻有大败，何至缟素以听
命？"由此，"疏服"解释为丧服，是不合理的。同意《单行本》说法，"疏服"
即"素服"，应从《史记》作"请服"解，表示服罪的意思。《说文解字》曰：
"素，作'𦃃'，白致缯也。从系𣎴，取其泽也。""索"，作"𦃇"，《说文解
字》曰："艸有茎叶，可作绳索。从木系。"可知"素""索"均从"系"。
"素"为鱼部，"索"在《新编上古音韵表》为铎部，而在董同龢的《上古音韵
表稿》中属于鱼部。鱼、铎部对转，可以相通。而"疏"亦是鱼部，与"素"
"索"音近，则"疏"与"素""索"相通。"素服""疏服"均应通作"索
服"。《小尔雅·广言》："索，求也。"《易·说卦》："震一索而得男"，陆德明
释文引王肃云："索，求也。"可知"索服"即表示"求服"，是请求顺服的意
思。此与《赵世家》所载"请服"意思正相合。"请服"在史书上多见，《左
传·僖公八年》曰："郑伯乞盟。请服也。"《管子·轻重》云："三年，鲁梁之
君请服。"元材案："服即降服之意，谓鲁梁之君自愿降服于齐为齐之属国也。"
可见，"请服"即表示愿意顺服的意思。而帛书此句"史（使）秦废令，疏服
而听"即指秦国发布取消帝号的命令，并向齐国请罪，表示愿意顺服齐国。《赵
策一》"使秦发令素服而听"，所记意义亦与此一致。可见，"疏服""素服"均
应从《赵世家》，作"请服"解。

　　［32］温、轵、高平：三地名。温在今河南省温县西南，轵在今济源县南，
高平在今济源县西南向城。

　　［33］王公、符逾：二地名。

　　［34］就：靠近，走近。如《庄子·齐物论》："圣人不从事于务，不就利，
不违害，不喜求，不缘道。"

　　［35］此句有一处脱文，《赵世家》作"禁"，《赵策》作"收"。此句大意
是：齐国如果背信弃义，大王就让天下诸侯孤立它。

　　［36］某：献书者自称。竺：同"笃"，是甚、深的意思。

【译文】

　　苏秦向赵王呈上一封信，全文如下：我听说甘露普降，雨水按时而至，五
谷丰收，百姓欢喜，而贤君则要开始筹谋。如今您并没有多次攻伐秦国，积蓄
的怨恨也没有齐国那么深，赵国官吏都认为秦国爱护赵国憎恨齐国。我根据当

前形势私下观察，秦国哪里能爱护赵国憎恨齐国！秦国想要灭亡韩国、吞并东西周，所以以齐国为诱饵欺骗天下。唯恐阴谋不能成功，因此出兵强行割取赵、魏两国土地。又唯恐天下诸侯怀疑自己，因此派出人质以便取得信任。表面上说帮助盟国，实际上是要攻打韩国。我认为秦国的计谋肯定从这方面考虑。再加上，游说之士的计谋都说："韩国失去三川，魏国失去包括安邑、曲沃等在内的河东之地后，在市集还没有结束的极短时间内，大祸就降临在赵国头上。"而且世上本来就有形势不同而祸患相同的情况。以前，楚国长期遭到攻伐，而赵国趁机灭亡中山。如今燕国全部占领了齐国黄河以北的土地，距离沙丘、钜鹿的狩猎场有三百里。距离麋关，往北直至榆中有一千五百里。秦国全部占领了韩、魏两国上党之地后，秦国国界就与大王国境相接壤的地方有七百里。秦国以重兵据守羊肠险要之地，此地距离邯郸只有一百二十里。秦国率领三军进攻大王的上党并包围其北部，那么勾注以西的土地就不再归您所有了。现在秦国增兵勾注、截断恒山而据守三百里，直到燕国的阳地和曲逆，这样代地的马匹、胡地的猎犬就无法东入赵国，昆仑山的宝玉也无法运至赵国，这三种宝物可能就不再为大王所有了。现在赵国顺从强大的秦国长期攻伐齐国，我担心祸患就要从这里产生。秦、齐、韩、魏、燕五国君王曾经采用连横计策谋划攻打赵国，想瓜分赵国土地，将盟约铸在青铜的盘盂上，并且祝告鬼神以祈祷取得胜利。正当五国联军即将出兵的时候，齐国却向西发动军队以阻止强秦攻击。迫使秦国发布取消帝号的命令，向齐国请罪，表示愿意顺从齐国，并把温、轵、高平等地返还给魏国，把王公、符逾等地返还给赵国，这是天下人都知道的事情。齐国事奉赵国，两国关系应该是上等邦交，但是赵国却把这种交往抵偿罪责并且攻伐齐国，我担心以后事奉君王的人一定都不敢与您交往了。如今，大王如果联合齐国，天下诸侯肯定会认为您是讲信义的。齐国拿整个国家供奉您，天下诸侯必然会重视您。既然这样，那么如果齐国讲信义，大王就让天下诸侯亲近它；如果齐国背信弃义，您就让天下诸侯孤立它。这样，一个时代的命运就掌控在您手里了。我希望大王和您的群臣能仔细思考一下我的话，并且深思熟虑做出正确决断。

【附录】

《战国策》卷十八《赵策一·赵收天下且以伐齐》

赵收天下，且以伐齐。苏秦为齐上书说赵王曰："臣闻古之贤君，德行非施于海内也，教顺慈爱，非布于万民也，祭祀时享，非当于鬼神也。甘露降，风雨时至，农夫登，年谷丰盈，众人喜之，而贤主恶之。今足下功力非数痛加于秦国，而怨毒积恶，非曾深凌于韩也。臣窃外闻大臣及下吏之议，皆言主前专据，以秦为爱赵而憎韩。臣窃以事观之，秦岂得爱赵而憎韩哉？欲亡韩吞两周之地，故以韩为饵，先出声于天下，欲邻国闻而观之也。恐其事不成，故出兵以佯示赵、魏。恐天下之惊觉，故微韩以贰之。恐天下疑己，故出质以为信。声德于与国，而实伐空韩。臣窃观其图之也，议秦以谋计，必出于是。

"且夫说士之计，皆曰韩亡三川，魏灭晋国，恃韩未穷，而祸及于赵。且物固有势异而患同者，又有势同而患异者。昔者，楚人久伐而中山亡。今燕尽韩之河南，距沙丘，而至钜鹿之界三百里；距于扞关，至于榆中千五百里。秦尽韩、魏之上党，则地与国都邦属而壤絜者七百里。秦以三军强弩坐羊唐之上，即地去邯郸二十里。且秦以三军攻王之上党而危其北，则句注之西，非王之有也。今鲁句注禁常山而守，三百里通于燕之唐、曲吾，此代马胡驹不东，而崐山之玉不出也。此三宝者，又非王之有也。今从于强秦国之伐齐，臣恐其祸出于是矣。昔者，五国之王，尝合横而谋伐赵，参分赵国壤地，着之盘盂，属之雠柞。五国之兵有日矣，韩乃西师以禁秦国，使秦发令素服而听，反温、枳、高平于魏，反三公、什清于赵，此王之明知也。夫韩事赵宜正为上交，今乃以抵罪取伐，臣恐其后事王者之不敢自必也。今王收天下，必以王为得。韩危社稷以事王，天下必重王。然则韩义王以天下就之，下至韩慕王以天下收之，是一世之命，制于王已。臣愿大王深与左右群臣卒计而重谋，先事成虑而熟图之也。"

《史记》卷四十三《赵世家》第十三

苏厉为齐遗赵王书曰：

臣闻古之贤君，其德行非布于海内也，教顺非洽于民人也，祭祀时享非数常于鬼神也。甘露降，时雨至，年谷丰孰，民不疾疫，众人善之，然而贤主图之。

今足下之贤行功力，非数加于秦也；怨毒积怒，非素深于齐也。秦赵与国，以强征兵于韩，秦诚爱赵乎？其实憎齐乎？物之甚者，贤主察之。秦非爱赵而憎齐也，欲亡韩而吞二周，故以齐餤天下。恐事之不合，故出兵以劫魏、赵。恐天下畏己也，故出质以为信。恐天下亟反也，故征兵于韩以威之。声以德与国，实而伐空韩，臣以秦计为必出于此。夫物固有势异而患同者，楚久伐而中山亡，今齐久伐而韩必亡。破齐，王与六国分其利也。亡韩，秦独擅之。收二周，西取祭器，秦独私之。赋田计功，王之获利孰与秦多？

说士之计曰："韩亡三川，魏亡晋国，市朝未变而祸已及矣。"燕尽齐之北地，去沙丘、钜鹿敛三百里，韩之上党去邯郸百里，燕、秦谋王之河山，间三百里而通矣。秦之上郡近挺关，至于榆中者千五百里，秦以三郡攻王之上党，羊肠之西，句注之南，非王有已。踰句注，斩常山而守之，三百里而通于燕，代马胡犬不东下，昆山之玉不出，此三宝者亦非王有已。王久伐齐，从强秦攻韩，其祸必至于此。愿王孰虑之。

且齐之所以伐者，以事王也；天下属行，以谋王也。燕秦之约成而兵出有日矣。五国三分王之地，齐倍五国之约而殉王之患，西兵以禁强秦，秦废帝请服，反高平、根柔于魏，反巠分、先俞于赵。齐之事王，宜为上佼，而今乃抵罪，臣恐天下后事王者之不敢自必也。愿王孰计之也。

今王毋与天下攻齐，天下必以王为义。齐抱社稷而厚事王，天下必尽重王义。王以天下善秦，秦暴，王以天下禁之，是一世之名宠制于王也。

于是赵乃辍，谢秦不击齐。

二十五、见田僕于梁南章[1]

见田僕于梁（梁）南[2]，曰："秦攻鄢陵[3]，几拔矣。梁（梁）计将奈何?"田僕曰："在楚之救梁（梁）[4]。"对曰："不然。在梁（梁）之计，必有以自恃也。无自恃计，傳（專）恃楚之救，则梁（梁）必危矣。"田僕曰："为自恃计奈何?"曰："梁（梁）之东地，尚方五百余里，而与梁（梁）[5]。千丈之城[6]，万家之邑，大县十七，小县有市者卅（三十）有余。将军皆令县急急为守备，譔（选）择贤者，令之坚守，将以救亡。令梁（梁）中都尉□□大将[7]，其有亲憾（戚）父母妻子，皆令从梁（梁）王葆（保）之东地单父[8]，善为守备。"田僕曰："梁（梁）之群臣皆曰：'梁（梁）守百万[9]，秦人无奈梁（梁）何也。'梁（梁）王出，顾危[10]。"对曰："梁（梁）之群臣必大过矣，国必大危矣。梁（梁）王自守，一举而地毕[11]，固秦之上计也。今梁（梁）王居东地，其危何也? 秦必不倍（背）梁（梁）而东，是何也? 多之则危，少则伤。所说谋者为之，而秦无所关其计矣[12]。危弗能安，亡弗能存，则奚贵于智矣[13]。愿将军之察也。梁（梁）王出梁（梁），秦必不攻梁（梁），必归休兵，则是非以危为安，以亡为存邪，是计一得也。若秦拔鄢陵，必不能掊（背）梁（梁）、黄、济阳阴、睢阳而攻单父[14]，是计二得也。若欲出楚地而东攻单父[15]，则可以转祸为福矣，是计三得也。若秦拔鄢陵而不能东攻单父，欲攻梁（梁），此梁（梁）、楚、齐之大福巳（已）。梁（梁）王在单父，以万丈之城，百万之守，五年之食，以梁（梁）饵秦，以东地之兵为齐、楚为前行，出之必死[16]，击其不意，万必胜[17]。齐、楚见亡不叚（退）[18]，为梁（梁）赐矣[19]。将军必听臣，必破秦于梁（梁）下矣。臣请为将军言秦之可{可}[20]破之理，愿将军察听之也。今者秦之攻□□□□将□以□行几二千里，至，与楚、梁（梁）大战长社[21]，楚、梁（梁）不胜，秦攻鄢陵。秦兵之□□□死伤也，天下之□见也[22]。秦兵战胜，必收地千里。今战胜不能倍（背）鄢陵而攻梁（梁）者□少也[23]。鄢陵之守，【城百】丈，卒一万。今梁（梁）守，城万丈，卒百万。臣闻之也，兵者弗什弗围[24]，弗百弗□军[25]。今梁（梁）守百万，梁（梁）王有（又）出居单父，秦拔鄢陵，必归休兵。若不休兵，而攻虚梁（梁）[26]，守必坚。是【何】也？王在外，大臣则有为守[27]，士卒则有为死，东地民有为勉[28]，诸侯有为救梁（梁），秦必可破梁（梁）下矣。若梁（梁）王不出梁（梁），秦拔鄢陵，必攻梁（梁），必急，将卒必□□，守必不固。是何也？之王[29]，则不能自植士卒[30]；之将，则以王在梁（梁）中也，必轻；之武[31]，则□□□如不□梁（梁）中必蛊（乱）[32]；之东地，则死王更有大虑[33]；之诸侯，则两心，无□□无□□□地[34]；之梁（梁）将[35]，则死王有两心，无以出死救梁（梁），无以救东地而⊠王不出梁（梁）之祸也[36]。"田僕曰："请使宜信君载先生见⊠不责于臣[37]，不自处危。""今王之东地尚方五百余里，⊠责于臣[38]。若王不□，秦必攻梁（梁）[39]，是梁（梁）无东地忧而王⊠梁（梁）中[40]，则秦【之】攻梁（梁）必急。王出，则秦之攻梁（梁）必疑。是三[41]⊠⊠大破⊠□于□上□□⊠□□□□□臣来献□计□□□王弗用臣，则⊠[42]。"

【注释】

[1] 原第二十六章，此章系年于公元前273年。此篇载："今者秦之攻□□□□将□以□行几二千里，至，与楚、梁（梁）大战长社，楚、梁（梁）不胜，秦攻鄢陵。"记载秦、魏两国的"长社之战"。《秦本纪》曰："（秦昭王）三十三年（当作三十四年）客卿胡伤攻魏卷、蔡阳、长社取之。"《穰侯列传》："明年（指秦昭王三十四年）穰侯与白起、客卿胡阳复攻赵、韩、魏，破芒卯于华阳下，斩首十万，取魏之卷、蔡阳、长社，赵氏观津。"秦昭王三十四年，即公元前273年。则帛书此章进言年代应在公元前273年。

[2] "田"下一字，写法与武威汉简"僕"字相合，当释为"僕"。田僕：人名，为魏将。梁南：指大梁之南，在今河南省开封市南。

[3] 鄢陵：地名，在今河南省鄢陵县西北。

[4] 在：取决于。如《尚书·皋陶谟》："皋陶曰：'都，在知人，在安民。'"

[5] 与：援助，支持。《齐策一·楚将伐齐》："君不与胜者而与不胜者。"姚本注："与，犹助也。"

[6] 城：都邑四周用作防守的墙垣，内称城，外称郭。

[7] 都尉：武官，比将军略低。此句有两处脱文，大意是：命令大梁城中的都尉以及各路将军。

[8] 葆：同"保"，是保全，守住的意思。韩愈《祭十二郎文》："少有强者不可保。"单父：地名，在今山东省单县南。

[9] 梁守：指大梁的防守。

[10] 顾：反而。如《秦策一·司马错与张仪争论于秦惠王前》："今三川、周室，天下之市朝也，而王不争焉，顾争于戎狄，去王业远矣。"姚本注："顾，反也。"

[11] 毕：占有。一举而地毕：秦军一举攻下大梁，魏王被俘，魏地被全部攻占。

[12] 关：同"贯"，《广雅·释诂一》："贯，行也。"施行。

[13] 智：指群臣守梁之谋。

[14] 黄、济阳阴、睢阳：地名。黄，在今河南省杞县。济阳阴，即济阳和济阴，济阳在今河南省兰考县之东，济阴在今山东省定陶县。睢阳，在今河南省商丘县南。

[15] 出楚地：经过楚地就要先攻楚国。

[16] 必死：以死相拼。

[17] 万必胜：万战必胜。

[18] 遏：远。《尚书·太甲下》："若陟遏，必自迩。"

[19] 赐：帮助，支持。

[20] 此处误重一"可"字。

[21] "今者"句有六处脱文，《秦本纪》记载长社之战："三十三年（当作三十四年）客卿胡（伤）[阳]攻魏卷、蔡阳、长社，取之。"长社：在今河南省长葛县西。此句大意是：秦军攻占魏卷、蔡阳等地，几乎行军两千里，到了长社与楚、魏两国交战。

[22] "秦兵"句有四处脱文，大意是：秦军在此次战役中的死伤情况，天下人都是有目共睹的。

[23] 此句有一处脱文，据上文"多之则危，少则伤"，此处脱文，当为"兵"。此句大意是：秦军获胜却没有背对鄢陵进攻大梁，是因为兵少。

[24] 什：十倍。《孟子·滕文公上》："或相倍蓰，或相什伯，或相千万。"

弗什弗围：没有十倍于敌人的军队不能施行围困战术。

［25］此句有一处脱文，大意是：没有百倍于敌人的军队不能施行攻围战术。

［26］虚梁：指魏王不在梁。

［27］为守：为魏王固守。

［28］勉：尽力，同心协力。

［29］之：此，指此种情况。

［30］植：主掌，率领。《左传·宣公二年》："宋城，华元为植，巡功。"杜预注："植，将主也。"孔颖达疏："植，谓将领主帅监作者也。"

［31］武：士卒。

［32］此句有四处脱文，大意是：士兵因为将领的犹豫不决而不能协调一致地行动，大梁城中必定大乱。

［33］死王：指为梁王而死。更：替代，更换。

［34］此句有五处脱文，大意是：无利可图，无地可占。

［35］梁将：魏国将领。

［36］"之梁"句有多处脱文，大意是：对魏国将领来说，他们原本誓死效忠魏王，却也会生出异心，不肯拼死援救大梁，也不肯去救东地各县。这些都是魏王不肯离开大梁所造成的严重后果。

［37］宜信君：魏国贵族。此句有多处脱文，大意是：田僕让宜信君用车载着这位谋士去大梁城中见魏王，并以此言论游说魏王，如果魏王被说服，那么田僕将来就不会被问责了。

［38］此句有多处脱文，大意是：现在大梁的东地还有方圆五百余里的土地，有千丈长的城墙，众多大大小小的县邑，它们可以支援大梁的防卫，假若它们没有为大王坚守大梁，请您问责于我。

［39］此句有一处脱文，大意是：如果大王不退守到东边的单父，秦军肯定要进攻大梁。

［40］此句有多处脱文，大意是：这样魏国虽然没有东地战事的忧患，但是大王却被困于大梁城中。如果大王困守在大梁城中，那么秦军一定会加紧进攻大梁。

［41］是三：指代上述魏王将引致秦不同对策的三种举动，即"个□""……梁中""王出"。

［42］此句有多处脱文，大意是：以上这三种举动是秦国针对大王采用的不同策略，您可以离开大梁，退守东地单父，秦军如果进攻大梁，守城将士必定

坚决抵抗，各国诸侯必定全力支援，秦军必将被击溃在大梁城下。我来大梁向您呈献此计策，请您慎重考虑。如果您不采纳我的计谋，请允许我离开。

【译文】

一位谋士到梁南拜见魏将田僕，他说："秦军正在攻打鄢陵，快要攻陷它了。魏国打算怎么办呢？"田僕说："魏国的命运取决于楚国是否救援魏国。"谋士回答说："不对。魏国的命运取决于魏国自身的计谋，一定要依靠自己。如果没有自救的谋划，专等楚国救援，那么魏国必定危险。"田僕问："如何才能自救呢？"谋士说："大梁的东边，还有方圆五百余里的土地，可以支援大梁的防卫。这里有千丈长的城墙，万户人家的城邑，其中规模大的县邑有十七座，规模较小但有市集的县邑有三十余座。将军可以让各县都抓紧时间做好防守的准备，选择任用有才干的人，命令他们坚守以挽救魏国的危亡。再命令大梁城中的都尉和各路将军，只要有亲戚、父母、妻子、儿女的，他们都可以带着家眷跟随魏王退守到东边的单父，并充分做好防守的准备。"田僕说："魏国的群臣都说：'大梁有百万守军防守，秦军不敢把大梁怎么样！'魏王一旦离开大梁，反而危险了。"谋士说："魏国群臣的想法真是大错特错，如果听信他们的话，魏国必将遭遇巨大危难。如果魏王困守在大梁城中，秦军一举攻下大梁，魏王被俘，那么魏地将会全部被攻占，这本来就是秦国最想实现的目标。如今魏王退守到东边的单父，这还有什么危险呢？秦军肯定不敢背对大梁向东攻打单父，这是为什么呢？主要是因为如果秦国出兵太多，攻打单父战线拉长，秦兵疲惫不堪，作战时肯定会处于下风，反而处境危险；如果秦国出兵太少，就会受到大梁与单父士兵的夹击，秦军腹背受敌，反而损兵折将。按照我所说的去做，秦国必将无计可施。国家遭遇危险却不能使它安定，社稷即将灭亡却不能使它存活，那么群臣守梁的计谋还有什么值得重视的呢？希望将军能好好考虑一下。魏王离开大梁，秦军肯定不会攻打大梁，必将撤军返回秦国，这不就是做到了转危为安、转亡为存吗！这是魏王退守单父计谋的第一个好处。如果秦军攻陷鄢陵，肯定不会背对大梁、黄地、济阳、济阴、睢阳去进攻单父，这是魏王退守单父计谋的第二个好处。如果秦军想经过楚地就要先攻打楚国，再转而东向进攻单父，秦、楚两国结怨，那么魏国就可以转祸为福了，这是魏王退守单父计谋的第三个好处。如果秦国攻陷鄢陵后不向东进攻单父，而是想攻打大梁，那么这将是魏、楚、齐三国的大福。魏王退居在单父，魏军凭借万丈长的城墙，百万大军的守卫，足够支撑五年的粮食，以大梁为诱饵诱骗秦军深入，以东地各县的军队为齐、楚两国做先锋，与秦军交战时以死相拼，攻其不备，出其不意，万战必胜。齐、楚两国也正遭遇秦患，他们看到自己离危亡不远，就会给魏国提供支援来对抗秦军。将军一定要按照我说的去做，肯定能在大梁城下击溃秦军。我请求为您分析一下秦军可以被攻破的道理，希望您能仔细倾听并认真考虑。最近，秦军攻占魏卷、蔡阳等地，几乎行军二千里，到了长社与楚、魏两军交战，楚、魏两国战败，秦军接着进攻鄢陵。秦军在此次战役中的死伤情况，天下人都是有目共睹的。秦军接连获胜，肯定会侵占千里土地。如今秦军获胜却没有背对鄢陵进攻大梁，是因为兵少，害怕腹背受敌。魏军对鄢陵的防守，城墙长百丈，守兵有一万。现在对大梁的防守，城墙长万丈，守兵有百万。我听说，没有十倍于敌人的军队不能施行围困战术，没有百倍于敌人的军队不能施行攻围战术。如今大梁有百万大军守卫，魏王又退居在单父，秦军攻陷鄢陵后，肯定会撤兵返回秦国。如果秦军不撤兵，反而攻打魏王不在的大梁，那么守城士兵必定拼死抵抗。这是为什么呢？因为魏王已经退居在单父，将军就会为魏王守住大梁城，士兵会为魏王殊死搏斗，东地各县的百姓会为魏王同心协力，其他诸侯会为魏王救援魏国，这样秦军肯定可以在大梁城下被击溃。如果魏王不离开大梁，秦军攻陷鄢陵后，一定会进攻大梁，情势必定危急，将士必定惶恐不安，防守必定不牢固。这是为什么呢？因为在这种情况下，对魏王来说，他肯定不能亲自率领士卒筑城作战；对大梁将领来说，他们认为，魏王在大梁城中，肯定不敢轻易做决策；对大梁士兵来说，他们因为将领的犹豫不决而不能协调一致地行动，大梁城中必定大乱；对东地各县百姓来说，他们为魏王拼死抵抗的决心会变成各自守城的焦虑；对其他诸侯来说，他们会生出异心，觉得无利可图，无地可占；对魏国将领来说，他们原本誓死效忠魏王，却也会生出异心，不肯拼死援救大梁，也不肯去救东地各县。这些都是魏王不肯离开大梁所造成的严重后果。"田僕说："请让宜信君用车载着您去大梁城中见魏王，并以此言论游说魏王，如果魏王被您说服，那么我将来就不会被问责了，也不会处在险境之中。"谋士到大梁后对魏王说："现在大梁的东地还有方圆五百余里的土地，有千丈长的城墙，众多大大小小的县邑，它们可以支援大梁的防卫，假若它们没有为大王坚守大梁，请您问责于我。如果大王不退守到东边的单父，秦军肯定要进攻大梁，这样魏国虽然没有东地战事的忧患，但是大王却被困于大梁城中。如果大王困守在大梁城中，那么秦军一定会加紧进攻大梁。如果大王离开大梁，那么秦国对攻打大梁的行动必定产生疑虑，并最终被迫中止。以上这三种举动是秦国针对大王采用的不同策略，您可以离开大梁，退守东地单父，秦军如果进攻大梁，守城将士必定坚决抵抗，各国诸侯必定全力支援，秦军必将被击溃在大梁城下。我来大梁向您呈献此计策，请您慎重考虑。如果您不采纳我的计谋，请允许我离开。"

二十六、虞卿谓春申君章[1]

胃（谓）春申君曰[2]："臣闻之：于安思危，危则虑安。今楚王之春秋高矣[3]，【君之封】地不可不蚤（早）定。为君虑封，莫若远楚。秦孝王死[4]，公孙鞅杀；惠王死，襄子杀[5]。公孙央（鞅）功臣也，襄子亲因（姻）也，皆不免，封近故也。大（太）公望封齐[6]，召公奭封于燕[7]，欲远王室也。今燕之罪大，赵之怒深[8]，君不如北兵以德赵，浅（践）乱（乱）燕国[9]，以定身封，此百世一时也。""所道攻燕，非齐则魏，齐魏新恶楚，唯（虽）欲攻燕，将何道伐（哉）？"封〈对〉曰："请令魏王可。"君曰："何？"曰："臣至魏，便所以言之。[10]"乃胃（谓）魏王曰[11]："今胃（谓）马多力，则有。言曰'胜千钧[12]'，则不然者，何也？千钧非马之任也。今胃（谓）楚强大则有矣，若夫越赵、魏，关甲于燕[13]，几（岂）楚之任伐（哉）。非楚之任而为之，是敝楚也。敝楚，强楚，亓（其）于王孰便？"

【注释】

[1] 原第二十三章，此章系年于公元前248年。此篇又见于《楚策四·虞卿谓春申君》《韩策一·王曰向也子曰天下无道》。不过《韩策一》只是残存了最后一部分，吴师道云："乃楚策'虞卿谓春申'之文脱简误衍。"此章虞卿谓春申君曰："君不如北兵以德赵，浅（践）乱燕国，以定身封，此百世一时也！""为君虑封，莫若远楚。"《史记·六国表》曰："楚考烈王十五年春申君徙封于吴。"《春申君列传》亦曰："后十五岁，黄歇言之楚王曰：'淮北地边齐，其事急，请以为郡便。'因并献淮北十二县，请封于江东。考烈王许之。春申君因城故吴墟，以自为都邑。"即春申君听了虞卿的游说后，献出淮北十二县，并请求定封于江东。楚考烈王十五年，即公元前248年。则帛书此章虞卿游说春申君事在公元前248年。虞卿：曾为赵相，《史记》有《平原君虞卿列传》。《范雎蔡泽列传》载："夫虞卿蹑屫檐簦，一见赵王，赐白璧一双，黄金百镒；再见，拜为上卿；三见，卒受相印，封万户侯。"

[2] 春申君：楚相，战国四君子之一，名黄歇，《史记》有《春申君列传》。

[3] 春秋高：年龄大。

[4] 秦孝王：当作"秦孝公"。

[5] 襄子：指穰侯，即魏冉，秦宣太后之弟。杀："攴"字（古"夺"字）之误。《楚策》作"秦惠王封冉子（穰侯魏冉），惠王死而后王夺之"。

[6] 太公望：吕尚。《齐太公世家》："太公望吕尚者，东海上人。……本姓姜氏，从其封姓，故曰吕尚。"后文王得之渭滨，云"'吾先君太公望子久矣'，故号太公望"。吕尚垂钓于渭水之滨，遇见西伯侯姬昌，拜为"太师"，尊称太公望。辅佐周武王灭掉商纣王，建立周朝，灭商后受封于营丘，为齐国开国之君。

[7] 召公奭：召公姬奭。《燕召公世家》载："召公奭与周同姓，姓姬氏。周武王之灭纣，封召公于北燕。"《史记索隐》曰："奭始食于召，故曰召公。……后武王封之北燕，在今幽州蓟县故城是也。"姬奭，西周宗室，辅佐周武王灭商后，受封于蓟（今北京），建立臣属西周的诸侯国燕国（北燕）。因采邑于召，故称召公或召公奭。

[8] 此指燕王喜四年（公元前251年）燕使栗腹攻赵之事。如《燕策三·燕王喜使栗腹以百金为赵孝成王寿》载："（燕王喜）遽起六十万以攻赵，令栗腹以四十万攻鄗，使庆秦以二十万攻代。"面对燕国的攻伐，赵国很气愤，从公元前251年至公元前248年连续做出积极反击。《赵世家》："（赵孝成王）十五年（前251年），廉颇为赵将破杀栗腹，虏卿秦。""十六年（前250年），廉颇围燕。""十七年（前249年），假相大将武襄君攻燕，围其国。""十八年（前248年），延陵钧率师从相国信平君助魏攻燕。"帛书此章为虞卿游说春申君出兵助赵攻燕。

[9] 践：同"翦"，灭除。如《尚书·蔡仲之命》："成王东伐淮夷，遂践奄。"

[10] 便：趁便。虞卿由楚回赵，要经过魏，可以趁便游说魏王。

[11] "乃谓"句下有脱文。《楚策》："夫楚亦强大矣，天下无敌，乃且攻燕。"魏王曰："乡也子云'天下无敌'，今也子云'乃且攻燕'者，何也？"当补。

[12] 钧：三十斤为一钧。千钧：即三万斤。

[13] 关：同"摜"。摜甲：指武装完备的士兵。

【译文】

虞卿对春申君说："我听古人说：在安定的时候要考虑到可能发生的危险，在危险的时候要思虑寻求安定的方法。如今楚王年事已高，您的封地不能不及早地确定下来。替您考虑封地的位置，不如远离楚国的都城会更好些。秦孝公死了之后，商鞅被杀害；秦惠王死了之后，穰侯的封地被剥夺。商鞅是秦国的功臣，穰侯是秦王的姻亲，他们都没能避免被杀害、被夺去封地的命运，这是由于他们的封地离秦国都城太近的缘故。太公姜望封在齐地，召公姬奭封在燕地，之所以他们能够寿终正寝，是因为封地远离王室。现在燕国连年攻伐赵国犯下大错，赵国对它积怨极深，您不如向北进军攻打燕国，既可以使赵国感激您，又可以剪灭破坏燕国，以此来确定自己的封地，这是百代难遇的一个好时机。"春申君说："进攻燕国所经过的道路，不是在齐国就是在魏国，齐、魏两国刚刚与楚国结下仇怨，我即使想进攻燕国，军队将从哪里通过呢？"虞卿回答说："请使魏王答应借道。"春申君说："怎样才能办到呢？"虞卿说："我返回赵国时会经过魏国，可以趁便游说魏王让他同意借道。"虞卿到魏国后对魏王说："楚国也够强大了，天下无敌，最近将要攻打燕国。"魏王说："先前你说楚国'天下无敌'，现在你又说'将要攻打燕国'，向我寻求帮助，这是什么意思？"虞卿回答说："现在我们说马有很大力气，那是对的。如果说'马能拉动三万斤'，那是不对的，为什么呢？因为三万斤不是马能承受得了的重量。如今说楚国强大，那是对的，但是如果想要越过赵国、魏国而与燕国交战，难道以楚国一国之力能承担得了吗？不是楚国能独自胜任的事却非要去做，这会使楚国的实力衰败。使楚国实力衰败，或使楚国实力强大，这对大王来说哪种情况会更有利呢？"

【附录】

《战国策》卷十七《楚策四·虞卿谓春申君》

虞卿谓春申君曰："臣闻之《春秋》，于安思危，危则虑安。今楚王之春秋高矣，而君之封地，不可不早定也。为主君虑封者，莫如远楚。秦孝公封商君，孝公死，而后不免杀之。秦惠王封冉子，惠王死，而后王夺之。公孙鞅，功臣也；冉子，亲姻也。然而不免夺死者，封近故也。太公望封于齐，邵公奭封于燕，为其远王室矣。今燕之罪大而赵怒深，故君不如北兵以德赵，践乱燕，以定身封，此百代之一时也。"

君曰："所道攻燕，非齐则魏。魏、齐新怨楚，楚君虽欲攻燕，将道何哉？"对曰："请令魏王可。"君曰："何如？"对曰："臣请到魏，而使所以信之。"

乃谓魏王曰："夫楚亦强大矣，天下无敌，乃且攻燕。"魏王曰："乡也，子云天下无敌，今也，子云乃且攻燕者，何也？"对曰："今为马多力则有矣，若曰胜千钧则不然者，何也？夫千钧非马之任也。今谓楚强大则有矣，若越赵、魏而斗兵于燕，则岂楚之任也我？非楚之任而楚为之，是敝楚也。敝楚见强魏也，其于王孰便也？"

《战国策》卷二十六《韩策一·王曰向也子曰天下无道》

王曰："向也子曰'天下无道'，今也子曰'乃且攻燕'者，何也？"对曰：

"今谓马多力则有矣，若曰胜千钧则不然者，何也？夫千钧，非马之任也。今谓楚强大则有矣，若夫越赵、魏而斗兵于燕，则岂楚之任也哉？且非楚之任，而楚为之，是弊楚也。强楚、弊楚，其于王孰便也？"

二十七、李园谓辛梧章[1]

秦使辛梧据梁（梁）[2]，合秦、梁（梁）而攻楚，李园忧之[3]。兵未出，谓辛梧："以秦之强，有梁（梁）之劲[4]，东面而伐楚，于臣也[5]，楚不侍（待）伐，割挚（絷）马免而西走[6]，秦余（与）楚为上交，秦祸案环（还）中梁（梁）矣[7]。将军必逐于梁（梁），恐诛于秦。将军不见井忌乎[8]。为秦据赵而攻燕，拔二城。燕使蔡鸟[9]股符肷璧[10]，奸（间）赵入秦[11]，以河间十城[12]封秦相文信侯[13]。文信侯弗敢受，曰：'我无功。'蔡鸟明日见，带长剑，案（按）其剑，举其末[14]，视文信侯曰：'君曰：我无功。君无功，胡不解君之玺[15]以佩蒙骜（鹜）、王齮[16]也。秦王以君为贤，故加君二人之上。今燕献地，此非秦之地也，君弗受，不忠。'文信侯敬若（诺）。言之秦王，秦王令受之。余（与）燕为上交，秦祸案环（还）归于赵矣。秦大举兵东面而齌（剂）赵[17]，言毋攻燕。以秦之强，有燕之怒[18]，割勺（赵）必突（深）。赵不能听，逐井忌，诛于秦。今臣窃为将军利计，不如少案（按）之[19]，毋庸出兵。秦未得志于楚，必重梁（梁）；梁（梁）未得志于楚，必重秦，是将军两重。天下人无不死者，久者寿，愿将军之察之也。梁（梁）兵未出，楚见梁（梁）之未出兵也，走秦必缓[20]。秦王怒于楚之缓也，怨必深。是将军有重矣。"梁（梁）兵果六月乃出。

【注释】

[1] 原第二十五章，此章系年于公元前 235 年。此篇载："秦使辛梧据梁（梁），合秦、梁（梁）而攻楚，李园忧之。"记载秦、魏联合攻楚之事。《史记·六国表》曰："秦始皇帝十二年发四郡兵助魏击楚。"《楚世家》亦载："（楚）幽王三年秦、魏伐楚。"秦王政（始皇帝）十二年、楚幽王三年，即公元前 235 年。则此章应该系年于公元前 235 年。

[2] 辛梧：人名，为秦将。据：联络。

[3] 李园：人名，任楚相。《楚世家》载："二十五年（公元前 238 年）考烈王卒，子幽王悍立。李园杀春申君。"

[4] 劲：强力支持。

[5] 于：和"以"字义同。臣：李园自称。于臣也：指按照他的想法。

[6] 絷：缚住马的绳索。免：脱跑。割絷马免而西走：形容楚国很快投奔秦国。

[7] 案：与"乃"字义同。还：同"旋"，回旋、转过来的意思。中：击中。《赵策一·谓赵王曰三晋合而秦弱》："秦与梁为上交，秦祸案攘于赵矣。""攘于"二字鲍本作"环中"，与帛书合。

[8] 井忌：人名，为秦将。

[9] 蔡鸟：人名。

[10] 股：大腿。符：以为信物之符。肽：腋下。

[11] 间：秘密，暗中。间赵入秦：偷越赵国进入秦国。

[12] 河间十城：在今河北省河间县一带。

[13] 文信侯：吕不韦，秦相。《吕不韦列传》载："庄襄王元年，以吕不韦为丞相，封为文信侯，食河南洛阳十万户。庄襄王即位三年，薨，太子政立为王，尊吕不韦为相国，号称'仲父'。"

[14] 末：剑尖在下，称末。按剑把，举剑末：是准备从鞘中拔剑的姿势。

[15] 玺：指相印。秦以前印章通称为"玺"。

[16] 蒙骜、王齮：二人名，并为秦将。

[17] 齎：同"劑（剂）"，宰割。

[18] 怒：强力，奋力。《平原君虞卿列传》："天下将因秦之（强）怒，乘赵之弊，瓜分之。"王念孙案："此怒字非喜怒之怒，《广雅》曰：'怒，健也。'健字亦强字也。强怒连文又与下句弊字对文。"

[19] 少：稍微，暂时。

[20] 走秦：投靠秦国。

【译文】

秦国派秦将辛梧联系魏国，想要联合魏国共同攻打楚国，楚相李园为此非常忧虑。秦、魏两国联军还没有出兵之前，李园派人对辛梧说："凭借秦国的强大，魏国的强力支持，合兵东进讨伐楚国，在我看来，楚国肯定很害怕，还没等秦、魏联军攻伐它，它就已经像割断缰绳的马一样迅速地投奔秦国，秦、楚两国结盟，那么被秦国攻伐的战祸就会转嫁到魏国头上。到那时，将军您一定会被魏国驱逐，还可能被秦国诛杀。您难道没有看到井忌的遭遇吗？他为秦国联合赵国一起攻打燕国，攻陷燕国两座城池。燕王派蔡鸟把信符藏在大腿上、把璧玉夹在腋下，暗中越过赵国来到秦国，把河间地区的十座城池封赏给秦相文信侯吕不韦。吕不韦不敢接受，拒绝道：'无功不受禄，我没有功劳不能接受封赏。'蔡鸟第二天又来拜见吕不韦，腰佩长剑，右手按着剑把，左手提起剑尖，看着吕不韦说：'您说您无功不受禄，如果您没有功劳，为什么不解下您的相印佩戴在蒙骜、王齮身上？秦王认为您贤能有才干，所以让您的官职、权力要远远高于此二人。如今燕国向您献出土地，这不是秦国的土地，如果您不接受，就是不忠诚的表现。'吕不韦听后，觉得蔡鸟说得很有道理，认同这一看法。他还把这件事禀告给秦王，秦王让他接受燕国献出的土地。秦国与燕国结盟，被秦国攻伐的战祸就转嫁到了赵国头上。秦国出兵向东大举进攻赵国，并且说不再攻打燕国。凭借秦国强大的兵力，再加上燕国的有力支持，沉重地打击了赵国，使赵国失去大部分土地。赵国不肯听命，并驱逐井忌，井忌最终被秦国诛杀。如今我私下为您的利益考虑，不如暂时按兵不动，不要出兵攻打楚国。秦国没有在楚国那里得到好处，肯定会推重魏国；魏国也没有在楚国那里获得好处，肯定会推重秦国，这样您就会受到秦、魏两国的重视和重用。天底下没有不死的人，活得越久越长寿，希望将军能好好考虑一下我所说的话。如果魏国军队没有出动，楚国见魏国不出兵，投靠秦国的行动必定暂缓。秦王对楚国这种迟缓行为很气愤，对楚国的怨恨也会随之加重。这样将军就可以手握大权，掌控战争的主动权。"辛梧听从了李园的计谋，魏国果然到了六月才出兵。

后　记

终能提笔撰写此页，感慨良多。简短之辞，聊表万千谢忱。

首先诚挚地感谢我的博士导师高华平教授，对本书的构思、设计和撰写都给予悉心的指导，先生治学严谨、学养深厚、能力卓越，是我学习的榜样！其次，我要感谢华中师范大学张三夕教授、王齐洲教授、韩维志教授，有幸得到他们的真诚指点、帮助和鼓励。我永远不忘师恩！再次，我要感谢湖北师范大学李治平教授、景遐东教授、张道俊教授，他们对本书的写作提出了宝贵的意见，令我受益匪浅。此外，我要感谢湖北师范大学文学院、科研处各位领导的大力支持，如果没有他们的关心、帮助和参与，本书也不会顺利问世。最后，特别感谢光明日报出版社张金良先生，他对本书的出版关心颇多，提出很多中肯的意见；感谢责任编辑王佳琪老师，在后期的校对、出版中付出大量心血。没有诸位先生的鼎力相助，本书便不能及时出版，在此致以最真挚的谢意！

本书出版得到湖北省哲学社科后期资助项目（项目编号2020098）成果。

"路曼曼其修远兮，吾将上下而求索。"学术之路长道阻且长，任重道远，学无止境。唯不忘初心、磨炼心性、专研学问，才能靠近心之向往的学术殿堂，我将为之努力终身！

再次感恩！再次拜谢！

沈月

2023 年 3 月 26 日